GOBOOKS
& SITAK
GROUP©

喬家大院

上

朱秀海——著

高寶書版集團

喬家大院

第一章

調寄甘州

詞曰：

笑村居不識眼前路，雜花滿籬樹。淺山春來早，鶯聲啼遍，舊歲江渡。細數晚來心事，寂寞少藏處。明日登樓去，買酒長佇。

休聞繁弦急管，有金戈鐵馬，雪嶺冰沍。恐夢中一去，天外聽鼙鼓。算今生，雕蟲畫羽，又忍將，浩氣徑拋負。羞言道，功名似土。心裂難補。

1

一八五三年，殺虎口稅關。

長長的商隊，包括糧車隊、鹽車隊、駝隊都被堵在關口。車隊和駝隊上插各鏢局的鏢旗和各字號大小的號旗迎著風獵獵作響，和著牲口的嘶鳴，為這殺虎口平添了一份蕭索之氣。與之相伴的是一長隊災民，扶老攜幼，被堵在另一個通道口。一個留著小鬍鬚的中年稅官向商隊大聲喊道：「糧貨二十文，鹽貨五十文，茶貨五十文，排好隊，別擠！別

擠！」另一個年輕壯實的稅官則向災民聲嘶力竭地吼道：「別擠！別擠！男人一文，女人孩子兩人一文！快交錢，交了錢就放你們過去！」

商隊通道處一個掌櫃模樣的男人策著馬往前擠了擠喊道：「官爺，怎麼又漲了，糧貨前天還是五文，怎麼這麼快就變成二十文了？」稅官朝他翻了翻白眼：「沒見識的主，而今南方長毛作亂，絲茶路斷絕，光剩下你們這些糧貨油貨鹽貨的商賈和這堆到口外逃難的災民，皇上要養兵打長毛，不找你們要找誰要去？」正說著，災民隊那邊有個老太太，從垃圾布片似的衣裳裡摸出珍藏的一枚製錢，正猶豫著，後面的災民突然一哄而上，關口頓時亂作一團。那個稅官雖壯實可也差點頂不住，趕緊揚起鞭子一氣亂抽：「不准頂！不准擠！都給我站好！否則誰也別想過去。」

關前野店內，一名老乞丐細瞇著失神的眼睛怔怔地望著這一切，突然嘎嘎唱道：「走西口啊，走西口……」旁邊的老闆娘被嚇了一大跳，不過她沒有喝罵老乞丐，反而憐憫地看了他一眼，接著也向關口望去。只見一個通四海信局的信使手舉局旗，飛馬而過，不但人馬皆疲，且上下盡溼；更讓人驚訝的是，那信使在拐向這邊官道的時候，突然連人帶馬一頭栽了下去。

眾人「轟」地一聲響，齊喊：「怎麼了？怎麼了？」老乞丐也停了唱，伸頭望去。兩個手腳快的鹽車把式衝了過去，把信使從馬下拉出扶到了野店。老闆娘也不猶豫，趕緊將一瓢水熟練地灌進了信使的嘴裡。這個信使已年過三十，一副幹練的樣子，但髮辮飛散，鬍子拉碴，唇邊一溜大泡，很是憔悴，一瓢水灌下後，他悠悠醒轉，立刻驚喊道：「這是哪裡？我的信袋呢？」那位扶他過來的鹽車把式將信袋拿了過來，瞄了一眼然後念道：

喬家大院

「信寄山西太原府祁縣喬家堡喬東家致廣老先生收啟，十萬火急，限三日到。信資兩百文，快跑費白銀五十兩。」

「五十兩白銀?!」在野店圍觀的眾人又「轟」地一聲響，接著亂紛紛七嘴八舌議論起來。那鹽車把式將信袋交給了信使，並且道：「這位大哥，怎麼急成這個樣，瞧，你的馬都累死了！」信使顫著手接過信，起身就想走，可身子哪裡聽使喚，一站起來就「哎呀」一聲又摔了下去，「天呀，這可怎麼辦？」他緊緊將信抱在懷裡，忍不住帶著哭腔說道。旁邊一個老者問道：「信上寫的喬家，莫非就是『先有復盛公，後有包頭城』的那個喬家，他們在包頭聲名赫赫，有復字號大小十一處生意，是不是？」那信使遲疑了一下，抹了把眼淚點頭道：「就是，就是這個喬家，出大事了！」說著他仍掙扎著要起身：「我要走，我就是爬，也要爬到祁縣去！」可他剛勉強站起接著又一跤跌了下去。老闆娘趕緊將他扶起，眾人七嘴八舌地說：「你這個人，腿摔成這樣，還要走？怎麼走？」那個遞信過來的鹽車把式沉吟起來，又問道：「哎，大哥，什麼信呀這麼急，用得著花五十兩白銀雇你跑這一趟？眼下這年頭，二十兩白銀能買一個大姑娘呢！」信使只是抹淚，並不回答，繼而喃喃地說：「什麼事，要命的事啊，也說不得呀……」眾人面面相覷，最後老闆娘開了腔：「哎我說這位大哥，你光在這裡抹眼淚也沒用，你的腿壞了，一時間也走不了，不如請這位鹽車大哥幫個忙，我租給他一匹快馬，請他幫著把信送到山西祁縣喬家堡。」鹽車把式一愣神：「我？」信使一聽這話，「撲通」一聲跪了下去：「大哥，我求你了，我給你十兩銀子，不，給你二十兩，只要你能在後天天黑前把信送到！」鹽車把式動心起來，旁人見狀又開始了七嘴八舌的議論。

一直縮坐在茶鋪門口的那個老乞丐突然又嘎嘎唱了起來：「哥哥走西口，小妹也難留，止不住那傷心淚蛋蛋一道一道往下流……」他蒼涼沙啞的歌聲雖不怎麼響，但似乎飄蕩在繁亂卻仍舊顯得荒涼的殺虎口，落在每一個人的耳朵裡，沉甸甸的，又好像帶著點刺痛，漸漸地野店裡的聲音也低了下去，一種莫名的鄉愁悄悄地籠罩了過來。

2

遠在幾百里外的喬家「在中堂」已至深夜，燭火依舊「突突」地燃著。喬家的大太太曹氏已經呆呆地坐了很久，一旁的丫鬟杏兒努力忍著瞌睡，她手捂著嘴打了幾次哈欠後，終於開口勸道：「大太太，您，您別擔心……曹掌櫃說了，他每樣東西都是半夜來拿，然後托極機密的人，遠遠地去當，一絲風都不會透出去的！」那曹氏只是緩緩地搖了搖頭，仍舊沒有做聲。她看過去不過年屆三十，容貌甚美，但由於總是顰蹙兩道柳葉眉，眉心一道淺淺的皺紋已經刻下，且體態頗顯柔弱。杏兒轉了轉圓溜溜的眼睛，遲疑了一下，又說：「莫不是奶奶心疼那座玉石屏風，說起來那到底是奶奶的陪嫁啊……」這次曹氏手一擺，打斷了她：「這些日子要給大爺請大夫、吃藥；明兒二爺又要去太原府鄉試，萬一得中，支撐個場面也得花銀子。當了吧！當了吧！好歹也有個一萬兩。」她的聲音裡有一絲說不出的沉痛，杏兒不敢再開口說話。曹氏擺了擺手，示意她下去。杏兒遲疑了一會，斂禮道：「大太太也早些歇息吧，明兒還要送二爺呢。」曹氏只是擺手，杏兒不敢再做聲，悄悄退下了。

曹氏一手扶著頭又獨自坐了好一會兒，突然起身在祖宗牌位前跪下來，低聲禱念道：「喬家歷代祖宗在上，喬門曹氏今日在此虔誠禱告祖宗在天之靈，保佑我喬家包頭的生意安然無恙，保佑大爺平安度過這一厄，大爺這一條命，就靠這口氣撐著呢！」她禱念完，略覺心安，可剛一站起，先前曹掌櫃來取玉石屏風時的話又在她耳邊響起：「大太太，大爺真的覺得我們這回能贏？我們真的不會掉進達盛昌邱家的套裡去？」曹氏腿一軟，復又跪下，忍不住合掌道：「不，不……想我喬家，從祖父貴發公開始經商，一百年來，從沒做過一件傷天害理之事，就是這次與達盛昌邱家在包頭爭做高粱霸盤，大爺也是被逼無奈，我們憑什麼該敗？列祖列宗，喬家要是敗了，那就再無天理……」雖然如此這般地禱念著，可這次跪下去，她許久都沒有再起身。

夜雖暗沉沉地籠罩著喬家這所百年大院，但統樓二樓的庫房舊傢俱中間，卻同樣明燭高燒。這裡堆著不用的破傢俱和生意上用的舊櫃檯之類，幾隻舊算盤和兩三本《商賈便覽》、《辨銀譜》、《客商一覽醒迷》胡亂扔著，灰塵滿落，平時罕有人至。

致庸正躺在這裡一個舊木箱上睡大覺，一本翻開的《莊子》蓋在他的肚皮上。他睡得很沉，嘴角不時顫動著。可突然，他大叫一聲，猛然坐起，睜大眼自言自語道：「啊！不對，不是學而優則商，是學而優則仕！」致庸是個相貌平常的年輕人，中等身量，也許最多只能稱得上白皙清秀，但奇怪的是，他一雙不大的眸子卻異常黑亮，這一點便使他這個相貌平常的人變得格外與眾不同。他自語的時候，那雙眼睛在暗夜中如同星星般閃亮著。

不一會兒，他似乎完全醒了，撓了撓頭，自嘲地笑道：「不對，我怎麼又做了這個夢？什麼學而優則商，孔夫子是怎麼搞的？……不行不行，這個夢得從頭做，是學而優則仕，不

是學而優則商，孔老夫子又說錯了！」

瞪著眼坐了一會兒，致庸又像方才那樣轟然躺下，過一會兒卻又轟然坐起，微笑著自語道：「不對！我想做的根本就不是這個夢！我想做的是莊周化蝶之夢。」他細了細嗓子，開始用晉劇藝人的腔調念白道：「說的是這一天春光日麗，清風和煦，莊周閒暇無事，步入後園，見百花盛開，彩蝶飛舞，不覺心中大喜，俄然睡去，就有一夢，夢中莊周化作蝴蝶，左顧右盼，五彩的翅膀，小巧玲瓏的身軀，振翅而翔，栩栩然一蝴蝶也。只見這蝴蝶穿梭於花亭柳榭之間，徘徊於秋水長天之下，不覺大為快樂。俄爾醒來，蝴蝶發覺自己竟然又成了莊周，莊周這下就不快樂了，讓他，不，讓天下的莊周之徒納悶的是，這到底是怎麼一回事？我原本到底是莊周呢，還是自由自在翱翔於花叢中適適然自得其樂的蝴蝶，亦或自由自在的蝴蝶原本就是我莊周？……不能啊不能，我快快樂樂的一個蝴蝶，怎麼可能成了這個叫莊周的傢伙呢……」他胡亂地念著，年輕的面孔上滿是無憂無慮的快活笑意，繼而「噗」一聲吹滅燭火，又倒下沉沉睡去。

這一覺睡去，那隻命運的金蝴蝶終於悄悄光臨了他的夢境，盤旋飛舞，熠熠生輝，繼而百隻，千隻，千萬隻，旋裹了他整個夢中的世界。

3

當清晨的第一抹陽光照在喬家大院的時候，曹氏揉了揉一夜無眠的眼睛，走出房外。院內停著一輛藍篷馬車，一個四十來歲的男僕長順，正恭恭敬敬地在一旁候著。清晨像露珠一樣清新卻沉甸甸地墜在花瓣上，曹氏長長地吸了一口新鮮空氣，開始指揮僕人往車上搬東西：「該帶上的都帶上，吃的穿的，文房四寶，還有他常讀的書。對了，給咱們家太原府大德興分號曲大掌櫃的信，前些天送走了嗎？」長順一邊不歇氣地往車上搬東西，一邊回答說：「大太太，送走了，曲大掌櫃那邊已經回了信，說二爺的吃住行都安排好了，讓您和東家放心！」曹氏微微頷首，杏兒用眼覷了覷她，寬解道：「大太太，二爺這回去了，說不定就高中了；二爺中了，咱們家也就出了個舉人，不比二門裡達慶四爺他們家差了！」曹氏微微一笑，又歎了口氣說：「就是中了，喬家三門也才出了一個舉人，人家二門出過五個舉人呢！」她突然覺得有什麼不對，轉頭對杏兒說：「杏兒，都這會兒了，二爺怎麼還沒出來，不會還沒睡醒吧？誰跟著二爺呢？長栓，長栓——」杏兒捂著嘴笑了起來。曹氏顰了顰眉：「你笑什麼？」杏兒低頭斂容：「大太太，二爺平日裡睡不醒，今兒要去考舉人，事關一生的功名，他不會再像平時了吧！」曹氏「哼」一聲，欲說還休：「對了，長栓呢，怎麼也不見個人影兒？天都這時辰了！杏兒，長順，你們倆一個內宅，一個書房院，給我去找，快點！」

兩人趕緊去了，這邊張媽卻匆匆跑出來，直喊道：「大太太，您快進去吧，大爺嚷嚷著要起來送二爺呢！」曹氏大驚失色，轉身跑進二門。

一問精緻的內室裡，病沉沉的喬致廣正在榻上掙扎：「來人，我要起來——」曹氏快步走過去，接過張媽手中的藥碗：「大爺，你躺著，先把藥喝了。」致廣一把推開：「不，我不喝！」曹氏眼裡一下湧出淚花，顫聲道：「大爺——」致廣心裡一軟，便閉上眼睛，不再抗拒了。相對於弟弟致庸而言，兩人雖然容貌酷似，但致廣相貌堂堂得多，一

舉一動頗有大財商的威儀，不過眼下的這場大病已經完全使他的容貌氣質走了形。

曹氏噙著眼淚給他餵藥，但是只幾口，致廣便「噗」一聲吐了出來，倒下去，閉上眼睛大口喘著氣。曹氏大驚，連聲喚杏兒叫大夫，卻見致廣撐起半個身子，艱難卻果決地說：「別，扶我……坐起來！」曹氏躊躇了一下，只得和杏兒扶他擁被半躺半坐。

致廣閉眼歇了好一陣子，才睜開眼，半晌喘著氣問：「曹掌櫃夜裡來過了？」曹氏點點頭，想說什麼又咽了下去，同時做了一個手勢讓杏兒等離去。致廣努力忍著，不讓自己發問，但頭卻費力地揚起，做著一個詢問的姿勢。曹氏心中大為不忍，背過臉去低聲道：「大爺，包頭那邊還是沒消息！你別急！」一聽這話，致廣的身體姿勢絲毫沒有放鬆，手卻下意識地抓起身邊一個鼻煙壺，煩躁地用力握著，不一會那鼻煙壺竟在不經意中被攥碎了。曹氏心下暗暗大驚，卻故意不介意地一邊收拾著，一邊勸慰道：「大爺，可別傷了手，你還是躺下吧，躺下舒服些。」致廣搖搖頭，開始努力說些輕鬆的事情：「致庸今天就要去太原府鄉試，事情都準備好了嗎？」曹氏連忙點頭：「都準備好了，你放心。」但一時間她再也忍不住，猛地轉身，不禁悲從中來。致廣不覺，故作欣喜道：「致庸今日一去，三場下來，一定能為我們喬家三門掙回一個舉人。來年就有資格去京師再考取一個進士，這樣我們喬家三門裡終於也要出一個做官的人了！」曹氏話中有話，忍著淚問：「大爺，你覺得……致庸這回真能考上？」致廣深吸一口氣，乾脆地說：「他能。我的兄弟我知道。甭看他平日裡在八股文上不上心，可我這個兄弟打小就不是平常之輩。別人念書，那是不得不念，是為了做官，我這個兄弟念書，那是他真喜歡書。致庸是我喬家三門生就的第一個讀書人，他要是還考不中舉人、進士，天下就沒有人配做這個舉人、進士了！」

曹氏長久沉默著，突然說：「大爺，二爺喜歡讀書不假，可是你知道，他骨子裡並不喜歡科舉，更不喜歡做官。他常說一個好好的讀書人，一門心思鑽營科舉，去做一個什麼官，簡直是作繭自縛，放著好好的日子不過，去找天下最大的不自在，還常常罵那些做官的人是天底下最大的傻子；就是這些日子，他也沒有要去考舉人的意思，天天還是我行我素……」致廣一聽，怫然不悅：「你，你到底想說些啥？」曹氏牙一咬，一不做二不休地回答道：「大爺，我想說，二爺生下來就是個大商家的公子，他過慣了自由自在的日子，根本不願意去太原府鄉試……大爺正病著，包頭的事情又遲遲沒有準信兒，我說這次太原府鄉試……就甭讓他去了！」致廣一驚，大怒著喘息道：「你……不行！就是天塌下來，二弟今天也要去太原府鄉試！」曹氏急忙上前幫他揉胸脯捶背，後悔道：「大爺，甭急，我不過就是提一提……」

致廣一陣劇咳後抬起頭，眼裡閃出淚光：「你……你忘了，當年爹娘怎麼死的？就是因為我們家沒人做官，被那些官商欺負，爹娘氣不過，才一病不起，雙雙亡故……我明白了，你是怕這一回我們在包頭輸給了達盛昌邱家，怕我撐不過去，怕到了時候這個家裡沒有男人支撐局面！不……我和達盛昌邱家誰勝誰敗，還不一定呢！致庸今天一定要去太原府鄉試！」話音未落，致廣一陣大喘，接著一口血咳了出來。曹氏「撲通」一聲跪下，哭著喊道：「大爺……」致廣毫不為之所動，喘著說道：「你起來！沒想到你也不懂我的心！……可憐我這個兄弟，爹娘去世時才三歲，記得那時爹娘將二弟的手交到你我手中，特意囑咐過，長兄如父，長嫂如母，看在他們的面上，對致庸該打的時候，就罵兩句，該罵的時候，就說他兩句，一定不要讓他覺得自己是個沒爹沒娘的孩子！」

曹氏泣不成聲：「大爺，別說了……」致廣不理，直著眼繼續咳著說道：「不，我要說……葬爹娘那一日，喬致廣就記下了一句話，雖然致庸沒了爹娘，可我是他的大哥，我一定要讓致庸快快活活地長大，一輩子都讓他快快活活的，不讓他覺得自個兒沒有爹娘！致庸從小不喜歡經商，我就不讓他學生意……就是念書，也不是我逼他，我曾經下過決心，若是他不願意讀書，我也不會逼他讀書！可我看他不是這樣，我這個兄弟，天生就是個讀書的料，我讓他讀書，讓他走科舉之路，不這麼做，我怕會誤了他的終身！這樣我就對不起二弟，更對不起死去的爹娘！我……」

曹氏咬咬牙，趕緊拭著淚說：「大爺，你的心思我懂了。是為妻錯了……我現在擔心的是二爺自個兒，他那種莊周一流人物的心性，萬一根本就不想中舉，上了考場故意不好好地考，大爺的這片心，就白費了！」

致廣停住咳嗽，大喘了一口氣，繼而深思道：「你說的也有道理，不過我有辦法讓他一心一意地好好考，而且一定考中！」曹氏有點半信半疑：「大爺，你有辦法？」致廣又一陣大咳，揮手道：「拿筆來——」曹氏轉身去的時候，致廣帶著喘咳的聲音又從背後傳來：「記住，家裡的事，包頭那邊的事，半個字也不能透露給致庸，就是去趕考，也要讓他快快活活的！」曹氏沒有回頭，眼淚像斷了線的珍珠一樣直淌下來。

4

清晨的陽光照在致庸沉睡的面孔上，他在夢裡依舊笑嘻嘻的，喃喃地說著夢話：「誰是喬致庸？喬致庸是誰？我不是喬致庸，我是莊周？不，我也不是莊周，我是蝴蝶，栩栩然蝴蝶也——」他高高瘦瘦的貼身男僕長栓，躡手躡腳地走到致庸身旁，歎一口氣，使勁學了一聲雞叫。致庸猛一驚醒，揉著眼半晌沒有回過神來。長栓又歎口氣，附耳對致庸說了幾句話，致庸「哎呀」一聲，跳起來就跑。

致庸略略梳洗整理了一番，趕緊穿堂過室，一路小跑到中院。長栓招呼著陸續趕來的長順和杏兒，趕緊跟著。致庸好容易喘著粗氣，跑到在中堂，一抬眼便看見致廣衣冠鮮明地端坐著，曹氏和張媽一邊一個守著他。致庸又高興又激動，也顧不上致廣神情嚴肅，只一迭聲地問：「大哥，你能起來了？你的病算是好了吧？」也許是致庸帶著孩子氣的真情流露，致廣當下就覺得眼窩一熱，趕緊正了正神色，喝道：「跪下！」致庸一愣神，立刻笑嘻嘻地跪下，嘴裡還狡辯著：「大哥，大嫂，你們看，今天這麼要緊的日子，長栓竟然不叫醒我，你說他該不該打！」說著他扭頭衝長栓擠擠眼睛，這邊長栓聽了直跺腳，卻也不敢出聲申辯。

致廣不答理他，手摸索著撐住太師椅的雕花扶手，想要站起來，卻還是不行。兩邊的曹氏和張媽趕緊架住他，將他慢慢扶起。致廣站穩後，便推開她們的手，沉聲命令道：「嗚炮！動樂！」長順朝門外一招手，一時鼓樂鞭炮齊鳴。

致庸一驚，迷惑地問道：「大哥，今天什麼日子呀，怎麼這麼大動靜？」致廣沉沉地反問道：「二弟，你還不知道今天什麼日子？」致庸搔搔頭，想了一會兒，犯難地說：「大哥，今天不就是八月十三嗎？」致廣微微頷首，回答道：「二弟十年寒窗，今天終於到了出門應試的日子，再回來之日，就是舉人、進士，離家的日子長，在家的日子短。臨

行之際，還不向爹娘和我喬家三門的祖宗辭行，讓爹娘和祖宗保佑你一路平安，馬到成功！」

眾人都望著致庸。致庸想笑又不敢放肆，憋了會終於開口說：「大哥，你是不是也太……二弟今天就是去應個鄉試，能不能中舉，還不知道呢！再說了，不就是去考舉人，還犯得著大哥驚動祖宗，裡裡外外鬧這麼大動靜？」致廣勃然變色：「住口！這是什麼地方，容得你信口胡說！」致庸急忙斂容：「是，大哥！」致廣做了個手勢，長順應聲，恭敬地點了三炷香，遞給了致庸。致庸不情願，卻也無奈，閉一閉眼睛，便前去上香，跪拜如儀，禱念道：「爹娘祖宗在上，致庸今日奉大哥大嫂之命，去太原府鄉試。這鄉試又不是大事，致庸本不想驚動爹娘和祖宗，可大哥一定要致庸這麼做，致庸只好聽他的。致庸求爹娘祖宗保佑，盼此去太原府給大哥大嫂拿一個舉人回來，且不費我吹灰之力！」說完他長吁一口氣，扭頭笑嘻嘻地衝致廣說：「大哥，這總行了吧？」

致廣眼中忽然浸出淚來。致庸變色，急忙問：「大哥——」致廣努力忍住淚，微笑著對致庸招手說：「兄弟，來，扶大哥一把！」曹氏想上來扶他，卻被致廣推開。致庸趕緊起來奔上兩步，扶他一步步挪過去。致廣上香，跪倒在地，禱念道：「父母大人在上，十六年前，父母去世之際，將二弟託付給致廣和兒媳曹氏；十六年過後，致廣和曹氏已遵父母之命，將二弟養大成人，就要送他離家去赴太原府鄉試。爹，娘，二弟這一去，一定不負你們的期望，為我喬家三門掙回一個舉人。二老在天之靈，保佑他鄉試高中，來年金榜題名，狀元及第吧！致廣給父母和祖宗磕頭！」他說說喘喘，中間歇頓了好幾次，那些歇頓的空白像刀鋸似地撕割著他的胸膛，痛楚不堪。致廣竭力撐著，好容易說完這段話，又艱難地磕下頭去，但未及站起，身子忽然向邊上猛然一歪。

眾人皆大驚失色，長順趕緊回頭對門外喝道：「快停樂！」這邊致庸和曹氏急忙將致廣扶起，攙坐回去，致廣不覺閉目大喘。致庸擔心地問：「大哥，你沒事兒吧，你要是覺得不好，我今天就不去了！」致廣一聽這話，猛然重睜雙眼，厲聲道：「你給我住口！」致庸急忙躬身稱是。致廣又喘了一會，勉強笑了笑，努力振作著，和顏悅色道：「二弟，你要走了，大哥有句話，要囑咐你！」致庸見他似乎沒有大礙，也略略放下心來，笑著說：「大哥，不就是考個舉人嘛，憑二弟這一肚子臭不可聞的八股文，蒙個把舉人，又不是什麼難事，你就別……」致廣厲聲喝止：「你——」

致庸嚇得再次躬身：「大哥——」致廣怒不可遏，訓斥道：「就憑你如此狂傲，這回去了太原府，也中不了舉人，給我跪下！」致庸依言跪下，嘟噥道：「大哥，你……你別生氣呀，我不過就是這麼說說而已。」門外，長栓偷偷捂著嘴樂，致庸回頭看他，恨恨地擠一下眼睛。致廣呼呼直喘：「就你這樣，到了太原府，我怎麼能不擔心！」曹氏趕緊上來圓場，同時對致庸使使眼色。致庸心領神會，不再嬉笑言語。

致廣指著堂上高懸的「在中堂」三個字問：「當初喬家祖宗為我們三門分家，專為我們這一門立了這個堂號。你說說這是為什麼？」致庸作出恭敬的神色，認真回答道：「孔子曰，『不偏不倚謂之中。』祖宗為我們三門立這個堂號，是要我們為人處事，不偏不倚，不急不躁，不疾不徐，行聖人之禮，遵中庸之道。」致廣微微頷首，又問：「還有呢？」致庸忍不住低低吁了口氣說：「哥，好像沒什麼了吧。」致廣正色道：「有。你的名字叫致庸，就是爹娘據這個堂號給你起的。所謂致庸，就是學而致用，不尚空談，就是

逢事不走極端，就是要訥於言而敏於行，做人要敦實。」他越說越苦口婆心：「尤其為人不得輕狂，要規規矩矩，不能恃才傲物，覺得天下都不足取！你不過是一個小小生員，出門在外尤其要收斂，比如掌管著你仕途的那些考官，不管人家說啥，你都應該低聲下氣，不能一句話不順耳就像在家一樣強詞爭辯，甚至由著性子跟人家吵架……」致庸漸漸不耐煩起來，忍不住嘀咕道：「天下本來就不足取也！至於那些考官，萬一他們說出混帳話來，我也要低聲下氣？」

他嘀咕的聲音雖輕，致廣還是聽到了幾句，立刻呵斥道：「胡說！人家是朝廷命官，講的是聖人之言，行的是周公之禮，怎麼會說出混帳話？倒是你，念了幾篇老莊，就不知道天高地厚，把天下人都不放在眼裡。」致庸笑著分辯道：「哥，你是不是錯怪我了，我不止念老莊，我更念孔孟，其實在我身上，出世之心和人世之心一樣重！我……」曹氏向致庸連連擺手，頻使眼色。致庸趕緊閉了嘴，這邊致廣又數落起來。致庸咧嘴吸了口涼氣，然後容忍地微笑起來，等到致廣喘息停頓的間歇，致庸逮住機會便拱手道：「大哥，天不早了，你也教訓得夠了，讓我起來吧？」說著他便自個兒站了起來。致廣深深看他一眼。致庸只好重新跪下，嘟噥道：「你看，還沒完了！」

致廣抬頭問：「誰跟二爺一塊去？」長栓急忙進來，回稟道：「大爺，我跟二爺一起去！」致廣喘了一口氣，叮囑道：「太原府不是喬家堡，車多人多馬多，撞傷了不是玩的。等會兒出了門，你們路上不能拐彎，一路直奔太原府；到了太原府，那些好吃好看好玩的地方，一概不能去！到了就住到咱們家的鋪子裡，交代曲掌櫃，二爺住進去以後，只准在裡頭讀書，除了去貢院應考，再不准他出門！」長栓不由看致庸一眼，心裡暗自嘀咕，說這爺哪裡能管得住啊，但口中他仍趕緊向致廣應承：「是，是！」

致廣示意曹氏和杏兒扶他站起，然後對致庸說：「你，起來吧！」致庸一骨碌爬起來，高興地說：「謝大哥！大哥，大嫂，這回我可以走了吧？」致廣沒出聲，示意杏兒拿出一封信來，然後說：「二弟，你去太原府，帶上大哥這封信。」致庸伸手來接，致廣擋住，沉聲叮囑道：「不要馬上看，什麼時候進考場，你什麼時候看。」致庸一樂，笑著說：「大哥，什麼信呀，你甭鬧得像諸葛亮似的，派趙雲出征還送給個錦囊……」他到底沒敢說完，看看致廣的神色，趕緊換個話頭應承道：「是是是，我聽大哥的，大哥不讓我這會兒看，我就進考場時再看！」

他接過信，隨手塞進口袋，對長栓眨眨眼，低聲喝道：「還不快走?!」長栓趕緊跟著他快步走出。致庸快走了沒幾步，突然又折回來，看著致廣遲疑著。致廣厲聲道：「又怎麼了你？」致庸猶豫了一下，突然像小時候一樣上前抱住致廣，搖晃了兩下，嬉笑著說：「哥，哥，你可答應我，我回來你的病就徹底好啦！」不待致廣回答，他衝有點愕然的眾人伸伸舌頭，一溜煙地就跑遠了，再沒回頭。

致廣靜靜地看著他跑遠，對弟弟最後那個孩子氣的舉動，他到底沒忍住，兩行清淚終於落了下來。他停了停，忽然扭頭喊道：「鼓樂呢？鼓樂怎麼停了！景泰他娘，我走不動了，你快出去送二弟……去應試！」一句話沒說完，致廣再也堅持不住，猛地向後倒去，口中噴出血來。曹氏大驚，撲上去抱住他，一迭聲喊道：「大爺，大爺……快叫大夫啊！」致廣勉強睜開眼，喘息著說道：「別聲張，讓致庸安心走！」曹氏眼淚滂沱而下。堂外，鼓樂又熱鬧地響了起來。

5

果然不出長栓所料，他們的馬車沿著汾河的官道沒趕多遠，致庸就吹著口哨把他的鞭子搶了過來，然後自個趕著馬車拐到了另外一個便道。長栓知道他要去哪裡，又氣又急，但也無可奈何，只好由他了，但是不住地念叨著：「我的爺啊，明兒應試是大事情，您可千萬不能耽擱啊！」致庸最後被他念叨煩了，手一揮在長栓的頭上甩了一個響鞭，笑著說：「小子，別一本正經的了，難道你就不想去？」長栓臉一紅，想說什麼又忍住了。

致庸熟門熟路，不大一會工夫就進了祁縣縣城，在一家有點殘破的後院門口停了下來。他跳下車，一邊熟練地找了塊墊腳的石頭準備翻牆，一邊嘀咕道：「江家真是不爭氣，瞧這後牆，塌了這麼久也不修，牆這麼矮，多不安全啊，還好我不是壞人啊……」沒費多大勁，致庸就翻過了牆頭往下一跳，不料想牆下不知何時多了一個大坑，他一跳正好栽在了那個坑裡，半天才「哎喲，哎喲」地爬起來。致庸隨便拍拍身上的土，接著就開始學起了蛐蛐叫，兩長一短，非常規則。

不大會兒，二樓廂房便奔出兩個年輕的姑娘，前頭的那個姑娘額頭飽滿，一雙眼睛長而清媚，容貌極是秀雅，一身淡雪青色的家常衫子亦把她襯托得異常清麗脫俗。致庸看著她由遠而近地奔過來，饒他一直嬉皮笑臉慣了，也不自禁地微微漲紅了臉，但他仍裝出一副滿不在乎的樣子，繼續鼓著腮幫子學蛐蛐叫，還微微背轉過身去。那姑娘奔到離致庸十步遠的地方，便放慢了腳步，越走越慢。原先落在後面那個丫鬟打扮的姑娘趕了上來，一看他倆這個架勢，忍不住掩嘴「噗嗤」一笑，同時開始向院牆外張望。

「雪瑛——」致庸到底忍不住。他這一喚，雪瑛乾脆停住不走了，頭微微垂下，粉臉緋紅。「翠兒，長栓在院子外面呢！」致庸笑呵呵地向外擺了擺頭說。翠兒一聽，臉也紅了，當下頷首道：「喬二少爺好，我，我去外面看看。」說著她便趕緊知趣地去了院門外，一是替他們望風，二來則是見見也算青梅竹馬的長栓。他們四個人打小便一起長大，感情頗深。雪瑛眼見著翠兒不見了人影，才慢慢抬頭，看著致庸說：「你……你怎麼來了？」致庸依舊笑嘻嘻的：「人家想你了，就來了唄！」雪瑛臉漲得更紅了：「少胡說你！來了也不走大門，還像小時候那樣爬牆頭！馬上就是舉人老爺了，萬一讓我爹娘發現——」致庸一聽，拉長了聲調依舊笑嘻嘻地說：「我是為你好才爬牆進來的。現如今雪瑛人大心大，男女授受不親，我要是從前門進來，姑父姑母一定不會讓我見你。那時你就是再急著要見我，只怕也見不著了！」雪瑛「呸」了一聲，又好氣又好笑道：「別臭美了，你怎麼知道人家要見你？」

致庸故意正色說：「喬致庸要是連這點自信都沒有，還會來爬江家的後牆？喬致庸要是不知道江雪瑛天天都在想我，念我，尤其這幾日一直盼我來，那我還讀什麼書？考什麼舉人？我要是考不上舉人，又怎麼能托媒人來江家求親——」雪瑛又驚又喜，一時也顧不上矜持了，急切問道：「你說啥？你要托媒人來……求親？」致庸故意逗她，裝作沒聽懂：「我說了嗎？我怎麼不記得了！」「你——」雪瑛又羞又惱，作勢上前打他，致庸一把抓住她的手。雪瑛大急，一邊掙著手一邊低聲嚷道：「快鬆開，你要死了，讓別人看見，那還得了！」致庸一邊使壞耍賴不鬆手，一邊低聲央求道：「好妹妹，想不想知道我怎麼跟大哥大嫂講的？要是想知道，就跟我走！我帶你去個好玩的地方，真的，真的，就

一會兒，很快送你回來，今兒太陽多好啊。」雪瑛開始只是掙著手搖頭，但禁不住對終身大事的關切和致庸帶著點孩子氣的央求，最後到底點頭答應了。

兩人快步出了後院門，一抬眼正看見長栓和翠兒在那邊低著頭輕聲說話。致庸調皮地咳嗽了兩聲，鬧了兩人一個大紅臉。雪瑛快步上前向翠兒耳語了幾句，翠兒看上去多少有點擔心，附耳向雪瑛叮囑了好幾句，才點點頭，又紅著臉看了長栓一眼，便趕緊回去了。

馬車很快出了城，來到十字路口。長栓在篷車外問：「二爺，往哪兒去？」致庸做了個鬼臉道：「什麼往哪兒去，該往哪兒去你還不知道？」篷車外長栓歪著頭停了停，接著笑呵呵地甩了一個響鞭：「明白嘍！得，駕！」

雪瑛原本一直絞著手坐著，突然覺得有點不對，便朝外看去，立刻失色叫道：「致庸，這是去哪兒呀？這不是去太原府的官道嗎？」致庸裝糊塗，也掀起簾子朝外看看說：「怎麼，這是去太原府的官道？長栓，你怎麼把車趕上了去太原府的官道？」不等長栓回答，他便放下簾子回頭對雪瑛說：「算了，既然上了去太原府的官道，就跟我一塊去太原府玩玩吧！」雪瑛沉下了臉，直盯著他，一言不發。致庸看著她的神色，突然也覺得自己有點發瘋，於是撓撓頭又嬉笑道：「那，那，要不然……可是……」他到底沒說出些什麼，只好回望著雪瑛那雙長而嫵媚的眼睛，恨不能在她美麗的眼波裡一直留下去。儘管他一直嬉皮笑臉的，可是他那雙極黑極亮的眸子裡含有太多的不捨和情意，雪瑛突然含羞帶笑地低下了頭，只輕聲說：「冤家，跟你去太原府也可以，但最晚明天天亮前，你得讓長栓把我送回來。若到了明天天亮我爹娘見不著我，我可活不成了！」致庸大喜，說：「行，明天天亮就明天天亮，長栓，把馬趕快點啊！」

馬車更快地跑了起來。雪瑛伸出一個手指頭在致庸額頭上輕輕點了一下：「瞧這瘋樣兒，真拿你沒辦法。」致庸也笑了，拉過雪瑛的手說：「真是奇怪，我一看見你就捨不得，原先只想繞道瞧瞧你，可見了你之後就想帶你出來待一會；等你上了車之後，我又想帶你去太原府，與你相伴的時間更長些，最好，最好，永遠都不分開呢。」雪瑛大羞，又掙脫她的手。致庸緊緊握住，深情地看著她。兩人四目相對，一時千言萬語，雪瑛慢慢低下頭去，任由他握住自己的手。

半晌，雪瑛長吁了一口氣道：「快說吧，人家都愁死了！」致庸一樂，拍著肚子說：「愁什麼？我知道了，你是怕我考不上？就我這一肚子八股文章，臭不可聞，騙他們個舉人，還不是綽綽有餘！真可惜這次不是殿試，考的也不是聖人之言；若是殿試，考聖人之言，我一篇錦繡文章做下來，當今聖上還不得給我點個狀元！」雪瑛見他吹得起勁，不由得「噗嗤」一笑，接著卻又低頭不語。致庸看出她有心事，連連追問。雪瑛禁不住他問，眼裡溢出淚花，終於細聲道：「致庸，告訴你，我們家這幾年的日子你是知道的，我爹做什麼生意都賠，到如今窮得只剩下我這個閨女了！」致庸一驚：「說什麼呢你！我姑父他不會……」雪瑛點頭，聲音更低了：「我爹說了，現在他做生意沒本錢，一家人不能餓死，要把我嫁給一個有錢的人家，借點本錢開一家大煙鋪！」致庸裝作很緊張地問：「真的？你呢，你答應了？」雪瑛生氣地甩開他的手，致庸趕緊做念白狀安慰道：「罷罷罷，我說這位小姐，你也不要發愁。喬致庸今天去太原府鄉試，一眨眼就是舉人；好歹再熬一熬，然後到京裡應試，出門就是進士；中了進士，在下不但有資格做官，還有資格請大哥大嫂出面，到江家提親。」

雪瑛驚喜地一把抓住他的手說：「真的？」致庸握緊她的手認真地說：「當然。只要姑父姑母不反對，這門親事就是板上釘釘，誰也不能把我們分開。喬家雖不是什麼大富之家，可借給姑父幾千兩銀子做本錢，也不是難事。只是開大煙鋪，我不贊成！」雪瑛大為高興，眼淚不覺流出，只好背過臉去，用絲帕拭淚。致庸為了分散她的注意力，趕緊推推她說：「雪瑛，你看，你看，外面多美啊！長栓，停車，讓我們下去遛遛。」

太原郊外，一片片野花、野草自由自在地沐浴在陽光下，鳥聲清脆可喜，幾隻金色的蝴蝶在大片的野生紫雲英間亦飛亦停，翩然起舞。雪瑛開心得如同一個小女孩般雀躍：「致庸，瞧這裡景色多美，我覺得我今天來到了一個夢中曾經見過的地方！」致庸略帶驚訝地說：「說得不錯。我也覺得，我在夢中到過這個地方！莊周夢蝶的地方，瞧這幾隻金色的蝴蝶，我前兒還在夢裡見過呢！」

雪瑛笑他：「你又來了！請問這位大爺，你是莊周，還是蝴蝶？」致庸嘻嘻笑著答道：「莊周不知自身是蝴蝶，蝴蝶也不知自身是莊周。」雪瑛也樂了，如小時候般伸手在他頭上敲了一下道：「既然莊周都不知自身是蝴蝶，你這位莊周之徒，還是做山西祁縣喬家堡的喬致庸吧！」致庸在她頭上回敲了一下說：「錯了，難道莊周就不是喬致庸？喬致庸就不是莊周？天下有多少喬致庸，就有多少莊周；天下有多少莊周，就有多少蝴蝶之夢——」雪瑛笑著打斷他：「好了，別胡說了！快告訴我，這些日子，大表哥大表嫂把你圈在家裡，你可把歷科墨卷、天下的八股文都吃進肚子裡了？」致庸嗤之以鼻：「告訴你！我讀的是關關雎鳩，在河之洲。窈窕淑女，君子好逑。」雪瑛臉紅不語，跑向前去摘花。致庸追上她，又一本正經地說：「好了好了，我讀的是這種墨卷，你聽好，靜女其姝，俟我於城隅。愛而不見，搔首踟躕。」他瞄瞄雪瑛入神的樣子，放聲大笑：「哈哈，就是說一個像你一樣美麗的女子，在城門洞裡等我。她非常愛我，卻不見我來，急得抓耳撓腮。」雪瑛「呸」了一聲，惱道：「胡鬧，要考科舉的人，不好好讀五經四書，只顧看些閒書！」

致庸不管，握緊她的小手又開始背道：「手如柔荑，膚如凝脂，領如蝤蠐，齒如瓠犀。螓首蛾眉，巧笑倩兮，美目盼兮……」說著他捧住雪瑛的臉，越發深情款款：「你看，她的手如同柔軟的茅草一樣白嫩，皮膚的顏色如同凝固的脂膏，脖子又長又白，如同雪白的蝤蠐蟲兒，牙齒雪白如同瓠瓜的籽粒，她有知了一樣方正的額頭，蛾子一樣的長眉，她那媚笑的酒窩呀，那美麗的眼波呀，真讓我陶醉。妹妹，我背書的時候，千思萬想的就是你啊！」雪瑛大為感動，輕輕偎依在他的懷裡，忍不住又落下了眼淚，哽咽著說：「致庸，不知為何我就是害怕！現在鄉試，再往後是會試、殿試，你真要中了狀元，京城有那麼多的達官顯貴、有財有勢人家的小姐，你還能回到祁縣娶我？」致庸輕拍著她的背勸慰道：「好妹妹，貧賤之交不能忘，糟糠之妻不下堂，那時我何止要娶你。告訴你吧，就這會兒，我連咱倆的一生都設計好了。」雪瑛破涕為笑：「又在胡說，誰是糟糠？還設計一生呢，你又在哄我！」

致庸神采飛揚地說：「聖人云，凡事預則立，不預則廢。人生在世，不過百年，我們既然不想虛度年華，自然事先要好好設計。」雪瑛抬起頭來表情熱切地看著他，於是致庸便很得意地開始長篇大論：「首先，天下人讀書，皆是為了做官，讀書人做官，當然有人抱的是經國治世之志，更多的人卻只是為了一份俸祿。我卻跟他們不同。喬家雖不是大富

之家，但只要生意不倒，我這一輩子，銀子大概是不會缺的，因此我不會為了一份俸祿去讀書做官。其次，我雖然生在商家，卻不是長子，不用操心家中生計，大哥大嫂也從沒想過讓我接管家事。仔細想起來，我竟是天下第一等閒人。上天把我喬致庸生成這麼一個人，我自然不能辜負它這一番美意嘍。」雪瑛用一個手指頭刮臉羞他：「哎呀那是誰呀，不多一會兒還說他要狀元及第，出將入相，做國之棟梁，一眨眼又不想為官作宦了？」

致庸大笑道：「雪瑛，怎麼你也把我看成誠心正意修身齊家治國平天下一流人物了！呸呸！我這個上天恩賜的天下第一等閒人，怎麼能墮入那一流人物中去！」雪瑛也笑：「你又說胡話了，難道天底下還有比修身齊家治國平天下品格更高一等的人物？」致庸一拍大腿說：「這話你問得好。豈不聞古人云，帝王之功業，聖人之餘事。一個人連治國平天下之類的大事都看不上，其心就不在塵世之間，而在雲端之上。哎，我說你回去好好讀讀《莊子》就明白了。」

雪瑛嗤之以鼻：「呸，我不信，你要真是莊周，就不會來太原府鄉試。莊周會來考舉人？別讓我笑話你了！」致庸正色道：「雪瑛，我是莊周，可現在又是一個俗人。既然做了俗人，就不能沒有俗人之累，不做俗人之事。實話告訴你，這次我去太原府鄉試，其實並不是為了中舉，而是為了安慰大哥之心。大哥大嫂從三歲時把我養大，供我讀書，又不指望我為喬家做生意賺錢，只指望我今年鄉試高中，然後再去京師，騙一個進士，在喬家門前樹一個牌坊，光宗耀祖。我要是連這個都做不到，不就太讓大哥大嫂寒心了嗎！既然做了進士，恐怕好歹還要去做一任縣令。做完一任縣令，我一生的俗事就完了。我脫掉烏紗，就不再是一個俗人了，我成了一個既有錢又有閒的人，一個大清國的莊周，一個莊周夢中的蝴蝶，和你這個狀元娘子一車一馬，離開山西……」

雪瑛脫口而出問道：「真的嗎？離開山西去哪兒？」致庸用手刮刮她秀挺的鼻子，笑道：「輕車簡從，行萬里路，遍覽中華大好山河。譬如看看孔老夫子登臨過的泰山、秦始皇帝令蒙恬修的萬里長城、蘇東坡泛過舟的赤壁，看看徐霞客遊記裡的黃山，看看那從崑崙山直泄東海的黃河……」

雪瑛悠然神往地說：「太好了，我做夢都想！」致庸攬過雪瑛，兩人並肩對著遠方的藍天白雲，致庸千古情懷悠悠念白道：「還有那荊軻刺秦辭行時唱出慷慨悲歌的易水，秦將白起坑趙兵四十萬的長平，楚霸王中了十面埋伏兵敗自刎的垓下，謝家小兒郎大敗前秦苻堅的淝水，隋煬帝開鑿的南北大運河，唐明皇賜死楊貴妃的馬嵬坡……」雪瑛熱切地回應道：「太好了，這都是我想去的地方！」致庸扳過雪瑛的肩，深情地面對她，繼續說道：「還有那四大名都，三大名樓，奇山秀水，名人舊跡……雪瑛，我們就這樣一年年游遍大江南北，長城內外，名城大邦，然後回到祁縣，在山中建一座別館，兩個人閉門讀書，春天養花，冬日釣獵，年復一年，日復一日，如同一對神仙眷屬，悠哉遊哉，不知老之將至。妹妹，你覺得我這個夢做得還是做不得，你願意嫁給這個莊周嗎？」

雪瑛突然把頭埋在他的懷裡，又抽泣起來，哽咽道：「致庸，你把我們以後的日子說得那麼好，像一場做不完的美夢，我都不敢相信了！致庸，世上有這樣的好日子嗎？我江雪瑛有這樣的好命嗎？我心裡真是害怕。」致庸幫她拭淚，柔聲道：「別急別急，這樣的日子，會來的，你只要等著就行！」

雪瑛癡癡地望著他道：「致庸，致庸，你可不能騙我，從今天起，我可就等著了！」

兩人四目相對，一時間勝過千言萬語。

半晌，雪瑛突然拉著致庸向不遠處一座殘破的小廟奔去，說定要與他起個誓。一進廟，雪瑛就在神像前虔誠地跪下。致庸定睛一看，又好氣又好笑道：「雪瑛，你要和我起誓嗎？可這是一座財神廟，供的不是主管人間姻緣的月下老人！」雪瑛不理他，開始虔誠地禱念道：「財神爺爺在上，民女江雪瑛今天在你面前發誓，一生一世，非喬致庸不嫁！有違此誓，令我這一輩子，雖生如死！」

說著她回頭看致庸，致庸撓撓頭，也只好走向前跪下，合掌戲謔地禱念道：「財神爺爺在上，你老人家管的是天下的錢谷，本不該管這天下的姻緣，可今兒有人一定要我在你面前發誓，我也不便推辭，讓你老人家受累了。」雪瑛嗔怪道：「致庸，你少胡說，這是在神前！」致庸雖仍笑嘻嘻地凝視著她，但眼中的柔情大起，於是他扭轉頭對著神像拜了三拜，正色道：「在下喬致庸，家住山西祁縣喬家堡，今生今世，非江雪瑛不娶，若有半句虛言，令我求死不得，心痛如割！」雪瑛一聽忙阻止他：「你胡說些啥呀！」致庸一下跳起，又拉她起來嬉笑道：「看你，剛才也不攔我，話都說出去了，你才心疼。」雪瑛癡癡地凝視了他半晌，忽又掩嘴笑了起來，接著含羞地忸怩了一下，遞給致庸一個精緻的香囊。致庸接過大喜，讚賞不已，隔了一會卻又取笑道：「這算是定情物了吧?!」雪瑛聞言大羞，伸手要搶回，致庸趕緊藏起，然後笑道：「好好，不是定情物，這是妹妹怕我到了貢院，還像平日一樣喜歡睡覺，一覺睡過去，誤了這個舉人，接著誤了妹妹的終身大事。妹妹放心，今天我喬致庸戴上妹妹的香囊，到了考場，一打瞌睡，我就拿出它聞聞，立時三刻便會精神抖擻！哈哈！」

第二章

1

十九世紀中葉的太原府商街極為熱鬧，雖說這幾年受南方太平天國戰亂的影響，商業幾受重創，但街上的人流仍舊熙熙攘攘，衣著光鮮的士紳與面帶菜色的饑民一起在這百年商街上摩肩接踵，川流不息。

雪瑛很久沒有出遠門了，看什麼都新鮮，又恨自己不是個男子，不能隨意走動。致庸想了想，從自己的行囊裡翻出一件青色暗紋提花斗篷遞給她。雪瑛大喜過望，又搖頭說：「致庸哥，別淘氣了，你趕緊去溫課吧，別耽誤了應試。」致庸沒有吭氣，若有所思起來。雪瑛有點擔心地推推他，致庸哈哈大笑：「我說雪瑛，你的心怎麼就那麼實？你想想看，萬一我考不中舉人，大哥大嫂能拿我怎麼辦？」

雪瑛一怔，隨即明白了他的意思：「你是說，你要是考不中，大表哥大表嫂就死了心，不再逼你走科舉之路，我們倆的事就……」「這就對了，大哥大嫂那麼說，只有考中舉人進士之後才派媒人去江家提親，那是嚇唬我呢；我要是考不中，他們就不讓媒人去你們家提親了？」雪瑛的臉一下子緋紅起來，羞聲道：「哎呀，你是說，你要是考中了，我們的親事還要拖下來，費許多曲折；要是你考不中，我們就——」致庸連連點頭，嘻嘻笑道：「對，你不是想過我說的那種日子嗎？我要是考不中，那種日子馬上就能來到；相反我要是考中了，你還得等呢！怎麼樣，還是考不中的好吧?!」雪瑛微一凝思，便立刻喜孜孜地開始穿戴斗篷，成了一個俊俏的小夥子。致庸和雪瑛相視大笑，笑畢，兩人雙手交握，心意相通，一時對這個新決定喜不自勝。

馬車突然間停了下來，致庸在篷車裡連問怎麼了，外邊長栓回稟道：「二爺，前面有人在吵嘴，堵住啦！」致庸想帶雪瑛去看她小時候最喜歡的皮影戲，揮揮手道：「繞一下，我們去前街皮影館！」長栓一聽，道：「二爺，那可不行，來時大爺可是交代過，到了太原府，要直奔咱們家的鋪子——」致庸在車內做了一個鬼臉，喝道：「少囉嗦，將在外，君命有所不受！快點去吧，到了皮影館你最好找個地方好好睡一覺，天亮之前，你還要送雪瑛小姐回祁縣呢！」長栓「哼」一聲，勉強應道：「好吧，不過……大爺要是查出來，您可得替我兜著啊！」致庸聞言大笑，也不接口，在篷車裡癡癡看著低頭含笑的雪瑛，臉上滿是幸福。

前方不遠處，背著一袋花生的孫茂才正和一輛馬車的車夫吵得厲害。風塵僕僕的茂才正氣得跺腳：「你一個趕車的，怎麼敢這麼跟我說話？是你先撞了我啊！」那趕車的敢情也是個橫主，乾脆跳下車吵道：「我一個趕車的怎麼了，你不就是一個賣花生的嗎？你也不看看自己是怎麼走的道！」兩人各不相讓，越吵越凶，四周圍起了不少看熱鬧的人。就在這時，這輛馬車上跳下一個年輕人，衝茂才一拱手，朗聲道：「這位兄臺，我家下人不對，撞到了你——」那趕車的一聽又急了：「小……少爺，你看看這個人，硬說我們的車撞了他！明明沒撞到嘛！就算撞了，撞你一個賣花生的，又怎麼著？」茂才大怒，指著他鼻子道：「你是狗眼看人低，老子是山西祁縣的生員，老子是來太原府應鄉試的秀才！媽的，就算是個賣花生的，你能白撞嗎？叫你家主子評評理！」他一抬眼，看到眼前這「主子」異常俊美且含笑的面孔，倒愣了愣。這位叫陸玉菡的俊俏「主子」聽了他的話，對著茂才上下打量，見他一身布衣，長期失意抑鬱的面孔此刻滿含怒氣，但眉宇間卻有種擋不住的書卷氣，合著時不時閃爍的自嘲自憐與睥睨傲然，使他跺腳罵人時也難掩一種複雜的文人氣質。玉菡在車裡看他時已有點驚訝，現在細一打量更是愣了愣，她又拱手道：「這位仁兄，是我家下人不對，還請仁兄看小弟的薄面，多多海涵！」

茂才「哼」了一聲道：「你這話還差不多。好了好了，不要賠不是了，你就買點我的花生吧！」玉菡一怔，這邊車夫又嚷道：「你……你甭得寸進尺，你倒會做生意！還秀才呢，天底下真是無奇不有，還有背著花生來趕考的秀才——」茂才一聽又急了，陸玉菡趕緊做了個手勢，這車夫才住了嘴。玉菡取出一吊錢，笑道：「好說，好說，仁兄，花生就不要了，這一吊錢，就當我買你的花生了！」茂才看著反倒有點遲疑了，玉菡從容地將一吊錢放在他手中，轉身上車喝令車夫啟程。

茂才愣過神來，追了兩步便作罷了。他回手將一吊錢數出幾個給身後的小販道：「先來幾個大包子，從祁縣到太原府，走了一整天，肚裡還空著呢！」圍觀的眾人慢慢散去，一些路過的災民看著茂才手上的包子，忍不住喉頭也擂動起來。

2

皮影戲館內，一齣《霸王別姬》演得正酣，光影流動，周圍叫好聲不絕於耳。雪瑛看得入神，也情不自禁地跟著鼓掌。一旁的致庸看得並不專心，只時不時地深情注視著雪瑛，瞧著她這副高興的模樣，他覺得異常滿足。

陸陸續續，皮影戲館內又進了不少人，山西總督哈芬陪著欽差大臣、內閣學士、督察山西學政胡沅浦等緩步進入，大約這幾人一身官氣，很快被引著坐在前排，恰在致庸和雪瑛前面。

《霸王別姬》正演到熱鬧之處，但胡沅浦和哈芬只看了幾眼便開始說起話來。哈芬拱手道：「胡大人，聖上此次讓胡大人親臨山西，督察學政，下官大膽揣猜上意，一定想倚重大人在山西這個地方發掘一些經國致用之才。」胡沅浦拈鬚頷首道：「大人所言不差。目今我大清內憂外患，正是存亡危難之秋，聖上食不甘味、睡不安枕。聖朝要中興，第一件事就是要用人。雖不能說一人興邦，但有了人才，國家的事情也不是不可收拾。」哈芬聞言沒有接口，反倒冷笑了一聲。胡沅浦不解地看他。哈芬歎道：「大人不知，只可惜山西這地方民風不古。自從前明晉商興起，山西人就養成了一種陋習，不敬重讀書人，他們連做官也不稀罕，有兩句順口溜是這麼說的，我跟大人念念──『一等秀才去經商，二等秀才考皇糧。有道是生意興隆把錢賺，給個知府也不換。』這樣的地方，能出什麼人才？」

他們的聲音越說越大，雪瑛明顯被打擾了，忍不住看看致庸。致庸也不高興了，上前拍拍胡沅浦，拱手道：「哎，我說兩位東家，有生意外頭去說，你們這麼說話影響別人看戲了！」哈芬欲怒，被胡沅浦輕輕按住手。胡沅浦回頭道：「對不起，這位爺，我們不說了。」致庸點點頭，笑笑坐了回去。

戲到了換場的時候，致庸打算出去買雪瑛愛吃的花生，而前面的胡沅浦與哈芬等人也正起身向外走。這前前後後地還沒走到門口，剛巧碰見陸玉菡與其父陸大可正朝裡走，矮胖胖的陸大可眼尖，一眼認出了哈芬，便對玉菡低聲道：「玉兒，瞧，那便是山西總督哈芬哈大人！」他聲音雖輕，可不少人都聽見了，跟著低聲嚷嚷起來。一位秀才模樣的中年人歎道：「這位是哈大人，哈大人身邊那位，一定就是欽差大臣——當今皇上倚重的文武全才胡沅浦胡大人，他可是來山西督察學政的內閣大學士，說起來我們的命運可都把握在他們手裡啊！」致庸聞言一驚，站住，目送著哈芬和胡沅浦走出。雪瑛也聽見了，走過來低聲嗔道：「致庸，聽見沒有，剛才坐在我們前面的是欽差大臣和山西總督！」致庸仍舊抬步往外走，毫不介意地哈哈笑道：「是嗎？真沒想到，我喬致庸剛剛和兩位朝廷重臣打了交道！」

皮影戲館外，孫茂才蹲著賣花生，一邊吃花生，一邊看書。旁邊一個賣大餅的年輕夥計開玩笑道：「哎，你這人，賣的還沒有吃的多呢！」茂才頭也不抬道：「你知道什麼？本秀才背了這一口袋花生來太原府鄉試，賣掉了就做店錢和飯錢，賣不掉就是我的口糧，我怎麼能不吃？我不吃它，你給我大餅吃？」那夥計一邊擺手，一邊繼續玩笑道：「哎，我也吃一點行不行？」茂才毫不介意道：「吃吃吃！甭客氣。」致庸看到這一幕，微微吃驚，眼前這位年近三十的落拓男子似乎有種很奇特的氣質吸引著他。致庸不動聲色，蹲下

去也自顧自開始吃花生，並湊近問：「仁兄，什麼書呀，看得你三月不知肉味！」茂才一驚，把那本《船山文集》一扣，站起問道：「哎，你是誰？幹嘛呢你？」致庸也站起笑道：「沒幹嘛，買花生呀！」陸玉菡剛巧也出來買零食，一眼瞅見茂才，便微微一笑站在旁邊。

茂才打量了致庸幾眼，便一邊架起秤盤子起秤，一邊唱秤道：「瞧我這秤，給你高高的，二斤四兩！五十個大錢一斤，三八二十四，四八三十二，你給二百四十個錢！便宜你了！」致庸盯著茂才看一眼，掏出錢來放下。茂才大大咧咧道：「倒哪兒？我不能替你捧著吧？」致庸到處找不到紙，便從口袋裡摸出臨行前致廣給他的那封信，不在意地抽出信紙說：「來來，就倒這上頭吧！」茂才一邊倒花生，一邊念叨：「我這人不會做生意，讓你占便宜了，我虧大了！好了，走吧走吧，別耽誤我念書！」

玉菡突然走上來對致庸道：「仁兄慢走，這位賣花生的騙了你！」話音未落，這邊茂才便嚷嚷起來。玉菡不理他，繼續說道：「這花生五十個大錢一斤，二斤四兩，二五一十，四五二十，總共只要一百二十個錢，可他卻要了你二百四十個錢，整整多要了一倍！」致庸一抬頭，對玉菡相貌之俊美和口算速度之迅捷顯然吃了一驚。沒等他回話，玉菡微微一笑，直接拿過茂才的秤，並從秤盤下摳出一塊磁鐵道：「瞧瞧這是什麼？這是塊磁鐵，至少有二兩，秤盤下一斤花生他至少要少給你二兩，二二得四，二四得八，你買二斤四兩花生，他一共少給了四兩八錢。二斤四兩減去四兩八錢，所以啊，你這一斤九兩二錢花生，每斤合一百二十五個大錢！」

茂才發怒道：「你這個人，你管什麼閒事——」他開始胡攪蠻纏：「對了，就是你，今兒在商街上，你的馬車撞了我，你還沒給我道歉呢！」玉菡一愣，微怒道：「你這個人，不做實在生意，還蠻不講理啊……」

致庸深深看了一眼玉菡，又看茂才，哈哈大笑。這兩人倒被他笑得一怔。茂才悻悻然回頭道：「你笑什麼？不就是少給你幾兩花生嗎？好了好了，花生你拿去，我不要你的錢了！」他一把將錢抓起，放在致庸手中。致庸搖搖頭，仍舊把錢放回茂才手中，接著衝玉菡一拱手：「這位仁兄，真是難得一見的俊俏瀟灑，幸會，幸會！」玉菡臉一紅，趕緊拱拱手，連稱「幸會」。只聽致庸繼續道：「在下山西祁縣喬家堡生員喬致庸，謝你了。你的帳算得真細，真麻利，在下佩服。可生意不是這麼做的，做生意不能做得這麼精細，有時不妨糊塗一點。」說著他又一拱手，不待玉菡和茂才接口，便揚長而去了。

玉菡一驚，茂才也怔怔地望著致庸離去，一時間竟忘了和玉菡的衝突，開口問道：「哎，他剛才說他是誰？」玉菡臉微微一紅：「山西祁縣喬家堡，名字叫喬致庸……」

皮影戲館內，雪瑛正等得心急。致庸與玉菡先後進來，玉菡很在意地往他們這桌看了看，剛好與雪瑛的目光碰了一個正著，兩人都微微吃了一驚。致庸笑嘻嘻地落坐，把花生遞給雪瑛。雪瑛一時竟忘了責怪，過了一會才想起說：「怎麼去了那麼久，我還以為你把我撇這兒，不回來了呢。」致庸把幾個花生輪番上下拋擲，給雪瑛表演起了小雜耍，很快就把雪瑛逗得掩嘴輕笑起來。

兩人吃著花生，雪瑛注意到了那張信紙，向致庸指指，致庸將花生倒在桌上，不在意地看了看信紙上的字，臉色猛地一變。雪瑛拿過信一看，也變色道：「怎麼，大表哥已病入膏肓？他在信上說，這次鄉試，是你的最後一次機會，你要是考不中舉人，他就讓你回

去接管家事……天哪，大表哥難道真要讓你回去做生意？」致庸一把拉起雪瑛道：「快走，回我們家的鋪子，我要溫習那些八股文，這個舉人，我得考上！」「為什麼？」致庸也不答話。

一直注視致庸的玉菡見他們那麼快走了，心裡竟起了一種異樣的感覺。陸大可呷了一口茶，忍不住問：「哎，玉兒，你看誰呢？」玉菡臉微微一紅，連忙將話岔開去。

3

夜，太原府的空氣中湧動著一股奇怪的流，希望中的絕望與絕望中的希望在暗夜中同時流淌翻攪。一家店鋪的大門在黑暗中「吱吱呀呀」地開啟，一僕人打著燈籠，提著飯籃子，陪一考生走出。一時間家家大門都在打開，一盞盞燈籠走出，考生中既有面帶稚氣卻躊躇滿志的弱冠少年，又有佝僂駝背面容暗淡已年過七旬的老童生。腳步聲由小變大，漸如悶雷一般滾動。燈籠和人流漸漸匯成一條條奇特的緩緩向前蠕動的河，無數條河漸漸彙聚，最終融成一條洶湧奔湧的大河。

喬家太原大德興分號內，致庸滿頭大汗地背著一篇八股文：「若夫……若夫……」長栓提著燈籠一頭撞進來，喊道：「二爺！二爺！該走了！」致庸生氣地把書扔在地上，沒好氣道：「等一會兒！我的腦子又讓這些八股文弄糊塗了！」「這爺，臨陣磨槍，早幹什麼去了？」長栓嘟囔著，無奈地退了下去。

忽然，只聽「啪」的一聲，致庸將手中八股文摔在桌上，哈哈大笑道：「想我喬致庸，竟被我大哥一封信嚇住了！」雪瑛奇道：「怎麼，大表哥寫這封信是要嚇唬你？」致庸點點頭得意道：「天下人中，知喬致庸者，我大哥也。他自小就知道我不喜歡科考，怕我進了考場瞎對付一陣子就出來了，不給他好好考；他還知道我自幼聽不得經商兩字，一聽說要我經商就頭痛欲裂，於是他就寫了這麼一封信，說什麼他已病入膏肓，這次我要是考不上舉人，就得回去替他經管喬家的生意。哈哈哈，他知道我一害怕，就會好好考；而只要我好好考，就一定能高中，哈哈，我大哥……」雪瑛先是鬆了一口氣，復又緊張道：「萬一，萬……」致庸搖頭笑道：「不可能。我和大哥早就有約在先，他經管喬家的生意，我讀我的書。再說了，他也不可能把喬家的生意交給我，那樣他也不會放心呀，除非是天塌下來！可天是塌不下來的！長栓，備車……」

長栓應聲跑進來，致庸一把將桌上堆積的八股文書推倒在地：「咱們走，這裡太臭了！再不走我要暈倒了！」說罷，他一手捏著鼻子就往外走。雪瑛見狀又是好笑又是發急：「你們都走了，我怎麼辦？」致庸回頭道：「你甭去，今天貢院外頭人多車多，小心擠傷了你，你就在這裡等著，我進了龍門，就打發長栓連夜送你回祁縣！」雪瑛不依：「不，我要去送你！」致庸只好應道：「那……快走吧！」雪瑛甚喜，立刻跟了出來。

山西貢院外，一輛輛馬車相繼駛來，從馬車上陸續下來一些長袍馬褂、衣冠楚楚的士紳。眾人互相作揖、寒暄。陸家馬車也遠遠駛來，車中的玉菡已是一身女妝，懷裡抱著貓，端莊雅致。她微微掀起簾布看一眼，回頭對陸大可道：「爹，這就是山西貢院？」陸大可說：「可不是，幸好你不是個小子；你要是個小子，我就得讓你從小讀書，到這裡來受苦了！」玉菡吐吐舌頭，一副嬌憨可愛的樣子。陸大可道：「坐這兒等著，我去應付一

下，誰讓咱們家也是太原府登記在冊的大商家呢！」玉菡笑著點頭，又好奇地向外張望起來。

陸大可走向眾商家，彼此招呼寒暄了一陣。平遙一位林姓商家笑道：「陸老東家，我聽說這些日子，你帶著府上的小姐走州串府，一心想尋一門好親事，今天到這裡來，不會是想在鄉試的秀才裡挑個中意的女婿吧？」陸大可哈哈一笑：「林東家，山西的聰明人都做了商人，到這裡來趕考的秀才裡頭，哪裡還會有我陸大可中意的女婿？」眾商家聞言皆笑，點頭稱是。

車中，明珠看玉菡也笑，玉菡回頭嗔視她一眼，目光忽然變得若有所思。明珠低聲道：「小姐，您不是想在這些秀才中找人吧？」玉菡道：「住嘴！越來越沒規矩了，我又不認識他們，我會找誰？」

這時，突見一隊兵丁魚貫跑步將貢院團團圍住。一兵帥長聲道：「關——龍——門！」貢院大門「吱吱呀呀」關上，鎖好，一群兵丁威風凜凜，帶刀站立門前，氣氛森嚴。兵帥再次長聲道：「插——棘！」一隊兵丁跑向圍牆，放梯子，爬上去將一根根荊棘插上牆頭。沒過多久，遠處一聲炮響，一匹快馬馳來，馬上的人亦長聲道：「肅靜，欽差大臣到——」眾人紛紛收聲，很快都規矩起來。

先是一隊儀仗走過來，中間是胡沅浦和哈芬的大轎。那胡叔純跑馬而來，照例長聲喊道：「聖旨到——」眾士紳齊齊跪下。胡沅浦和哈芬落轎後，胡沅浦穩步走來，將筒狀的聖旨欽題高高供在貢院門外的龍架之上，上香跪拜。身後的士紳和生員們則在後面一起跟著叩拜如儀，接著鼓樂齊鳴。轉眼時辰已到，胡沅浦平靜地命令道：「開龍門！」爾後胡叔純長聲大喊：「開——龍——門！」龍門口兵帥亦長聲應聲：「開——龍——門！」眾兵丁用力將龍門推開。生員們魚貫而行至龍門口，兵丁隊開始對他們挨個脫衣搜查。

致庸的馬車卻還堵在一條擠滿災民的商街上。長栓急得頭上直冒汗，一邊拿鞭子打馬，一邊高喊：「讓開讓開！」可毫無用處，這條街越來越堵。致庸見災民眾多，跳下車問：「哎，請問諸位，你們都是哪裡人？」一個拄著拐棍的瘸腿老者長吁道：「不瞞你說，我們這些人，原先都是潞州的機戶，每年靠咱們山西商人打湖州販絲回來，織成潞綢，銷往京津和口外，日子還過得下去。這幾年南方打仗，絲路不通，湖絲不能入潞，我們這些人生計無著，眼看著一家老小就要餓死，不得已才流浪到這裡。」致庸心下惻然，轉向另一面帶菜色的壯年男人又問道：「你們呢？」男人將一隻乞討的髒手幾乎要伸到致庸的臉上，淒慘道：「我們是蒲州人，原來一直幫晉中祁縣、太谷、平遙三縣的大茶商運茶，走武夷山到恰克圖的商路，雖然苦點兒，可是一家老小總還有飯吃。如今長毛作亂，茶路斷絕，像祁縣水家、元家那樣的大茶商都沒了生意，我們這些人也只好歇業，四下乞討度日。大爺，可憐可憐，賞點銀子吧！」

致庸掏出銀包，災民們立刻亂起來，將致庸圍在中間，伸出一張張乞討的手：「大爺，行行好吧……」致庸接連被衝撞了好幾下，忍不住叫起來，長栓急忙跳下車來保護他。災民們卻越來越多。一隊巡街的官兵衝來，一邊鞭打災民，一邊大叫：「散開！散開！」致庸忍不住回頭對巡街官兵大喊：「別打他們！你們幹嘛打他們！還有沒有王法！他們是災民！」災民們忍著痛散了。長栓衝著還在散銀子的致庸喊：「二爺快走，再晚真要誤場了！」這時災民們又圍過來。官兵又將長鞭揮舞一氣，長栓跳上車，與雪瑛合力將

致庸拉上去，打馬衝出重圍。

拐進一個胡同口，致庸看了一下天色，果斷地對長栓道：「確實不能再耽擱了，你把車拴到前面這家客棧，我們找個背街，繞道走著去貢院！」長栓嘟囔道：「都是這些臭叫花子……」致庸突然生氣，怒道：「誰說他們是叫花子，他們原本都是好老百姓！」長栓吐吐舌頭，趕緊去拴車了。

背街街面上一片漆黑，只有一點燈火還在搖晃。茂才獨自一人提著燈籠和飯籃子，走在前面。他剛才在前街人流中被擠掉了一隻鞋，且破了燈籠，一時起了「燈籠不亮，前程不明」的迷信之心，特趕回店換了一盞燈籠再上路時，燈籠是亮了，時間卻晚了。他深一腳淺一腳地走著，因為走得急，不小心碰到了街邊一個災民伸出的長長的腳，只聽那災民「哎喲」一聲，原來在黑暗中或坐或躺的災民一下都醒了，看見茂才手裡的飯籃子，不知誰發出一聲：「搶了！」便一擁而上。茂才嚇得大叫一聲，和他們爭搶起來。

這一幕恰被後面趕來的致庸、雪瑛、長栓撞上。長栓一把將飯籃子塞到致庸手中，趕過去大喝道：「放手放手！反了你們呀！還敢搶東西！」幾個災民已將茂才的飯籃子搶到，一哄而散。「哎哎，你們這些天殺的，搶了我的飯，噎死你們啊！」茂才大喊著追了幾步，卻只能作罷。

長栓看看茂才道：「你呀，真沒用，連幾個叫花子都鬥不過！」茂才怒道：「你是什麼人？管我的閒事！」長栓回頭看致庸，生氣道：「二爺瞧！這人真怪了，我幫了他，他還不領情呢！」茂才對這話嗤之以鼻：「打住，你說你剛才幫了我，你幫了我嗎？我的飯呢？」長栓又好氣又好笑道：「你的飯不是讓叫花子搶走了？瞧瞧你這人，糊塗到家了是不是？」茂才道：「錯！不是我糊塗到家，是你糊塗到家了。」長栓道：「哎，我還想聽你講講，你看上去也像個來趕考的秀才，怎麼一句明白的話也聽不懂呢？」茂才道：「這話又錯了。既然你看出我是個來趕考的秀才，當然自個兒也不相信我聽不懂一句明白話，可你仍然這麼說我，這是一錯；你剛才說你幫了我，可我的飯還是被叫花子搶走了，你要是真幫了我，飯就該還在我這裡，如何說得上幫了我？不是又一錯嗎？」

致庸對茂才發生了興趣，撇下雪瑛走上前，定睛一看，終於認出了是茂才。茂才也看清了是他，卻傲氣地梗著脖子。長栓一邊拉走致庸，一邊氣呼呼道：「二爺，跟這樣的人有理也講不清，咱們走！」茂才一看他生氣了，更是得意：「你又錯了！既然知道跟我有理也講不清，為何還要講？既然還要同我講理，那就是不相信同我有理講不清。這不是我錯，而是你錯！不是我糊塗，而是你糊塗！」致庸甩開長栓的手，又上前兩步，拱手道：「這位爺，我們見過的！」茂才不願認他，反問：「是嗎？」致庸笑道：「見到尊駕之時，就明白仁兄是位非常之人，想必此時也是去貢院應試，敢問尊姓大名？」茂才傲然道：「萍水相逢，何勞動問！」致庸又笑：「萬一我想和閣下交個朋友呢？」

茂才故作不知道他是誰，看了一眼，哂笑道：「看你的打扮，自然是一位富家少爺，生於錦衣玉食之中，長在深宅大院之內，與我輩寒門窮士，並無朋友之份，徒然做個姿態，又有何益，我們還是各自走路為妙！」說著他大步朝前走去。長栓生氣道：「二爺，這人不是瘋子，也是個狂徒，別理他，咱們走！」致庸納了一會兒悶，笑道：「且慢！真是人外有人，天外有天。喬致庸一向自以為是天下第一狂人，沒想到遇上這位爺，居然有小巫見大巫之歎。今天我還非交這個朋友不可了！」他上前趕了幾步，朗聲道：「朋友留

步！在下山西祁縣喬家堡生員喬致庸，有心結識閣下，懇請前面這位爺一定說出尊姓大名！」茂才在致庸說話時略停了幾步，等他一說完，卻仍舊一言不發，大步離去。

長栓更生氣了：「二爺，看準了吧，這種人根本不是什麼狂人，說不定是個瘋子！鬧不好還是個傻子呢！咱們走，可別誤了場！」致庸絲毫無憮然，又笑笑，拉起雪瑛，抄了一條近路，跑了起來。

4

貢院前，哈芬陪胡沅浦站立，望著魚貫而入的山西太原府生員。龍門口，致庸最後一個接受搜身，有點擔心地朝外瞇著眼看了看，他不知道剛才那位傲氣的花生秀才是否也趕到了。兵丁檢查完，推了他一把，喝道：「進去吧！」致庸提起飯籃子，回頭朝圍觀者中間望了一眼。雪瑛向致庸暗暗招了招手，致庸微微一笑。長栓開玩笑道：「二爺這會兒不近視了嘛！」雪瑛忍不住道：「你給我住嘴！」長栓樂了。這邊馬車裡的玉菡早就看到了致庸，這會兒見他甜甜地笑著，自個兒這顆芳心不知怎的亂跳起來。

那邊兵帥跑向哈芬跪下：「啟稟大人，生員們入場完畢，時辰已到。」哈芬看看胡沅浦，胡沅浦點頭。於是兵帥站起，長聲喊道：「關——龍——門！」眾兵丁推動起「吱吱呀呀」的貢院大門。就在這時，忽見茂才氣喘吁吁地從人群中擠過來，大喊道：「等一等！等一等啊！」致庸回頭，看見是茂才，站住了。

龍門口的兵帥攔住茂才，喝道：「站住！你來晚了！」茂才打躬作揖道：「各位爺，在下山西祁縣生員孫茂才，因為路上不順，稍有耽擱，各位就行一個方便，讓我進去！」兵帥道：「不行！來晚了就是來晚了，不能進去！走走！」茂才怒道：「哎我說你們這些人，是不是拿土地爺不當神仙呀！天子重英豪，文章教兒曹，萬般皆下品，唯有讀書高。連皇上都敬重讀書人，你們這些人算什麼？怎敢不讓我進去！」龍門裡面，致庸聞言大聲道：「仁兄，說得好！」

兵帥大為惱怒，一揮手道：「一個小小生員，膽敢在山西貢院龍門口咆哮，給我抓起來！」幾個兵丁上前去抓茂才，茂才又是掙扎又是叫喊，亂成一團。致庸衝出來護著茂才，亦喊道：「不准抓人！」那兵帥沒好氣道：「還打抱不平呢，來人，把這個人也給我抓起來！」

「這可怎麼辦？」還沒走的雪瑛大急。長栓也跺腳埋怨：「你看看，有他什麼事，壞了吧！」他們身後，一干士紳也伸著脖子朝龍門口看。陸大可扭頭對車裡的女兒笑道：「哈，這下有熱鬧瞧了。」玉菡顧不得接口，極為緊張地朝龍門口張望著，眼睛一眨不眨，禁不住為致庸著急起來。

「胡大人，您看，這就是山西的民風！」一直遠遠看著的哈芬皺著眉道。眼見兵丁將兩人制住，哈芬對旁邊的小校道：「帶回去審問！」不料也一直在觀看的胡沅浦手一擺：「慢，大人，咱們還是過去看看。」

胡沅浦和哈芬緩緩走向龍門口。眾兵丁反扭著致庸和茂才，致庸不畏不懼，笑道：「呵，大官來了！」茂才回頭望著胡沅浦和哈芬，亦面無懼色。胡沅浦走過來，溫言道：「放開他們。」眾兵丁放開致庸和茂才。哈芬咳嗽一聲道：「這兩個生員，知道站在你們

面前的是誰嗎？」致庸冷冷一笑道：「知道。一位是山西總督哈芬哈大人，一位是欽差大臣、內閣學士、督察山西學政胡大人。」哈芬「哼」了一聲道：「既然知道，為何不拜？」致庸不卑不亢道：「大人，若是在別處，生員見了兩位大人，自然要拜；可在山西貢院龍門前，生員可以不拜。」

哈芬大為生氣，對胡沅浦笑道：「胡大人，這就是我們山西的生員，書不一定讀得很多，卻一個個傲得可以！」回頭對致庸喝道：「你這個小小秀才，說話口氣不小啊。今兒我還真想聽聽，為何到了貢院龍門前，就可不拜欽差大人和本官？」茂才擠上來道：「大人，我來回答。這位生員說可以不拜，自然有他的道理。」哈芬心中更怒，問道：「什麼道理？」茂才道：「大人，雖說現在站立在大人眼前的還只是兩名秀才，但假若生員進了龍門，今年中舉，來年或中進士，或中狀元，三年五載，就是國之重臣，出將入相，與大人分庭抗禮，也未可定，果真如何，今日我們倆如何要拜？」致庸看了他一眼，喝了一聲彩。圍觀眾人本是看熱鬧的多，見狀也緊跟著喊起好來。哈芬的臉上再也掛不住了，怒道：「大膽！假若我今天一定要你們下拜呢？」茂才還未來得及回答，致庸微微一笑，上前接口道：「大人不會。大人是大清宗室，國之重臣，自然能體味為國家敬重斯文的道理，不會在這天下秀才就要揚眉吐氣的貢院門前做出強迫生員下拜之事。」哈芬有點狼狽，回頭看胡沅浦，發現他微微含笑，口氣不由得軟下來：「胡大人，您看，這就是我們山西的秀才！您若不相信下官方才的話，就請您來問吧。」

胡沅浦望著致庸和茂才，所有的目光也都轉向他們。陸大可越來越有興致地望著致庸，回頭剛要說話，卻見女兒探身出車一副大為懸心的模樣，不禁心中一動。雪瑛眼見著這一幕，不禁又害怕起來，顫著聲音低低問道：「長栓，這，這可怎麼辦？」長栓急得抓耳撓腮，小聲嘀咕道：「壞了壞了，還是大爺有先見之明，來時專門囑咐他，到了太原府不要輕狂，可他還是犯了老毛病！」

胡沅浦盯著致庸和茂才上下打量，眼中漸現不屑之色，對胡叔純道：「問問他是哪裡人，姓甚名誰。」胡叔純依言問道：「這位秀才，還不快回欽差大人的話！」致庸不卑不亢道：「啟稟兩位大人，生員姓喬名致庸，太原府祁縣喬家堡人氏。」茂才亦從容且更簡潔地回答道：「姓孫名茂才。」哈芬對胡沅浦道：「大人，這祁縣喬家堡喬家，在晉中祁、太、平三縣雖算不上首富，但僅在包頭就有十幾處生意，在太原、京津也有買賣，也算是大富之家了。」他轉向致庸道：「你既是祁縣喬家堡人氏，可與當地喬姓大商家沾親帶故？」致庸不動聲色：「大人，生員和喬家既不沾親，也不帶故。生員出身寒門，此喬非彼喬也。」

哈芬冷笑一聲道：「我就知道，你若是喬家人，斷然不會到此來應舉。」回頭對胡沅浦道：「大人，太原府三年一次鄉試，每次給祁縣五個名額，別的縣生員為爭一位名額，都要使銀子，走門子，擠破腦袋也要來，這祁縣、太谷、平遙三縣的知縣不一樣，他們還要下帖子去請這些人來應試，不然就湊不夠數，此人說不定就是來湊數的。山西人歷來貪財，商重官輕；就是這重商之風，把山西的民風敗壞了，簡直是萬劫難復！」

致庸聞言大怒，欲上前辯理，卻被茂才攔住。胡沅浦皺眉看著致庸道：「這個生員，莫非你還有話要說？」致庸長吸一口氣，克制道：「沒有。生員今日是來應鄉試的，不是來說話的！」胡沅浦深深看著他們，轉身下令道：「讓他們進去！」哈芬無奈地擺了擺

手，跟隨胡沅浦往回走，龍門外看熱鬧的人又大聲喝起彩來。

兵帥對致庸喝道：「欽差大人讓你們進去，你還不快進去？」接著轉向茂才：「你，脫衣裳，讓我們搜查！」茂才開始脫衣，致庸走進龍門，突然轉身回望胡沅浦，忍不住大聲道：「大人——」胡沅浦一驚回頭，聽致庸沉聲道：「大人，如果生員有話要說，你們願意聽嗎？」陸大可等一干士紳聞言忍不住回頭看去，車中的玉菡原本放下了車簾，這時又「嘩」一聲拉開了。圍觀者中起了一陣騷動，雪瑛捂住眼睛，長栓更是急得連連跺腳：「都叫他進去了，這又怎麼了？」

「大膽！」哈芬對著致庸大聲叱責，不料胡沅浦回身道：「好啊！喬致庸，這兒是貢院，為國選士之地，你是秀才，有話自然可以講，請講，放開膽子講！」致庸拱手道：「胡大人，剛才哈大人稱生員可能是知縣找來湊數的，生員不便辯解。生員是不是來湊數的，要等三場鄉試過後大人看了卷子才知道。生員忍不住想說的是，剛才哈大人說山西民風就是讓重商之風給敗壞了，萬劫難復，生員愚鈍，實在不敢苟同。」

「你——」哈芬大怒。胡沅浦道：「說下去！」致庸道：「其一，天下四行，士農工商，聖人有云，無農不穩，無商不富，聖人也沒說過重商之風敗壞民風，因此生員知哈大人之言並不是聖人之言；其二，我中國地大物博，南方北方，出產不同，商旅不行，貨不能通南北，物不能盡其用，民不能得其利。民無利則不富，民不富則國無稅，國無稅則兵不強，兵不強則天下危；其三，立國之本，在於賦稅，全國賦稅，農占其七，商占其三，就全國商人言，山西一省商人又占三分之一。商人行商納稅，乃是強國固本的大事。照哈大人的意思，莫非山西商人全部歇業，不給國家納稅，才是好事？」

哈芬變色喝道：「你……大膽！」眾隨從亦大喊：「住口！」胡沅浦默默看致庸，沉靜道：「這位生員，你說完了嗎？」致庸遲疑了一下，終於點點頭。胡沅浦也不接口，揮手讓他進去。

胡沅浦若有所思地看著致庸的背影，接著轉向一邊沉思一邊匆匆穿衣的茂才：「剛才我說過，這兒是山西貢院門前，朝廷為國選士之地，孫茂才，你有話也可以說！」茂才吃了一驚，但略略沉吟一下，便開口道：「謝大人！大人若真要生員開口，生員也有話說！」胡沅浦揚手做了一個請的姿勢。茂才一拱手道：「剛才祁縣生員喬致庸，並非有意要唐突兩位大人。他只是覺得哈大人方才有關晉商的一篇高論，有失公允。」胡沅浦反問：「有失公允？」茂才點點頭，接著沉聲道：「哈大人撫晉多年，應當知道山西人多地狹，本地人不惜拋家捨業，萬里經商，原是迫不得已。可是你看看今天，就連當年被乾隆爺視為天下第一富的山西，也鬧得滿大街都是災民。請問大人，這麼多災民從何處因何而來？」胡沅浦回頭看哈芬。哈芬只好咳嗽一聲道：「本官黯昧不明，還要請你說說了，他們從何處因何而來？」

茂才環顧了一下圍觀的人群，突然語含沉痛道：「恕生員唐突。兩位大人，生員知道這些災民，他們中許多人都來自潞州和蒲州，來自潞州的是失業的機戶，來自蒲州的是失業的茶民。不是山西人重商，才使得他們成了乞丐，而恰恰是這幾年南北絲茶路不通，才使得他們斷了活路。大人，山西今日民不聊生，不是山西人重商輕儒，而恰恰是商業不興！若想解今日山西萬民之困，地方官員就得……」哈芬突然爆發：「夠了！你……大膽！難不成你還想教訓本官？」

胡沅浦道：「哈大人，少安毋躁。」回頭對茂才：「講下去，照你看來，怎麼才能解今日山西萬民之困？」茂才拱手道：「大人，歷朝歷代，世人皆視經商如洪水猛獸，實在是大錯特錯。要解今日山西萬民之困，要做的恰恰是重新疏通商路，讓萬民歸業，不是抑商，而恰恰是興商！」他話音未落，龍門內的致庸和圍觀的人群同時爆發出一陣叫好聲。胡沅浦默然不語，突然轉身擺手：「讓他也進去吧！」圍觀者不覺鼓掌，長栓長長地鬆了一口氣，雪瑛亦合掌「阿彌陀佛」了好幾聲。陸大可回頭望望車中的玉菡，玉菡不覺臉紅，「啪」一下拉下車簾。

「關——龍——門！」兵帥長聲喊著，龍門終於「吱吱呀呀」地關上了。

龍門內，致庸衝茂才拱手：「茂才兄，佩服！」茂才定睛看了看他，冷「哼」一聲，抬腳就走。致庸大聲道：「茂才兄，喬某真心想和你做個朋友！」茂才頭也不回道：「來時路上說過了，在下高攀不上！」致庸搖搖頭，走向自己的號子。

貢院前，胡沅浦等均站立等候，看著一根正在燃燒的線香。線香燃盡，胡沅浦高聲喊：「請——聖——旨！」胡叔純接著大聲傳道：「請——聖——旨！」眾人及眾士紳、圍觀者一批批跪下。一匹馬駛進貢院大門，在號子間「得得」奔跑起來，馬上人長聲喊：「請——聖——旨——！」眾生員，包括致庸和茂才分別在自己的號子裡齊齊跪下，只聽外面喊道：「皇上有旨，今年太原府鄉試試題是『治大國如烹小鮮』！」一時間，號子裡的眾生員嘴裡都跟著念叨起來：「治大國如烹小鮮……」

貢院外，眾商家看著胡沅浦和哈芬上轎，鼓樂齊鳴地離去。陸大可上車，對女兒道：「剛才敢在欽差大臣面前替山西商人講話的那兩位，你知道年紀輕的是誰？雖然他自個不承認，可聽人說他就是祁縣喬家堡喬家的二爺！」玉菡戲弄懷裡的貓，嬌聲道：「爹，您是不是又看中了一個女婿？咱們這一趟出來，您可看上不少女婿了！」陸大可瞪了女兒一眼道：「我看上有什麼用？著急的是我閨女一個都看不上！」玉菡撒嬌：「爹，人家說過了嘛，一輩子都不出嫁，一輩子都守著爹！」陸大可笑著搖頭，馬車駛出。玉菡的眼角一掃，望見了身旁人群中的雪瑛，雪瑛這一刻也瞥見了她。玉菡不知怎的，心中有了一種奇怪的不安之感，但一時間又想不出這種不安從何而來。正好陸大可又絮絮叨叨地說起話來，玉菡便把這種感覺拋開，陸家的馬車漸駛漸遠。

雪瑛在龍門口等了好一會兒，才見長栓匆匆把車趕過來道：「雪瑛小姐，二爺好歹是進去了，他剛才說了，讓我天亮前把你送回祁縣，再回來接他，咱們走吧！」雪瑛仍然望著龍門，有些不捨，突然回頭道：「長栓，你覺得二爺能不能考中？」長栓甩了一個響鞭道：「嘿，你問這個？我告訴你，他要是想考中，就一定能考中！他要是不想考中，就一定考不中！二爺的心思，誰摸得著呢！」雪瑛聞言，長長歎了口氣，戀戀不捨地上了車。

第三章

1

靜肅像口大鍋般沉沉地扣在貢院上空。號子裡，致庸拿出雪瑛送的香囊一邊嗅著，一邊自語：「治大國如烹小鮮。哈哈，果然又是這種誠心正意修身齊家治國平天下的題目。這樣的題目有何難哉，只要士農工商並舉，政治清明，民知廉恥，上下相安，各得其所，國家有何難治？」他欲下筆，忽又停住，繼續自語道：「當今國家危難，聖主不安，要想救國，必須重商。什麼君子不言利，什麼農為本商為末，統統要不得。罷了，我就做一篇重商即救國的文章好了！」說著，他奮筆疾書，眉眼為之聳動。

致庸寫完，抬頭一看，天還沒亮，於是將筆扔下，站起來活動活動腰骨，接著拍牆道：「痛快！好文章！此等文章天下人誰能寫出？非喬致庸莫屬。茂才兄，茂才兄，你怎麼樣了？」隔壁茂才不理他，皺著眉頭想自己的文章。致庸頓覺寂寞，仍拍著牆調侃：「哎，哎，我說茂才兄，你怎麼了？不就是一篇八股文嗎，這種文章，還值得這麼費事兒？」

一監考官聞聲跑過來大聲訓斥，致庸嚇了一跳，趕緊住手。隔壁的茂才將寫好的文章團成一團，扔掉，又重新開頭，心情很是惡劣。他多年應試，早已不敢筆走偏鋒，但一篇文章中規中矩地寫下來，連自己也覺得不知所云，既無新意，又無意義。

而牆的那邊，卻聽致庸嘟噥道：「文章寫好了，也不讓出去，還不讓說話！那就睡覺吧！」他說到做到，倒頭便睡，不多會竟然鼾聲大作。

清晨的陽光不動聲色，帶著悲憫自雲端高高俯照而下。號子裡漸漸人聲熙攘起來。監考官一邊收著卷子一邊喊道：「收卷子！淨號了！」致庸一驚醒來，抓過卷子看了看，突然有點懷疑自己是不是跑題了：「人家可要的是聖人之言，我——」監考官趕到，一把將卷子扯去道：「淨號了，出去！早幹啥去了你？這會兒急也沒用了！」走到隔壁又收走了茂才的卷子，接著一路喊著遠去。致庸恨恨跺一腳，自語道：「你知道不知道，你拿走的雖說可能是跑題的文章，可它卻是天下最好的文章！」隔壁，茂才疲倦地走出。致庸一眼瞅見他，趕緊奔出來道：「哎，哎，茂才兄留步。」茂才聽而不聞，繼續走去。致庸見狀道：「這不是氣我嘛！你不想跟我交朋友，我還非交你這個朋友不可了！」他轉身回去收拾起東西，出號子時茂才早已經沒了蹤影。

致庸走出貢院。長栓看見他，趕緊迎上來，致庸皺眉道：「雪瑛呢？」長栓笑道：「送回去了！還好，到了祁縣天還沒亮呢！」致庸點點頭：「好，事辦得不錯，待會兒賞你酒喝！」長栓瞧了瞧致庸小心道：「我說二爺，您幹嘛繃著個臉，是不是考得不怎麼樣啊？」致庸聞言道：「胡說。我喬致庸要麼是第一，要麼什麼也不是，否則我丟不起這個人！」說著他大步朝前走去。長栓跟在後面道：「您……又來了！狂吧！哎，您這是準備去哪兒啊？」致庸道：「跟我去找昨晚上在龍門口一起幫腔的孫茂才！我喬致庸想交的朋

友，一定得交上！」長栓不屑道：「就是那個背著一袋花生來趕考的秀才，昨晚上不是您，他都進不了考場，對不對？」致庸道：「就是他！這人有點意思！快走！」長栓趕著車，有點不樂意道：「這麼個窮酸，誰知道他住哪兒呀？」致庸想了想道：「他又沒有錢，能住哪兒？這會兒說不準又在賣花生了，咱們沿著大街找唄，順便逛逛！」長栓只好依他。

不多一會兒到了商街，長栓在一處歇了馬車，與致庸一路逛去。逛好一會兒，長栓終於囁嚅道：「二爺，明天就是第二場，您還帶著我閒逛？來時大爺可是交代過了，進了太原府，不能由著您的性兒，您得回去溫書！」致庸道：「蠢才蠢才，我給你說過多少回，不要再提那些臭八股文章，一提起我這聰明的腦瓜就糊塗成一盆糨糊！我這哪是閒逛，我是出來換換腦子，不然今天夜裡進了考場，我什麼也想不起來，明天早上交白卷一張，你擔待得起嗎？」長栓被嚇了一跳，趕緊道：「二爺，這是真話嗎？」致庸不回答，仍舊一路逛過去，突然自語道：「這個孫茂才，跑哪兒去了？雪瑛也不在，我和你待在太原府，太沒意思了。」長栓吐吐舌頭，不敢再言語了。

2

太原府衙東邊的街上，成群結隊的災民擁擠著，時不時看見有手伸向路人乞討。突然，一輛車由驚馬拉著飛奔過來，車中的陸玉菡面如土色，兩手死死拽住窗框，失聲大喊：「救人哪！救人哪！」明珠和車夫在車後很遠處跳著腳喊：「驚馬了，快來人哪，截住牠啊！」但驚馬的速度太快了，人們紛紛躲開。有人大喊道：「不好，前面是條河！再往前就危險了！」說時遲那時快，災民中突然撲出一條瘦削的大漢，飛身上前死死拉住車尾繩索。驚馬的速度慢了，但仍在奮力向前。「好力氣！」眾人紛紛驚歎道，只見那大漢和馬車相持了一會，他到底腹中饑餓，漸漸力氣不支，於是又有幾個大膽的路人上前拽馬，最後只聽「砰」的一聲，那大漢手中繩索斷掉，人則昏倒在地，驚馬卻也站住。眾人噓了一口氣，隨後趕到的明珠爬上車，抱著已經嚇暈過去的玉菡：「小姐！小姐！您醒醒！」玉菡悠悠緩過一口氣，睜大眼睛道：「明珠，咱們這是在哪兒？」明珠一邊拍著玉菡後背壓驚，一邊道：「小姐，方才你的馬驚了，是一位好漢救了你，這會兒自個兒卻昏倒了！」玉菡急道：「是嗎？快，帶我去看看！」明珠扶她下車，圍觀的人讓開一條路，兩人跑向車後，卻見那大漢死一樣躺在地下。玉菡急問：「他這是咋啦？」圍觀的人紛紛歎道：「這年頭，還能咋啦，當然是餓的！」玉菡趕緊回頭吩咐明珠：「快弄米湯灌！這是我的恩人，一定要把他救活！」

陸大可聞訊後嚇了個半死，等他慌張趕到時，只見陸家車夫羞愧地扶著大漢，玉菡正一勺一勺將米湯餵進大漢口中。大漢張開眼睛，看見玉菡，一驚道：「我這是在哪裡？」圍觀的眾人紛紛道：「你這是在太原府商街上。這位是太谷陸家的陸大小姐，要不是她拿米湯灌你，你這回可就緩不過來了！」大漢定睛看玉菡，不覺被她的端莊美麗所震驚，掙扎著跪下磕頭：「小人謝陸大小姐救命之恩！」玉菡躲避他的目光，將湯碗交給閒人，還施一禮：「亦謝壯士相救之恩！」

陸大可帶著侯管家繞著玉菡長吁短歎，左問右問。玉菡嗔笑道：「爹，您別緊張了，

我沒事兒。」她說著便帶著明珠先隨馬車離去了。大漢坐在地上，一直癡癡地望著馬車遠去，半晌才回頭。有人指點道：「這位爺，你眼前這位就是太谷陸家的老東家！」大漢急忙掙扎著站起行禮道：「給陸老東家請安。」陸大可這會也緩過神來打量大漢，拱手道：「多謝多謝！請問你叫什麼名字？哪裡人氏啊？」大漢抱拳道：「在下鐵信石，雁門關人氏。」

陸大可撚鬚問道：「也是家裡過不下去逃出來的？」那鐵信石點點頭。「可是一個人？」鐵信石聞言又點點頭。陸大可沉吟一下道：「哦，我是太谷商人陸大可，剛才聽說你硬是拽住了驚馬的車，救了我閨女，看樣子有一膀子氣力。我正想給我閨女換個人趕車，到我家做個車夫，願不願意？」鐵信石想了想，卻搖了搖頭。陸大可一驚：「怎麼，你看不上我這個商人？」鐵信石趕緊擺擺手，表示不是這個意思。圍觀的閒人勸他道：「看你這個人，還猶豫什麼，給陸東家趕車這樣的好事兒，別人求都求不來，如今這年頭，哪裡找活計啊？還不趕快謝陸東家？」

鐵信石低頭想了想，抱拳道：「謝過陸東家。不過在下想問一聲，太谷縣和祁縣離得遠嗎？」陸大可道：「怎麼，你在祁縣有親？」鐵信石搖搖頭。陸大可更好奇了，又問：「有故？」鐵信石默然不語。陸大可瞧了瞧他勸道：「祁縣離太谷縣不遠，只二十里路。你在那裡既無親又無故，就跟著我好了。」鐵信石略一沉思，又問：「陸老東家，請問祁縣是不是有個喬家堡，喬家堡是不是有個喬家？」陸大可點頭道：「是呀，怎麼，你想去投奔喬家？」鐵信石又搖頭。陸大可有點不耐煩了：「我是看中你有一膀子力氣，才要留下你。你要是不願意，想去投奔喬家，那就算了。怎麼樣，快拿主意，我的事還多著呢！」鐵信石沉思半晌，突然對陸大可一拜：「謝東家收留！」陸大可高興道：「這就對了！」他扭頭對侯管家道：「好了好了，帶他去好好吃頓飯，洗個澡，換換衣裳，以後就給小姐做車夫。對了，馬上把老劉給我辭了，整天喝得醉醺醺的，今天還把馬弄驚了，差點要了我閨女的命！」

侯管家應聲正欲離去，突然陸大可想到什麼，又衝他問道：「那位敢在貢院龍門口跟欽差大人理論的後生，真是祁縣喬家堡喬家的二爺，你認真打聽過了？」侯管家躬身道：「東家，我都打聽清楚了，他就是喬家的二爺，官號喬致庸，今年十九歲，尚未娶親！」陸大可不動聲色地點了點頭。他們說話時，鐵信石突然回頭，很注意地聽著。侯管家覺得有點奇怪，回頭對鐵信石招呼道：「走吧。」鐵信石想了想，慢慢轉身，跟著侯管家去了。

3

兩個時辰後，陸家玉器店內，玉菡和明珠正在看一只鴛鴦玉環，突見陸大可面帶慍色走了進來。玉菡迎上前去不解地問：「哎喲，爹，您回來了，怎麼這副樣子？」陸大可「哼」了一聲，夥計捧上茶來，他呷了一口，瞧了瞧寶貝女兒，面帶不悅道：「怎麼，又喜歡上我的什麼東西？」玉菡吐吐舌頭放下玉環，善解人意地勸慰道：「爹，我要是沒猜錯，一定是昌茂源的帳收得不怎麼樣吧？」陸大可生氣地一拍桌子：「可不是不怎麼樣。他們繞來繞去，把幾家相與的帳攪合起來算，把我的腦袋都弄糊塗了。你快幫爹算算，去

掉我們欠大德玉的，大德玉欠昌茂源的，昌茂源總共還欠我們多少銀子？這帳收的，氣死我了！」

一見他們要算帳，明珠趕緊退了下去。玉菡從裙後取出一個袖珍小帳簿和一個小算盤，口中念著，一手翻帳簿，一手把小算盤打得「啪啪」響，很快道：「爹，去掉我們欠大德玉的，大德玉欠昌茂源的，昌茂源總共還欠我們家十二萬兩銀子！」陸大可笑道：「好閨女，這麼快就算出來了！我還擔心今天驚馬把你嚇壞了呢！」玉菡將小帳簿和小算盤重新繫在裙後，搖頭笑道：「哪裡會輕易把我嚇壞呢，我可是爹的頭號小帳本啊。」

她和陸大可又說笑了一陣，見他不生氣了，回頭又拿起那只鴛鴦玉環玩起來，得意道：「爹，我知道啦，這玉環只有一只！」陸大可呷了口茶皺眉道：「只有一只？你怎麼知道它只有一只？」玉菡一邊玩，一邊笑道：「不但知道只有一只，我還知道它為何只有一只！」陸大可裝作不相信道：「瞧你能的！你還懂得這個？哎，說說我聽，這件東西是哪個朝代的？」玉菡撇撇小嘴道：「爹，您要考您閨女？……嗯，爹，這是晉代古墓中出土的吧？」陸大可瞧她一眼，故意道：「錯了錯了，這件東西是今人製的，出土時做了古，你懂什麼，不值錢不值錢，快放回去！」玉菡不依了，有點生氣道：「爹，露餡了吧？哎我問您，爹，您有幾個閨女？」陸大可豎起一個手指頭，歎著氣又呷了一口茶。玉菡嘟著嘴道：「爹只有一個閨女，又只有這麼一只鴛鴦玉環，這只玉環，不給我，要給誰？」

陸大可打著哈哈道：「說了半天，還是想要我的東西！不給！」玉菡跺著腳又撒起嬌來，陸大可沒奈何，疼愛地拍拍女兒的頭道：「玉兒，爹的好東西，你也不能見一件就要一件呀。好吧，往下說，你怎麼知道它只有一只，說對了，就送給你！」玉菡笑道：「爹，這些年您帶我走州串府，鴛鴦玉環我也見過一些，一般的鴛鴦玉環總是一對，鴛鴦呢，是一邊一隻，取成雙成對，合則團圓，離則兩分的意思。可是您看這只玉環，一對鴛鴦全刻在一只玉環上面，它不就只有一只？爹，我還知道，這東西不是平常人家夫妻之間的用物。」陸大可笑著故意做了一個詢問的表情，玉菡臉微微一紅，忸怩道：「爹，非要我說出來？」陸大可哈哈大笑道：「我替我好閨女說出來，你猜得不錯，這只玉環，只能做情人之間的信物，這樣的玉環，多半是青年男子送給意中人的定情之物。」玉菡掩嘴笑，故意誇道：「爹，您這麼聰明，可把女兒給比下去了。」陸大可玩著玉環，忽然又問道：「女兒，這一路咱們走過來，那些庚帖，你真的都看了？」

玉菡一下害羞起來道：「爹，說什麼呢？女兒不想出嫁……女兒想一輩子守在家裡。您想想，我要是走了，誰來做爹的小帳本呢？」陸大可疼愛地看了女兒一眼，搖頭道：「爹也不想讓你出嫁，可是男大當婚，女大當嫁，這是人倫的大禮……要是能有個兩全其美的辦法就好了，你嫁了個好女婿，又沒離開爹——」玉菡捂著耳朵，搖頭跺腳道：「爹，我不要聽！」陸大可哈哈笑著站起道：「好了好了，爹不說了。這只玉環，你真的喜歡？」玉菡連連點頭。陸大可又心疼起來，歎道：「光知道說喜歡。知道它值多少銀子？二十兩。眼下這年月，二十兩銀子能買兩個大活人。」玉菡眼珠一轉，故意道：「爹，您不就是捨不得嗎？您捨不得，我還偏要了！」說著，她把玉環戴在腕上，左看右看，臭美起來。

陸大可雖然捨不得，但看看女兒這副嬌模樣，咬牙道：「其實也不算啥好東西，不過

我閨女要是真喜歡，我就……我就給你，不就是二十兩銀子嗎！」玉菡卻將玉環褪下來道：「爹，您真給我，我還不要了。」陸大可一愣，喜出望外道：「哎，這又是為啥？」玉菡笑道：「爹，第一，我知道您並不想給我，第二……」她忽然害噪起來道：「爹，您知道為啥！」

陸大可猛然醒悟：「噢，這樣的東西，只能由別人送給我閨女，我真是老糊塗了。來人！」侯管家應聲跑進，陸大可指那玉環道：「小姐不稀罕這東西，你把它拿出去，擺在顯眼的地方，看讓哪個識貨的年輕人買去，送給意中的小姐，成就一段美滿的姻緣。我呢，也能得二十兩銀子，這年月，二十兩也是一筆大錢！」侯管家答應一聲，小心地將鴛鴦玉環捧了出去。

陸大可又坐下，也不看女兒，美美地呷一口茶道：「哎呀好茶！眼下這麼好的武夷山茶，市面上可是見不到了！」明珠進門伺候，見狀，笑著小聲對玉菡道：「小姐，您瞧老爺，您不要他的東西，他高興的那個樣子！」玉菡撇撇嘴，也小聲笑道：「要不人家怎麼說他是山西第一老摳呢！」

侯管家忽然跑進來道：「東家，有人看上了那只鴛鴦玉環！」在旁抱著貓玩耍的玉菡笑著揶揄道：「爹，您的銀子來了！」陸大可正算著帳，頭也不抬道：「是嗎？告訴他，少了二十兩不賣！」侯管家對陸大可附耳說了幾句。陸大可一驚，站起對侯管家道：「你出去，看他識不識貨！」老頭也不算帳了，徑直走去透過花窗朝外望。玉菡順著陸大可的眼光看過去，眉眼不覺一動，一旁明珠也脫口而出：「小姐，是他！」

前面店內，致庸正在觀賞鴛鴦玉環，讚歎道：「好東西。鴛鴦者，永廝守也；環者圈也，不分離也。而且，掌櫃的，這是一只孤環，對嗎？」侯管家一驚，讚道：「這位少東家看出這是一只孤環，好眼力！」致庸笑了：「不僅是一只孤環，還是一個信物。有點意思，不，大有意思！」抬頭問道：「掌櫃的，多少銀子？」侯管家按照陸大可的吩咐，很乾脆地回答道：「二十兩。」致庸吃了一驚：「二十兩？」他一時有些發窘，放下玉環道：「對不起，打擾了，告辭。」這時陸大可突然從內堂踱出：「這位少爺，請留步！」致庸聞聲回頭，侯管家介紹道：「這是我們東家。」致庸趕緊一拱手道：「原來是老東家，失敬失敬。」陸大可瞇著眼細細打量致庸一番道：「怎麼了這位少爺？剛才我看見少爺是識貨之人，怎麼拿起又放下，嫌貴？價錢好商量。」致庸微微一笑：「貴倒是不貴，只是我今天身上沒帶這麼多現銀。」「那你身上帶了多少？」致庸微微發窘道：「我……」陸大可道：「一兩銀子總有吧？」致庸笑：「一兩銀子總還是有的。」「我聽你剛才說出這只玉環是一個信物，看得出你是一個識貨的人，有道是貨賣給識家。這樣好了，一兩銀子，賣給你了！」致庸大奇：「老東家不是在開玩笑吧？」陸大可道：「君子一言，駟馬難追！」他扭頭對侯管家吩咐道：「來，幫這位少爺包起來！」

店內的空氣一時有點凝固，侯管家看看致庸，又看看陸大可，不願動手。陸大可瞪眼道：「哎我說老侯，叫你把東西給這位少爺包起來，你怎麼不動手哇？」侯管家忽然明白了什麼，趕緊道：「好好，我這就包起來！」長栓做夢一般小聲問：「二爺，這位東家只要一兩銀子把這只玉環賣給你？」致庸如夢方醒，連連擺手：「不不，老東家，這使不得。」陸大可拉長聲調道：「如何使不得，今兒就是要賣給你了！」致庸依舊擺手：「承蒙老東家抬愛，可在下仍然不能領受。在下不能平白無故受老東家的不明之賜。」陸大可

撚鬚一笑道：「嗯，你想知道我為什麼只要一兩銀子把它賣給你？那就告訴你，我喜歡你，因為你懂得這東西的用處，老朽今日賣給你這只玉環，來日裡或者能幫你成就一段姻緣。你看，我話都說到這兒了，總行了吧。別人來買，二十兩銀子我還不賣呢！」

一聽這話，致庸立時笑道：「老東家把話說到這裡，在下就不知說什麼好了。在下今日真是交了好運。可雖然如此，我還是不能收下。」陸大可奇道：「這就怪了。我的脾氣夠怪的了，你的脾氣比我還怪。我只要你一兩銀子，差不多白白把好東西送給你，你為何不要？」致庸正色坦言道：「不瞞老東家，在下家中也是買賣人，買賣人講究的是公平。這樁買賣雖說對我有利，可對你不公平，不公平的買賣，在下是不做的。」陸大可想了想，突然哈哈大笑道：「這位少爺，我要說你不懂玉器，你信嗎？實話告訴你，這只玉環我是五錢銀子進的，我要了你一兩，還賺了呢！」致庸不覺一驚，眼光又落在那玉環上，細細摩挲一番，問道：「真的？」陸大可故意道：「可不是真的？南京到北京，買的沒有賣的精，我一個商人，還會吃虧不成？」致庸沉吟了一下，乾脆道：「既是這樣，那我就買下了。」

致庸掏出一兩銀子會帳，侯管家則將包好的玉環捧給他，兩下告辭。致庸總覺得有點不對，走了兩步突然回頭問陸大可：「老東家，打擾了。敢問老東家尊姓大名？」陸大可撚鬚微笑道：「怎麼，日後想和我做親戚呀？不必了。回見吧你。」致庸和長栓相視而笑，再次施禮道：「既是這樣，在下告辭！」說著向陸大可拱拱手。陸大可也不還禮，瞇眼看著他走了出去。

內室中的玉菡默默看著外面這一幕，不覺臉上大熱。明珠奇道：「小姐，老爺是不是瘋了，他剛才還說值二十兩呢！」玉菡看一眼明珠，離開花窗，返身走回去。明珠吐吐舌頭，欲言又止，猶豫著，正要說，卻見陸大可笑呵呵地踱步轉回內堂。玉菡抱貓端坐著，不動聲色地問道：「爹，一兩銀子就把那麼好的東西賣出去，這會兒又不心疼了？」

陸大可道：「誰說我不心疼?!閨女啊，為了你，爹眼看要傾家蕩產了！」玉菡故作不領情道：「爹，甭說得那麼好聽，這裡邊可沒我啥事兒！」一聽這話，老頭故意急得一跺腳：「真的？那我讓人去把玉環追回來！」玉菡臉一紅站起跑開，突然又回頭道：「爹，我可再說一遍，事情都是您辦的，可沒我什麼事兒！」陸大可看著女兒害羞跑走，微笑自語道：「八字還沒一撇呢，就害臊了！真是個孩子！……下面的事，就是看看能不能弄他來給我做倒插門女婿了！」

明珠跟著玉菡跑進了內花園，開玩笑道：「小姐，今兒怎麼這樣高興？」玉菡趕緊正色道：「我高興了嗎？我哪天都這麼高興！」明珠偷笑道：「今兒不一樣。哎，小姐，這會兒我明白老爺為啥要把那只玉環賣給喬致庸了！」玉菡明知故問：「為啥？」明珠笑道：「為了有一天能讓他親自給小姐戴，是不是啊？」玉菡害羞作勢要打她，明珠咯咯笑著躲開，一時主僕兩人鬧成一片。

走在熙熙攘攘的商街上，致庸突然站住道：「我糊塗！這鴛鴦玉環的價錢肯定不止一兩銀子，遺愛館玉器店陸老東家是個怪老頭，他為何一定要賣給我？」長栓的眼睛停在身後一家綢緞店裡，不經意道：「也許是他喜歡你，看著你順眼；也許是這老頭兒瘋了，非要賠錢做買賣。人說十個商人九個怪。二爺啊，他賠他的銀子，關咱們什麼事？這樣的便宜，不占白不占！哎，我說，二爺，如今綢緞的價為何這般高？」

致庸的腦筋還在玉環上，也沒顧上回答長栓，走了兩步，突然有點懊喪地說：「錯！天下事皆出不了因果兩字。今日我得了這環，明日會不會由此牽出什麼因果，我還不知道呢！」長栓好容易把眼光從綢緞店裡收回來，笑道：「二爺，行了，您腦子讓八股文弄糊塗了，雪瑛小姐送給你一只香囊，您也想著在太原府給她買個禮物，我們一路瞎逛，沒想到平白無故撿了個大便宜。走吧走吧，還是回去溫書要緊！萬一大爺那封信上的話真是他的意思呢？」

致庸的臉色陰沉下來。突然，身後一匹打著包頭四海通信局信旗的快馬飛馳而過，人馬盡溼，街邊人紛紛躲開。致庸也被驚了一下，皺眉望著信使遠去。長栓望了望道：「二爺，走吧，好像是包頭四海通信局的信使，跟我們沒干係！」他看了致庸一眼，發覺他神情異常嚴肅。致庸半晌沒出聲，一開口卻道：「天下事關係天下人，天下人理應關心天下事，你怎麼知道這信使與我喬家、與我家包頭復字號大小、與我喬致庸沒有干係？」長栓愣了一下，拿眼覷覷他道：「二爺，那，那咱們這會兒到底該往哪兒去啊？還是去找那個孫茂才？」致庸心情已變，扭頭就走：「不，回去！」

4

包頭四海通信局的快馬依舊一路狂奔，終於在日落時分趕到了祁縣商街。那位鹽車把式在喬家大德興絲茶莊門前猛一勒馬，剛要下來，那馬突然「轟」地倒地。兩個夥計聞聲出來，將他攙扶進去。只半盅茶的工夫，大德興曹大掌櫃神色大變，衝出茶莊，飛身上馬，向著喬家堡疾馳而去。

不多會，曹掌櫃趕至喬家大院門外，他滾鞍下馬，踉蹌了一下，「啪啪啪」拍門大喊：「開門！有人沒有，快開門！」長順趕來開門，大驚失色，剛要開口問，卻見曹掌櫃黃著一張臉，急奔入宅。

在中堂內，曹氏飛快地看完信，面色大變，身子搖晃起來。杏兒趕緊上前去扶曹氏，曹氏一把將她推開，直著眼，淚水堵在眼眶裡，喉頭一陣作響，卻發不出聲音。曹掌櫃雖然已經四十來歲，但一見這個架勢也忍不住驚慌道：「太太，太太，這個時候，您可千萬不能倒下呀！」杏兒在她背上又敲又拍，好一會曹氏終於說出話來：「曹掌櫃，大爺一直在等包頭的消息……可，可這就是顧大掌櫃給我們喬家的『好』消息？」曹掌櫃道：「我也曾經勸過東家，不要聽顧大掌櫃的，孤注一擲地和達盛昌爭做高粱霸盤，可是他不理，現在……」曹氏哭道：「這個霸盤耗空了喬家的家底！顧大掌櫃這會兒還要銀子救復字號大小，大爺能從哪裡弄到銀子啊？」曹掌櫃急得跺腳：「大太太，現在不是發急的時候，要緊的是趕緊稟告東家，該怎麼辦？因為做這個霸盤，東家一次次從祁縣拉到包頭的銀子都變成了高粱，堆在庫裡，包頭的商家聽信達盛昌的挑撥，正一夥夥地到復字號大小鬧著清帳。照規矩，復字號大小三個月內不能拿出一大筆銀子清帳，就要破產還債！」曹氏六神無主，淚流滿面道：「大爺病成這樣子，怎麼能稟告他，那還不要了他的命？」曹掌櫃穩一穩神，緩言道：「大太太，這話我本不該問，可事到如今，我也顧不得了。眼下要緊的是銀子！喬家真的就到了山窮水盡之地，沒有一點辦法可想了嗎？」

曹氏一聽這話，幾次暈過去，杏兒在曹氏胸口一陣猛揉，曹氏總算又緩過點勁，滴淚

道：「曹爺，這一向我們家的日子怎麼過的，你都知道。除了上次我請你拿那座玉石屏風當回的一萬兩銀子，家裡一兩銀子也沒有了。為了做這個高粱霸盤，太原、北京和天津分號的銀子也都用光了，大爺和我，還能到哪裡弄銀子！」

曹掌櫃一聽也急了眼：「天哪，要是真沒銀子，不止包頭復字號大小十一處生意要破產還債，就連祁縣的三處生意，太原、天津和北京的生意，也不一定能保得住！消息肯定會傳回祁縣，我們和水家、元家及大小商家都有大筆生意來往，也欠著他們的銀子，要是他們一起去大德興總號要清帳，這些生意，還不一樣要變成別人的產業……」曹氏頭一暈，又昏了過去。杏兒叫一聲，急忙上前掐她的人中。半晌，曹氏掙扎著睜眼道：「曹掌櫃，你在這裡等著，我進去見大爺！喬家的天，這回真要塌下來了！」曹掌櫃心覺不妥，但又實在別無他法，遲疑再三問道：「大太太，東家病成這樣，能挺得住嗎？」曹氏猛撐一把，站起來道：「誰讓他是這一家的當家人呢？生意是經他手做成這個樣子的，我們能瞞他一天，不能瞞兩天，早晚他都是要知道的！這就是他的命，喬家的命，人是躲不過命的！」曹掌櫃無奈地看著她拿著信搖晃地走進內宅。

不一會兒，杏兒面色如紙，飛奔出來哭道：「曹掌櫃，你快進去吧，大爺聽說包頭的事情，大口吐血，快不行了，要見你呢！」曹掌櫃一個踉蹌，差點摔倒，他扶了把桌子穩住神，趕緊飛奔而去。

內室中，致廣大口大口地嘔血，曹氏緊緊抱著他，泣不成聲。曹掌櫃看著致廣，大慟：「東家……」曹氏揮手示意其他人退下，悲聲道：「大爺，曹掌櫃來了，你還有什麼話，就對他說吧！」致廣向曹掌櫃顫抖著伸出手，曹掌櫃膝行過去，拉住致廣的手痛聲道：「東家，您可一定要保重……」致廣喘了半天道：「曹掌櫃，景泰他娘，我不行了，我把包頭的事情弄成這樣……我愧對祖宗啊，我要死了，可是我還有一句話……」曹氏和曹掌櫃流著淚連連點頭，致廣艱難道：「我知道，我這一死，你們一定會要致庸回來，接管家事……我告訴你們，不……不能這樣……我不允許……爹娘臨終前，我曾答應過他們，一定要致庸按自個兒的心性過一輩子……我的兄弟是什麼人我知道，他這次一定能考上舉人，來年一定能考上進士，將來會有一番大作為……就是喬家一敗塗地，也不能讓他回來接管家事，你們那樣做了，就是害了他，就是毀了我兄弟一輩子的前程！」曹氏和曹掌櫃流著淚吃驚地互視一眼，致廣頭一歪，幾近不支。曹氏慘聲喊道：「大爺——」致廣閉上眼睛，氣若游絲道：「不管喬家將來是個什麼樣子……都是我一個人的錯，喬家可以不做生意，但不能耽誤致庸！……我死後，沒臉見祖宗，你們把我暫厝，我不進喬家的老墳！」他頭一扭，終於氣絕而逝。

曹氏呼天喊地大哭起來。內宅裡緊跟著爆發出一片哭聲。僕人們亂成一團，跑進跑出。長順邊跑邊抹眼淚，對僕人們號令道：「快，快，先拿白紙，把大門糊上！再派人騎快馬，去親友家報喪！」曹掌櫃心中一動，趕緊抹把眼淚大喝道：「停！都給我停下來！」眾僕人站住，不解地看著他。曹掌櫃沉聲道：「傳我的話，誰都不准哭！裡裡外外，什麼都不要動！」長順愣了愣，一時沒回過神來。曹掌櫃一跺腳，喝道：「長順，快去傳我的話！再去一個人，守住大門，大事沒有定下以前，誰也不能把消息走漏出去；一旦消息外泄，喬家就要大禍臨頭！」

曹掌櫃接著吩咐置冰保護屍體、封鎖消息等等事宜，裡裡外外忙了好一陣，才見到杏

兒攙著曹氏走進在中堂。曹掌櫃急忙迎上去道：「大太太……」曹氏坐下，痛哭不止。曹掌櫃「唉」了一聲，又一跺腳，吩咐眾人都出去。

眾僕人依言陸續走出，只見曹掌櫃「撲通」一聲跪下，曹氏雖哭得淚眼模糊，見狀仍大驚。曹掌櫃含淚道：「大太太，聽曹某一句話，眼下喬家正在懸崖邊上，一腳踏空就是萬丈深淵，這會兒可不是哭的時候啊！」曹氏聞言猛然醒悟，抬頭抹著眼淚道：「曹爺快快請起！大爺歿了，眼下我一個女人家，方寸已亂，你快說，眼下該怎麼辦？」

曹掌櫃擦著眼淚站起道：「大太太，大爺不在了，可您還在，眼下您必須替喬家拿定一個大主意！」「我？」曹掌櫃沉重地點頭。曹氏隨即眼淚滂沱而下：「曹爺，我一個女人家，此時還有什麼主意？」曹掌櫃沉吟片刻，抬頭道：「大太太，東家歿了，喬家還有人，他應當把喬家的天撐起來！」曹氏一驚，道：「你是說——」曹掌櫃點頭，慎重道：「大太太，我是說二爺！」曹氏眼淚如斷線的珠子般滾落下來，泣不成聲道：「你是說致庸？不行……大爺方才咽氣時說的話你我都聽到了，他自己這一輩子毀在喬家的生意裡，不想再耽誤致庸，他想讓致庸考取功名，走他自個兒想走的路！」曹掌櫃鎮定道：「大太太，大爺剛才的話您還告訴過別人嗎？」曹氏心中多少有點明白，強自克制哭泣，嘴唇哆嗦了半天，搖了搖頭。曹掌櫃暗自鬆了一口氣，道：「沒有就好！大太太，什麼話也甭說，立馬派人去太原府，把二爺請回來，越快越好！」曹氏抹把眼淚，猶猶豫豫。曹掌櫃有點發急了，一句話提醒了她：「大太太，喬家若能得救，二爺就還有機會讀書科舉；喬家若是一敗塗地，一家人立馬就會上無片瓦、下無立錐之地，他還怎麼走他的科舉之路？二爺現在是喬家唯一能撐起這塊天的男人，只有靠他了！」

曹氏停住哭泣，也不看曹掌櫃，眼睛只怔怔瞪著前方。曹掌櫃急道：「大太太，為了喬家，大太太和我要把大爺方才的話永遠埋在心裡，永遠也不要說出來！……不但不能說出來，我們以後還要對二爺說，是東家臨終時留下遺言讓他回來的！東家臨終時把喬家託付給了他！他若不能讓喬家起死回生，東家死不瞑目！」曹氏仍舊出了神，一言不發。曹掌櫃到底有點擔心起來：「大太太，您可不能想不開啊，您——」他跺跺腳，痛聲道：「如今喬家的天已經塌下來了！喬家裡裡外外十幾處生意，喬家這座老宅，幾十口人的性命，大太太和景泰少爺的前途、二爺的前途，現在可都處在千鈞一髮之際啊！」

不知過了多久，柔弱的曹氏終於抬起頭來，眼中閃出的那份沉靜令曹掌櫃吃驚。曹氏一字一句道：「曹爺，我明白了！為了喬家，也為了致庸，我立刻讓長順去太原府接二爺回來！」

5

在祁縣商街達盛昌總號內，剛剛從包頭趕到的大掌櫃崔鳴九，掏出東家的信遞給二掌櫃和三掌櫃。兩人看完了信，相互對視一眼，二掌櫃拍著桌子道：「大掌櫃，你和東家在包頭幹得好，真是千載難逢的機會，喬家這回完了。」

崔鳴九不過四十出頭，長著一對頗為犀利的鷹眼，當下他拿回信鎖起來，接著森然道：「不對，現在喬家還沒完，雖然喬家包頭的生意眼看著就要改姓我們達盛昌，但喬家在祁縣、太原和京津還有六處生意，東家這次讓我親自回來，就是要我們一鼓作氣，把喬

家連根滅掉！自此以後，不止在包頭，就是祁縣的商家裡頭，也再不會有喬氏這一門與我們達盛昌作對了！」

兩個掌櫃一驚，接著連連點頭，忍不住摩拳擦掌起來。崔鳴九道：「我和東家都商議好了，雙管齊下。不但我們自己要下手，也要讓別人幫我們。二掌櫃，你把喬家破產的消息，托人去告訴水家和元家；三掌櫃，你去把這個消息放給和大德興有來往的大小商家，咱們要讓他們一起去逼一逼喬家！」兩位掌櫃對視一眼，深知此招的厲害，齊齊應了一聲，領命分頭走出。

沒過半日，壞消息就像瘟疫一樣迅速傳開，大德興總號擠滿了要帳的人。與此同時，當地兩大商家水長清東家和元文彪少東家也在五鳳樓見了面。寒暄過後，兩人都品著茶談起閒話來。

水長清翹起蓮花小指，很隨意道：「少東家，聽說你也喜歡聽戲，近來沒事，我把我們家的戲臺重新修了修，過幾天要請九歲紅來唱幾齣，到時候一定請少東家來品評一二。」元家少東家微笑地呷了口茶道：「水東家真是祁縣第一雅士。我雖不太懂戲，可水東家盛情相邀，我一定會捧場。」兩人風雅地扯了一通戲，水長清放下茶盅，輕描淡寫道：「喬家的事，都聽說了？」元家少東家微微一笑道：「聽說了。家父前日還言及，一晃都有好幾年了，大家都做不成生意，不知道哪家撐不過去，沒想到頭一個倒掉的居然是喬家！」水長清看了他一眼，突然直截了當道：「喬家在包頭復字號大小的生意已經完了，就剩下祁縣的三處生意，外帶太原和京津的三個鋪子，他們欠府上的銀子多嗎？」元家少東家微一沉吟道：「啊，不多，十萬兩的樣子。水東家和喬家是至親，生意上一定有更多來往吧？」

水長清依舊閒閒地道：「那倒沒有，他們欠我的也是十萬兩。這樣吧，喬家沒了包頭的生意，就只剩下這六個鋪子，你三個，我三個。」元家少東家會意一笑，隨之站起道：「好說，就這樣吧。」水長清站起，一拱手道：「家裡還演著一臺戲，不多聊了，暫且告辭。」元家少東家亦拱手，兩人笑笑，很快各自離去。

祁縣商街上，喬家的四爺達慶正哼唱著小曲兒搖扇走過，一個叫花子衝他伸出手，達慶被嚇了一跳，厭惡地呵斥了好一陣，方才興沖沖地走進一大煙館。不料一進門便碰上了老闆，老闆一把拉住他：「四爺，原來是你！我找你好幾天了！我說你欠下的那些煙帳，是不是該——」達慶要甩開他，老闆抓著不放道：「我說四爺，你也可憐可憐我們小本生意的難處。你是喬家的四爺，在大德興有老股，爾老人家拔一根汗毛，也比我們大腿粗，你就別難為我們了！」

達慶生氣，喝道：「好好好！你鬆開，我堂堂一個舉人老爺，還會賴你幾兩銀子不成？」老闆聞言只得放開了手，道：「那是那是，我可等著了啊！」達慶「哼」了一聲，不好意思再賒帳消遣，轉身出了煙館，朝大德興走去。

還沒轉過前街，遠遠就看到大德興店內人聲鼎沸。沒等他擠上去，一個小夥計模樣的人將他拉到一邊小聲道：「四爺，您老人家這會兒別進去！」達慶一聽不樂意了，道：「哎，你是誰？這是喬家的買賣，我是喬家二門的四爺，怎麼就不能進去？」小夥計急道：「我就是咱大德興新來的夥計呀。四爺，這會兒您可甭提您是誰，咱們喬家在包頭的生意垮了，眼看著在祁縣、太原、北京和天津的生意也要垮，這些人都是來要債的！」達

慶驚道：「你說什麼？喬家的生意垮了？我怎麼不知道！」小夥計瞧了瞧他，輕聲嘀咕道：「四爺，您一定是又到哪個溫柔鄉裡待著去了，這事全祁縣都知道了，就您還蒙在鼓裡呢！告訴您，喬家完了！」

達慶丟開他，大驚失色：「喬家完了？不能呀！那可不行，裡頭還有我一萬兩股銀啊，我們一家子，將來我進京趕考的花費，都在這上頭！不行，我回喬家堡找致廣去，他得還我的銀子！」他轉身就跑，一邊跑，一邊喊：「租馬車，誰租馬車？我要去喬家堡！」小夥計搖頭看他喊叫著一路遠去。

大德興對門的達盛昌總號內，崔鳴九一直隔街看著達慶，見他跑遠，回頭問二掌櫃：「哎，這人是誰？」二掌櫃不屑一顧道：「喬家二門『有名』的舉人老爺喬達慶！」崔鳴九眼珠一轉道：「是他？十幾年前中了一個舉人，這些年每三年去京城考一回，次次名落孫山，還一條道走到黑，非要考中進士，出去做官的那個傻冒？」三掌櫃笑著答道：「可不是他！當初喬家三門分家時，分到喬達慶名下的老股股銀還有十五萬兩，這些年連本帶利，讓他吃得只剩下一萬兩，他卻仍舊處處擺舉人老爺的譜，吃喝嫖賭，尋花問柳，無一不沾！」

崔鳴九半晌不語，突然擊掌自語：「好，這個人大有用處！」三掌櫃道：「大掌櫃，你在想什麼？」一個夥計匆匆跑進向崔鳴九稟告道：「水家、元家的兩位東家在五鳳樓喝了茶，說好了喬家祁縣、太原、京津四地剩下的六處生意一分為二，他們兩家一家三處。」崔鳴九冷笑道：「是嗎？他們動作夠快的！元家也就算了，水家和喬家世代姻親，下手也這麼狠！你們替我想一想，喬家眼下還剩下什麼？」兩人想了半晌，皆搖頭。崔鳴九「哼」了一聲，撚鬚道：「不，喬家還有東西，喬家堡喬家大院可是座不錯的老宅！」

二掌櫃吃一驚：「大掌櫃，你和東家難道連喬家的老宅也要——」崔鳴九冷笑道：「不是我和東家要喬家的老宅，是喬家的生意一垮，喬致廣自個兒就會把那座老宅頂出銀子來還債。這面牆一定會倒，我們只不過伸一隻手碰碰它，讓它倒得更快點罷了！」

二掌櫃、三掌櫃雖然心驚，但還是頻頻點頭。崔鳴九陰陰道：「哪天你們替我把喬達慶請來坐坐。」二掌櫃低聲問：「喬達慶？崔爺你真要用這個糊塗人？」崔鳴九白了他一眼道：「老天生人，各有用途，這個喬達慶，就有這個用途！」二掌櫃、三掌櫃互相對看了一眼，趕緊點點頭。

第四章

1

太原府學政衙門內，胡沅浦雙腳泡在熱水盆裡，正在看致庸的卷子。胡叔純有點好笑又有點擔心地侍立於旁。

「胡說八道，胡說八道也！」胡沅浦又一次擲下卷子，可轉眼間又撿起卷子，幾次三番，直到洗完腳，坐在飯桌前。胡叔純剛鬆了一口氣，見胡沅浦正要舉箸卻又放下，再次拿起致庸的卷子，看了幾眼，放下後站起，在屋內疾行不止。

胡叔純笑問：「哥，這是誰的卷子，讓你如此坐立不安！」胡沅浦歎道：「叔純，就是那日大鬧龍門口的秀才喬致庸。你也看看，這篇文章初看甚不入眼，再看卻有些意思，待看到第三遍，居然大有意思！」

胡叔純大為好奇：「真的如此不一般？」胡沅浦點點頭：「立論其實極為偏頗，居然要翻幾千年重農輕商的定案！但是仔細想來，此人胸中卻真有經國濟世之意！」「真的？山西還有這樣的人？」胡叔純拿過卷子看起來。

正看著，卻聽胡沅浦又開始踱著步道：「即使喬致庸的話不全對，但其中有一部分道理卻定然不錯。如果這幾年沒有長毛，南北商路暢通，至少天下半數商民不會因此失業，國庫賦稅也不會從每年七千萬兩驟降到如今的不足千萬兩。若是不缺這些銀子，朝廷就能大力購置洋槍洋炮，那時還怕什麼長毛，怕什麼英吉利、法蘭西！」

胡叔純匆匆看完卷子，沉吟道：「哥，這個喬致庸也太危言聳聽了！古往今來，中國人一直以農為本，以商為末，他卻說什麼治國首在重商，還把重商和天下興亡扯到了一塊兒，科考重在發揚聖人之論，像他這樣異想天開，信口開河，是不是有違聖上拔舉英才之意？」胡沅浦搖頭道：「叔純，你說得也不錯，可是當今天朝，缺的不是聖人之論，而是濟世之論，更缺求通求變之才。上天不枉生一棵草木，也不枉生一個人才，喬致庸此論，焉知不是普濟天下之論；喬致庸之才，焉知不是皇天賜予我大清的曠世奇才？」

胡叔純看他，歎道：「哥，你也太求賢若渴了，趕緊吃飯吧，飯菜都熱了好幾次了。」胡沅浦依言舉箸，然而食不知味，想了想道：「下一場，你親自帶人盯住這個喬致庸，他的卷子一做完，馬上拿來我看！」胡叔純心中納罕，點頭答應。

且不說學政衙門，再說太原府新龍門客棧前，已經鬧成一片。茂才被店老闆一把推出門跌倒在地。店老闆罵道：「你給我滾出去，永遠別讓我再看到你！」「你你你……你這是狗眼看人低！」茂才一邊罵，一邊爬起來回嘴：「我要是今年中了舉——」店老闆關了門又打開，對他的話嗤之以鼻：「呸！中舉中舉，你也不撒泡尿照照，就你這個樣兒，還中舉？你中風吧你！每回都說中了舉就還我銀子，每回你都是名落孫山，你欠了我多少店錢、飯錢啊？」他「砰」一聲把店門關上，茂才撲上去大力打門：「我的行李！還我的行李！」圍觀的人議論起來，只見店老闆又「啪」一聲開門道：「你還想要你的行李？你欠

了我多少銀子？你的行李我留下了，就當是頂了你的飯錢！」茂才著急道：「你這人，你不給我行李，今晚上我怎麼過夜呀，你就是讓我睡在大街上，也得有個鋪蓋卷呀？」店老闆冷言道：「你在哪兒過夜我管不著！」說著又要關門。茂才大急，撲過去扭住老闆不放，那老闆掙了兩下沒掙開，高聲道：「小二，揍他！」兩個小二應聲躥出，揮起拳頭，茂才趕緊鬆手抱住頭。

就在這時，恰好路過此地的致庸，分開人群朗聲道：「這位孫先生欠你多少銀子？我替他還了！」那店老闆雙手叉腰，奇道：「你？那敢情好！總共二兩銀子！拿吧！我等著呢！」致庸回頭對長栓道：「把你身上的銀子掏出來！」長栓一愣神：「我？」致庸點頭道：「對，你知道我身上沒銀子了。」長栓大為驚訝地反問道：「您當爺的都沒有，我哪有呀？」「快拿出來吧，你一定有，出門前我大嫂給你預備著呢。」「這點子事兒您也知道？」長栓嘀咕著，噘著嘴掏出二兩銀子。

店老闆剛伸過手要拿，致庸喝道：「慢著，先把他的行李拿出來！」店老闆換了一副嘴臉：「好好好，這年頭，誰有銀子誰就是爺，小二，把孫大爺的行李拿過來還他！」致庸身後，茂才拍拍身上的土站起，旁若無人地「哼」了一聲。只見小二將一個鋪蓋卷從裡面扔出來。茂才趕緊撲上去，翻檢著道：「哎，我的旱煙袋呢？」那小二斜著眼，面帶不屑地將一支短柄小旱煙袋扔過來。茂才寶貝似地撿起念道：「哎喲，你小心點呀。」他又吹又擦，還試著吸了兩口。

致庸將二兩銀子重重砸在店老闆手裡道：「夠了吧？以後別這樣看待讀書人，他今天一介布衣，明天就可能出將入相！」店老闆道：「是是是。您老教訓得是，不過他就是出將人相，住我的店也得付銀子不是？」致庸不理，回身對眾人道：「散了吧，散了吧。」看熱鬧的眾人連連稱奇，陸續散去。茂才頭也不抬，仍在侍弄著自己的旱煙杆。致庸笑笑，衝他一拱手道：「茂才兄，咱們又見面了！」茂才也不說話，把旱煙袋往腰裡一掖，背起鋪蓋卷就走。「二爺，看您花銀子幫的人！」長栓忍不住氣憤道。茂才聞聲一回頭道：「哎，我讓你們幫我了嗎？」長栓大怒：「你這個人，怎麼不知好歹呀？就是要飯的到了門上，主人給只饅頭，人家還要道一聲謝呢；虧你還是個讀書人，你那書都讀到狗肚子裡去了！」致庸急忙制止長栓道：「你給我住嘴！」茂才回頭平靜道：「你是個下人，我不跟下人理論。不過燈不撥不亮，話不說不明，理也是不辯不清。孫某今日缺了銀子，受店老兒之欺，是應當應分，我自個兒都沒有說什麼，你們打的是哪門子抱不平？所謂施恩勿念，既然要打抱不平，又要讓人家謝你們，可不是過分了嗎？所以再見了您呢！」

說完他轉身揚長而去。長栓簡直要氣暈過去，致庸卻越覺其人大奇，他衝遠去的茂才喊道：「茂才兄，你這個朋友我交定了。這會兒你不願見我，那咱們等一會考場上見吧！」

是夜，太原府滿大街的門又在開啟，長街再次開始湧動起一條奇特的大河，與前夜相比，這次生員們也算熟門熟路了，所以秩序井然了許多。除了一位老年生員由於緊張，也許由於絕望，在進號前昏倒引起一陣小小的混亂外，生員們都順利進入貢院號子裡坐定。這一場的試題是：「大學之道，在明明德，在親民。在止於至善」致庸念畢，失望地拍牆：「茂才兄，怎麼又是這一類臭題目啊？」隔壁茂才毫無聲息。致庸也不介意，自語道：「臭，好臭！」他下意識地掏出雪瑛送的香囊反覆嗅著：「雪瑛，雪瑛，為了你才做

這等八股文章，可真是臭死我了！」

隔壁的茂才正對著題目發怔，不知怎的，他的心頭忽然產生一種大勢已去的絕望感。他細瞇著眼睛，想起少年時揮斥方遒、指點江山的狂勁，那時可是落筆千言，幾無顧忌啊。可年復一年，得不到賞識，名落孫山。到如今，他幾乎不知道該如何真正地做這些文章了。

茂才一陣心悸，剛才那位在貢院前暈倒的老年生員，那副悲慘的樣子又浮現在他的面前，難道，難道他這位自認為天降大材、報國濟時的孫茂才也要這樣潦倒一生，老死科場嗎？有那麼一瞬間，茂才幾乎連死的心都有了。

2

當大德興太原分號馬大掌櫃陪著長順趕到貢院門外時，長栓和一幫陪考的下人正坐著打瞌睡。驚聞致廣病死的噩耗，長栓也大哭起來。馬掌櫃畢竟歲數大，跺腳道：「你甭哭呀，曹大掌櫃可是囑咐了，大爺去世的事眼下誰也不知道，就是對二爺，也不能說！」長栓拭淚道：「好，我不哭，可是二爺進去了！怎麼辦？」長順咬咬牙道：「也顧不了這麼多了，咱們闖進去，把二爺喊出來！」馬掌櫃急道：「這能行嗎？」他話音未落，長順和長栓已經開始往龍門口跑了。

剛到龍門口，眾兵丁就攔住了他們，喝道：「幹什麼你們？知道這是什麼地方嗎？」長順急得打躬作揖道：「各位軍爺，我給你們磕頭了！我們家出大事了，急著要我們二爺叫去！你讓我們進去找找！我們不考了！」那兵丁大力推搡他們道：「說什麼呢，無知草民！這是山西貢院，是禁地，你們往裡走一步都是死罪！」長栓「撲通」一聲跪下，哭道：「各位爺，我們不考了還不行？求求你們替我們喊二爺出來行不？」兵丁們毫不動容，喝道：「你們說不考就不考？進去了就不能出來了！快走快走！就是我們也不敢進去！再不走，把你們抓起來，打爛了再說！」一陣拉扯，長栓等被遠遠地趕走。

三人面面相覷，長栓道：「要不咱們喊吧。我聽二爺說過，他的號子在最後一排，圍著貢院的後牆喊，說不準二爺能聽到！」馬掌櫃一跺腳道：「就這麼著，死馬當活馬醫吧。」於是，三個人向貢院後牆跑去。

不一會兒，貢院後院外傳來的叫喊聲驚動了貢院內的生員：「這是誰呀，喊什麼呢！」牆外的喊聲越來越大了：「喬家堡的喬致庸二爺，快出來，喬大爺不好了，咱們不考了！大太太讓您快回喬家堡！喬家堡的喬致庸二爺——」兵丁很快趕到，掄起鞭子對著三人一陣亂抽，喝止道：「大膽草民，不得喧譁！」三個人一邊躲，一邊繼續喊著。兵丁很快將三人制服，捂起嘴。長栓力氣大，竟被他掙脫開來，他跑前幾步，拍著院牆用盡力氣聲嘶力竭地喊：「喬致庸，喬致庸，您大哥不行了，快出來——」兵丁很快趕上來將他扭住。但就這麼最後幾聲，致庸到底聽見了，也聽真切了，一時間如遭雷殛，手中的筆落在地上，「大哥——」他慘叫一聲，便往外衝去。

監考官帶了幾個兵丁跑過來，抓住致庸喝道：「幹什麼你，快回號子裡去！」致庸掙扎著求道：「不，我要回家！你們讓我出去！」監考官毫不動容道：「不行！考場有考場的規矩，不到放人的時候，誰也不能走！」致庸傷心欲絕，上前抓住他的衣襟道：「我大

哥快不行了，我得回去見他一面！」那監考官仍把致庸往號子裡拖，致庸哪裡肯，一陣掙扎。

正在巡視考場的胡沅浦帶著哈芬、胡叔純聞聲趕了過來。監考官掙脫開致庸，急忙向胡沅浦等人施禮：「諸位大人，這個生員家裡出了事，吵著要出去！」胡沅浦走近前看致庸，吃了一驚：「是你啊，到底出了何事？」致庸哭倒在地：「胡大人，哈大人，生員喬致庸，求你們開恩，我大哥他快死了，我得馬上回去見他最後一面！」胡沅浦帶著詢問的神情轉向監考官，監考官點頭稟道：「看樣子是實情！」胡沅浦走近一步，溫言道：「喬致庸，只要你走出龍門半步，不但是鄉試，接著來年的會試、殿試，都要誤了，這些你都仔細想過沒有？」致庸聲嘶力竭道：「大人，我大哥快不行了，我什麼也不想，我就想馬上回去再見我大哥一面，我不考了！」胡沅浦又苦心勸道：「喬致庸，我也是讀書人，知道讀書人的辛苦，你十年寒窗，就是為了科舉，此事關乎你一生的前程，你要三思啊！」致庸連連磕頭，痛聲道：「大人有所不知，致庸一歲喪父，三歲喪母，是哥嫂將我養大，如今大哥就要去世，致庸心如刀絞，就是留下，也寫不出文章來，大人，求您讓他們開龍門，放我走吧！」胡沅浦默默地看他，一旁的哈芬則記恨致庸，開口道：「大人，不能為他一個人壞了朝廷的規矩！」

胡沅浦沉思再三，終於把心裡話說出來：「喬致庸，如果本官告訴你，只要你留下來，把三篇文章做完，鐵定了就能中舉，你還會走嗎？」在場的人聞言皆驚，致庸猛抬頭望著胡沅浦，深吸一口氣，斬釘截鐵道：「大人，鄉試三年一屆，今年我失去了一個舉人，三年後還能再考；大哥我卻只有一個，致庸想過了，還是願走！」胡沅浦心中大為感動，半晌沉聲道：「好吧，念你一份至誠，我答應了。喬致庸，你可不要後悔！」「生員決不後悔！」致庸一邊說，一邊連連磕頭。胡沅浦點點頭，隨即一字一句對監考官吩咐道：「今天本官做主，專為生員喬致庸一人打開龍門，放他走！門外家人一併開釋，不予追究！」致庸再次磕頭稱謝，站起踉蹌而去。

茂才這時忽然從隔壁號子裡衝出，大聲道：「喬致庸，站住！」致庸聞聲一愣，站住回過頭，只聽茂才道：「喬致庸，你大哥已經病重，即使你現在回去，不過是見一面，並無法改變其他事情，你為何一定要回去？」致庸不語。茂才又說：「你我本不是一樣的人，你本可以不來考這個舉人、進士，不必和我們這樣的寒儒爭這一碗飯。可你既然來了，還是要考完了再回去。你是個有才之人，不為自個兒可惜，可我真心為你可惜！」致庸定一定神，帶點感動道：「茂才兄，謝謝你，可是致庸此時方寸已亂，實在待不下去，只能由著性情和此刻的心意行事！」說著他拱手作別。茂才看看他，也不再相勸，只歎口氣道：「後會有期！」致庸轉身離去。

哈芬盯著茂才道：「又是你？這個喬致庸，究竟是個什麼人？」茂才回頭道：「大人如果還不清楚，生員就告訴大人，此人就是山西祁縣喬家堡喬家的二爺！」哈芬倒吃了一驚：「怎麼，他真是喬家的二爺？這可沒想到！」茂才不再言語，自顧自走回號子裡去。

哈芬略帶不滿，對胡沅浦道：「大人，您今天可是為山西貢院開了一個先例，進了龍門的生員也可以中途出號！」胡沅浦也不介意，仍帶著惋惜道：「哈大人，朝廷以孝悌治天下，下官敬重的是此人的孝悌之心！」他走了兩步又回頭：「哈大人，記住這個叫喬致庸的生員，三年之後，一定再讓他來考！」哈芬心中不屑，口裡卻道：「大人如此看重此

人，下官領教，一定記在心中不忘！」

3

從下午開始，達慶就在喬家的大門外帶著一幫人打門，一邊領頭嚷嚷道：「是喬家的人都給我聽著，咱們喬家在包頭的生意垮了，全祁縣的人都知道，致廣就瞞著我們這些自家人，他眼裡還有我們這些喬家老股東嗎？喬家的生意我們也有一份！就是垮了，我喬達慶拚了老命也得要回自己的一萬兩股銀啊……」一干喬家的股東親戚皆嚷嚷附和道：「對，我們全靠人在老股裡的股銀利息吃飯呢！如今生意垮了，我們也得要回自己的股銀！」

正嚷嚷著，大門突然被打開，曹掌櫃寒著臉走出來。眾人一時後退，倒也鴉雀無聲。曹掌櫃則悲憤地望著他們，也不說話。達慶咳嗽了一聲道：「哎，老曹，怎麼是你！致廣呢？致廣怎麼不出來？我們要見他！」曹掌櫃強忍著悲痛，克制著厭惡道：「四爺，各位爺，東家一直病著，有什麼話就跟我說好了！」達慶斜睨著他道：「老曹，照理講這話我們跟你說不著，可你既然出來了，跟你說說也行！諸位本家爺們兒，你們看如何？」

眾人本來就是達慶領來鬧的，原也沒有什麼主意，這會兒就只管附和道：「行！他好歹也是喬家大德興雇的大掌櫃，如今生意做成這樣，可得問問他是怎麼做的！」達慶仗了勢，更囂張道：「曹掌櫃，我現在不問你別的，只問你一句話，喬家包頭的生意是不是敗了，我們的股銀怎麼辦？」曹掌櫃見達慶一副落井下石的架勢，氣得直瞪眼，一時竟說不出話來。達慶見狀似乎更占理了，大聲道：「今兒你甭想隨便拿幾句話塞和人，我們既然都來了，就不能不了了之。你也知道，大家也都知道，沒有了股銀，我們這些本家拿什麼過日子，像我這麼個舉人，日後是要拿著銀子去京城趕考呢，沒有了銀子我怎麼辦？」一干討帳的人更是氣勢洶洶道：「對，達慶說得對，沒有了銀子，想讓我們喝西北風呀！」

曹掌櫃克制著怒氣道：「諸位爺，都甭嚷嚷，聽我一句話，大家的意思我已經明白了，待會兒我會進去給東家說的。眼下東家正病著，等他的病稍好一點，他一定會出面給大家一個答覆。大家還是先回去吧……」達慶搖著扇子蠻橫道：「老曹，你甭給我們來這個！這個我們懂！你要是管不了這事兒，就別擋著道，讓我們進去跟致廣說，他不能把生意做壞了，這時候給我們來一個烏龜大縮頭，我們不答應！」眾人跟著起鬨道：「對，我們不答應，我們退股！」

一干人一邊吵嚷著，一邊朝大門裡擁。曹掌櫃趕緊帶著幾個僕人拚命擋住，喊：「諸位諸位，聽我說完，我是個外姓人，你們都是東家的本家，現在東家病成這樣，你們一定要找他鬧，這合適嗎？」達慶邊推攘邊叫道：「哎我說老曹，你這話就不好聽了，你們把喬家生意做垮了，我們就不該來問問？我還奇怪了，你不讓我們找致廣說理，你給我們出個主意，我們該怎麼辦？」推攘的一干人道：「達慶，甭聽他廢話，咱們一起進去找致廣！就是喬家的生意垮了，我們也得要回我們的股銀！」

曹掌櫃見勢不對，急往後閃道：「快關大門！」兩個家人拽住他，直往後拖，好不容易才擠進來，同時拚命上前，將達慶等推出，趕緊插上門栓。曹掌櫃一面抹著腦門上的汗，一面急著下令道：「這不行，快拿大木頭頂上。」幾個家人趕緊拖過幾根圓木，頂在

大門後。

門外仍然人聲鼎沸，達慶等推不開門，大聲嚷嚷道：「大門裡頭的人聽好了，你們將大門頂上也沒用，不管你們把生意做成什麼樣子，你們就是連褲子都賠出去了，也得還！」

喬家銀庫已布置成了靈堂，曹氏身穿重孝，看著幾個家人將一塊塊冰壘在致廣棺材旁，悲痛難言。曹掌櫃匆匆走進來，看她一眼，他不提門外的喧鬧，曹氏也不問。過了好一會，曹掌櫃還是沉不住氣：「大太太，二爺就要回來了，您有什麼打算，想好了沒有？」曹氏臉上淚痕未乾，一聽此言，接著又一行淚流下。曹掌櫃歎了口氣：「大太太，老是祕不發喪也不是個長久之計，就是這每天運冰進來的工人，也可以把事情洩露出去，我們還得想下一步棋……」曹氏點點頭，忽然道：「我明白！致庸快回來了吧，致庸回來就好了！」曹掌櫃按捺不住心頭的納罕，問道：「大太太，您的意思……」曹氏抹了抹眼淚道：「曹掌櫃，事到如今，除非有貴人相助，喬家決脫不了此難！致庸眼下是我們喬家最大的指望，倒不是指望他回來做什麼生意，畢竟遠水不解近渴。可眼下還有一條路也許能走，他還沒有成婚，也沒有訂親！」曹掌櫃聞言大悟：「不錯！我怎麼就沒有想到這個！……要是有一個和我們名望門第相近的大商家馬上和二爺結了親，拿出銀子幫我們一把，喬家就能不垮！」曹氏長歎一口氣，聲音顫抖：「今天這話，我只透給你一個人。我知道致庸什麼心性，事情到底能不能成，他能不能為了這個家放得下心上人，我都不知道！」

曹掌櫃心中一動，問道：「怎麼，二爺心裡已經有了意中人？」曹氏重重點頭道：

「這個你不要管。你只管記住我的話，馬上找人去打聽有沒有合適的人家，記住，事情一定要悄悄地做！」曹掌櫃歎息道：「大太太，您的苦心我明白，您放心，就是二爺回來了，這件事您不說，我也不會讓他知道！」曹氏頭一點，咬牙道：「喬家今天大難臨頭，我一個婦道人家做不了什麼，我能做的就是盡人事，喬家到底能不能得救，那就看天意了！」曹掌櫃連連點頭，趕緊行禮退下，出門張羅去了。

4

致庸馬不停蹄地趕到喬家堡，幾欲脫虛，他踉蹌著下馬，幾乎是爬到門前，一邊喊著一邊打起門來。守在門後的家人乍一聽驚跳起道：「壞了壞了，四爺他們又回來了！」在門外緊隨致庸其後趕到的長栓、長順等，聽到裡面的話，一邊扶起致庸，一邊喊道：「什麼四爺，是二爺回來了，快開門！」門內家人一聽，也喊：「長栓！是長栓！二爺回來了！快去報曹掌櫃和大太太！」門應聲而開，這邊致庸只覺得手腳發軟，爬都爬不起來，只得由長栓抱著往裡拖。致庸抬頭，心中一喜：「還好，門還是紅的，燈籠也是紅的！」他也不知哪裡來的力氣，掙開長栓，起身就往裡跑，一班守在門內的家人見狀，皆辛酸地流下淚來。

長順覺著不對，趕緊上前攔住他道：「二爺，二爺，您聽我說，大爺他已經過去了，我們去報信時就不中用了！」致庸搖晃了一下，突然指著門裡門外的紅燈籠道：「不，不，你們騙我呢！我大哥他還活著！」長順心一酸，上前抱住他含淚顫聲道：「二爺，您

可要挺住呀！這個家都在等著您呢！」致庸大驚：「你……你說什麼？」長順一邊示意家人趕緊把大門關上，一邊抱緊致庸小聲但急切道：「二爺，您別嚷嚷，家裡還出了其他大事呢。都是大太太和曹掌櫃拿的主意，專等著您回來才發喪的！」致庸身子一晃癱下去，長順一把抱住，和他一起倒下去。致庸向院裡爬去，悲聲大放：「大哥，大哥，致庸回來了，致庸回來晚了……」這邊曹掌櫃急急趕出，趕緊上前攙扶道：「二爺，快起來，快起來！」致庸以頭撞地，哭聲更大。曹掌櫃著急地對長順和長栓道：「你們兩個，還不過來把二爺扶進去！」長栓和長順抹淚架起致庸，半拖半抱地走向內宅。每走過一扇門，身後的人便急忙將門關上，儘量不讓哭聲傳出去。

好容易到了銀庫靈堂內，致庸一見棺材牌位，立刻撲倒在地，失聲痛哭道：「大哥，大哥，我走的時候你還好好的，怎麼不等等我呀……」致庸多年來皆由致廣如父般地呵護，而此時致廣遽然離世，他實在難以接受。回想起幾日前的事，終於明白致廣是強撐病體送他，苦口婆心，而他渾然不覺，依舊張狂不羈，由著性子滿口胡言。悔痛如針刺般密密絮向心頭，致庸以頭撞地失聲大哭起來。眾人趕緊上前拉住，也跟著哭了起來。

內宅中曹氏和景泰正在喬家祖宗牌位前長跪。曹掌櫃跑進道：「大太太，二爺回來了！」曹氏眼淚湧出，但仍堅定道：「是嗎？太，太好了，老天可憐，就照咱們說好的那樣辦吧！」曹掌櫃點頭走出。曹氏長跪不起，雙手合十，又閉目禱念起來。

曹掌櫃走進靈堂內，努力攙扶起致庸：「二爺，您定定神，去勸勸大太太吧，只怕不好。」致庸突然覺出一直沒看見曹氏和景泰，忍不住哭道：「曹爺，景泰呢？我大嫂呢？他們為什麼不在這裡守靈？他們在哪裡？」曹掌櫃扭過頭去不語。致庸心中一嚇，大聲道：「曹掌櫃，你快說呀，我大嫂和景泰怎麼了？」曹掌櫃滴淚道：「二爺，大太太說，東家臨終時留下遺言，不讓他們為自己守靈，要他們在內宅裡給祖宗長跪！」致庸悲忿不解道：「這又是為什麼？」曹掌櫃顫聲道：「喬家的生意敗了，不止包頭的，連太原、京津和祁縣的生意都可能賠掉，東家臨終前留下話，他自個兒對不起祖宗，就是死了，也要大太太和景泰少爺替他向祖宗賠罪！」致庸大驚，猛然抬起頭來。曹掌櫃看他，顫聲道：「二爺，自從大爺過世，大太太和景泰少爺在裡頭都跪了兩天兩夜了，大太太昏死過去好幾回，誰都拉不起來！二爺，您是個男人，現如今家中這樣，您可得擔起這個天啊！」致庸悲痛大叫：「可憐的大嫂！……曹爺，我大哥他臨終前還說了什麼？」曹掌櫃抹淚道：「大爺臨終時還說，他有罪，他讓喬家生意一敗塗地，沒臉進喬家的墳地。喬家人什麼時候把祖宗的家業恢復如初，他才肯進喬家的墳地！」致庸身子一晃，幾乎支援不住。曹掌櫃咬咬牙道：「大太太還說了，她要一直這麼跪下去，東家去了，她和景泰也要跟著去！」「你說什麼?!」致庸大驚失色，他突然不哭了，猛然站起，踉踉蹌蹌地朝內室走去。

內室中曹氏和景泰仍舊在祖宗牌位前長跪，雙淚直流。杏兒跑進來道：「大太太，二爺進來了！」曹氏不語，更多的眼淚湧出。想到即將發生的一切，她忍不住心如刀絞。致庸踉蹌而入，看著曹氏和景泰，痛聲大叫道：「嫂子，致庸回來了！你這是怎麼了？快起來呀！」說著他去拉曹氏和景泰，曹氏不理。景泰已經站起，看看曹氏，又跪了下去。致庸愈加悲痛，「撲通」一聲跪下去，愴聲道：「嫂子，致庸已經回來了，就是天塌下來，我們也一起頂著！你為什麼還要這樣？」曹氏流淚，依然不語。致庸見狀哽咽道：「嫂

子，你心裡要是有話，就說好了，這樣跪下去，萬一有個好歹，這個家怎麼辦?!」

曹氏哭道：「兄弟，你起來，你不該跪著！該在這裡跪著的是我和景泰！喬家兩代人辛辛苦苦創下的家業，被你大哥弄得一敗塗地。他就是死了，也是個罪人！我是他的妻，景泰是他的兒，別說我們現在代他向祖宗請罪，就是和他一起去死，都是應當的！杏兒，你把二爺拉起來，這兒沒二爺的事！」她越講越傷心，忍不住痛哭起來。

杏兒低聲道：「杏兒請二爺起身。」致庸哪裡肯，哭道：「不，嫂子，你說的什麼話！你不起，致庸也不起！」曹掌櫃趕緊勸道：「杏兒，二爺回來了，多少大事要商量，你先把大太太攙起來，再請二爺起身！」杏兒去攙扶曹氏，曹氏仍舊不起，本想作勢令致庸入彀，沒想卻真的觸動了心事，忍不住又放聲大悲，哭得天昏地暗。曹掌櫃見狀發急道：「大太太，東家去世之時，您急著派人去太原府把二爺接回來，不就是要傳東家的遺言嗎？我只是個外人，可我今天得勸您一句。這麼大的事，您可不能心軟，更不能哭得忘了大事呀！」曹氏聞言心頭一驚，抹淚站了起來。這邊小景泰看了看也要站起，卻被曹氏一聲厲喝：「跪下！」景泰趕緊晃著身子重新跪好。致庸站起，心疼地叫道：「嫂子，別難為孩子，景泰還小！」曹氏也不理會，又道：「景泰，你跪過來，把你爹臨終前留給二叔的話，說給二叔聽！」

景泰聞言膝行過來，用稚嫩的童聲道：「二叔，我爹去世前，說……」小孩子講到一半，突然大哭起來，再也不肯開口，曹氏做勢要打，致庸趕緊將他抱開，顫聲道：「嫂子，別難為景泰，讓他起來，有話你替他說好了，我聽著呢！」曹氏點點頭，抹把淚道：「好，兄弟，我就替景泰說！二弟，你大哥臨終前告訴景泰，讓他傳話給你，眼下喬家一敗塗地，他就這樣走了，死不瞑目！」致庸悲痛不已，潸然淚下。曹氏看看他，一狠心，咬牙道：「你大哥又說，快把致庸叫回來，景泰還小，喬家可以沒他，卻不能沒有致庸，他要親手把這個家交給你，才能放心！」「我？」致庸聞言色變。曹氏又道：「你大哥還說，他愧對祖宗，死了也沒臉進祖墳，他要你把他的靈柩暫厝在祖墳外的山岡上，啥時候看到二弟帶喬家渡過難關，祖宗不再怪他，他才敢入祖墳！」致庸流淚抱著景泰，一時間說不出話來。

曹氏在祖宗牌位前拜了幾拜，心中默念著，然後毅然站起，看著景泰嚴厲道：「景泰，忘了你爹交代的話了？」景泰早被教了無數遍，這會兒趕緊從致庸懷裡掙脫開，又跪下道：「二叔，我爹說了，等你回來，讓我替他跪著，二叔答應了我爹的話，侄兒才能起來！」致庸內心受到巨大震動，一時流淚無言。

眾人都望著他。致庸萬千念頭轉過，好容易才艱難地轉向曹氏道：「大嫂，致庸是哥嫂養大的，大哥臨終前將家事託付給致庸，小弟本不應當推脫，可是致庸從沒做過生意，怎麼挑得起這副重擔！大嫂，我和大哥當初有過約定，這輩子致庸只是讀書，中舉，為家門爭光，從沒想過接管家事。大哥不在了，還有你，還有曹掌櫃，過些年景泰就會長大，我們喬家有人哪！」

曹氏心一涼，痛聲道：「二弟，大嫂是個女流，景泰還是個孩子，曹掌櫃人家是個外人，我們喬家現在遭遇大難，成年的男人，可就只剩下你一個了！」致庸突然在曹氏面前跪下，堅持道：「大嫂，不是二弟推辭，二弟自幼在你和大哥跟前長大，不喜歡經商，這你是知道的！就是我現在違心地答應了，恐怕日後也負擔不了這份沉重。大嫂，不是致庸

不願，致庸是不能！」曹氏聞言變色，看著致庸懇求的目光，一時竟說不出話來。曹掌櫃見狀不對，大聲道：「二爺，都到了這個時候，您不該呀！」致庸顫聲囁嚅道：「曹掌櫃，大嫂，你們不要逼我，我既不想經商，也不想做官，我只想自由自在地過一輩子！我……」曹掌櫃跺跺腳，失望地看著曹氏。曹氏突然上前，將致庸攙起，一時神情慘烈，大笑幾聲。致庸站起，大驚變色道：「嫂子——」

曹氏一字一字痛聲道：「哥嫂無能，把喬家弄成這個地步！兄弟，哥嫂連累你了！罷了！反正喬家已敗，大不了拿出全部家業破產還債，若還是不夠，我和景泰母子就從這座老宅裡淨身出戶，把宅子頂出去換銀子還債！這樣就是不能全部還清，可也能略表喬家不想負人之心了！兄弟你是一個冰清玉潔的人，我幹嘛一定要將你扯進這渾水裡來！」她身子搖晃了一下，又撐住站直道：「嫂子如今就要處理家事，其實，其實也沒有什麼好處理的了，銀庫裡早就沒了銀子，家裡的東西也典當一空，我能做的事就是請債主來清帳！曹掌櫃，我們去算一算，看看到底欠了人家多少銀子！」曹掌櫃答應一聲，卻回頭望著致庸。致庸聞言震驚道：「嫂子，我們家真的到了這種地步？」

曹氏閉眼緩聲道：「二弟，嫂子一個婦道人家，能為喬家做的事就是這些了。做完了，我就能帶景泰去見你大哥！」「不，嫂子！」致庸內心掙扎著，痛苦不已。曹氏聞聲睜開眼，顫抖的聲音如同風雨飄搖中沙沙作響的破窗戶紙：「兄弟，嫂子和你哥對不住你了！自此以後，你就是再想讀書，恐怕也沒有一片可以遮風避雨的屋頂了。三歲那年，公婆相繼去世，把你託付給你哥和嫂子，指望能讓二弟隨著自個兒的心性過一輩子，可嫂子現在做不到了！兄弟，處理完這些家事，我也顧不上你了，你就饒恕你大哥和我吧！」說完，她再也忍不住放聲大慟起來。

致庸「撲通」一聲跪下，大叫道：「嫂子，你不能啊……」曹氏聞言止住哭聲，堅忍地站著，一眼也不看他，冷聲道：「杏兒，替我請二爺出去，我要去和曹掌櫃算帳了！」杏兒猶豫了一下，輕聲道：「二爺，您起來吧！」致庸心頭大亂，一動不動。曹掌櫃再也忍不住，老淚縱橫道：「二爺，難道您寧可眼睜睜地看著大太太和景泰淨身出戶，沿街乞討，也不願接管家事？您，您是一個男人啊！」

致庸猛地站起，轉身要走。曹氏渾身一顫，差點倒下，杏兒急忙上前扶住。致庸回頭，心痛如割道：「嫂子，我——」曹氏心一橫，咬牙道：「兄弟，嫂子剛才的話錯了，就是嫂子和景泰從這座老宅淨身出戶，也不會馬上去死！我身後還不利索，無顏去見你大哥呀！這世間還活著喬家的兩個男人，你和景泰還要吃飯，我怎麼能撇下你們走！……也罷，等事情完了，嫂子就是出去討飯，也要領著你們活下去！兄弟，你放心好了，日後但凡嫂子和景泰有一口吃的，就有你一口吃的！」

曹掌櫃抹了一把眼淚，跺腳道：「大爺生前如何對您？二爺，您可安心？」曹氏大聲道：「曹掌櫃，啥也別說了，讓二爺先走，我們去算帳！」她又回看景泰一眼，厲聲道：「景泰，你起來！替你爹送送二叔！」景泰雖小，可這時也模模糊糊有點知道利害關係了，他跪地不起，小嘴一咧哭著叫道：「二叔——」杏兒猛地給致庸跪下，痛聲道：「二爺——」旁邊的一干家人見狀也陸續跪下。

曹掌櫃看了看曹氏，看了看眾人，又看了看致庸，最後慢慢跪下道：「二爺，您是讀書人，懂得人生天地間，活的就是仁義禮智信五個大字。可您真要眼睜睜地看著喬家破家

還債，什麼事情也不做，就是不仁；大爺大太太自小將您養大，大爺留下遺言，將家事託付給您，您卻不願承擔，就是不義；長嫂如母，大太太讓景泰跪求您接下這份家事，您置之不理，是不禮；您現在寧死也不要管喬家的事，坐看祖宗產業落於他人之手，自己將來也不免凍餓街頭，是不智；喬東家去世了，大太太和景泰就您這麼個親人，您對他們的死活毫不在乎，是您在死去的大哥面前失了信。一個男人仁義禮智信全無，讀書又有何用？」話一說完，他也不再看致庸，慨然站起道：「好了，到了這會兒，我一個外姓人也不想勸您了，大太太說得對，您還是走吧！我只是不知道，真到了大太太和景泰淨身出戶的一天，那時您將如何面對死去的先人！」

致庸突然淚如雨下。景泰走過來拉拉致庸衣袖，懂事道：「二叔，就是將來出去討飯，我討來了也給您吃！」致庸猛地將他抱緊，站起三下兩下拭乾了眼淚，望著窗外良久，突然回頭道：「嫂子，曹掌櫃，大哥臨終前讓我接管家事，你和曹掌櫃都在場？」曹掌櫃看一眼曹氏，曹氏平靜道：「對。你大哥那番話，是當著我和曹掌櫃的面說的！」致庸望望曹掌櫃，曹掌櫃也點頭道：「二爺，東家臨終時，讓我進了內宅，說有要緊的話，只跟我和大太太兩個人講。東家便吩咐我打發人接二爺回來，說把這個家交給您！」

致庸睜大眼睛，驚訝地望著他們道：「致庸離家去太原府趕考時，大哥給了我一封信，他在信中並沒有說要讓我接管家事！」曹掌櫃吃驚地看曹氏，曹氏一時臉色蒼白，顫聲道：「致庸，你大哥在那封信裡都說了什麼？」致庸沉思道：「大哥要我好好考，一定要考上舉人，來年再去京師考一個進士。大哥只是在信的末尾才說——」曹氏發急道：「你大哥在信的末尾說了什麼？」致庸看了看她，回道：「大哥說，只有我考不上舉人，才讓我接管家事！」曹掌櫃長出了一口氣，趕緊道：「這就對了，東家寫這封信時，還不會料到包頭復字號大小的高粱霸盤會一敗塗地，他在信上那麼說，是要鞭策二爺好好考！」曹氏想了想道：「不，我現在明白了，大爺寫這封信時，就已經知道包頭的生意可能已經敗了，他自己也一病不起，那時他就有了讓二爺回來接管家事的心思！」

致庸心中覺出有什麼不對，但一時想不出更說不出，只好仍舊怔怔地站著。曹氏看了他一眼道：「若是沒有這樣的意思，大爺一定不會寫這樣的信！只有大爺知道，他已病入膏肓，也只有他心裡明白，他要是有個三長兩短，能夠撐起喬家這塊天的男人只有二弟！……二弟，你大哥臨終時還說；若是二弟不能讓喬家轉危為安，他就……他就……」致庸聽出話音不對，急道：「他就怎麼樣？」曹氏牙又一咬，狠心道：「他就永遠不進喬家的墳地！」曹掌櫃心頭一痛，也附和道：「大太太說得不錯，東家就是這麼說的！」

致庸極為震驚地望著他們，眾人則擔心地回望著他，只聽他突然爆發道：「大嫂，曹掌櫃，如果大哥真說了那樣的話，讓致庸接管家事，致庸今日就別無選擇了！致庸是大哥大嫂養大的！致庸的命是大哥大嫂給的，就算大哥讓致庸死，想來致庸也不會拒絕的，更何況接管家事！」「兄弟，你真的改主意了？」曹氏心頭又痛又亂，顫聲問道。

致庸心頭一陣麻亂，但仍點頭道：「喬家若是真的要敗，兄弟就是自己賣身還債，也不能讓嫂嫂和景泰流落街頭，這點嫂嫂放心！」曹氏心頭一鬆，立刻內疚起來，哽咽道：「兄弟——」致庸心裡有一塊東西正在堅硬起來，道：「大哥大嫂讓致庸接管家事，我答應，但是能不能讓它起死回生，致庸卻不知道！今天走進家門之前，我還不知道喬家已到了這步田地；不過既然到了這一步，致庸也就沒什麼顧慮了，若是致庸沒能救得了喬家，

大哥在天之靈，還有大嫂，也請不要怪罪！」

曹氏急忙接口道：「兄弟，從大爺過世直到這會兒，嫂子和你那死去的大哥，等的就是這句話。你大哥說得對，你要麼不做，只要你做，一準會做得比所有人都強！兄弟，謀事在人，成事在天。只要你大膽地去做了，就對得起祖宗，對得起你大哥和我了！喬家若還是敗了，那就是喬家的命，我決不會怨你！可你要是不做，我和你在九泉之下的大哥，卻要怨你！」

致庸呆了呆，突然又道：「嫂子，假若我能讓喬家渡過難關，嫂子不要逼致庸一輩子都做生意。眼下景泰小，致庸接管家事責無旁貸；景泰一旦長大，致庸還是要把家事交還給他，回頭做我想做的人！嫂子千萬要答應！這件事致庸現在就想和嫂嫂約好。」曹氏默默看他，點頭道：「兄弟，嫂子答應你，只要你能帶喬家闖過這一關，等景泰長大，我還是讓你去讀書，做自己喜歡做的人！嫂子決不食言！」「謝嫂子！」致庸單膝跪下行了一禮，不待曹氏攙扶，他已站起，神情開始顯得鎮靜和強大，接著又道：「嫂子，還有一件事。大哥和嫂子既然要致庸當家，從現在起，喬家所有的事致庸都要照自己的想法去辦，嫂子一概不得干預！」

曹氏長舒了一口氣：「兄弟，這個你放心！你大哥和我既然把喬家托給了你，就是信得過你。」她扭頭對曹掌櫃吩咐：「曹掌櫃，出去傳我的話，從現在起，喬家裡裡外外大小事情全由二爺做主，一概不用再來問我！」曹掌櫃應聲而去。

致庸看著曹掌櫃離去，身子晃了晃，道：「嫂子，致庸想一個人先去書房靜一靜。」

曹氏不放心地看致庸一眼，吩咐道：「長栓伺候二爺內書房歇息。」長栓趕緊過來扶住致庸，致庸也不推卻，藉著長栓肩上的力，腳步如灌鉛般走向書房。

好容易到了書房，長栓退下，致庸也不坐，來回踱步，最後停在孔夫子畫像前默立良久，半晌悲憤道：「先師，先師，莫非你早就知道我喬致庸今日要棄儒為商，前兩天才在夢中告訴我學而優則商？……莫非我喬致庸命中註定逃不過這一劫？」他嗟歎了好一陣，忽又痛聲道：「喬致庸今日由一個書生化作一個商人，僅僅是為了大哥大嫂……他們含辛茹苦將我養大，喬致庸不能讓大嫂和侄子景泰流落街頭。大哥，你為何讓致庸走上經商這樣一條路，以前你不是這樣的呀……」但四周靜寂，並無任何回答。致庸心頭一陣煩亂，乾脆躺了下去，不一會便又累又倦地沉沉睡去。

只一會兒，夢中的金蝶又翩然飛至，似乎在他身邊盤旋飛舞不止，睡夢中的致庸略一翻身，金蝶便翩然離去。致庸猛然驚醒，慢慢下床，直著眼呆怔了一會，兩行清淚潸然而下。有那麼一瞬間，夢中的金蝶似乎清晰可辨，觸手可及。致庸突然大悟，拭淚哈哈一笑道：「罷了罷了！今昔何昔？喬致庸又是何人？莊周可以化作蝴蝶，我一個書生，又為何不可化作一個商人？莊周化蝶，不知道自己是不是在夢中，喬致庸化作商人，豈知就不是身在夢中？……既然是在夢中，我為什麼一定要這麼認真？哈哈，為什麼就不能高高興興地把這個夢做下去？」

他臉上的悲情消失，變成了一種奇異的快樂，忍不住閉目念白道：「妙哉妙哉！莊周化作蝴蝶，依然是莊周；喬致庸化作商人，還是喬致庸。喬致庸就是變成商人，也會是個好樣的商人，哈哈哈……」

喬家一干人大多在門外守著，先是因他睡覺而皺眉，等到他縱聲長笑，曹氏再也忍不

住，喝令長栓闖進去。一進門，長栓被致庸的神情嚇了一跳，急道：「二爺，您您您怎麼了？」致庸身子一晃，猛醒過來，自語道：「啊，是的，我醒了！不過是夢是醒，誰又真能說得清？」說著他又大笑起來。曹氏再也克制不住內心的緊張與彷徨，也進了書房，致庸見她進來，突然一驚，接著呆呆地盯著她。曹氏心中大慟，暗道：「完了，完了，家中剛去一個，接著又瘋一個，這個家是徹底完了。」她望著如夢中般的致庸，厲聲喝道：「二弟，你怎麼了？」致庸聞言又大聲笑起來：「嫂子，曹掌櫃，你們知道我現在是什麼人？」長栓打了一個哆嗦，道：「二爺，您是二爺啊，您快醒醒！」致庸停住笑，「啪」的一掌拍在桌上，厲聲道：「不！我不止是二爺，我現在是商人，山西祁縣喬家堡喬家的東家。」眾人呆呆地望他，卻見致庸一甩長襟下襬，坐下沉聲道：「看著我幹什麼？我要吃飯。」

曹氏回頭看長栓。長栓急忙把早準備好的飯端過來，擺到桌上。致庸溫言和氣道：「嫂子，你們去吧。我好了，都過去了。曹掌櫃，等我吃過飯，你來見我，咱們一起通盤算一算喬家的帳！」此時他的口吻已變，完全不是原來那個輕狂的少年書生，反倒像個頗為沉著冷靜的東家。曹掌櫃震驚而又意外地看曹氏一眼，趕緊答應了一聲。

曹氏猛地轉身離去，眾人也跟著陸續離去。書房內致庸拿起筷子，狼吞虎嚥地吃了起來。一進客堂，曹掌櫃便歡欣鼓舞道：「大太太，二爺是真醒過來了，連說話都像個東家了！恭喜大太太，我沒有看錯二爺，二爺是個大情大義之人，喬家有這麼一個男人，就不會一敗塗地！」曹氏聞言突然落淚，哽咽道：「可我到底對致庸說了假話，我對不起死去的大爺啊！」曹掌櫃噓了一聲道：「大太太，您小點兒聲。這件事，我們以後要埋在心裡，讓它爛掉，誰也不能說出來啊！」

曹氏拭淚道：「曹爺，二爺接管了家事，只能說喬家的事剛剛有了轉機。我說的那事，你要抓緊去辦！能不能救喬家，都在這後一件事情上頭呢！」一時兩人相視無言，只覺得內心無比的沉重。

第五章

1

喬家書房內，致庸一身孝服，面窗而立。曹掌櫃站在他身後，不時看他一眼。半晌，致庸轉身沉沉道：「這就是說，哪怕賣掉這座老宅，我們欠的債也還不清？」曹掌櫃點頭。致庸又問：「這個家裡現在還有多少銀子？」曹掌櫃歎道：「據我所知，銀庫裡早沒了銀子，前幾天進了一萬兩，那是大太太為您出門應試拿陪嫁玉器典當的，這幾天致廣東家過世，又花了一些。」曹掌櫃看看他又道：「東家，致廣東家過世後，我們一直瞞著外頭，不敢發喪，為的是維持局面，等您回來。現在您回來了，老這樣下去不行，消息早晚會洩露出去，那時所有的相與都會一起找上門來要銀子。因此到底該怎麼辦，只怕您今天就要定奪！」

致庸心中接連沉了沉，總算徹底明白家中此刻的險境，反而鎮定下來，開始了冷靜的思考。過了好一會，曹氏出現在門外，致庸迎上前去：「嫂子，你不歇息一下，怎麼又過來了？」曹氏心中一顫，眼含期待道：「只怕兄弟今日就要定下些方略，我怎麼能不來呢？」致庸沉思半晌，突然下決心道：「我想好了，立即給大哥發喪！」「立即發喪？」

曹氏和曹掌櫃互看一眼，吃驚地問道。曹掌櫃道：「東家，您想過沒有，消息一旦傳出去，喬家大門口，連同祁縣大德興總號裡外，就不只是現在這些本家爺們兒和相與商家找上門要銀子了！」

致庸鎮定道：「曹掌櫃，大嫂，大哥已經去世，我不能總讓他躺在冰冷的銀庫裡。大哥去世你們祕不發喪，替我們喬家贏得了時間；現在我要立即發喪，也是要為我們喬家贏得時間。眼下對於我們來說，時間就是喘息之機！」曹掌櫃立刻醒悟，道：「東家，您是說，立即發喪，那些本家和相與就是想上門討銀子，也不好逼得太緊了。畢竟我們家裡有了喪事，就是要還他們銀子，也要等我們把喪事辦完！」致庸道：「對，就是喪事辦完，我大哥的靈柩入了土，還要過個三七呢。三七二十一，我們有整整二十一天的時間想辦法，讓喬家渡過這個難關！」

曹氏激動地點頭道：「致庸這個主意好。大爺死後有知，也會高興的！」曹掌櫃有點擔心道：「東家，這樣好是好，可那些本家和相與還是會來鬧的，到時怎麼跟他們講？」致庸冷冷笑道：「這件事你甭管，到時我自有話說。曹掌櫃，現在聽我的吩咐，眼下家中剩下的這不足一萬兩銀子我全交給你，給大哥辦喪事。記住，七天後出殯，務必花光，一定要把我大哥的喪事辦得風光、體面，不要讓過世的人再受委屈！」曹掌櫃有點猶豫：「可是東家……這些銀子都花在這上頭嗎？」致庸帶點憂傷又微微一笑道：「曹掌櫃，喬家如果要敗，這些銀子也救不了它。既然如此，為什麼我們就不能把這最後一件事辦得漂漂亮亮？大哥也辛苦了一輩子。」曹掌櫃看了曹氏一眼，曹氏點頭道：「現在二爺是一家之主，二爺一定要這麼辦，就這麼辦吧！」曹掌櫃不再多說，應聲而去。

很快，在中堂一片雪白，曹氏帶景泰及眾丫鬟老媽子在靈前哭聲動地。院裡所有的紅燈籠都糊了白，一條條孝布扯起了天棚。長順忙著分派眾僕人去各位親戚家報喪。曹掌櫃帶著一群僧人走進堂內，做法事超度亡靈，唱經聲如天樂般一波波旋裹著越過屋頂，飄上天空。

近中午時，大門外達慶果然又來打門，他自己一腦門子官司，沒看見大門上剛剛被糊了白。致庸接報，想了想道：「我正想請他呢，開大門讓他進來！」長順接到吩咐去開門。達慶一頭撞進來，倒被眼前的景象嚇了一跳。長順哭腔道：「還沒來得及給您老報喪，我們家大爺，他去世了！」達慶大驚：「什麼，致廣他死了？」

長順哭著點頭，達慶連聲哎呀：「我的天哪，這個節骨眼上他怎麼能死呢！什麼時候的事，我怎麼不知道？」恰巧看見曹掌櫃走出來，立刻發作道：「老曹，致廣啥時候死的，這事你們是不是一直都瞞著我們？」曹掌櫃看了他一眼道：「四爺，您甭害怕，您不就是擔心您的股銀嗎？致廣東家沒了，可致庸東家回來了，現在是他當家！」達慶又一驚：「噢，現在是致庸當家了，好哇好哇，致庸在哪裡，我這會兒就要見他！」曹掌櫃冷笑一聲道：「四爺，您去吧，致庸東家正等著您呢！」達慶到底有點不好意思，想了想道：「不行，我和致廣到底是兄弟，他死了，我怎麼著也得先哭他兩聲！」曹掌櫃「哼」了一聲，將達慶引向靈堂，唱聲道：「二門的四爺弔孝來了，孝子侍候！」靈堂內的曹氏和景泰聞聲跪拜相迎。「致廣兄弟，你怎麼說走就走了哇？丟下這一攤子可怎麼辦啊……」達慶在致廣靈前拜了幾拜，嚎了幾嗓子，接著在靈前焚紙，總算也掉了兩滴清淚。曹掌櫃在一邊又唱道：「孝子謝孝，叩頭！」景泰恭恭敬敬向達慶叩頭。「罷了罷了。」達慶抹去淚滴，又恢復了本相，四下張望起來。曹掌櫃皺皺眉，將他引向書房。一個老媽子在他身後嘀咕道：「瞧他這孝弔的，一張紙都沒帶，還是舉人老爺呢！」

「致庸，致庸在哪兒？」達慶大步走進書房，一路上嚷嚷著。書房內的致庸遠遠望著他，迎上來拱手道：「四哥，請坐。」達慶也不客氣，進門就一屁股坐下：「致庸，真沒想到，致廣這麼快就過世了……我聽說現在是你管這個家了，這樣也好，我明人不說暗話。今兒我來，是想找你要個準話，這兩天我都跑了好幾趟了，我那一萬兩銀子的股銀，你們什麼時候給我？」致庸默默看他，沉思不語。曹掌櫃生氣道：「四爺，東家剛打太原府回來，您就是要銀子也得等等呀！」一聽這話，達慶毫不客氣地回頂過去：「哎老曹，這是我們家自己的事兒，我在跟我自個兒的兄弟說話，管你什麼事兒？」曹掌櫃一愣，倒給鬧了個大紅臉。

致庸突然開口：「四哥，你和大門外頭鬧騰的那些人，就只想要回銀子？你我也算兄弟，你看著我家大門上糊了白，也沒想著暫時體諒一二？」達慶一驚，但仍強詞奪理道：「兄弟歸兄弟，銀錢歸銀錢，可別攙和到一起，我不吃這一套！」致庸冷冷一笑，沉聲道：「四哥到底聽了什麼傳言啊，這般苦苦相逼？你若是逼急了我，我可就只撂給你一句話——這會兒家裡頭沒銀子！」

達慶聞言大吃一驚，當下口氣不覺放緩：「哎我說老二，你也別瞞我，包頭復字號大小的十一處生意是喬家的根本，當年喬家先人就是靠包頭的生意發起來的，沒了它喬家就不再是喬家，要是有銀子，喬家怎麼也不會眼睜睜地看著包頭的生意崩盤！包頭的生意崩盤，那就是說喬家銀庫裡的銀子已經用盡了，所以喬家破產定不是傳言！我知道你大哥去

世了，包頭的生意垮了，別處的生意也要垮，現在我立逼著你拿出這麼一大筆股銀，是有點難為你。可是兄弟你也要體諒哥哥和那麼多本家，這麼些年，大夥都是靠著咱們家生意上的紅利過活，要是一下子沒有了，連本錢也拿不回來，大夥靠什麼過日子呀？」

致庸背過身去，一言不發。達慶遲疑一下，突然道：「哎老二，你要是真拿不出銀子來，四哥我這裡有個主意！」致庸轉過身來，意外地看著他，緩緩道：「四哥，果真你有主意，說出來聽聽？」達慶一不做二不休，放膽道：「喬家的生意完了，我聽人說，就連這座老宅恐怕也得頂出去。真是這樣，四哥可以幫你找個買主，人家立馬給現銀！價錢上絕對公道，我保證不讓你吃虧。這事辦成了，你債也還了，你們家的日子也還有得過！……你覺得我這主意怎麼樣？」致庸雖不指望他真能說出什麼好主意，但也沒料到自家弟兄竟然赤裸裸說出這樣一番話，當下心頭一痛。曹掌櫃在旁邊未露聲色，心裡也不禁黯然。

致庸深吸一口氣鎮定道：「四哥，告訴我，這主意是誰想出來的？想頂我們家這座老宅的人又是誰？」達慶到底有點難堪，支吾道：「這個這個……我現在還不能告訴你。」曹掌櫃漸怒：「不是水家，也不是元家，元家一向有祖訓，不頂相與商家用於破家還債的宅院；水家與我們有親，自然也不能幹出這種事，能幹出這種事的一定是達盛昌邱家，對不對？」達慶有點慌亂：「這個這個……老曹，你怎麼這麼說話？這是生意，你賣人家才買，又沒誰逼著你，你管他是誰呢！」曹掌櫃忍不住斥道：「托您來做說項，到底給了您什麼好處啊，同門相煎，四爺，別忘了您也姓喬啊！」達慶一時支支吾吾說不上話來。

致庸盯著達慶，突然朗聲大笑。達慶見狀有點目瞪口呆：「老二，你怎麼啦？你笑啥？」致庸還是大笑，直至笑出了淚花。「哎哎，事情都到了這分上了，你還笑！有什麼可笑的？」達慶怒道。致庸一邊努力止住笑，一邊道：「四哥，我真要謝謝你！不過這件事鬧成這個樣子，實在太可笑了！」達慶起疑道：「怎麼可笑？」致庸突然臉一沉：「四哥，外頭盛傳喬家的生意完了，要破產還債，別人信這話也還罷了，沒想到我們喬家的本家爺們也信了！」他勃然變色，猛拍一下桌子道：「以為喬家這回真撐不住了，連你們的幾兩股銀也還不起？你們這些人，也太小瞧我大哥了！」達慶變色，小聲問道：「怎麼，難道家裡還有銀子？」致庸冷冷道：「就說你四哥，不就是區區一萬兩銀子嗎？還有長門的達庚大哥，他們家在咱們家生意裡，連兩千兩銀子的股銀也沒有了，十萬兩的股銀，讓他一年年坐吃山空，這會兒也來要股銀，我大哥生前還讓他的銀子待在生意裡，那是可憐他！」達慶有些糊塗了，囁嚅道：「致庸，你等等，莫不是不像外頭說的那樣，喬家的生意還有救？」

致庸對他的問題理也不理，冷聲道：「四哥，正好今天你也來了，回去告訴這些要退股的本家，不是要銀子嗎？好！我大哥去世前，已經派人去東口拉銀子了！現在我大哥過世了，我要辦喪事，沒有心思理會這事，等我大哥過了三七，東口的銀車一到，我立馬就還他們銀子！」達慶一聽趕緊道：「哎哎，致庸你把話說明白了，你們家在東口還有生意？」

致庸瞪他一眼道：「四哥，誰都知道我年輕，不會辦事，我今天可是醜話說到前頭，前兩天你們這個也來鬧，那個也來鬧，我不在家，也就算了。現如今我大哥停喪在家，我把話撂在這裡，三七之內，誰也不准再到我們家來鬧；誰要敢再鬧，我就翻臉不認人！」

說著他「啪」的又一拍桌子，厲聲道：「我還要挑明一句話，過了三七，某些人不要銀子都不行，我一個一個全給他們清帳，以後誰再想把股銀留到喬家的生意裡，年年坐吃紅利，沒那個日子了！」曹掌櫃吃了一驚，看看致庸，要說什麼但又住了口。

達慶被鎮住，緩聲道：「哎我說致庸，你這話真的假的？等致廣過了三七，我們這些本家爺們真能拿到東口的銀子？」致庸冷冷地掃了他一眼，愛理不理道：「信不信由你！要銀子的，三七以後再來。這些日子，除了給我大哥弔孝的，我一概不見！誰還想這時候來要銀子，我將大棍子趕出去。大家都姓喬，莫怪我翻臉不認人！」說完他猛一轉身，毫不客氣道：「長栓，送客！」達慶尷尬地看了一眼曹掌櫃，曹掌櫃急作鎮靜狀。達慶又看看致庸，有些情急道：「行，老二，你話說到這地步了，我就等你給致廣過了三七，三七以後我們再來！」見致庸根本不搭理他，達慶轉身朝外走，出了門又回頭：「哎，我說老二，致廣過了三七你要是還沒銀子，就別怪四哥和這些本家爺們兒了！」門外送他的長栓直轟他：「四爺，走吧走吧。」

曹掌櫃見達慶走遠，馬上關上書房的門，並氣憤道：「真不像話，東家，達盛昌他們竟要趕盡殺絕！」致庸一腔怒意，但並不說話。曹掌櫃狐疑地望了一眼致庸道：「東家，您剛才說致廣東家在東口還開了生意，這件事是真的？」致庸仍舊不語。曹掌櫃意識到了什麼，跟上去道：「東家，如果只是緩兵之計——」致庸突然大聲道：「曹掌櫃，難道我大哥經商二十餘年，在這麼多相與的大商家裡，就沒有交上一個朋友？你今天告訴我，只要有區區二十萬兩銀子，把包頭的局面穩下來，其他地方的生意也就跟著穩下來了，達盛昌也就沒有了把喬家趕盡殺絕的機會。我就不明白，我大哥和你當初為什麼就沒想過去別處借這筆銀子？」曹掌櫃為難道：「東家，不是沒有去試過，您想想，連年戰亂，不管是誰家都沒有生意，可又都要維持局面，年年坐吃山空，誰家的日子也不好過，這種時候，誰還敢一口氣借給您二十萬兩銀子？不管您出多大的利，到時候您還不起，光有一紙借據頂什麼用，誰不怕這麼一大筆銀子打了水漂兒？」致庸呆怔了半天，絕望道：「這麼說，我就是為這個家爭取到三七二十一天，也還是沒救了？」曹掌櫃心中一痛：「這個……東家，您甭急！」

致庸想了一下又堅執地問道：「曹掌櫃，你和我大哥當初總沒有借遍晉中全部商家吧？祁縣不行，就去太谷、平遙，再不行就去榆次，我就不信，憑喬家幾輩子的商譽，竟沒有一個人願意在危難時幫我們一把?!」曹掌櫃一時無言，隔了一會道：「是，過了頭七，致廣東家出了大殯，我就出去借銀子！」致庸果斷道：「曹爺，此事關係到喬家的生死存亡，一天也不能耽擱，你把家裡的事放下，明天就去，我也去！以後就是我經管喬家的生意了，這些大商家，總是要結識的！誰家有銀子，你幫我安排一下！」曹掌櫃看著他那雙年輕有神的黑亮眼睛，當下也有點振奮，道：「好，我聽東家的。東家親自上門借銀子，說不定事情會有轉機……」他話未說完，卻見致庸垂下眼簾，似乎心事重重，已經不在聽他的話了，曹掌櫃暗暗歎了口氣，悄悄退了下去。

2

「曹爺，太太要見你。」院子裡杏兒已經等候他半天了。曹掌櫃點點頭，隨她走去，

不知怎麼，第一次有絲絕望像蟲子一樣爬上他的心頭。在中堂內，曹氏默默站立著，她連日哭靈，打擊重重，聲音已經嘶啞不堪，見他進來，勉強啞聲道：「曹爺，致庸和你商量出了什麼辦法？」曹掌櫃一邊搖頭一邊說：「回太太，二爺讓我明天就出去借銀子，不等致廣東家出大殯，他自個兒也要親自出馬，去借銀子！」曹氏默然，半晌道：「曹爺，你覺得你倆真能借到銀子？」「回太太，說實話，我心裡一點兒底也沒有。」曹氏歎口氣道：「那就只剩下咱們商量的那個辦法了！」曹掌櫃拿出一張紙小聲道：「太太您看看，這兩日，我派出去的人都回來了，祁縣、太谷、平遙三縣有待嫁女兒的大商家都寫在這上面呢。」曹氏接過細細看一遍，問道：「平遙王家，榆次原家，太谷陸家……平遙王家的姑娘多大了？」曹掌櫃豎起三個手指頭，曹氏嚇了一跳：「三十？」曹掌櫃點點頭：「聽說有點殘疾，高不成低不就。」曹氏搖頭，又問道：「榆次原家呢？」曹掌櫃微微搖頭道：「這個小點，今年才十四。」曹氏歎道：「太小了恐怕不成，說成了是要馬上娶過來的，致庸給我們爭取到的時間可只有二十一天，咱家現在是在唱空城計！」曹掌櫃道：「那就剩下太谷陸家了。陸家的小姐名叫玉菡，聽說又漂亮又聰明，今年十八歲，不過……」曹氏抬眼看他，曹掌櫃繼續道：「太太，陸大可這人是有名的山西第一摳，恐怕以前您也有所耳聞。陸小姐是他的掌上明珠，聽說這兩年他帶著這位小姐走州串府，不少富商大賈家送上少爺的庚帖，他都沒有中意。喬家眼下這種處境，明擺著做了親就要借銀子，恐怕……」

曹氏看著手中的名單接著問：「這剩下的幾家呢？」曹掌櫃微微有點洩氣道：「剩下的幾家年齡、門第倒都合適，只是沒有太大的實力，這種年月，家家都做不成生意，和這些人家結了親，我怕也不一定能借出銀子！」曹氏盤算道：「平遙王家的姑娘是個殘疾，我怎麼能讓致庸……這個斷斷不可；榆次原家的小姐年紀太小，就是我們願意，人家也不會答應馬上把這麼小的小姐嫁出來，這個也不行。」曹掌櫃點點頭道：「這樣算下來，年齡合適又有銀子可借的，也就只剩下太谷陸家了。」曹氏沉思了一會，當機立斷道：「眼下喬家處在生死關頭，就是死馬也得當成活馬來醫。曹爺，你剛才說致庸要和你一起去借銀子？」曹掌櫃點頭，曹氏果斷道：「明天親戚們都來弔孝，致庸不能離開，後天……後天你就給致庸引路，去太谷陸家借銀子！」曹掌櫃吃驚地望著曹氏：「太太，您是說讓二爺直截了當地去陸家借銀子？」曹氏帶點感傷道：「對，喬家到了山窮水盡的地步，瞞是瞞不了人的！不管我們去誰家提親，人家都會明白這是變著法兒借銀子呢。一開始我和你兩個走的就是一步死棋，可是讓致庸親自去，這步棋說不定就能走活！」

曹掌櫃擊掌道：「太太，我明白您的意思了！致庸東家無論人才、品貌、學問，都是不錯的，以借銀子為名，讓陸老東家看看這個人，然後咱們再托人上門求親，說不定就……」曹氏歎息道：「不錯。我們家缺的是銀子，太谷陸老東家千挑萬選，是要為他們家的小姐挑一個一等的好女婿。要把這步死棋走活，只有靠致庸自個兒了！」

曹掌櫃激動起來：「太太，我明白了，今兒我就打發人去太谷陸家預約，後天我和致庸東家一起去拜見陸東家！」曹氏頓了頓，又啞聲道：「曹爺，有件事我要再說一遍，致庸心上有個人，就是我們能把這件事說成，他自個兒願不願意還難說呢。我這麼做不過是為了救喬家，盡人事聽天命。事情沒眉目以前，一定不能讓致庸察覺到半點蛛絲馬跡！」

曹掌櫃愣了一下，佩服地看著這個飽受命運打擊，卻依舊不屈不撓的柔弱女人，應聲退下。

曹氏依舊一個人站著。過了一會兒，張媽悄然進來，有點擔憂地看著曹氏，小心道：「太太，您有事找我？」曹氏轉身溫言道：「張媽，你坐下。」張媽趕緊道：「太太有事就吩咐張媽，我不敢坐。」曹氏歎了口氣道：「張媽，你跟我多少年了，現在有件事我要託付給你去做，除了你我兩個人，誰也不能知道。」張媽連連點頭：「太太，只要您吩咐……」曹氏從腕上取下一只玉鐲道：「明兒你當著眾人給我告個假，就說娘家有人病了要回去看看，然後出去把它當了，能當十兩銀子，你去北面山裡幫我尋一座草屋小院，不要好，能遮風避雨就行。」張媽大驚：「太太，不是要給二爺娶親了嗎？據說東口還有銀車要回來……我們家真到了那個地步？」曹氏竭力忍住淚道：「你就先去辦吧，有這個準備總比沒這個準備要好。如果這個家一定要敗，我也不能不給致庸和景泰留一個藏身的地方。記住，萬一有人問起來，不要說買主姓喬。子孫不孝，辱沒了祖宗，我們不配再姓喬！」張媽含淚接過玉鐲道：「太太，我記住了。」曹氏輕輕咳嗽了兩聲道：「還有，要給致庸娶親的事，你知道就是了，再不要透出半點風聲！」「太太，我懂！」張媽連聲答應，接著匆匆將玉鐲藏起退出。曹氏雖面容剛強，儘量不讓眼裡的淚水溢出，人卻如虛脫般連連搖晃，只得趕緊坐下。

3

江家內宅中，一貫慈眉善目的江母，正對著由兩個家人扶進的江父大發雷霆。瘦竹竿般的江父喝得酩酊大醉，癱在躺椅上幾乎動彈不得。江母一邊和李媽收拾他的嘔吐物，一邊怒道：「看看你，生意也不正經做，家裡都快揭不開鍋了，大中午的你就跑出去喝成這樣！」江父突然大睜著眼睛尋找，哈哈大笑道：「雪瑛，雪瑛在哪裡？」江母嘟噥道：「雪瑛不是讓你關在繡樓上了嗎？你找她幹嘛！」江父醉醺醺道：「我要給我的閨女道喜！男大當婚，女大當嫁，雪瑛也不小了，今兒我這個爹給她應下了一門好親事！」江母大驚，趕緊讓李媽退下，問道：「老爺，你說什麼呢！」江父大著舌頭道：「我說我今兒給雪瑛應下了一門好親事！」江母聞之氣急：「你，你又在胡說什麼？」江父灌下一口濃茶，哈哈笑道：「你知道今兒我碰上了誰？我碰上了財神爺！我碰上了榆次的何老東家！何老東家你們知道嗎？專做大煙生意，光一個山西太原府，用他家本錢開的煙鋪就有二十多家！你說好笑不好笑，就這麼個了不得的大財主，榆次的首富，今兒竟然專程來到祁縣會我！」江母心中大為不安地問道：「老爺，何老東家來見你幹什麼？」江父拍拍胸脯，得意道：「天下姻緣一線牽！何家的老太爺看上了我們家雪瑛，說她有宜男之相，為了下一輩子孫繁盛，巴巴地跑來，為他的大少爺何繼嗣求親！何家，那可是花不了的銀子！我女兒嫁到他家，一輩子享不完的榮華富貴！只怕我這個爹也能跟著沾光！」

江母上前抓住江父，搖晃著生氣道：「老頭子，你說什麼胡話？你不知道自小雪瑛和致庸就是一對。致庸說了，這次只要他考中了舉人，喬家就上門來提親！」江父將一杯茶一氣喝下去，啐道：「你才是說胡話呢！外面的事什麼都不知道！告訴你，居中給我和何老東家牽線的謝掌櫃已經說了，喬家敗了！喬家包頭的生意、祁縣的生意，還有別處的生意，馬上都是別人的了！就連喬家的老宅，也有人盯上了，要花八萬兩銀子頂下來呢！別

說喬家這會兒還沒人來提親，就是來了，我也不能再讓我的閨女嫁過去！讓我的閨女跟著喬致庸喝西北風？不成！」他越說聲音越大，最後幾句幾乎是跺著腳惡狠狠地嚷出來。江母急捂他的嘴，低聲道：「老爺啊，你先小點兒聲，讓雪瑛聽見就麻煩了……」

可沒等她說完，門已經被推開了，雪瑛面色蒼白地出現在門前，江父江母吃了一驚，一時間江父的酒也醒了不少。雪瑛顫聲道：「娘，爹的話我都聽見了！爹，您的話不是真的！」江父先是退縮了一下，繼而口氣強硬道：「你，你聽見了也好，誰說不是真的？就是真的！你等著，過兩天何家就要來下定了！」「爹，不，我不願意——」雪瑛哀懇起來。江父看看她，作勢厲聲道：「自古以來，女兒在家從父，出嫁從夫，夫死從子，我是你爹，你嫁給誰，得聽我的！」雪瑛大急，趕緊又爭了幾句，沒料到江父藉著酒勁，說話口氣越來越硬，毫無任何迴旋餘地。雪瑛被逼到最後，乾脆也不說話，只盯著他，接著身子一晃，昏倒過去。江母大呼：「來人！」翠兒、李媽跑了進來，三人扶雪瑛躺下，亂成一團。翠兒趕緊端過一杯水灌進雪瑛口中，雪瑛悠悠醒來。「女兒，你可醒過來了——」江母拉著她的手哭了起來……

正忙亂著，忽見一老僕急急跑進來道：「太太，不好了，出大事了！」江父的酒完全醒了，喝道：「又出什麼大事了？」老僕道：「喬家堡來人報喪，說喬家致廣東家過世了，三天後出大殯！」「你說什麼？你說我致廣大侄子過世了？」江母聞言變色，跟著差點暈過去，李媽和翠兒又是一陣忙亂。

剛剛悠悠醒轉的雪瑛突然道：「娘，致廣大表哥去世了，致庸他也一定回來了！我要去見致庸！我要去見致庸！」說著她猛然站起就要向外跑。江父跺腳急道：「你們是死人呢？趕快給我拉住她！」翠兒和李媽上前死死抱住雪瑛。雪瑛掙扎著道：「放開我，我要見致庸——」她一陣眩暈，又暈了過去。江父氣急敗壞道：「快，抬到她自個兒樓上去，給我看好了她，要是她跑了，你們誰都甭想好過！」

好不容易在繡樓暫時安撫住女兒，江母回到內室，看見江父躺在床上，嘴裡噴著酒氣，已經呼嚕聲大起。江母大怒，上前搖晃他，大聲道：「老頭子，你可向何家承諾過什麼？快給我說出來！」江父朦朧著眼睛道：「我給你說啥？這會兒說啥都晚了！」江母氣不打一處來道：「你知道不，你若把雪瑛許給榆次東胡村何家大少爺何繼嗣，就是把我閨女送到火炕裡去！」江父沒好氣地嘟噥道：「你瞎說啥？好好一門親事……」江母道：「你還在扯謊，我們家大閨女雪玨，婆家是不是也在榆次？上回她來跟我說過，她們家跟何家是遠親，何家大少爺是個大煙鬼，一年四季抱著個藥罐子，都說他的病沒法治了。你把雪瑛許給他，不是把孩子往火坑裡推嗎？」江父一聽，打著哈欠道：「噢，你說這個呀，我問過謝掌櫃，謝掌櫃說這都是妒忌何家有錢的人瞎嚷嚷的，何家大少爺身子骨是不大硬朗，但也不至於我的閨女嫁過去他立馬就死。再說了，何家有的是銀子，何大少爺又是單根獨苗，啥樣的藥人家不能吃，啥樣的好大夫人家不能請！只要有銀子，這天底下還有治不好的病？」「真的？」江母瞪大眼睛問，江父見她不信，急道：「雪瑛也是我的閨女，我幹嘛要騙你？我騙你不是坑我自個兒？」江母想想也是，但一轉念又犯起愁來：「那她和致庸怎麼辦？雪瑛這會兒在繡樓上，死活非要去見致庸呢！」

江父一聽急道：「不能讓她去！你們給我看好了她，一步也不能讓她出這個家！連繡樓也不能給我下，吃的喝的全給她端上去！打這會兒起，她就是何家的人了！」江母一聽

這話，氣得顫抖，道：「你……」江父回瞪太太一眼，對她也不放心起來，跳下床道：「不行，還有窗戶呢，我得把窗戶給釘死了。防止她半夜裡跳窗戶跑了，誰家的閨女誰知道！」說著他朝外面喊道：「江福，拿錘子，拿釘子，要大個的，我要釘窗戶！」江母攔了幾下沒攔住，跺跺腳，趕緊又去了女兒的繡樓。

不多久，雪瑛就聽到外面「咚咚」釘窗戶的聲響，她氣憤已極，大聲道：「爹，您釘死了窗戶沒有用，只要您釘不死我的心，我一定要去見致庸！」江父在外面跳腳喊道：「什麼？都這會兒了，你還想見他？閨女，你還甭拿死了活了的話嚇唬你爹，你爹自小在這祁縣商街上長大，活了幾十年，我可不是被人嚇大的！你想見喬致庸，除非你爹我先死了！」雪瑛一把拿起身邊的剪刀，隔窗喊道：「爹，您也聽好了，您要是不放我出去見致庸，我立馬就死給您看！」一聽這話，江母、翠兒和李媽趕緊上前抓住她，「小姐」、「閨女」地喊著，亂成一片。江父不知情，依舊在外面喊道：「好哇，你死吧，我看著你死！你這會兒死，你爹立馬就給你賒口薄皮棺材！反正咱家和棺材鋪離得近！」說著他又用力在釘子上砸了幾錘子。繡樓內，翠兒終於從雪瑛手中奪走了剪刀。江母撫著自己的胸口，喘著氣道：「翠兒，趕快把它藏起來！」雪瑛滴淚道：「娘，你們可以拿走剪刀，但我要想死，可是容易得很呢。」她後面的聲音很大，擺明是說給外面的江父聽的，可江父已經離去。

是夜，江家內宅中，江父在榻上躺著，一個勁地哼哼，大半天和女兒折騰下來，他多少有點招架不住了。這時江母氣哼哼地走來坐下，看也不看他一眼。江父哼哼了半天，睜開一隻眼道：「她怎麼樣了，還在鬧騰嗎？」江母心疼道：「你閨女打中午起就沒有喝過一口水！她爹，你要是不讓她去和致庸見一面，她可鐵了心要絕食而死啊！」江父一聽這話，哼哼道：「好哇，她一定要這樣，那就這樣。我可不管，只當沒生養她這個孽種。」江母氣憤地站起道：「江東陽，你這個老東西，你還是不是人，你還是不是孩子的爹？就是你鐵了心要拿閨女換一個大煙鋪，我勸你這會兒也改改主意，讓你閨女和致庸見最後一面，不見到致庸，她是說啥也不會回心轉意的！」

江父翻身坐起道：「讓她去見喬致庸？不行！她要是和你那個娘家堂侄子一起私奔了呢？我到哪兒找人去？不准去，明兒弔孝也都不准去，就說我們家裡人都病了，一個個全在床上躺著呢。」江母大怒：「江東陽，你說的是人話嗎？我們家死了人，這麼大的事，你連弔孝也不讓我們去，以後你想把江家的大門朝天開是吧？」江父想想好像確實過分，再一轉念，又搖起頭來：「不行，准保看不住她，我的女兒我知道。」江母啐道：「呸！你以為我們喬家的男人都像你們江家呀。再說不是還有我，還有翠兒，還有李媽嗎？不管你是怎麼想的，明天我都要去喬家弔孝，哭我那死去的堂侄子一場。我一輩子沒有當過家，這回就硬當一回家，讓雪瑛跟我去一趟，讓她再見一見致庸；我覺得，只有讓她親眼看見喬家已經一敗塗地，她才會信你的話，回心轉意嫁給何家！」

江父聞言一骨碌坐起，奇道：「你怎麼知道她見了喬致庸，就會回心轉意？」江母道：「別家的男人我不知道，可是喬家的男人我知道。喬家要是敗了，像你說的那樣連老宅都要頂出去還債，致庸絕對不會耽誤雪瑛的終身，他自個兒就會勸雪瑛嫁到別家去！」「這話當真？」江母「哼」了一聲道：「你不信我也沒法兒。反正為了我閨女，明天我就是要她跟我一起去！」江父想了想道：「那好，既是這樣，我明兒也跟你們一起去！」

「你？」江父理直氣壯道：「對呀，你以為我真是去喬家弔孝哇，我是去看好我的閨女，我不能讓何家這門好親事找到了我門上，半道上又出了岔子！」江母呸了一聲，不再和他理論，轉身走出。

4

喬家院裡喪棚高張，哀樂遍地。弔孝的人絡繹不絕地進進出出。各種紙紮的祭物從院子裡擺出來，擺滿了大街。江家一家人走進來，長順一邊迎，一邊喊道：「裡面的人侍候著，祁縣東關江家姑太太來弔孝了——」江母一進門就哭著喊道：「致廣侄兒，致廣侄兒。」雪瑛一邊拭著淚，一邊在進進出出的人中尋找致庸，江父則緊張地盯著女兒，又壓低嗓子對跟著的兩個男僕道：「你們一個前門，一個後門，給我看緊了，看見二小姐出門，就給我攔下來。」兩人趕緊去了。進了靈堂，曹掌櫃照例在門口喊：「裡面的孝子侍候著，江家弔孝來了！」曹氏和景泰轉身跪向江家人。江父、江母和雪瑛走進去祭拜如儀，江母扶靈大哭不已。江父乾嚎道：「致廣侄子，你怎麼就這麼走了呀……」雪瑛也在含淚拜祭，但裡裡外外遍尋致庸不著，不免有點焦急。曹掌櫃在門口喊道：「孝子還禮！」小景泰連天守靈，早已累得不堪，這會還是搖搖晃晃向江家人磕下頭去。

一時禮畢，曹掌櫃道：「江家姑老爺、姑太太、小姐請節哀，後堂奉茶！」江家人依言退出靈堂。雪瑛掐掐母親的胳膊，江母會意，一把抓住江父，忽作昏倒狀，四下立刻亂成一片，雪瑛乘機閃身離開，奔向喬家書房。

喬家書房內，致庸正在一一分派幾個家人辦事：「出大殯那天，扛棚要最好的，儀仗也要最好的，還有施給沿途餓鬼的饅頭，一定要大！」眾人答應著陸續離去。

「致庸——」致庸聞聲猛一抬頭，卻見雪瑛飛快地跑進來，她好容易等到房內僕人們都離開，再也忍不住，撲到致庸懷裡，緊緊抱住他哭起來。致庸一時千言萬語不知如何說起。半晌，雪瑛抬起臉，癡情地望著他：「致庸，你還好嗎？」致庸傷心起來，仍掩飾道：「我沒事兒。」雪瑛帶點責怪道：「喬家出了這麼大的事兒，你為什麼不打發人早點告訴我？我現在還是外人嗎？」致庸將她輕輕推開道：「雪瑛，我大哥去世了，家裡家外，事情這麼多……我不想這種時候讓你替我操心！」雪瑛固執地衝上來，流淚抱住他道：「不！自從太原府一別，我回到家裡，天天都在等你回來，天天都跪在佛前燒香禱告，盼著你鄉榜得中，請人去我們家提親，可是——」致庸心中難過，含淚輕聲道：「雪瑛，今年我無法中舉了，來年也不能再到京城參加會試和殿試，只怕我要讓你失望了！」

雪瑛幫他拭去眼角的淚花，含淚帶笑道：「致庸別哭。男子漢這種時候不該流淚。你告訴我，事情真像人說的那樣嚴重？」致庸看著她，半晌突然點頭道：「看樣子你什麼都知道了。既然你都知道了，我就不瞞你了。雪瑛，喬家轉眼間就有可能一貧如洗，喬致庸說不定馬上就會流落街頭，無家可歸！」「致庸，要真是這樣，你……你打算怎麼辦？」雪瑛大為焦急起來。致庸表情變得剛毅，從容道：「人生天地之間，本是造物的玩偶，今天錦衣玉食，明天沿街乞討，上天既然要玩這樣的把戲，那也沒有什麼，我受得了！」雪瑛急道：「不！你誤會我的意思了，我是問你我們的事，你打算怎麼辦？你可是在財神面前對我發過誓的，這會兒不會全忘了吧？」致庸仰天長歎道：「雪瑛，幾天之間，喬家已

經不是原先的喬家，喬致庸也不再是原先的喬致庸了。萬一喬家過不了這一關，喬致庸去向何方，我自己都不知道，萬一將來連一日三餐都沒有著落，怎麼還能連累你？我要是娶了你，不是要讓你跟著我受風霜雪雨、饑寒交迫之苦嗎？我不能害你！」

雪瑛一聽這話，趕緊握住他的雙手，連聲熱切道：「不！致庸！我今天來見你，就是為了這個，你不要小看了我，不要小看了你的雪瑛妹妹！不管喬家是個什麼樣子，你還是你，我還是我，今生今世，我非你喬致庸不嫁；就是嫁過來要跟著你沿街乞討，我也不悔！致庸，無論你落到哪一步，我都會陪著你，跟你走，一生一世！」「雪瑛，別說了！你的心，我都明白了！」致庸大為感動，猛地將她抱起。雪瑛臉上現出笑容道：「你明白了就好，我心裡也踏實了，我可以回去了！」致庸心中大痛，抱緊她不鬆手。雪瑛略略推開他道：「致庸，現在我要走了，爹娘都在外面等，你相信我，我回去以後，還是像以前一樣，天天坐等著喬家請人去我們家提親。這會兒喬家遭了難，我也不想再等你中舉，中狀元，當什麼狀元娘子了。你記住，只要提親的人上門，只要你還是原先那個你，雪瑛立馬就跟你走！」致庸又是感動，又是難過，捧住她的臉，深情地喚道：「雪瑛，好妹妹……」

門外，長栓帶著翠兒趕到。翠兒敲著門低聲急道：「小姐，老爺到處找您呢，快走吧！」雪瑛推開致庸，含淚微笑道：「致庸，我不能久留，我走了，我等著你來娶我！」致庸看著她一步步向門外退去，突然喊住她，從書櫥抽屜裡取出鴛鴦玉環遞了過去。雪瑛拭去眼淚，小心接過，一時驚喜交加。致庸柔聲道：「這是我在太原府商街專為你買的，你收下它，我要說的話，我的心，都在這上頭呢！」雪瑛將玉環戴上，滿面喜色：「致庸，你甭說了，我什麼都明白了，這只玉環，就是你送給雪瑛的聘禮了！我會一直戴著它，直到你娶了我！只要我不死，我都是你的人了！」

翠兒又在外頭叫起來：「小姐，快走吧，讓老爺找到這裡就不好了！」雪瑛摟住致庸，大著膽子親了他一口，接著猛地推開他跑出去。致庸追了兩步便站住了，看著雪瑛和翠兒一起匆匆跑遠，神情一時又變得嚴肅和沉重起來。

院裡弔孝的人仍絡繹不絕，雪瑛從他們中間飛快地跑向大門。在中堂前，曹氏遠遠地看到了她，眉頭一皺，問長栓：「是不是雪瑛？」長栓猶豫著點了點頭。曹氏道：「剛才她見了二爺？」長栓趕緊搪塞了幾句，曹氏也沒再問，她一直望著雪瑛跑出大門，目光漸漸冷峻起來。

雪瑛在江父的訓斥與嘮叨聲中到了家，一下車就「咚咚」地上了繡樓。江父追了兩步沒追上，扭頭在樓下對江母喊道：「哎，哎，怎麼就這樣上去了？想去喬家，我讓她去了，她想見的人也見了，這回到底死心了吧，怎麼不給個痛快話呀！」江母恨恨地看他一眼，也趕緊上了繡樓。一進門，只見女兒從大櫥中取出一匹紅緞，「嘩」一聲鋪開在桌面上。江母心中七上八下：「雪瑛，這是為你做嫁衣準備的，你……」雪瑛扭頭道：「翠兒，拿剪刀來！」江母一把將翠兒擋住，急道：「雪瑛，你要做什麼？你也去了喬家，見了致庸，你們是怎麼說的？快告訴娘，讓娘心裡有個底！」

雪瑛脫下腕上的鴛鴦玉環，含淚微笑呈給江母：「娘，致庸向我求婚了，這就是喬家的聘禮！」江母、翠兒皆一驚。江母打量著玉環道：「什麼？這就是喬家的聘禮？這是什麼聘禮，不就是一只玉環嗎？」雪瑛有點不樂意，拉長聲調道：「娘，別小看它，喬家到了今天這個地步，致庸還能拿出這樣的東西做聘禮，女兒我已經滿意了！」江父一直在

樓梯上聽，這時終於忍不住，「咚咚」地踏響樓板衝上來，一把從江母手中奪過玉環，怒道：「這就是喬家給你的聘禮？這算啥聘禮？不行！你是我閨女，我是你爹，我不答應你嫁給喬致庸，你就不能嫁！」雪瑛冷冷道：「爹，你可小心，別把它摔壞了，你摔壞了它，你就沒有閨女了！」江父氣得發抖道：「你……你還想用死拿你爹一把是吧？這是啥聘禮，這是喬致庸用來勾你魂的東西！你看我敢不敢把它摔了？」

江母趕緊一把將玉環從他手中奪下來，好言勸道：「她爹，你下去吧，有話不能好好跟閨女說？」江父一跺腳，怒道：「我下去就下去，你好好跟她說，除非我死了，否則她橫豎不能嫁給喬致庸，她只能嫁給榆次何家！」說完他「咚咚」地衝下樓去。雪瑛也不理，徑直拿過刀尺，麻利地在紅緞上剪起來。江母和翠兒對看一眼，江母擔憂道：「閨女，雪瑛，你這是幹啥呀！」雪瑛望望母親，柔聲道：「娘，我聘禮都受了，說不定哪一天，喬家就來娶人了，我要給自己做嫁衣！」江母心下大驚，只覺得此事難以善終，但又不知如何勸說，忍不住上前抱住女兒大哭起來。

雪瑛不為所動，回身幫她拭去淚水，柔聲道：「娘，您甭哭，今天是您女兒大喜的日子，我的終身已經定下來了，我受了致庸的這一只玉環，這輩子就不打算和他分開了，您該為女兒高興才是！」「雪瑛，可是你爹他這一關咋過呀？」雪瑛毫不介意：「娘，等會兒您就下樓去告訴爹，從今日起，雪瑛的心已經成了鐵石，沒事我不會再下樓了，我也不會再去見致庸。我既受了喬家的聘禮，就是喬家的人了，所以我只需天天坐在這裡，等喬家上門來迎娶！」江母和翠兒都沒料到她竟然心志如此堅定，甚至透著些許瘋狂，她們驚駭地望著她，一時都說不出話來。

第六章

1

陸大可正在家中侍弄著鴿子，玉菡抱著貓輕手輕腳走到他的身後，突然調皮地大聲道：「爹，您又在疼您的鴿子了？」陸大可被她嚇了一大跳，拍著胸口道：「你這鬼丫頭，嚇我一跳，快把你那貓抱走，別嚇著我的寶貝兒！」玉菡吐吐舌頭，將貓轉給身後的明珠，笑道：「哎爹，您的事辦得怎麼樣了？」陸大可裝糊塗道：「我那麼多的事，你說的是哪一件呀？」玉菡不樂意地扭扭身子，撒嬌道：「爹，您又裝糊塗了！」陸大可裝作恍然大悟：「啊，我想起來了，不過我告訴你，上回在太原府賣那只鴛鴦玉環，我的虧可吃大了！」玉菡大羞，啐道：「爹，誰問你這個了！」陸大可歎口氣道：「怎麼？對那個喬致庸，你真是一點也不動心？……罷了罷了，還是告訴你吧，我一番心思算白費了，喬家完了，只怕連先人留下的老宅也要頂出去。你說，這樣一個窮光蛋，我還能把閨女嫁給他？」玉菡聞言大驚，一時真情畢現：「什麼？喬家敗了？」

陸大可看她一眼道：「可不是敗了？銀子調轉不開，又中了人家的圈套。遭逢亂世，這幾年敗的也不是一家兩家，哎我說，你不是一點也不操心這事兒嗎？……只可惜我那只

上好的鴛鴦玉環，本來可以賣二十兩，結果只賣了一兩銀子，我賠大了！」玉菡轉過身去，掩飾道：「爹，喬家就沒想過向別的商家借銀子，渡過這一關？」陸大可拉長聲調道：「怎麼沒有？他們也要到我這兒來借銀子呢，今天就來，馬上就到。」「真的？」玉菡心中一喜，趕緊轉身問。陸大可琢磨著女兒的表情道：「怎麼？你對他們家的事這麼上心？」玉菡不動聲色道：「爹，瞧您說的，我上啥心？我說的是您，在太原府一眼就看上了喬致庸，二十兩銀子的東西一兩銀子就賣了。這會兒喬家不就是一道坎過不了嗎？您要是真喜歡他，就把我們家銀庫裡的銀子拿出幾十萬，救了喬家，喬家不就可以不敗了？」陸大可轉身把鴿子放飛，生氣道：「你這個傻丫頭，你以為我的銀子是白撿來的？我借給他們銀子！他們還不了怎麼辦？我到哪兒哭去！」

玉菡眼珠子一轉，勸道：「爹，我們是商家，喬家也是商家，您借銀子給他們，讓喬家渡過難關，難道他們還會不還你銀子？」陸大可一瞪眼，道：「就是他們能還我銀子，我也不借。借了銀子，我也招不來上門給我養老的女婿！」玉菡臉一紅，嗔道：「爹，您說啥呢！」陸大可認真道：「傻丫頭，告訴你，喬致庸的大哥前幾日死了，眼下喬致庸已經在經管喬家的生意，所以他不可能給我當上門女婿！」玉菡聞言神色急變，一時無語。陸大可看著閨女複雜的神情，道：「到了這個分上，你不會還想讓我請人去喬家給你提親吧？」這話直白得把玉菡耳朵都羞紅了，她跺著腳喊：「爹，您真是的……」

陸大可轉過身來，拍拍身上的鴿毛，笑道：「好了，回你的繡樓去吧，我也該回去打扮打扮，等著喬致庸上門了！」玉菡又是一驚：「爹——」陸大可笑嘻嘻問道：「什麼？」「沒啥，我走了。」玉菡一跺腳，接著便嫋嫋婷婷地走掉了。陸大可在後面看她，故意大聲道：「你還甭說，自從在太原府見了這小子兩面，這些天我還挺想他呢！」玉菡也不回頭，繼續走遠。陸大可望著她的背影，哼哼道：「嘿，這閨女，她還真拿得住！」

不多一會兒，侯管家引著致庸和曹掌櫃走了進來，恰碰到玉菡帶明珠穿花拂柳，匆匆走過。明珠眼尖，指著致庸低聲道：「小姐，您看！」玉菡也瞅見了致庸，不覺站住，臉微微一紅。致庸也看見了玉菡，微微一愣，只覺得頗眼熟。兩人四目相視，玉菡低頭轉身走進一道月亮門。致庸突然想起那位在皮影戲館前的俊俏公子，「難道……」他忍不住又看了一眼已經遠去的玉菡。曹掌櫃心中一喜，故意對侯管家說：「老侯，這位就是陸小姐吧？」侯管家笑著點頭。曹掌櫃悄悄看一眼致庸，致庸這次則毫無反應。三人繼續向前走，致庸忽然意識到身後有人窺視，猛一回頭，卻見不遠處那道月亮門上的竹簾，「啪」一聲落下。致庸不覺心中一動。

這邊玉菡甩下門簾，滿面通紅，趕緊走回繡樓。明珠跟進來，含笑看她。玉菡嗔道：「怎麼這麼看著我？快把我沒繡完的牡丹花拿過來！」明珠依言去拿繡繃，走回來卻發現玉菡走向窗前，正掀開窗簾一角，看著下面走向客廳的致庸。客廳前，致庸心有靈犀似的，回頭朝繡樓上看了一眼。明珠忍不住「噗嗤」一笑：「小姐，這喬致庸是不是也在看您呢？」玉菡趕緊甩下窗簾，匆匆走回去坐下。明珠忍著笑，將手中的繡繃遞了過去。

侯管家領著致庸、曹掌櫃走進陸家客廳，卻見陸大可身穿一件打補丁的袍子，頭上貼著膏藥，正哼哼唧唧地躺在椅子上裝病。聽到他們進來，陸大可閉著眼，哼哼的聲音更大了。致庸心中一沉，朝曹掌櫃看了一眼。侯管家稟道：「東家，祁縣喬家堡的喬東家和他們家的曹大掌櫃來看您了！」陸大可微微睜開一隻眼問：「誰呀？」致庸上前施禮：「陸

老東家，晚輩喬致庸有禮了！」陸大可又睜開另一隻眼，裝作耳聾，顫巍巍道：「你是誰？」致庸看了一眼侯管家。侯管家上前重複道：「東家，這是祁縣喬家堡喬家的東家喬致庸。」曹掌櫃擔心地看一眼致庸。陸大可欲起未起，裝糊塗道：「啊，你是喬致廣，你還這麼年輕呀？」侯管家忍住笑道：「東家，不是致廣東家，是致廣的二弟致庸東家，眼下是他在喬家管事了！」致庸眼一睒，這時他已經認出陸大可就是太原府賣玉環給他的那位東家。瞧著陸東家今天唱的這齣戲，他心中有點明白，但仍不動聲色，繼續道：「陸老東家，家門不幸，我大哥不幸去世，致庸年紀輕，剛剛接管家事，還望老東家看在兩家多年做相與的分上，多多關照！」陸大可哼哼道：「好說好說……喬致庸，你今天上我家來，不是專門看望我這個快死的老頭子吧？」致庸微微一笑道：「陸老東家，致庸今日前來，實在是有難言之事，不過……」陸大可哼哼聲更大了：「有難言之事？你不會是來找我借銀子的吧？」致庸索性直言：「陸老東家猜對了，致庸今日前來，正是想請老東家周濟一二！」他話音未落，就見陸大可一骨碌起身，接著一手捂頭，大聲呻吟著對侯管家說：「老侯，剛才來的那個要債的走了沒有？要是他還沒走，我還得趕緊躲躲去。」說著他看也不看致庸和曹掌櫃一眼，便「哎呀」著朝內室走去，一邊叮囑道：「老侯，我仍舊躲在後頭馬棚裡，你們都不要告訴他們去那兒找我啊！」致庸沒料到陸大可竟然能唱這麼一齣戲，又好氣又好笑，和曹掌櫃失望地互視一眼，起身告辭。看著他們快快離去，陸大可又從內室走出，猛然將頭上的膏藥揭掉，「哼」一聲道：「什麼年頭，我還想找人借銀子使呢！」

這邊繡樓上的玉菡突然將自己的手指頭紮了一下，「哎喲」叫了一聲。明珠看她，卻不敢出聲。玉菡將指頭含在嘴裡，半晌，放下手中的繡綳走下繡樓。

客廳裡，陸大可等侯管家送客回來後放鬆地問道：「怎麼，他們走了？」侯管家歎息道：「東家，我剛才聽喬家曹掌櫃說，這回要是借不到銀子，喬家就真完了，喬家包頭的十一處生意要破產還債，喬家在祁縣、太原、京津兩地的六處生意也要被水家、元家瓜分，就連他們家的老宅，達盛昌邱家也打算花八萬兩銀子頂走呢！」門外玉菡剛巧聽到這席話，一驚站住，臉色發白。陸大可也透著涼氣直嘬牙花子：「你是說，這喬家人馬上就要流落街頭？」

玉菡再也忍不住，推門走了進來。陸大可看看她，拉長聲調道：「玉兒，是你啊，有事嗎？」玉菡看看侯管家，侯管家會意離去。「爹，剛才喬家真是來借銀子的？」玉菡也不看父親，一邊在屋裡走，一邊問。陸大可心中好笑，表面正色道：「不錯，不過我沒借給他們，一個小毛孩子……」玉菡急著打斷他：「爹，喬家在別處還能借到銀子嗎？」陸大可「哼」了一聲道：「據我看，他們借不到。」「為什麼？」玉菡又吃了一驚。陸大可咧咧嘴道：「為什麼，你爹是有名的山西第一摳，他們明知在我這兒借不到銀子，還要來我這兒撞牆，那就是說他們別處都去試過了，沒有人借給他們！」玉菡背過臉去，眼中不覺溢出淚花道：「爹，我剛剛聽侯管家說，喬家這回要是借不到銀子，一家人就要流落街頭，是嗎？」陸大可故作吃驚道：「這裡頭有你啥事兒，哎我說閨女，你不是……」玉菡不覺責怪道：「爹，說啥呢。玉兒雖說生在商家，可自小也念過《女兒經》，知道女孩兒的終身大事要由父母做主……我是可憐喬家，他們是商家，我們也是商家，喬家有這樣的一天，保不準我們陸家也會……」「給我住嘴！小孩子家的，胡說什麼，也不怕犯了忌

諱！」陸大可勃然變色。

玉菡瞅瞅父親，含淚道：「爹，女兒雖然讀書不多，可也知道兔死狐悲，物傷其類的道理。喬家眼下正在危難中，您伸手幫他們一把，他們就能挺過這一關，一家人就可以不因饑寒而死……爹，玉兒求求您為了我，做一件善事吧！」陸大可深深地看她，沉思不語。「爹，您就答應吧……」玉菡拭去淚花，現出笑容撒嬌道。陸大可撓起頭來，玉菡接著哄他道：「爹，您要是做了這件善事，等到天冷我再給您織一雙厚厚的毛襪子，行不行？」

陸大可望望女兒，感歎地說：「真沒想到，我陸大可一生心硬如鐵，生出的閨女心腸竟這麼軟……哎我說玉兒，你既是心疼喬家，爹乾脆把你嫁到喬家，你願不願意？」「爹——」玉菡大臊起來。陸大可呵呵笑著道：「閨女，這可是你引的頭。你非讓爹借銀子給喬家，可你要是不嫁過去，我怎麼敢借銀子給喬致庸，萬一借出去收不回來呢？算了算了，剛才是爹給我閨女說笑話呢，你要是不願就算了！」玉菡忸怩半晌，突然道：「爹，您要是非這麼想……那，我就聽您的！」陸大可再次吃驚地望著她，突然扭過頭去。「爹，您又咋啦？」玉菡見狀心中一驚。陸大可慢慢回頭，深深地看著女兒，甚至想看到女兒心裡去，半晌正色道：「閨女，爹早就知道你喜歡喬致庸，就是不好意思說出來罷了。可我醜話說在前頭，你就是心甘情願嫁給喬家，我也不會借給他們銀子。我嫁閨女是嫁閨女，借銀子是另一碼事兒！」玉菡恨恨地看他一眼，轉身就走。陸大可在她身後喊道：「哎，玉兒，你咋跑了呢，我話還沒說完呢！」玉菡不理他，徑直氣哼哼地跑遠了。

陸大可突然收起笑容，認真盤算起來。過了半盅茶的工夫，他喊道：「侯管家！」侯管家應聲而入。陸大可對他附耳說了幾句。侯管家有點吃驚地看著他，道：「是，我馬上去辦！」「這件事只有你知我知。」陸大可又補充道，侯管家點點頭，趕緊去了。

2

在喬家內客廳裡，曹掌櫃猶自歎息：「這陸大可不但裝病，還裝窮，除了山西第一摳，還應當稱他是山西第一醜。」見曹氏看看他，他繼續道：「借不借銀子，一句話不就得了。堂堂的一個大商家，非要像戲臺上的小丑那樣給我們演一場戲！」曹氏想了想道：「難道他沒見致庸？」曹掌櫃一驚，想起什麼來：「不，陸東家見了致庸東家。」曹氏道：「好，明天你就去替致庸向陸家小姐求親！」「明天？」曹氏用力點頭：「對，事不宜遲，要趁熱打鐵！」曹掌櫃想了想，張張嘴要說什麼又打住了。

陸家後堂，玉菡正在母親牌位前跪拜，一顆鮮翠欲流的翡翠玉白菜在靈位上供著。明珠匆匆跑進來，上氣不接下氣地道：「小姐——」「怎麼了？慌慌張張的，馬棚失火了嗎？」玉菡頭也沒回，生氣地說。明珠吐吐舌頭，壓低聲音道：「小姐，昨兒來過的那位喬家大掌櫃今兒又來了！」玉菡仍舊不語，明珠看她，急道：「小姐，他是來替他們東家向小姐求親的！」玉菡一驚：「胡說！」明珠跺腳道：「真的，明珠幹嘛要騙你？」「老爺……老爺怎麼回的話？」玉菡咬著嘴唇輕聲問。「老爺好像沒答應，就打發人家走了。」一聽這個回答，玉菡再也掩飾不住失望，猛地閉上眼睛。

明珠急了：「小姐，這可是您的終身大事，您怎麼一點兒也不……」玉菡道：「明

珠，我們女孩子，這樣的事只能聽父母之命，媒妁之言。這件事不要再說了，老爺不說，就當你我都不知道。」明珠剛要說話，門外陸大可咳嗽一聲，慢慢踱了進來。他一進門就看見了供在妻子牌位前的翡翠玉白菜，上去抱住它，連聲念叨：「哎，玉兒，你怎麼又把它抱出來了？」玉菡道：「爹，這棵翡翠玉白菜，是娘留給我的，女兒想娘的時候，就想拿出來看一看，看到它，就當是看見娘了。女兒，女兒有什麼心裡話也可以和娘說……」

陸大可看著妻子牌位，心被觸動，放下翡翠玉白菜道：「玉兒，你對你娘的一片心，爹自然知道，其實爹也想你娘啊，可她偏生那麼早就撇下我們去了……好了，看看就行了，趕緊收起來吧。」玉菡點頭站起，明珠則乖巧地抱起翡翠玉白菜往外走。陸大可坐下了又站起，盯著明珠擔心道：「小心，慢些走，可別摔了！」

這邊玉菡給陸大可端上茶來。陸大可呷了口茶道：「啊，玉兒，有件大事爹要來告訴你。」玉菡佯裝不知：「爹，啥事兒？」陸大可緩聲道：「你瞧瞧這個喬家，昨天剛來我們家借銀子沒借到，今天又來向我們家求親！」說著他回頭看玉菡，不料玉菡卻避開他的目光，低頭不語。陸大可拿腔道：「我可沒答應他們。喬家人真是的，也不看他們到了什麼地步！」玉菡仍是不語，眼圈卻微微紅了起來。陸大可有點急了：「哎，我說玉兒，你還真想去喬家受苦？我還是過去那句話，我就你這一個閨女，你要是真看上什麼人，我不會攔你。可這喬家不一樣，我若嫁閨女，可不打算借銀子！」

看著玉菡仍是低頭不說話，陸大可一拍大腿，急道：「哎我說玉兒，你怎麼老不說話呀，真是急死我了！」玉菡忽然回頭，眼中含淚，跪下道：「爹——」老頭一下心疼了：「哎，我的好閨女，你這是怎麼啦？」玉菡輕聲道：「爹，要是爹願意讓女兒嫁給喬家，女兒也願意！」陸大可沒料到她這麼說，彆扭道：「哎我說玉兒，你就不怕——」玉菡點頭，兩顆豆大的清淚落了下來：「爹，女兒不怕。」

陸大可歎口氣，道：「那，你可要想好了，我再說一遍，我是山西第一摳，嫁閨女可以，想借銀子沒門兒！」玉菡仍然跪著，又不說話了。陸大可看看她，終於跺足道：「好了好了，你起來吧！你要是鐵了心要嫁給喬致庸，那也是你的命。罷了，你要是等不及，過兩天爹就自個兒去祁縣，見今天來的喬家大掌櫃，把你和喬致庸的親事定下來！」玉菡克制住內心的喜悅慢慢站起，走過來抱住陸大可的脖子，撒嬌道：「謝謝爹，我也要去。」陸大可心中高興，嘴上不樂意道：「你去幹什麼？大閨女家的。」玉菡道：「人家就是想去看看喬家什麼樣兒。」「還沒過門，就想看婆家了？」陸大可羞她。玉菡道：「爹，今年冬天，您還想不想穿玉兒織的毛襪子？」「好吧好吧，你娘沒有了，這些年都是我把你給慣壞了。」陸大可歎道，玉菡眼角溢出淚花，嬌羞地笑起來。

夜裡，侯管家緊急來見，穿著睡衣的陸大可與他咬了好一陣耳朵後，侯管家匆匆離去，只剩陸大可一人走來走去不停念叨：「五十萬兩！哼，五十萬兩！」忽然他朝外面喊道：「侯管家，告訴鐵信石，明天我去祁縣！叫他早點套車！」侯管家在外應了一聲，陸大可歎了口氣，在口袋裡摸到幾個銅板，坐到床上認真地數起來。

第二天，陸大可一行趕到祁縣大德興總號，一群商人正在門前吵鬧。陸大可下了車。玉菡吩咐鐵信石將車趕往喬家堡。鐵信石心中一驚，反問道：「喬家堡？」玉菡奇怪地看看他：「怎麼，你去過喬家堡？」鐵信石搖搖頭，不再說什麼，隨即向路人打聽起路來。

陸大可則粗魯地推開要債的眾商人，大搖大擺地走了進去。三掌櫃上前來迎他道：

「哎我說這位相與，二掌櫃不是說過了嗎，今天喬家堡大出殯，大掌櫃不在，你明兒來行不行？」「通報一下，太谷城陸大可登門拜訪！」陸大可一邊說，一邊繼續往裡闖。三掌櫃大驚，趕緊往裡迎，陸大可走進大掌櫃室，大模大樣坐下道：「曹大掌櫃呢，怎麼，他不在？」那三掌櫃回頭朝外看了一眼，急忙關上門，沉住氣道：「他是不在，不過——」陸大可道：「不管他有什麼事，都快叫人去找他。我有事跟他說！」三掌櫃趕緊點頭，忙不迭地往外跑去。陸大可「哼」了一聲，傲慢道：「讓人給我泡壺好茶！再給我的鴿子餵點食兒！」夥計一路傳話，這邊二掌櫃趕緊親自奉茶，又將鴿籠小心地接了過去。

3

喬家堡街道上，大出殯的行列足有一里長，哀樂齊鳴，鐵炮聲山搖地動，各種儀仗浩浩蕩蕩，引來無數人駐足觀看。致庸一身孝服，扶著景泰在前引靈。曹氏帶女眷跟在棺後，哭聲動天，遍地雪白。曹掌櫃和兩個夥計沿途撒著紙錢和餵鬼的大饅頭，竟引來不少饑民爭搶。圍觀的人紛紛議論，「都說喬家敗了，看人家出殯的陣勢，哪有一點要敗的意思！」「瘦死的駱駝也比馬大！」「這可說不好，沒準是謠言呢！」……

行列中達慶邊走邊左顧右盼，也對身邊一門的達庚道：「哎，瞧這大殯出的，我記事以來都沒怎麼見過！老大，你說致廣家銀庫裡是不是還藏有銀子，不然怎麼能辦成這樣！」達庚也有點摸不著頭腦：「有銀子沒銀子，一辦事不就看出來了？老四，我這兩天琢磨著，事情是不是還得留點餘地。別看致庸年輕，可他辦起事來有氣魄，和致廣不是一路，萬一這回他沒倒，咱們的老股還得入在他的生意上，到時候就不好說話了！」達慶有點生氣道：「老大，你怎麼能這麼說話，我挑個頭幫大夥兒要銀子，那也是為著大夥好。就是因為致庸辦事跟致廣的路數不同，我才不放心他咧！」他又想了想，自語道：「不行，我都給他弄糊塗了，得找個高人討教討教！」

岔路口鐵信石恰巧趕車過來，停在一邊，車中陸玉菡和明珠看著大出殯的行列，都有點驚訝。明珠咂嘴道：「小姐，瞧這喪事辦的，好氣派呀！」玉菡望著走過去的隊伍，眼裡漸漸溢出淚花，又悄悄拭去。

好容易等到出殯的行列全部通過，鐵信石終於將車趕進了喬家堡。喬家大門緊閉，外面人影稀落，只有遍地的紙錢。鐵信石盯著喬家大門，目光漸漸鋒利起來。車中，明珠對玉菡開玩笑道：「小姐，瞧，這就是大名鼎鼎的喬家！」玉菡默默望著，漸漸生情。明珠看出點什麼來了，輕聲笑道：「小姐，趁著他們家人都去墳地裡了，咱們進去看看怎麼樣？」玉菡臉紅起來，啐道：「說什麼呢。鐵信石，走吧！」鐵信石在車外恨恨地應了一聲，很快將車趕走。玉菡一直在頻頻回顧，車走出很遠了，她仍戀戀不捨地回頭張望。

曹掌櫃被三掌櫃從出殯隊伍中喊住，快馬加鞭趕回，陸大可正在喬家大德興總號的大掌櫃室裡餵鴿子。曹掌櫃急走進來，施禮道：「陸東家，讓您久等，曹敬齋來了！」兩人一陣寒暄後，曹掌櫃示意二掌櫃和小夥計退去，再次拱手道：「陸東家大駕光臨，曹敬齋實在沒有想到，怠慢您了。您老人家今天親自來到小號，一定有所見教。這裡沒有外人，有什麼話您老就請講吧！」陸大可依舊一邊擺弄著鴿子，一邊漫不經心道：「曹掌櫃，陸大可無事不登三寶殿，今日所以來打攪，是為一件事麻煩曹掌櫃！」曹掌櫃聽不出他話中

的意思，只好虛與委蛇：「陸東家這麼遠打太谷來到祁縣，一定有要緊的事，只要用得著曹敬齋，您就說話。您老人家讓我給您辦事，是給我面子！」

陸大可道：「曹掌櫃，前兩天你去太谷為你們東家提親，陸大可當時沒有馬上答應你，是我沒問過小女的意思——」曹掌櫃大喜過望：「怎麼，陸老東家今天是專為這件事來的？」陸大可點點頭。曹掌櫃一時滿面通紅，驚喜交集道：「哎喲，太好了！」陸大可趕緊道：「曹掌櫃，打住打住，我今天所以沒有打發侯管家來，自個兒親自上門，就是要當面跟你說清楚，你上次和你們東家去借銀子，那件事已經了了。前天你又替你們東家上我們家提親，這是另一回事。借銀子是借銀子，提親是提親，別攙和在一塊兒。」曹掌櫃一愣，為難道：「可是陸老東家一定也聽說了，喬家現在……」

陸大可擺出一副不樂意的架勢道：「哎我說老曹，你第二趟去我們家，可只是提親，沒再說借銀子。我今天來，也就是回你個話，喬家要和我們家結親，我們願意，要是還想借銀子，我可走了！」說著，他提起鴿籠就要朝外走。「哎陸東家，陸東家，您別走哇！有話好說！您坐下，咱們接著談，接著談！」曹掌櫃急忙攔住他。陸大可坐下，依舊拿著架子道：「接著談可以，只說親事，可不能提借銀子。」曹掌櫃信誓旦旦道：「行，我保證不再提借銀子的事，咱們只說府上大小姐和我們東家的親事，談完了我請您吃飯！」陸大可一擺手道：「我不吃你的飯。別人的飯那麼好吃？我怕你吃著吃著又提借銀子。哎對了，見了你們東家，也要把醜話說到前頭，我就是嫁了閨女，也不打算借銀子！」曹掌櫃看看他，熱情已大為消退。陸大可微微一笑，起身告辭。

陸大可剛走，大德興的二掌櫃就趕過來悄聲問曹掌櫃：「怎麼，他說只嫁閨女，不借銀子，這可能嗎？」曹掌櫃抑鬱道：「別以為他幹不出來，別人幹不出來的事，他說不準就能！」

祁縣城外的官道上，馬車走了好一段，陸大可才沉聲問玉菡：「怎麼，還沒過門兒，就去人家看過了？」玉菡顧左右而言他：「爹，瞧這外頭，景色多美！」陸大可「哼」了一聲：「我對喬家的大掌櫃說了，只嫁閨女，不借銀子！你就是嫁過去，也別打算過了門就回頭來借銀子！」玉菡瞅瞅他，不滿道：「爹，您能不能說點別的？」陸大可道：「哎，說說，喬家怎麼樣啊？」玉菡不接腔，仍舊只看外面的景色。倒是一旁明珠笑笑接口道：「老爺，喬家土得很，哪能跟咱家比。」陸大可看玉菡：「玉兒，真的？」玉菡半晌不語，突然回頭一笑，淚花湧出道：「爹，我要是嫁過去了，可就沒人幫您算帳了，您怎麼辦呢？」陸大可心中陡然一疼，眼圈一紅，不言語了。

「爹，不要緊的，就是閨女嫁到喬家，也是您的閨女，我會時常回來看您，幫您算帳！」玉菡拭淚哄他。陸大可「哼」一聲道：「嫁出去的閨女，潑出去的水，還會跟她爹親？十個閨女九個賊，爹這會兒就怕你回來算計我了！」他瞧瞧明珠，又故作生氣道：「明珠小丫頭，也是看著她長大的，只怕這次也要和你一起嫁過去，我又損失一個人呢。」玉菡和明珠聞言都笑起來，陸大可也笑。一時間三個人都在笑，可每個人眼裡都有淚花。「爹，我跟她們可不一樣，我就是那十個中的一個，啥時候都不算計爹！」玉菡一邊笑，一邊說，接著更多的眼淚湧了出來。

4

喬家在中堂內，曹氏驚訝地望著曹掌櫃道：「你說什麼？陸東家只說嫁閨女，不答應借銀子？」曹掌櫃點頭：「這老頭是個怪人，生意場上出名的吝嗇，他說得出，只怕就做得出！」曹氏表情嚴峻起來。「太太，您覺得這事……」曹掌櫃有點擔憂地問道。曹氏想了一會兒，緊鎖的眉頭忽然一點點展開，頷首道：「曹爺，其他都別說了，答應陸東家，他說什麼，咱都答應！」曹掌櫃有點猶豫地看她。曹氏道：「我娘家沒有敗落以前，在太谷跟陸家也是相與，陸東家這個人我是知道一點的，他做的總是比說出來的要多。有時候他的話你得猜。這回他既然能親自來祁縣，答應致庸和他女兒的婚事，這就是說，他很想讓這件事成功，並沒有因為外人說我們喬家敗了而有所猶豫。曹爺，你想想，他沒說出來的話是什麼？」「那就是說，他不相信喬家會敗！這件事他連想也不會去想！」曹掌櫃恍然大悟。曹氏點點頭：「只要致庸和陸家小姐結了親，致庸就是他的女婿，那時候就用不著我們去找他借銀子了，他自己的女兒就會回頭去找他借銀子！」曹掌櫃長舒一口氣：「太太說得沒錯，我趕緊為二爺操辦這件事！」

曹氏繼續道：「眼下第一要瞞住致庸；第二，既然是婚嫁大事，咱就不能委屈陸家小姐，問名、納吉、納采、納幣、請期，一樣都不能少！只是——」「太太，我明白您的意思。二爺娶親是大事，陸家小姐一過門，喬家就有救了，眼下要花的銀子，我先替東家墊上。這些年靠著東家，三五千兩銀子的積蓄我還是有的！」曹掌櫃道。

曹氏大為感動：「曹爺，這可叫我怎麼謝你！也罷，今天你就受曹氏一拜！趕明兒等喬家的生意緩過勁兒來，我要致庸加倍還你！」說罷她衝曹掌櫃盈盈一拜。曹掌櫃又不好攔，手足無措道：「太太，太太，這可使不得！我，我辦事去了……」他趕緊還個禮，匆匆離去。

祁縣何家煙館，達慶終於等來了崔鳴九。達慶迎上前埋怨道：「哎喲崔大掌櫃，你可真是難請啊，我都等了一個時辰了！」崔鳴九一拱手道：「四爺，抱歉抱歉，鋪子裡有點俗事兒，讓四爺久等了，今兒還是我請客，就算我給四爺賠罪了。」「這話我愛聽。請！」達慶笑了起來，兩人嘻嘻哈哈地上煙榻躺好，享受小夥計送上來的煙泡。崔鳴九笑道：「四爺這麼急著找我，是不是上回咱倆說的那事兒有點眉目了？」達慶一擺手，道：「老崔呀老崔，你上次告訴我的那些信兒不太準吧。你說喬家的生意要完了，可我這幾天怎麼聽說致廣這幾年瞞著我們，在東口還開了生意，他死前已經讓人去拉銀子了，過些天就能到家！」「有這樣的事兒？」崔鳴九大為詫異。

達慶帶點責怪道：「要不是這事，我找你幹啥！致庸前天親口對我說的！十五天後銀車就到。那時候就還我的一萬兩銀子！就說今天吧，你看他給致廣出的那殯，哪裡是家裡沒銀子的樣子！」「不，這不可能！」崔鳴九深思了一會道。達慶一愣神：「不可能？俗話說狡兔三窟，致廣他為啥就不能在東口瞞著我們另開幾處生意？」崔鳴九突然哈哈大笑：「四爺，你讓喬致庸給騙了！」達慶一驚：「我？我讓致庸騙了？我是他四哥，他一個毛孩子，敢騙我？」崔鳴九道：「四爺，據我所知，喬家在東口沒有任何生意。你說他們家會從東口拉銀子回來，我壓根兒就不信！」

達慶不樂意了：「你為什麼不信，說出點道道來！」崔鳴九「哼」了一聲道：「因為

它根本就不可信！」達慶猶豫了一下試探道：「可是你也沒證據，對不對？」崔鳴九看他一眼道：「你這話對，我是沒有證據，可我敢跟你打賭，喬致庸的話是假的。不管是十五天，還是三十天，還是一年，喬家從東口都拉不回來銀子！」達慶瞪瞪眼道：「哎我說老崔，你要是沒有憑據，我怎麼能信你呢？你說致庸騙我，你呢？我們以往可沒有多少交情，我憑什麼不信他，偏偏信你？」

崔鳴九想了想，放下煙具起身下榻，道：「四爺，我眼下是沒有憑據，可人都是長腦子的。我是憑各種跡象，認定喬家在東口沒有生意。道理明擺在那兒，喬致廣要是在東口有銀子，他為啥不用它去救包頭的生意？他家要是真在東口有生意，怎麼連家裡的玉石屏風都拿出去當了？那可是一件傳家之寶！」他回頭見達慶還愣在那裡，倨傲地對小夥計道：「告訴老謝，四爺的煙帳記在我名下！」

小夥計應聲而去。崔鳴九又回身道：「四爺，你要是只為這事找我，咱就說到這裡，我還有事，失陪了。對了，啥時候你和喬致庸商量好了，要頂喬家的老宅，再來找我！我上次的許諾依舊算數。」說著他轉身離去。達慶一時又傻了眼，忽然醒悟過來，急忙道：「哎哎，你別走呀，我的話還沒說完呢！」但崔鳴九已經遠去，只留下達慶一個人在生悶氣。

崔鳴九回到達盛昌大掌櫃室，「砰」一聲關上門，怒容滿面，自語道：「喬致庸，一個小毛孩子，也想跟我鬥心眼！你還嫩了點兒，大爺我吃過的鹽比你吃過的飯都多，走過的橋比你走過的路都多！」他在地下轉圈，突然站住，目光陰騺道：「壓倒駱駝的總是最後一根稻草……來人！」一夥計聞聲跑進來。崔鳴九喝道：「你，把陳三叫來！」

很快一個個頭矮小的夥計跑進來：「大掌櫃，你叫我？」崔鳴九陰陰地笑道：「陳三，聽說你跟老鴉山的響馬有勾連？」陳三嚇得「撲通」一下跪倒在地：「哎喲大掌櫃，你可別這麼說。你這麼說，我不是有殺頭之罪嗎？」崔鳴九和氣道：「起來！看把你嚇的！我是要你……唉，把耳朵伸過來！」陳三爬起，把頭湊了過去，崔鳴九衝他一陣耳語。陳三一愣：「大掌櫃，喬家現在銀庫裡真的還有銀子？」「你知道什麼，喬家也是大商家，駱駝瘦死了也比馬大！」那陳三變了一副臉，露出強盜本相道：「大掌櫃，那我去了。」「好！不能讓任何人知道！」「二掌櫃、三掌櫃也不讓他們知道？」「對，有誰知道了，我就殺你的頭！」崔鳴九瞪眼道。陳三回頭看他，眼中露出一絲凶光，應聲而去。

此時喬家書房內，致庸正一個人面窗而立。連日來，他與曹掌櫃四處走動，可一無所獲，從某種程度上，致庸已經清楚地意識到，喬家確實到了山窮水盡的地步，也許今日出殯就是最後的輝煌氣象。

「難道，難道真的就一點辦法都沒有了嗎？」致庸一次次問著自己。這時長栓走進來稟道：「二爺，水家和元家的兩位大掌櫃又來了，已經在外客廳裡坐下。」致庸道：「我不是說過，大哥不過三七，我誰也不見嗎？曹掌櫃呢，讓他去見！」長栓看看他道：「二爺，曹掌櫃不在。」致庸突然覺出他話中有話，轉過身來問道：「怎麼回事，這兩日他去哪裡了？我老也找不到他，是不是有什麼事情瞞著我？」長栓看他一眼，明顯地有話卻沒敢說。致庸心中起疑，連連追問。長栓遲疑了半晌，道：「二爺，有件事，太太不讓告訴您，我也……我也不敢說。可……」致庸不耐煩道：「什麼事，快說！」長栓囁嚅了半天：「太太責怪下來，您得替我兜著！」致庸又好氣又好笑：「你這個狗頭，跟了我這麼

多年，這會還兩條心了？快說！」

長栓又看看他，下了決心道：「二爺要娶親了，大家都知道，曹掌櫃這兩天沒過來，是忙著給女家下聘呢！」致庸大驚：「此話當真？」長栓點頭，想說什麼又忍住了。致庸大惑道：「大嫂為什麼這麼急，大哥的三七還沒有過，怎麼就要把雪瑛表妹娶過來了？」長栓道：「二爺，告訴您您甭生氣，聽說娶的不是江家的二小姐，是太谷城中陸家的小姐！」致庸猛然站起，大驚失色道：「什麼?!竟有這事……不，我得問問去！」他轉身往外走。長栓害怕地喊：「二爺，可別說我告訴您的！太太知道了決不會輕饒我，我的屁股可是不經打！」見致庸已經走遠，他趕忙跑了。

第七章

1

在中堂內，曹掌櫃站著，滿臉喜色。曹氏走進來，高興地望著他道：「曹爺回來了？」曹掌櫃：「回來了回來了。」曹氏坐下，問：「事情辦得怎麼樣？」曹掌櫃道：「照太太的吩咐，娶親的六禮，我一樣不少，兩天都辦完了，只剩下迎娶了！恭喜太太！」「辛苦你了，等新人過了門，我讓他們兩口子好好謝你這個大媒。來人！」曹氏說。杏兒跑過來。曹氏道：「杏兒，去請二爺。」杏兒答應一聲，出門。曹掌櫃有點害怕地說：「太太，我是不是就迴避了吧。這事一直瞞著二爺，不知道他高不高興呢！」曹氏道：「你甭走，你是大媒，他該謝你，這裡有我呢！」忽然杏兒急急地跑進來，道：「太太，不好了，二爺闖進來了，看樣子挺不高興的！」曹氏一驚站起，致庸已經滿面通紅地闖進來。眾人吃驚地看著他。

曹氏嚴厲地道：「二弟，你——」致庸看一眼曹氏，沒敢發作，轉眼看見曹掌櫃，怒道：「曹爺，你你你……你做的好事！」曹氏對丫鬟們道：「你們出去。」她回頭對致庸道：「二弟，無論你聽到了什麼，多麼生氣，都不要怪罪曹掌櫃，事情都是我讓他去辦

的！」致庸道：「嫂子，你怎麼能——」曹氏道：「二弟，自從你接管了家事，我就再沒問過你。可是今天嫂子忍不住要問問你。日子一天天地過去，你到底做了什麼？你和曹掌櫃去外縣去借銀子，不惜付出極高的利息，可你們跑了那麼多商家，還是一兩銀子也沒有借到！你對達慶和外頭要債的說，你大哥過了三七，東口的銀子就會拉回來，這一晃幾天都過去了，你東口的銀子在哪裡？你大哥臨死前將喬家交給你，不是讓你帶著我們坐以待斃！」致庸道：「可是嫂子，當初我說過的——」曹氏激烈地打斷了他：「住口！我知道你想說什麼。當初你是說過，就是救不了喬家，我和你大哥也不怪你！可那是沒有辦法時說的話！現在，我們有辦法！」

致庸一驚：「有辦法？什麼辦法？」曹氏道：「眼下要救喬家，只有一條路，除此之外全是死路！」致庸道：「嫂子，什麼路，你快說！」曹氏道：「給你娶親！」致庸大驚：「娶親？」曹氏：「對！祁縣、太谷、平遙三縣鉅賈大賈不少，太谷陸家雖不太張揚，但也不可小覷，只要你能委屈了自個兒，娶了陸家的小姐，他就沒有眼看著自個兒的女婿破產還債的道理。陸家就是沒有太多的現銀，二十萬兩總還是有的，把這些銀子借給我們，我們就能解包頭復字號大小之困，喬家就逃過了這一劫！」致庸聞言，大聲地喊了出來：「不！不行！」曹氏反問：「不行？為什麼不行？難道你想看著祖宗創下的家業就這樣敗了？難道你就不是喬家的子孫？」致庸心痛如割，大喊：「我說不行就是不行！嫂子，那樣做我就辜負了一個人的心，也辜負了我自己的心！」曹氏盯著他的眼睛問：「你是說雪瑛表妹？」「嫂子，我已經違心地接管了喬家的家事，你還要我違心地做這件事，我辦不到！你就是殺了我也不行！」致庸大叫著衝出去。

曹氏色變，大喊：「致庸，你給我站住！」致庸站住了，瘋了一般回頭，一字一句道：「不，我不要，除了雪瑛，我什麼人也不要，什麼人也不娶！」曹掌櫃看著曹氏道：「太太，您看這事怎麼辦？連婚期都跟陸家訂好了！」曹氏大聲地、痛楚地對致庸道：「兄弟，我知道你和雪瑛表妹的情分！可是嫂子今天也有一句話要說！要是你捨不下她，我們喬家真的沒救了！」「不！不！」致庸仍然在大喊，大步衝了出去。

這邊致庸剛剛走回書房，那邊達慶已經一路嚷嚷著走進來：「我說兄弟，東口到底有沒有銀子，你給我個實話；要是沒有，你也甭騙我！」致庸盯著他，無語。達慶湊上來道：「兄弟，要是有銀子，咱就說有銀子的事；要是沒有，咱就說沒銀子的事。哎我說，我真能幫你把這座老宅頂出去，頂個好價錢。我是你哥，能騙你不成？但你一定得給我說實話。」致庸諷刺道：「四哥，你就這麼急著讓我把老宅頂出去？」達慶有點張口結舌，繼而急道：「我……致庸，你怎麼能這麼跟我說話？我還是不是你四哥？你年紀不大，說話倒會嗆別人的肺葉子！我這麼跑前跑後的，到底是為了誰？」致庸道：「我也正想這麼問你呢，你這麼急著要給這座老宅找買主，到底是為了誰？」

達慶憤怒道：「你怎麼這麼說話，我是豬八戒照鏡子，裡外不是人了！我……我還不管這事了，不管你們家東口有沒有生意，你哥過了三七，我就來要我的銀子，別的也沒啥好說的了！」說完他轉身氣沖沖地走了出去。

這邊長栓一溜煙跑進來，急喊：「二爺，不好了，太太她——」「太太她怎麼了？」「就剛才您出來這會兒，太太暈死過去了，現在還沒醒過來呢！」致庸愣了一下，拔腿跑出門去。

內宅中，杏兒等圍著床上的曹氏大哭大喊，景泰的小臉上滿是淚水，一聲聲叫著娘。曹氏牙關緊咬，人事不省。致庸急奔過來，大叫：「嫂子，嫂子，你怎麼啦？」曹掌櫃也趕到了，致庸衝著他急道：「曹爺，快去請大夫啊！」曹掌櫃要走又回來，面有難色。致庸不解地看他，曹掌櫃顫聲道：「銀子——東家，請大夫也要銀子呀。」致庸心中一震。這邊杏兒趕緊揉曹氏的心口，好一陣忙活，曹氏總算悠悠醒來。致庸急衝上前，含淚道：「嫂子……」曹氏慢慢睜開眼睛，看致庸一眼，將頭扭到一邊，不願理他。致庸心中一驚，拭淚站起。

致庸一路踉蹌著走回書房，拜倒在書房的孔子畫像前，痛聲道：「先師先師，我該怎麼辦？又能怎麼辦？您教我呀！您為什麼不能教我？」畫像無語。致庸一扭頭，卻又看見西窗上雪瑛剪的大紅鴛鴦戲水剪紙，從兩小無猜到如今情意眷眷，往日情形歷歷在目，致庸再也忍受不住，大叫一聲，吐出一口血來。

這情形剛好被正欲敲門進來的杏兒看見，她趕緊扶住致庸，勸慰道：「二爺，您別這樣，您別這樣，太太讓我請您去，她說她不逼您了，只是有話跟您說。」致庸不相信地看看杏兒，還是跟她去了。

內宅中曹氏依舊半躺在床上，臉色煞白，她看見致庸進來，柔聲招呼道：「二弟，你來了？」致庸一見她這模樣，話也說不出，只是哽咽著點頭。曹氏輕聲吩咐張媽把草屋小院的鑰匙拿過來。張媽紅著眼睛將一把長長的鑰匙交到曹氏手裡。曹氏拍拍致庸，如慈母般地撫慰道：「兄弟，這是嫂子為了以防萬一，前幾日讓張媽在北面山裡買下的一座草屋小院，三間草屋可以住人，另外還有一間廚房。我還讓她順便在房子前後買下了兩畝薄地，可以種些土豆。以後我、景泰和你三個人就搬到那裡去住，沒有人會認得我們。這把鑰匙交給你，要是有空，你就去看看，有沒有要修補的地方，找人修修補補，估計用不著多久，我們就要搬過去了！」這時，致庸的眼淚大顆大顆滴下來。曹氏歎息一聲，繼續柔聲道：「兄弟，別哭了，陸家的親事咱不提了。怪嫂子不好，嫂子不該逼你，你心裡也夠苦的了。等過些日子，咱們家破產還債的事一完，我們就悄悄地離開喬家堡，搬到山裡去……」致庸被動地接過鑰匙，猛地轉過臉去，不讓別人看見他流淚。曹氏閉上眼睛，聲音含混道：「兄弟，你去吧。自打你哥去世，好多天我都沒睡著過了，今晚上我一準能睡著。」致庸猶豫著走了兩步，當他再回頭看的時候，曹氏已經睡著了。

2

致庸騎著馬，長順趕著車載著張媽，一路向北來到山中。北山多石，越走越荒涼，差不多到了近中午才趕到張媽購置的草屋小院。致庸跳下馬來，看看四周，心情異常沉重。張媽也下了車，指指那座殘破的小院落，道：「二爺，就是這裡。」致庸站在那裡看，只見一座用石頭片堆起來的草屋小院，在荒山上孤零零地坐落著。他掏出鑰匙，將門打開，慢慢走了進去。院內到處是瓦礫和荒草，他歎口氣打開草屋門，還沒進屋，一抬頭就看到房頂上露著一塊天。致庸心頭大亂，在院內隨便找了一塊石頭坐了下來，呆呆地坐了很久。

突然間，張媽號啕大哭起來，致庸一抬頭，張媽已經在院中跪下，痛哭道：「二爺，

您瞧這樣的房子，您和太太、景泰少爺怎麼能住？就是您娶了江家小姐，又如何忍心讓她以後吃這個苦呀？」致庸聽著她的話，心如刀割一般，未等致庸接口，張媽繼續哭道：「二爺，可憐你們還有這樣的小屋棲身；可我呢，我這可憐的老太婆又到哪裡去呢？」致庸悚然一驚，只聽張媽號啕道：「我在喬家待了近四十年，如今無親無故，我到哪裡去呀？這把年紀了，恐怕只有死路一條啊……」張媽越說越傷心，涕淚在她那張年老而多皺紋的面孔上流淌著。致庸心中大為難過，過來扶起張媽。張媽死活不肯起，只磕頭哭道：「二爺，二爺，您可得救救我們啊。」致庸想求助於旁邊的長順。沒料到長順也跪了下去，磕頭含淚道：「二爺，喬家一向對下人不薄，仗著喬家庇護，那麼多下人都還能過日子；如今要是喬家倒了，不獨大院內這四五十口下人，恐怕連喬家店裡的那些夥計、掌櫃，很多人都沒了活路啊，這年頭兵荒馬亂，災害連連，沒了喬家的庇護，不少人就真的只剩死路一條了……」致庸再也忍不住，眼淚滾滾而下。

過了很久，三個人才互相攙扶著上馬車，循崎嶇的山道回去。

到了喬家門口，致庸還沒下馬，忽見長栓急急跑來，低聲道：「二爺，不好！」致庸陡然大怒：「又有什麼不好？」長栓遞過一支信鏢，壓低嗓子道：「剛才在大門上發現的！」致庸從鏢尖上取下信，飛快地拆開來讀。看完後他默立良久，突然把信扔在地上，縱聲大笑。長栓和已經下車的長順、張媽害怕地看著他。曹掌櫃匆匆走過來問道：「二爺，到底是怎麼回事？」致庸依舊笑，指指地上。曹掌櫃皺眉撿信，一邊看一邊聽致庸恨聲道：「信是老鴉山的山大王劉黑七寫來的，他也聽說喬家勢敗，要向我勒索三千兩銀子！我要是三日內不把銀子送到老鴉山，喬家就有血光之災！」曹掌櫃大急：「東家，劉黑七可是有名的土匪，殺人不眨眼，這幾年在老鴉山上落草為寇，官軍剿了幾回，也沒剿平他，我們什麼時候惹了他？」「我怎麼知道？」曹掌櫃看看他：「東家，要不要馬上去請鏢局？」「銀子呢？請鏢局要有銀子，我們有嗎？」致庸怒道。曹掌櫃立刻默然不語。

長順到底年歲大，搖頭道：「曹爺，二爺，就是有銀子，也不一定能請得動鏢局。鏢局的人也怕劉黑七，官府都剿不平的，他們多半不會願意蹚這個渾水！」致庸聞言道：「照你這麼說，那還治不住他了！」眾人面面相覷，一時間都不知說什麼好，卻突然聽致庸狂怒道：「走！你們都走，我睏了，要睡覺！」眾人驚異地看著他，致庸繼續大怒道：「走哇！都給我走！」曹掌櫃趕緊使了個眼色，示意眾人退下。

致庸搖晃著走進書房，倒頭就睡。長栓不放心地跟進來，看一眼，忍不住嘟噥道：「我就不明白，到了這種時候，還能睡得著？」致庸怒道：「你嘟噥什麼？這時候不睡，我啥時候去睡？我勸你也快去睡，再睡幾天，喬家這座老宅，說不定就要頂給別人了，睡一天少一天！」長栓愣了愣，也賭起氣來：「您以為我不去？您叫我去睡，我就去睡！」說著他就往外走。不料致庸一下跳下床，喊道：「把這個家裡的男人全給我喊過來，我有話說！」長栓一愣神，趕緊去了。

男丁們齊刷刷地站了一院子，致庸大致把鏢信的內容說了說，男丁們發出一陣驚呼。致庸開始慷慨激昂道：「有人勸我去請鏢局，還有人說就連鏢局的人也怕劉黑七，就是有銀子也請不到！我們都是爺們，我想過了，與其束手待斃，不如自己抄傢伙，跟他們拚個魚死網破！」「對！跟他們拚了！」男丁們群情激奮，紛紛揮拳吶喊。致庸大聲道：「你們中間，願意辭工的，我決不強留；願意留下的，就準備跟我一起守住這座宅子，跟劉黑

七拚命！」

長栓首先激憤道：「二爺，我願意留下！」長順也喊：「二爺，我也不走！」緊接著眾男丁們齊聲道：「二爺，我們都不走！」致庸大為感動：「都是好樣的！聽我的號令，從今天起，大家編成隊，白天練武，夜裡看家護院！你們都跟我練過形意拳，我就不信，這麼高的院牆，有我們這些人，他劉黑七就真能把喬家給滅了？大家抄傢伙，練起來！」男人們一時情緒激昂，紛紛走出去尋找武器。

曹掌櫃在旁邊靜靜地看著這一幕，然後跟致庸來到書房，若有所思道：「東家，我可就納悶了，喬家都到這個地步了，劉黑七為何又來落井下石？」長栓在一旁插嘴說：「他們是土匪，打家劫舍是本分，哪管你到了什麼地步？」「恐怕不會這麼簡單。」曹掌櫃搖頭道。致庸獨立良久，突然轉身，目光炯炯，冷笑道：「曹爺，你提醒得好。不過今天人家既然出了招，我就不能不接這個招！」他回轉身，縱筆如飛，也寫下一封信，回頭拿了那支信鏢，將信穿上鏢尖，道：「長栓，跟我走！」曹掌櫃看看架勢不對，急忙阻攔，卻聽致庸慨然一笑道：「曹爺，別擔心，我還真想會會這個劉黑七呢！」說著他帶著長栓大踏步離去。

喬家大院外，致庸一揚手，「砰」一聲連鏢帶信釘在大門上，然後對著一群圍過來的閒人大聲道：「有願意通氣的人聽好了，這是我給劉黑七下的戰書，他要自認為是個英雄，三天後就來喬家堡和我一會；要是不敢來，他就不是好漢！」說完他轉身就走。達庚道：「哎我說老二，人家把信鏢插在你家大門上，你也把信鏢插在這兒，那劉黑七他能收到嗎？」致庸回頭大笑：「他能！」

轉回院內，致庸開始檢查男丁們找來的武器，他頗為滿意，想了想回頭對長順等人道：「把家裡藏的打兔子槍都找出來，該擦的擦，把火藥鐵砂備好，我們等著劉黑七！」長順答應著走了兩步，扭頭問：「二爺，劉黑七真會來？」致庸沉聲道：「來與不來，在他劉黑七；準備不準備打，在我們！」眾人聞言連連點頭。致庸分派了武器，又叮囑了巡夜的一些注意事項，男丁們摩拳擦掌紛紛離去。

深夜，曹氏帶杏兒走進書房，致庸正坐著假寐，一聽動靜立馬驚醒，握鏢在手，見是她們，鬆了一口氣道：「嫂子，你病成這樣子，咋也來了？」曹氏無力地坐下，溫言道：「我來看看你。我聽說你要自己對付劉黑七？」致庸點頭。曹氏深深地看他道：「二爺，你以為你這麼嚇唬嚇唬他，他就不敢來了？這劉黑七心狠手毒，從不打誑語，說一句就是一句，他要是真來了，你能對付得了他？」「嫂子，喬家到了生死存亡的關頭，靠外人已經不行了，只有致庸帶人以命自保，以示強悍，或者可以嚇退強盜，保喬家僥倖渡過這一關，不然別人皆會看我們軟弱可欺，喬家人就是想活命，只怕也難呢……」致庸慷慨言道。曹氏望著他的目光失望而又嚴厲：「二弟，你覺得你這樣就能救喬家？」致庸不耐煩道：「嫂子，接管家事的時候，你可是答應過，讓我按自己的方式處理一切！嫂子請回吧，致庸要去查夜了！」「杏兒，扶著我，咱們走。」曹氏慢慢站起，離去。致庸看著兩人離去，心中翻滾了好一陣，走到院中，恨恨一鏢打中院中古樹，又拔下來，仰天長嘯一聲。那嘯聲如受傷的狼嚎般孤獨激憤，劃破夜色，久久地在喬家大院的上空迴盪。

3

清晨，一家人突然跑來書房內喊道：「不好了二爺，劉黑七來了！」「在哪兒？」致庸一下跳起。家人囁嚅道：「在外面打門，我們沒敢開大門，不知道有多少人！」「糊塗！沒有上房頂看一看？」家人依舊搖頭，致庸生氣道：「抄傢伙！」他跑到院中喊道：「劉黑七來了！你們大家，該上房頂的上房頂，該上牆的上牆！長栓，你們幾個跟我去會會這個劉黑七！」很快男丁們陸續跑出，致庸抄起一把刀，帶長栓等人奔向大門。家人們到底有點害怕，戰戰兢兢地打開大門卻愣住了。只見門外孤零零地站著一個三十開外的男子，牽著頭小毛驢，青色長衫，瓜皮小帽，手中掌著一杆旱煙。致庸定睛看去，竟是孫茂才。茂才看著他們奇怪道：「怎麼了這是？要打架嗎？」

致庸把兵器交給長栓，哈哈大笑著上前，拱手道：「茂才兄，原來是你？」茂才道：「致庸兄，看樣子你沒想到我會來。既然如此，我這個不速之客，還是不來的好。走了！」說著他準備上驢走人。致庸上前一把拉住驢繩道：「茂才兄，我們在太原府雖只有兩面之緣，可致庸那時就對兄長仰慕有加，只恨沒機會深交。今日既蒙兄臺屈駕枉顧草廬，為何又馬上要走？」

茂才哈哈一笑，道：「致庸兄，不，我該叫你喬東家了！喬東家，我是聽說貴府有難，你身陷重圍。孫某鄉試歸來，名落孫山，在家閒著也無事，想起喬東家當初在太原府替我還了幾年的店錢，我欠著你的情呢，此時不來，更待何時？來是來了，可沒想到喬東家居然用這個陣勢來歡迎我，算了算了，我看我還是走吧！」致庸眼睛一亮，一把抓住他：「不，茂才兄，既然來了，就走不了了！來，把孫先生請進去！」他朝長栓耳語了幾句，長栓領著眾人一擁而上，喊叫著將茂才抬起，徑直抬往院內書房。「哎你們怎麼能——」茂才大叫起來。致庸見狀哈哈大笑：「茂才兄，這回讓你知道知道，我們喬家，想來容易，想走就難了！」

到了書房，眾人才放下茂才，致庸一邊吩咐上茶，一邊又上前施禮道：「茂才兄，請坐，我來幫你壓壓驚！」一聽壓驚，長栓領著眾人又起鬨般吼了一嗓子，聲若雷鳴。茂才面色不改，穩穩坐了下來。長栓見狀撇撇嘴，去外邊倒了杯茶，略帶不屑地捧過道：「哎，還認識我嗎？」茂才「哼」一聲：「怎麼會不認識？」致庸喝道：「長栓，不得無禮。」長栓搖頭出門，嘀咕道：「家裡本來夠亂的了，又來個半瘋子添亂！」

致庸一躬到地：「茂才兄專程而來，想來必有好主意能救喬家渡過這一劫！」茂才坐著不動，哈哈大笑：「錯了錯了，喬東家，你這樣糊裡糊塗地讓人把我弄進來，若以為我真是諸葛亮，能幫你們家解除大難，那可就錯了。孫茂才自幼習儒，不懂經商。我剛才說過了，我只是覺得欠著你的銀子，看今日喬家風雨飄搖，眾叛親離，喬東家身邊連一個陪著說話、下棋的人也沒有，為這我才來的。」致庸聞言一愣。茂才看出了致庸的失望，接著道：「怎麼，喬東家失望了？要是失望了，我還是走好了，不過我可是來過，因此在太原府欠你的人情就算還了，咱倆日後誰也不欠誰的了！」致庸不覺好笑，想了想道：「茂才兄，既是這樣，我還不讓你走了！就讓你陪我！說吧，你想怎麼陪我？」茂才又是哈哈一笑：「喬東家，我的話可是還沒說完，要留下我陪你也行，不過我話說到前頭，你要我留下陪你，是要付銀子的！」致庸越發覺得此人好笑了，索性坐下來問道：「茂才兄，此

話又怎講？」茂才美美地呷了一口茶道：「喬東家，想我孫茂才，今年鄉試，又是名落孫山，家中老父，貧困無依，想來想去，只好痛下心，改弦易轍，走前輩落魄讀書人之老路，到商家來幫閒，掙幾兩銀子活命。不過祁縣空有這麼多大商家，我卻誰都不認識，想來想去只和你在太原府有過幾面之緣，哈哈哈哈，剛才我說要來陪你，還你的人情，那都是假的，你真要留下我，我就要銀子了！喬東家，這會兒知道隨便把人抬進來，不是好玩的事情了吧？」

致庸盯著他看了一會兒，突然歎一口氣：「茂才兄如此高看喬家，致庸感動莫名，只是兄臺來得不是時候！」茂才微微一笑：「喬東家，這話怎講？」致庸道：「若是過去，茂才兄肯放下身架，來喬家幫忙，致庸不知會有多麼高興；只是今日喬家正走背字，日落西山，氣息奄奄，朝不保夕，茂才兄難道沒有耳聞？」茂才哈哈大笑：「喬東家有所不知，茂才活了半生，是天字第一號的背運之人。生於窮鄉，學於村儒，這是第一背；年紀小小，就中了秀才，贏得神童之名，便自以為萬事不足慮，天下不足為，時時輕蔑斯文，糞土王侯，被稱為太原府秀才中第一狂人，這是又一背；既得了一個狂悖之名，就不該還去科舉，既去科舉，就不該或在試卷上亂發荒謬之論，或束手束腳一味刻板於八股，於是一而再、再而三名落孫山，這是第三背；慈母早亡，自幼失怙，愛妻難產，一屍兩命，只撇下我與老父親艱難度日，這更是背中之背……喬東家，以我這樣一個背運之人，來投背運之主，不正所謂得其所哉嗎？」

致庸聞言不禁微笑起來，道：「蒙茂才兄不棄，致庸感激不盡，不知兄臺自覺在喬家的生意裡能做何事，能任何職，說出來也好讓致庸斟酌。」茂才搭架子道：「這個嘛，生意我沒有做過，大掌櫃我是不願做的。剛才我說過了，我在這裡，也就是每天陪喬東家說說話，下下棋罷了！」致庸一聽便反問道：「這也是個要緊的位子，就是不知道孫先生一年想要多少酬勞呢？」茂才毫不謙讓道：「想我孫茂才，自幼苦讀詩書，無論聖賢經典，天文地理，醫卜星相，琴棋書畫，皆通一二，只因科舉之路不通，才降價售於商家。啊，我也不是那太貪財的人，一年三千兩足矣！」

致庸聞言大笑：「孫先生，據我所知，今日讀書人，就是中了進士，補上一任縣令，一年的俸祿也不過百餘兩銀子，加上皇上獎賞的所謂養廉銀，也不過區區幾百兩，兄臺要的這個數雖不是太多，但也頂得上好幾個縣令一年的俸祿了！」茂才一笑站起道：「既然咱們談不攏這個，在下可就告辭了！」致庸默默地看著他，一發起了逆反心理，上前攔住他，笑道：「茂才兄，既然你說到這兒，我還真不能讓你走！……好，咱們成交，只要喬家能過了眼前這一劫，重現生機，到了年底，我給你三千兩銀子！」茂才擊掌笑道：「哈哈，痛快，我就知道喬東家不會為了區區三千兩銀子，不留下我這個可以陪他說話、下棋的閒人。行，我留下了！」他重新坐下，捧起茶杯卻又放下道：「這茶也涼了，讓人換過茶，咱們下棋如何？」「下棋？」「對呀，這會兒劉黑七又沒來，喬東家讓人把喬家大院守得鐵桶一般，你我不下棋幹什麼？」致庸越發對此人胸懷暗暗稱奇，當下道：「好，長栓，進來，給孫先生換茶。再把象棋拿來，我和茂才兄殺一盤！」長栓進來，摔摔打打地去換茶，又將棋盤拿來，重重放在桌上。茂才微微一笑，調侃道：「小兄弟，不習慣了吧，以後你要習慣這個，只要見我和東家在這裡，就趕快上茶！」長栓氣憤地看他一眼道：「就你？哼！走著瞧吧……」致庸不悅道：「長栓，茂才兄是我請來的先生，以後休

得無禮！」長栓也不理，「哼」一聲，摔門出去。

茂才絲毫無憮然，擺好棋局與致庸廝殺起來。致庸漸漸沉入棋局，兩人笑語不斷。外面長栓站著朝屋裡看，連連撇嘴。長順和曹掌櫃聞聲走過來。曹掌櫃問：「長栓，東家這會兒幹啥呢？」長栓撇嘴道：「和剛才來的那個瘋子下棋呢。」曹掌櫃歎道：「這個時候，劉黑七隨時都能打進來，東家還有心思下棋，喬家還有什麼指望！」長栓、長順對看一眼，也都搖頭。

室內致庸一把將棋子劃拉亂，哈哈大笑，站起道：「不下了不下了，你這人性子太溫，這樣下著沒勁！」茂才看看他，話中帶話道：「輸了就是輸了，人生就是一盤棋，只要人還在，輸了的棋還可以重擺！」致庸一驚：「茂才兄，喬家如今身陷死地，茂才兄專程趕來相幫，難道沒有想過要為致庸出謀劃策，以救當前之急？」茂才漫不經心道：「東家，方才我們可是已經說好了，我留在喬家，只管陪你聊天、下棋，生意上的事，我是不管的。」致庸失望道：「那……好吧，就聊天吧，咱們聊什麼？」茂才點起旱煙道：「一向聽說喬東家熟讀《莊子》，喜歡做莊周一流的人物，此話當真？」致庸有點慚愧道：「啊，當初是有過這種荒唐的想法。不過眼下……」茂才打斷他，開口朗聲誦道：「北海有魚，其名為鯤，鯤之大，不知幾千里也……」致庸不由技癢，接口背道：「化而為鵬，其翼若垂天之雲……莫非茂才兄也喜愛《逍遙遊》？」茂才微微一笑，直視著致庸道：「北海的鯤有幾千里大，化作大鵬，一飛數萬里，負青天，絕雲氣，卻受到斥鴳這種小鳥的嘲笑。斥鴳說我在草蓬裡飛來飛去，不過幾尺高，卻也已經夠了，你這大鵬鳥一飛九萬里，又有什麼用呢？」致庸心中突有所悟。茂才拍拍他的肩膀繼續道：「致庸兄，斥鴳這種小鳥不懂得大鵬鳥為何要一飛九萬里，因為它看不到九萬里的天地。人生有大格局，也有小格局，你這些日子，是不是太把自個兒限在小格局裡，走不出來了？」致庸猛醒，變色道：「茂才兄，快說，什麼是大格局，什麼是小格局？」茂才起身站直，昂頭慨然道：「大小之別，在於人的內心，在於你自己的眼光。人如果身在泥潭，心也在泥潭，這個人就只能看到泥潭；但若是他身在泥潭，心卻如鯤如鵬，他看到的就不只是泥潭，而是雙翼下九萬里的天地。」

致庸呆呆地站著，茂才的話如醍醐灌頂，他一時激動無比，一揖到地道：「茂才兄，我懂了！這些日子，是自己把自己陷在泥潭裡了，我把人做小了！茂才兄，你放心，就衝你這幾句話，到了年底，我也要給你三千兩銀子！」茂才重新將棋子擺好，含笑道：「來來來，接著下棋！」

4

吃過晚飯，致庸對集合在喬家大院的眾家人大聲道：「今天是我向劉黑七下戰書的第三天，夜裡都不要睡！就是打瞌睡，也要睜一隻眼！」眾男丁「轟」地一聲齊道：「知道了！」茂才站在致庸身後，看了一陣，轉身離去。

茂才回到自己的屋中，脫衣鋪床，準備睡覺。致庸走進來道：「茂才兄，給你準備的這個住處，你看還可以嗎？」茂才笑笑：「我一介村儒，有這麼好的地方住，已經很不錯了！」致庸道：「今夜是我和劉黑七約定的相會之日，茂才兄就別睡了，跟我再下下棋，

一起等候劉黑七如何？」不料茂才搖頭拒絕道：「不，我累了，只想睡覺。」「茂才兄真的能睡著？」茂才道：「今夜又沒我什麼事，我幹嘛不睡？」致庸洩氣道：「好吧，夜裡確也沒茂才兄什麼事，你就睡吧！」茂才打個哈欠躺下，翻身背對著他，拉上了被子。致庸默默看他，轉身走出。跟在致庸身後的長栓見狀，忍不住「哼」了一聲。

深夜書房內，致庸正在假寐，突聞屋頂瓦響，他一驚醒來，一躍而起，出門照房頂聲響處就是一鏢。只聽屋頂上有人「哎喲」一聲，幾片瓦被踏落下來。「有賊！」致庸大喊，長栓帶著一幫人迅速衝過來，剛要上房頂追趕，致庸攔住他們，衝房頂上喊道：「兄弟，我知道你不是劉黑七。今天我不追你，你回去請劉黑七自個兒來！他不是要銀子嗎？喬家有的是銀子，可他得有膽量自個兒來拿！」屋頂上再沒有任何聲響。這時茂才從房中走出，望望房頂，轉身又走回去。致庸看見他，連聲道：「茂才兄別走。」茂才譏諷道：「我幹嘛不走？賊讓你給打退了，就更沒我什麼事兒了！」致庸不理會，笑著把他拉進了書房。

進了書房，致庸按茂才坐下，回頭道：「來人，給孫先生泡好茶，也給我來一杯，我也好精神精神！」長栓很快端過茶來，轉身退出。茂才嘗了一口，道：「這茶不好。水也不熱。」致庸回頭對著門外道：「長栓，快給孫先生換好茶，滾燙的茶！」長栓氣呼呼地走進來，瞪茂才一眼，將茂才的茶碗端走。茂才閉目端坐，一動不動，裝作不見。

不一會兒，長栓將新茶端上來，放到茂才面前，一邊吸溜著手指，一邊譏諷道：「滾燙的茶來了！喝吧，人不怎麼樣，可還挺難侍候！」茂才睜開眼看看他，仍舊微笑不理，端起茶呷了一口。長栓退下。致庸瞧著茂才的神色，笑著問：「茂才兄白天的一席話，已讓致庸頓開茅塞；對今晚的事有何見教，可以開尊口了吧？」茂才兩眼望上看，拉長聲調道：「東家，你這樣衣不解帶地守著喬宅，打算守多久？」致庸勃然變色。茂才不理他，繼續道：「是打算守一年呢，還是守五年？」致庸明白了他的意思，面色沉重起來。茂才收回目光，直視致庸，正色道：「古人有言，『聖人非有力也，善假於物也。』就是說，天下做成大事的人，不是自己比別人多生了幾隻臂膀，而是善於借用他人的力量。」

致庸站起深施一禮，「茂才兄，講下去！」茂才道：「今夜之事有三解，一、劉黑七接到了你的戰書，並且決心迎戰；二、今夜來的只是他的一個探子，也就是說，你想和他三天內決一死戰，一戰而勝，了結這段公案，再回頭料理大事，可劉黑七是個強盜，他只願照自己的路數出招，如此一來，你就和他糾纏起來；你沒時間和他糾纏，他卻有；三、一旦你和他結了仇，你就是能保住這座宅院，也保不住喬家在各處的生意、上路的貨物和銀車，劉黑七就是為了面子，也要和喬家為難下去！」「茂才兄，你講得句句都對。那我該怎麼辦，快教我！」致庸連連點頭，叫道。茂才道：「要解的燃眉之急，是如何保住喬家這座宅院。這個容易，請鏢局就行！」致庸為難道：「此事我也想過，可是第一請鏢局要花一大筆銀子，說實話眼下我沒有；第二我怕就是上門去請，一聽說我和劉黑七結下了仇，也沒人敢來接鏢！」茂才拿出旱煙，「托托」敲了兩下，點燃深吸一口道：「第二件事以後再說。先說這第一件事，我給你出個主意，你就能借到銀子！」「不瞞茂才兄，我眼下要是能在祁縣、太谷、平遙三縣借到銀子，喬家哪會有今天？」茂才「哼」了一聲道：「白日你不是說已經有人看上了喬家的老宅，為什麼你不拿它抵押回來一筆銀子？」致庸聞言沉吟道：「這事我也想過，今天祁縣境內，能借出銀子的只有三家，水家、元

家、達盛昌邱家。水家、元家正在向喬家逼債，達盛昌與我家不共戴天，誰會借給我銀子？」「誰想要你的老宅，誰就可能借給你銀子！」致庸一驚，猛醒道：「茂才兄，你是說……達盛昌？」

茂才點頭道：「眼下正是這個達盛昌，不但要吞掉喬家包頭復字號大小的十一處買賣，還想把喬家的老宅一口吞掉，讓喬家人自此無立足之地。作為商家，他們竟然這麼貪心，已經犯下了大忌。東家為何就不利用他的這個『貪』字？」致庸深思半晌，擊掌大笑道：「妙！來人！」長栓應聲跑進，致庸吩咐道：「天明，替我請四爺，我有要緊的事和他商量！」長栓一愣，這邊茂才已經站起，打著哈欠道：「滾燙的茶也涼了，我要睡覺去了！」「茂才兄慢走！」致庸親自送他到門外，一直望著他走回房間，猶自久久激動不已。

5

第二日一大早，致庸和茂才在書房內一邊下棋一邊等候達慶。這達慶還沒進門，老遠就扯著嗓子喊道：「老二，這麼一大早的就叫我，有啥急事兒？」致庸站起，笑著將他迎了進來，同時把茂才作為新請的先生介紹給了他。茂才端坐不動，拱手打了個招呼。達慶打量了兩眼，有點看不上茂才，隨便衝他點了一個頭，回頭對致庸道：「哎對了，我兩日沒來，怎麼又聽說你惹上了劉黑七？」致庸微微一笑，點了點頭道：「不錯。」達慶見狀更急：「哎呀，我說老二，那你可得趕快去請鏢局的人。萬一到了日子頭上，你不能從東口拉回銀子，就只能指望拿這座老宅頂銀子還債了，你可不能讓劉黑七一把火把它燒了！」

一聽他主動扯到老宅，致庸趕緊作焦急狀：「四哥，你上次告訴我，有人想出銀子頂這座宅子是嗎？」達慶面露喜色道：「是呀。怎麼，你想通了？」致庸點頭道：「你今天就去見你的朋友，說我眼下急需一筆銀子用，請他借給我，利息照算，以這座老宅作抵押。一個月後，我要是能還清他的本息，一切作罷；要是不能，我就把這座宅子頂給他！」達慶高興起來：「那你打算借多少銀子？」致庸故作沉吟道：「反正是借一回，乾脆借它三萬兩！」「三萬兩？哎致庸，你幹嘛借這麼少？要不你乾脆多借點，我朋友答應出八萬兩銀子頂這座老宅呢。」致庸聞言冷笑道：「不，八萬兩我暫時用不著，三萬兩就夠了。」達慶想了想：「你這是借銀子，不是頂宅子，我得去跟人家商量。哎，咱可是一言為定，我幫你說好了，回頭你可不能反悔！」致庸一笑道：「四哥，你看我是個會反悔的人嗎？」達慶撓頭想了一會道：「那好，我馬上去。你今天別出門，就在家等著我的信！」說完他急急離去。望著達慶遠去，茂才和致庸相視一笑。

再說達盛昌的崔鳴九，在大掌櫃室聽了達慶的來意，心中不覺一驚，撇下達慶獨坐，退回內室和二掌櫃、三掌櫃密議起來。三掌櫃略想了想便連連擺手：「大掌櫃，這銀子不能借。萬一借給了銀子，讓他過了這一關，東家和你不就白忙活這一場了嗎？」崔鳴九不語。二掌櫃則對三掌櫃道：「區區三萬兩銀子，就是借給喬致庸，喬家也休想翻過身來，大掌櫃不放心的肯定不是這個。」崔鳴九點頭皺眉道：「哎你們說，喬致庸要是真心把老宅頂給我們，幹嘛只借三萬兩銀子？他那座老宅至少值十萬兩。」兩個掌櫃看看他。崔鳴九接著道：「借三萬兩銀子給喬致庸，等於提前押下了他的宅子，以後他再想頂給別人，

也不能了，這麼想，這筆銀子倒也可以借。」「那就借！」二掌櫃趕緊一點頭道。他話音未落，卻見崔鳴九又搖起頭來：「萬一我們小瞧了喬致庸，他用這筆銀子讓喬家死定了的棋又活了，我們不是被這個毛孩子大大地耍了一把？」三掌櫃點頭：「對，我們不能貪小利鑄大錯！」「那咱就不借！」二掌櫃聞言趕緊風向一轉道。

三掌櫃捋著山羊鬍子沉吟道：「大掌櫃，喬致庸在咱們這兒借不到銀子，會不會到水家、元家去借？」崔鳴九一笑：「不會！他要是能在水家、元家借到銀子，就不會來找我們。誰都知道我們是喬家的死敵。」二掌櫃察言觀色道：「大掌櫃，你是不是說，只要我們不借，喬致庸就哪兒也借不到這筆銀子，更別提他想用這筆銀子做什麼了？」

崔鳴九點點頭，打定不借的主意，和兩個掌櫃走進大掌櫃室，正見達慶坐下又站起，站起又坐下，心情惡劣地自語：「這是怎麼了，行不行的，也該給個痛快話呀！」他喝一口茶，大概茶也涼了，呸一口吐出來。崔鳴九趕緊笑著對達慶拱手道：「對不住對不住，讓四爺久等。不過這麼大的事，我們也得商量商量，你說是嗎？」達慶站起來，掩飾著不高興道：「好說好說。崔大掌櫃，你們怎麼商量的？」二掌櫃快嘴道：「我們……」崔鳴九伸手阻止二掌櫃，彷彿突如其來想到似地問：「哎四爺，有件事我想打聽打聽，喬東家托你借這三萬兩銀子，想做什麼生意？」達慶道：「他還能做什麼生意？俗話怎麼說的，福無雙至，禍不單行。眼下他不知怎的又惹上了劉黑七，人家揚言要一把火燒了喬家。現在喬家算起來只剩下一座老宅，他得保住它，這回讓我借銀子，是去請鏢局來看家護院！」崔鳴九心中釋然，朝兩位掌櫃一笑，回頭對達慶道：「哎對了，我最近怎麼聽說，喬東家要結親了，和誰家？」達慶道：「啊，這事兒我也聽說了，你說老崔，事情還真蹊蹺，我們家都到了這步田地，太谷的陸家居然還找上門來，要和致庸結親。」崔鳴九心中一驚，掩飾著用開玩笑的語氣道：「什麼？陸家自己找上門來？不會吧？」達慶有點不樂意了：「怎麼不會？陸大可自己來的，一點也不假！那天他和大德興的曹大掌櫃一談就是半天！」崔鳴九勃然變色，想了想，當機立斷道：「四爺，這筆銀子我們借，月息一分二，一月為期，到時候沒有銀子，喬東家就把老宅頂給我們，如何？」二掌櫃、三掌櫃看看他，都大吃一驚。達慶面現喜色道：「那好，咱們一言為定！我馬上就去回話！」他急急告辭，走了兩步又回頭道：「哎對了，萬一一個月後，致庸不能還你銀子，咱們原先說好的事，你可不能變卦啊！」崔鳴九點頭道：「當然。一個月後只要喬東家把老宅頂給達盛昌，我承諾給四爺的好處，包括讓你入股達盛昌，一併兌現！」達慶聞言大喜，離去。

崔鳴九走回來站著，臉色陰沉。二掌櫃不解道：「大掌櫃，怎麼又答應了他？」崔鳴九不滿地看了他們一眼道：「看來咱們的消息是不靈，陸大可來到祁縣這麼大的事，竟沒有探聽到！」三掌櫃試探道：「大掌櫃，你的意思……」崔鳴九突然發怒：「你笨！陸大可什麼樣一個人，竟會主動找上喬家，他是發愁閨女嫁不出去的人嗎？」二掌櫃大驚：「你是說，他也想打喬家的主意？」崔鳴九「哼」了一聲，沉思道：「這個也得走著瞧！不過，只要今天我借出了三萬兩銀子，就在陸大可和喬致庸中間打下了一個楔子。喬家這座老宅，就不那麼容易變成陸家的了！若陸家想再插一腿，他就得拿出翻倍的銀子還我！我借給喬致庸銀子，是讓他請鏢局替我看守他的老宅，我幹嘛不借？」「還是大掌櫃英明！」兩位掌櫃連連點頭，崔鳴九道：「告訴他們，下一步一定要盯緊陸家，不要只盯住水家和元家！」兩位掌櫃互看一眼，答應：「知道了！」

第八章

1

兩日後，曹掌櫃走進書房，稟道：「東家，孫先生，達盛昌的銀子已經入了庫。」

致庸躍起，關上門，一時喜形於色，摩拳擦掌道：「銀子有了，下一步就是去請鏢局了！」茂才點頭道：「偌大一個地塊，幾十家鏢局，數來數去，真正跟劉黑七有一拚的只有……」「可是當今山西形意拳的頭一把交椅——戴二閭戴老先生，和他的三星鏢局？」致庸不待他說完便接口道。茂才點頭，卻微微歎氣道：「可我擔心東家請不出此人。」致庸一驚：「此話怎講？」茂才道：「這兩天我已經打聽了，戴老先生是個大孝子，自從三年前死了母親，就將三星鏢局交給徒弟閻鎮山打理，自己在母親墓前結一草廬，席草枕塊，為母親守墓。眼下雖過了三年之期，他仍夜夜回到母親墳前草廬裡去睡。他現在基本算是退出江湖，你去求他，只怕他未必會重新出山。」這次致庸沒有接口，但把拳頭緊握起來，暗暗下決心：一定請到戴二閭！

果然不出所料，次日清早致庸帶著茂才和長栓去戴二閭家求見，在門前就碰了個大釘子，戴家接待他們的小徒弟，把昨日茂才說的話基本重複一遍，就把大門關上。

致庸哈哈一笑，對兩人道：「古有劉備三請諸葛，今天喬致庸也要三請戴老先生，今天是頭一天，明日咱們再來！」長栓撇撇嘴，嘀咕起來：「不就一個鏢師嗎？費那麼大勁。」

回去的路上，致庸在車中沉思，長栓一路悶頭趕車。行至半路，忽聽致庸叫了一聲：「長栓，調頭回去！」長栓一時沒反應過來，茂才也睜開眼看著致庸。致庸急道：「我現在就想再去戴老先生家！」茂才不語。長栓甩了個響鞭，接著吹了聲口哨道：「這樣好嗎？剛剛才吃了一回閉門羹！」致庸瞪他一眼：「叫你調頭你就調頭！」長栓只得調轉車頭。致庸向茂才解釋道：「戴老先生是個高人，一定會想到我明天還會登門相求。今天若不去見他，明天我就見不到他了！」茂才看看他，仍舊不說話，重新閉上眼睛。

沒過一盅茶的工夫，致庸又叫起來：「停車停車！」長栓長吁一口氣停車道：「二爺，又怎麼了？」「茂才兄，戴老先生知不知道我今天還會去求他？」茂才打了個哈欠道：「戴老先生是武林中的高人，一定會想到。」長栓在外邊接口道：「所以他還會讓咱們吃閉門羹。」茂才點點頭，又閉上眼睛。致庸想了一會道：「長栓，調頭，咱們回家！」長栓依言調轉馬車，道：「二爺，您又不想三顧茅廬了？」致庸不理他，又轉向茂才道：「茂才兄，要想見到戴老先生，只有一個地方——他母親的墓前！」茂才一激靈，瞌睡跑了不少，立馬激動道：「東家是要回去準備香燭紙馬，還要穿上孝服，去戴老先生母親墳前守墓？」致庸點頭笑看著他道：「一則造物所忌者巧，萬類相感以誠。二則哀兵必勝。」「對，這裡頭最要緊的是一個『誠』字與一個『哀』字！」致庸大笑著與茂才擊了一掌道：「茂才兄，我得了你，真是得了諸葛孔明，還有什麼大事做不成！」長栓正伸

著耳朵聽，致庸一回頭喝道：「好小子，走呀！」長栓簡直難以置信：「二爺，您真要去別人家墳上守墓？」致庸笑道：「對！笨小子，快走吧！」長栓一邊將車調頭，一邊道：「難不成這兩人都瘋了？」

致庸此舉動，果然驚動了歸隱山林的老鏢師戴二閭，他很快便帶著小徒弟匆匆趕來。只見致庸身穿重孝，跪在戴母墳前，面對一爐清香和供品，閉目默誦經文。墳旁的草棚子裡，原先戴二閭的一領席、一塊土坯之外，又多了一領席、一塊土坯。

戴二閭上前，沉聲道：「喬東家，我們一不是遠親，二不是舊友，你為何如此？」致庸恭敬道：「戴老先生，致庸這樣做，一是聞聽老先生事母至孝，內心感動。致庸一歲喪父，三歲喪母，為哥嫂所養，待我長大，知道兒子應在父母墳前行孝三年的道理，已經沒機會這麼做了。正因為如此，致庸平生不能聽孝子之事，見孝子之行，今天所以來為老夫人守墓，不單單是出於敬慕老先生，也是為了致庸自己。」戴二閭朗聲問道：「難道喬東家就不為別的事嗎？」致庸重重磕下頭去道：「喬家近日連遭禍殃，長兄亡故，家業凋零，致庸為哥嫂養大，哥嫂之恩，天高地厚，如同父母。今日受嫂子之命，接承家事，不能力挽狂瀾，實是天下第一大不孝之人。近來又遭劉黑七騷擾，眼看著祖宗家業毀於一旦，致庸無計可施，聞知戴老先生行俠仗義，是天下第一大孝子，盼您能推己及人，出山援手幫喬家解了劉黑七之圍，成全致庸的些微孝道！」「可我是不會去做這件事的！請喬東家自便！」戴二閭道。致庸早有準備，並不起身道：「老先生不願出手相幫也在情理之中。不過即使老先生不出山，致庸也要守在這裡。致庸不是非逼老先生出山不可，致庸守在這裡，一來是無顏再見喬家死去和活著的人；二來致庸要用自己的誠心證明，天下孝道相通，必有互濟之理。老先生若肯成全致庸的孝道，也必能為老先生的孝道增美！」戴二閭聞言，眼中不覺浸出淚花，當下上前將致庸攙起道：「喬東家起來吧，戴二閭答應你了！」致庸大喜過望，又行了一禮才恭敬站起，接著便欲奉上鏢銀。戴二閭見狀連忙推辭：「喬東家，這鏢銀我現在不能收，你先帶回去，等我幫你出了這趟鏢，保住了喬家，再受領不遲！你回府安排一下，我很快就到。」致庸點點頭，拱手喜極而去。

2

當日下午戴二閭的大徒弟閻鎮山便領著幾個鏢局的徒弟，將喬家大院從大門沿著院牆，用三星鏢局的鏢旗插了個遍。一番忙碌後，致庸要設宴為閻鎮山等鏢師洗塵接風，閻鎮山豪爽地擺手道：「不，喬東家，劉黑七既然接了下的戰書，自然會來，照我三星鏢局的規矩，這幾天我們一滴酒也不能沾！」致庸點頭笑道：「那好，我就恭敬不如從命。喬家還有幾十個人，要用的時候隨時聽你招呼！」茂才在一旁問道：「閻師傅，據你看來，劉黑七何日會來？」閻鎮山沉吟道：「喬東家約他三日內決一死戰，劉黑七沒到；可他也決不會拖得太久，我想十日之內，他一定會來，不然他就在江湖上失了面子，就不是劉黑七了！」

正好路過的杏兒聞言頗為害怕，也上前問道：「既是這樣，我們該怎麼辦？」閻鎮山笑道：「內宅會另外派幾名女弟子守護。從今晚上起，我和喬東家在一起，其餘弟子和府上的爺們輪流守夜，你們放心，師傅都安排好了！」致庸興奮地問道：「戴老先生呢，他

何時過來？」閻鎮山露出點神祕的表情笑道：「師傅說了，該來的時候，他會來的！」此話一出，喬家人都忍不住互相看了一眼，明白戴二閻會暗中保護，當下心裡又篤定了一點。

當天晚上無事，第二日晚上還是無事，眾人不禁有點鬆懈。反而是閻鎮山越來越緊張，第三日晚上他拉上致庸一起閉目靜坐。

果然不出他所料，夜半，一個極輕微的聲音從屋上響起。閻鎮山一躍而起，吹滅燭火，同時推了一下致庸。致庸一驚，只聽閻鎮山悄聲道：「喬東家，劉黑七來了！」致庸啞聲道：「你能斷定是他本人？」閻鎮山低低應了一聲，領他悄無聲息地躍到院中。

致庸還沒反應過來，卻見閻鎮山四下一看，一躍上了屋頂，大叫：「來人通名！」一蒙面黑衣人笑道：「你爺爺劉黑七是也，看刀！」閻鎮山當下接招，兩人乒乒乓乓地打起來。致庸在院中大喊：「劉黑七來了，抄傢伙！」不多會兒，牆內牆外，一時火把齊明，喬家的男丁和諸鏢師都擁了出來。與此同時，大門外一幫黑衣匪徒也高舉火把，大喊道：「喬致庸拿銀子來！不然把喬家給你點了！」說著他們攀梯子，爬圍牆，與牆內三星鏢局的人短兵相接在一起。

曹氏聞聲大為擔憂，內院鏢局的幾個女弟子沒攔住，只得由她出了房門。門外長順領著一幫家人跑過來喊：「太太快進屋，那劉黑七真的打來了……」曹氏更是慌張：「二爺呢，在哪裡？」長順一邊把她往裡屋推，一邊道：「二爺也在前頭和劉黑七對打！」曹氏猛一抬頭道：「什麼？二爺也在和劉黑七對打？你們怎麼還待在這兒，還不快去保護二爺！」長順正急著掩門：「太太，二爺說了，要我們保護內宅！」曹氏跺腳道：「糊塗！

二爺要是有個三長兩短，我們這些人活著又有什麼用，再說不是還有鏢局的女師傅嗎？快去保護二爺！」長順一愣神，轉身吆喝起來，帶著守護內宅的男丁跑向前院。

屋頂上，閻鎮山越戰越勇，一刀挑落黑衣人臉上的黑紗，定睛一看卻驚叫起來，這時暗處一個黑衣人現身，揚手一鏢，哈哈笑道：「你劉爺爺在此！」閻鎮山躲閃不及，眼看就要中鏢。說時遲那時快，只聽「鐺」一聲響，這鏢卻被另一個方向的鏢擊落在地。劉黑七大驚：「何方高人，還不現身？」暗藏於瓦縫中的戴二閭閃身而出喝道：「劉黑七，還認得戴二閭嗎？」

劉黑七怪笑道：「原來是戴老先生，久違了！劉某早聽說戴老先生退出江湖，沒想到又在這裡見到了你老人家。戴老先生，在下和你三星鏢局素無仇怨，今日為何要來破我的財路？」戴二閭一拱手道：「劉寨主，我還要問你呢，既然看到我三星鏢局已在喬家院牆四周遍插鏢旗，你為何還要做這不義之事？」劉黑七「嘿嘿」兩聲，陰陽怪氣道：「戴老先生，咱們道不同不相為謀，識趣的就快閃開，讓劉黑七帶小的們殺進喬家，得些銀兩，然後一把火把這座宅子燒了，咱們兩家也不會傷和氣。哼哼，你若牙蹦半個不字，只怕我認得戴老先生，我的鏢卻不認你老啊！」「既然如此，戴二閭就要請教了！」戴二閭說著便一揚手，這邊劉黑七早有準備，也同時發鏢。不料，戴二閭動作更快，說話間連發兩鏢，一鏢將劉黑七的鏢擊落，一鏢打向劉黑七，後者躲閃不及，帽纓被擊落在地。原先在屋頂上冒充劉黑七的劉小寶不禁驚叫一聲。戴二閭道：「劉寨主，念你我遠日無冤近日無仇，今日老朽不想傷你性命。以後只要有我三星鏢旗在，就請給我留點體面，不要再來！快走吧你！」

劉黑七哈哈大笑，笑聲一畢，便惡狠狠道：「戴二閭，喬致庸，朝後面看！你們中了劉黑七聲東擊西之計了！」眾人朝後回頭，只見內宅幾縷火光躥起，接著一片大呼小叫。劉黑七打了一聲呼哨，帶人趕將過去。長順衝過來大喊：「東家，戴老先生，不好了，劉黑七的人從後門摸進來，抓走了太太和景泰少爺！」喬家人和鏢師們大驚，急急奔向內院。

內院裡，劉黑七帶人拿刀逼著曹氏和景泰的脖子，但被鏢局的人團團圍住；致庸、戴二閭趕過去投鼠忌器，一時也不敢動手。當下火把齊明，雙方怒目對峙。曹氏拚命掙扎了幾下，眼見就要暈過去，景泰哇哇大哭。致庸怒聲道：「劉黑七，快把我大嫂和侄子放了！有話好說！」劉黑七笑道：「喬致庸，這下你知道我劉黑七是誰了吧？我不過是想找你要區區三千兩銀子，你竟然不知天高地厚，反過來給我下戰書！你以為請來了三星鏢局，我就不敢來了？你錯了！我要是連你這號人也制服不了，還能在這晉中一帶揚名立萬嗎？你也太小瞧我了！」

戴二閭道：「劉黑七，喬家這趟鏢戴二閭既然接了，就要保住喬家人的性命，你拿喬家的太太和少爺說話，算什麼英雄，你放開他們，有話跟我說！」劉黑七斜睨了他一眼，拉長聲調道：「戴老先生，你也給我聽著，你剛才說什麼我不該抓喬家的女人、孩子，這你就不明白了，我是強盜，是響馬呀，我開的不是鏢局，幹的就是打家劫舍、殺富濟貧的勾當。我不抓他們家的女人、孩子，喬致庸能乖乖地拿三千兩銀子出來嗎？還有你，聽說喬致庸拿五千兩銀子給你，你才出這趟鏢，你和我有什麼不同，你也不是為了銀子嗎？」景泰突然停住哭，大聲叫：「二叔，叫他們殺了我，也甭給他們銀子，咱們家本來就沒銀子！」劉小寶一聽奇道：「嘿，你這個小兔崽子，你敢說你們家沒有銀子？快說，銀庫在哪裡，否則我先把你的舌頭割掉。」戴二閭撥一支鏢在手，沉聲道：「劉黑七，你聽著，你我現在相距不過五丈，你瞅見我手中的這支鏢了嗎？你覺得現在喬家的太太和少爺在你手裡你就能拿到銀子？錯了，他們眼下在你手裡，是你的人質，可你自個兒現在也在我手裡，你也是我的人質呢。這樣吧，我若一鏢擊中你頭頂屋簷上那朵白色臘梅花，你就把他們放了，銀子的事情好說！」

沒等眾人反應過來，只聽「啪」的一聲，他已經揚手一鏢擊中了屋簷上不過拇指大小的那朵雕花。這一招果然有威力，劉黑七一下變了臉色。戴二閭接著回頭平靜道：「鎮山，把喬東家給我們的鏢銀提來！」閻鎮山一愣神，回身示意徒弟提來一個大銀包。戴二閭接過銀包，放在面前道：「劉寨主，這就是喬東家給我的五千兩鏢銀，既然你想要銀子，就把它拿走，把喬家太太和少爺放了，從此我們三星鏢局和你們老鴉山，大道朝天，各走一邊，如何？」劉黑七眼珠一轉，趁坡下驢，打著哈哈道：「江湖上傳說戴老先生仗義疏財，有長者之風，哈哈，今日相遇，果然名不虛傳。戴老先生既然這麼說了，劉黑七是晚輩，自然從命。」說著朝劉小寶一努嘴。劉小寶會意，將手中的景泰放給身邊的小匪，就要走過來搶銀子。

閻鎮山急忙攔阻：「且慢，把喬家太太和少爺放了，才能拿銀子！」戴二閭道：「劉寨主是江湖豪傑，怎麼會出爾反爾，言而無信，讓他過來取銀子！」劉小寶四下看看，「哼」了一聲，大咧咧地走過來將銀子提走，略略一驗，喜道：「爹，真是銀子！」劉黑七一拱手，笑道：「戴老先生，謝了，不過我這會兒還是不能把喬家的太太和少爺放了，

你的鏢著實厲害，再說這會兒喬家後門一定被你的人堵上了，你得讓你的人給我開條道，容我離開這座宅院，我再將他們放了，如何？」致庸不顧戴二閭阻攔，往前衝了兩步，道：「我嫂嫂體弱，你們放我嫂子和侄兒過來，我做你們的人質。」劉黑七朝戴二閭看去。戴二閭雖與致庸相交不多，但已知他的性情，略一沉吟，便衝劉黑七點了點頭。劉黑七衝致庸上下打量，讚道：「不錯，有膽氣。」當下將曹氏和景泰與致庸換過來。

戴二閭也不慌，衝兩手已被反綁的致庸點一點頭，接著向劉黑七一拱手，氣定神閒，朗聲道：「劉寨主，咱們君子一言，駟馬難追，請吧！」於是後門「匡」地打開，劉黑七哈哈一笑，朝戴二閭拱手道：「謝戴老先生，後會有期！」一揮手，眾匪帶著致庸向後門退去。這劉黑七果然也是信人，只一盅茶的工夫，眾人就見致庸安全返回，院內立刻爆發出一陣歡呼聲。

次日中午，致庸在喬家大院親自為戴二閭和閻鎮山設宴。門外鼓樂齊鳴，人們進進出出，一片歡聲。致庸站起敬酒道：「戴老先生，閻師傅，這次若不是兩位出手相救，劉黑七絕不會如此輕易罷手。致庸奉大嫂之命，替她和侄子景泰敬戴老先生一杯，感激救命之恩！」戴二閭也不客氣，舉杯道：「喬東家，同飲此杯！」眾人互相敬酒，氣氛很是熱鬧。三巡過後，戴二閭停杯道：「喬東家，老朽有一句話要說。」致庸道：「老先生有話請講。」戴二閭道：「喬家有過這一場劫難，日後劉黑七只要看見府上還插著我三星的鏢旗，定然不會再來騷擾。老朽為喬東家擔心的是另外一件事。劉黑七是個記仇的人，他既然和喬東家結了梁子，日後定然不會罷手，有可能在別處對喬家的生意，尤其是對路上的銀車貨物下手。那時老朽和三星鏢局就鞭長莫及了！」致庸心中一沉，面上不動聲色道：

「謝老先生提醒，致庸明白！」話雖這麼說，但眾人都停下杯來。茂才看場面略冷，趕緊舉杯道：「戴老先生，孫茂才一介村儒，久仰先生大名，我也敬老先生一杯，不，三杯！來來來，我先乾為敬，戴爺隨意！」一聽他要連飲三杯，眾人「轟」地一聲，場面很快又熱鬧起來了。

致庸等人在外面歡騰熱鬧，曹氏在內宅裡卻另有心事。她一個人想了一會兒，吩咐杏兒：「這會兒不要驚動任何人，晚上請曹掌櫃和那位新來的先生，孫先生，來內堂一見。不要讓二爺知道。」杏兒答：「知道了。」

第二天一大早，致庸和茂才剛剛在書房裡坐下，就見曹掌櫃急急奔進來，抹著淚道：「東家，元家、水家又來人催銀子了，還有各位債主，天天到我們大德興絲茶莊去鬧，那裡的生意，是一天也做不下去了！」致庸默然，背過身去向著窗外。曹掌櫃忍不住跟過來：「東家，上回你讓對眾相與商家說，我們在東口有銀子，大爺三七後就能拉回來，我也老臉厚皮地跟他們這麼講，眼下可只剩下十天了。要是到時候沒銀子，事情就不好辦了！」致庸回頭要說什麼，卻又無語。曹掌櫃道：「東家，元家和水家的兩位大掌櫃都還在鋪子裡坐著，到底該怎麼辦，你得給我一個準話！」致庸突然大聲道：「回去告訴他們，到了日子，我一定給他們銀子！」曹掌櫃猶豫著了半晌，嘿了一聲，轉身走出，就見曹氏帶景泰走進來。致庸猛回頭：「嫂子，景泰，你們怎麼來了？」曹氏並不看他，厲聲對景泰道：「景泰，快給你二叔跪下，磕頭！」景泰跪下磕頭：「二叔，景泰謝二叔救了我娘和景泰的命！」致庸驚慌地將他拉起：「景泰，快起來！嫂子，你這是怎麼啦？你快坐下。」杏兒扶曹氏坐下。致庸親自端過茶來。曹氏從容道：「二弟，嫂子也要謝你請來

戴老先生和三星鏢局，幫我們喬家解了大圍。」致庸心中更慌了：「嫂子，這是致庸分內的事。嫂子要是謝我，倒是見外了。你到底有什麼見教？」曹氏回頭：「景泰，你去吧，我要跟你二叔說幾句話。」景泰答應走出。致庸擔心地望著曹氏。曹氏道：「致庸，我聽人說，你把這座老宅押了三萬兩銀子？」致庸點頭。曹氏道：「你去看過了我讓張媽在北山買的草屋？」致庸忍不住背過臉道：「是的！」「你覺得那裡怎麼樣，能住不能住？」致庸想了想，突然道：「能住！」曹氏克制著，又換了一種口氣道：「眼下這三萬兩銀子，你就沒想著拿出一些，去修修它，不讓它再露著天？」致庸覺出了她口吻中的逼迫之意，忍無可忍，回頭大聲道：「嫂子，你不要逼我……」曹氏心中劇痛，仍咬牙繼續道：「這些日子，你一邊告訴債主，說東口有銀子，你大哥三七後就能拉回來，一邊悄悄地和曹掌櫃到外縣去借銀子。到了這種時候，你還這麼天真，以為會有人伸手幫喬家一把！不，喬家完了，除了上回我給你指的那一條路，喬家只剩下一條死路！」致庸痛苦萬分，大聲道：「嫂子，我求你別說這件事了！」

曹氏突然掩面跪下泣道：「二弟，昨兒你拿命救了我和景泰，可，可還不如不救啊……」她話音未落，就見張媽突然領著一幫年老的家人，進來一起跪下。致庸看了他們一眼，又心痛又氣惱，道：「你們，你們也來逼我？」

曹氏慢慢站起，拭淚道：「你們都給我起來！我二弟寧負喬家祖宗，負喬家幾十口人，也不願負一個女子，你們都不要再勸他了！我原以為他讀了那麼多書，會是個深明大義的男人，沒想到我和他大哥這顆心白費了！」致庸如雷轟頂，慢慢低下頭去。曹掌櫃歎著氣又勸了幾句，致庸搪塞道：「嫂子，大哥剛剛過世，我怎麼能娶親？」曹氏盯住他，一字一字道：「你大哥把喬家託付給你，是要你來救它，若是你答應娶了陸家小姐，救了喬家，大爺在九泉之下，只會為你高興，他還在乎這個？」致庸啞然。眾人都眼睜睜地望著致庸。茂才突然拱手道：「東家，只怕我孫茂才沒福氣待在這裡了，告辭！」他拂袖出門，徑直去前院中牽自個兒的驢要走。

致庸大驚，追出來望著要走的茂才，痛聲道：「茂才兄，你這算是什麼！」茂才頭也不回道：「我要辭行，早辭早了，還有機會再尋明主！」致庸衝上前去抓住驢繩，大聲道：「茂才兄，自從喬家遭難，喬致庸猶如風雨中的一根蘆葦，孤獨無助，眼看就要被風颳折，可這時候你來了，幫助我，讓我重新睜開眼睛看到了天！現在你又要撇下我走，既然你來了還要走，你當初為什麼要來呢？好，人各有志，不能強勉，你一定要走，就走吧！」茂才反而一梗脖子道：「東家，這話咱們可要說清楚！是我願意走？還是你逼著我走！」致庸一驚：「此話怎講？」「太原府一見，我以為喬東家是人中的鯤鵬，一生當水擊三千里，一飛衝雲霄，沒想到你連一個女人都捨不得，還能做成什麼驚天動地的大事！喬東家，你白讀那麼多年《莊子》了！一個男人，就是不能像秦皇漢武那樣有囊括四海之志，包攬八荒之心，至少也要縱橫天下，建業立功，名垂青史，令後人景仰；像你這樣胸無大志，連這麼小一道坎都過不了的人，我孫茂才留下還有何用？行了，你放開，讓我走！我走了以後，還要看著喬家破產還債，一家人困守窮山呢！」

致庸震驚地看著他，半晌他流下淚來，痛聲道：「嫂子，你們就是一定要我辜負雪瑛的心，也得讓我再見她一面啊！」

曹氏聞言身子一晃，幾欲摔倒，當下顫聲問道：「兄弟，你的話當真？」致庸咬牙點

了點頭，接著猛一轉身道：「這下你們都滿意了，現在讓我一個人待會吧！」說著，他踉蹌地奔回書房，「砰」地關上了房門。

曹氏再也支撐不住，兩腿一軟，倒了下去。杏兒趕緊將她扶起。曹氏轉身進了祠堂，衝著祖宗牌位跪下，悲喜交加地哭道：「大爺，你聽到了嗎？致庸答應娶陸家小姐了，喬家有救了！」祠堂外，眾家人仍然臉色沉重，但眉間多了些欣悅之色。曹掌櫃也不勝感慨，茂才遠遠地望著似柔弱其實極為堅強的曹氏，不由生出幾分敬慕之心。

3

江家的翠兒驚慌地從院外跑進來，一頭撞見江父，嚇了一跳，趕緊站住。江父生氣道：「你跑什麼呢？不是讓你在樓上寸步不離地守著小姐嗎？她這幾天怎麼樣了？」翠兒到底有點害怕，囁嚅道：「小姐啊？還不是和前些天一樣！」江父跺腳道：「一樣，一樣，她還沒回心轉意？」江母走過來幫翠兒解圍道：「翠兒，還不快去看看小姐！」翠兒趕緊跑開。江父看著她，忽然起了疑心，回頭對江母道：「哎，會不會是她跑出去替雪瑛跟喬致庸通風報信了！」江母道：「她一個丫鬟，能通啥風報啥信！」江父道：「少囉嗦，叫你去你就去！說不定是喬致庸那邊又派人來跟她暗通消息了！何家的小定已經下了，過幾天就要來下大定，我不能不防！」江母哆嗦了一下，點點頭，眼見著翠兒跑上繡樓，想了想，便躲在樓梯口偷聽。

翠兒一上樓，正看見雪瑛身穿大紅的嫁衣對鏡坐著，不禁嚇了一跳：「小姐，您怎麼把它穿上了？」雪瑛到底有點不好意思：「……我就是試試嘛。翠兒，人說女孩子這一輩子，就是穿上嫁衣這一天最好看呢！」翠兒笑了起來：「小姐，不管是不是穿嫁衣，您可都是個美人！」雪瑛歡喜地看她一眼道：「翠兒，我在這個家的日子不會太長了，喬家這些天沒來提親，是致庸正忙著料理喬家的事呢，等他忙完了家裡的事，就會來了……哎，你說，到時候你跟不跟我過去？」翠兒趕緊附耳道：「小姐，剛才長栓來了！」雪瑛一驚，立時喜上眉梢道：「你說什麼？致庸到底打發長栓來了？他說了啥？」翠兒又附耳說了幾句。雪瑛又驚又喜，不覺聲音大起來：「真的？致庸今兒要和我在財神廟相見？」翠兒點頭，雪瑛喜淚交流，轉身向菩薩跪下，合掌道：「菩薩在上，是您老人家聽到了雪瑛每天的祈禱，可憐雪瑛對致庸的一片癡心，您到底讓致庸來見我一起商議終身大事了！」說著她急忙脫下嫁衣，開始梳妝打扮，翠兒也上前來幫她。雪瑛打扮完畢，一回頭又看見了那件嫁衣，想了想，匆忙將它包起來。翠兒不解地看著她。雪瑛低聲道：「翠兒，好妹妹，你也看出來了，我爹是鐵了心要把我嫁給何家了，致庸就是現在來提親，他也不會順順溜溜地答應。致庸今天見了我，要是他有膽量帶我走，我就跟他走！」翠兒看看她，害怕道：「小姐，您也太膽大了，您想和喬家二爺私奔——」雪瑛一驚，趕緊一把捂住了她的嘴。

樓梯口的江母差點驚叫出聲，急忙捂住自己的嘴，悄悄退去。樓上雪瑛和翠兒聽到腳步聲，急忙朝樓下望，看看沒有人，才鬆了口氣。

一盅茶的工夫，江母總算等到了江父從煙館趕回。江父看看她道：「怎麼的，我剛出去抽兩口煙，你就打發人去喊我，家裡又出啥事了？」江母遲疑了一下，到底還是附耳告

訴他了。江父勃然大怒，「啪」一聲拍桌子道：「還反了他們？這個喬致庸，滿祁縣都在傳說他要娶太谷陸家的小姐，還來勾引我的閨女！我去縣府大堂告他去！」江母一把拉住他，急道：「你瘋了嗎？致庸和雪瑛是表兄妹，你這麼一張揚，你閨女還嫁得出去嗎？」江父怒道：「那你說怎麼辦？反正今天雪瑛不能去，我去財神廟見喬致庸，不行就跟他拚了這條老命！」江母低聲埋怨道：「你又來蠻勁了！哎我問你，你剛才說致庸要娶太谷陸家的小姐，事情是不是真的？」「當然真的！你們，還有我，都蒙在鼓裡呢！現在滿大街都傳遍了，喬家到了這步田地，要是不想一敗塗地，只有找一個鉅賈大賈結親，靠人家幫一把。哼，就算喬致庸不願意，他家裡還有個看著嬌嬌弱弱其實很是厲害的嫂子呢。你們也不動腦子想想，現在喬家這種局面，他喬致庸怎麼還會真心娶我的閨女？」說著說著江父就氣不打一處來。江母聞言哆嗦起來：「這個致庸！他可辜負了我們雪瑛了！……她爹，那該怎麼辦？」江父瞪瞪她道：「咋辦？他娶他的陸家小姐，我們嫁我們的何家大少爺。你讓人看好雪瑛，不能讓她去見喬致庸！」江母為難道：「可是……她爹，雪瑛還什麼也不知道呢！」江父回頭對她怒目而視：「那你去告訴她呀！有些話我這當爹的怎麼能對她說呢？」

「好，我去告訴她，讓她快死了這條心……」江母慌張道，走了兩步又折回來，坐下帶著哭腔道：「老爺。你能不能聽我一句話？」江父道：「你你你又怎麼了？」「老爺，我也不想再放她去和致庸見面，可你剛才說致庸就要娶太谷陸家的小姐了……真要是這樣，我就求你發發慈悲，讓雪瑛再去和致庸見上最後一面！」江父怒道：「胡說什麼！你昏頭了啊？」江母急急分辯道：「你能不能聽我講完？自打上次雪瑛見了致庸，致庸給了她那只鴛鴦玉環，雪瑛就鐵了心守在樓上，等著喬家上門提親，她連自己的嫁衣都縫好了！要是我沒有猜錯，致庸這些天都沒托人給雪瑛捎過話，今天突然捎信來要見她，一定是他拿定主意要娶陸家大小姐了，我猜他是想親口把這話告訴雪瑛。」江父壓著怒氣不解地看著她。江母繼續道：「事到如今，雪瑛是誰的話也聽不進去了，除非致庸親口告訴她，才能絕了她的癡心，使她回心轉意答應嫁到何家。」江父怒道：「你這算什麼道理，我要是不讓她見喬致庸，她又能怎麼著？」江母怒道：「雪瑛可是打算好了，除了致庸誰也不嫁。她說過的，你要是不答應她，她就死給你看！」江父跳著腳罵道：「這個有人生沒人養的死丫頭，她還真做得出來？我就不信……」江母哭道：「老爺，雪瑛是我的閨女，我看她這回是鐵了心，要是因為今天你不讓她去見致庸，讓她絕了望，她真的尋了死路，你就是再想把她嫁到何家去，也不能了！你還開什麼大煙館！你好好想一想，我的話對不對？」一聽這話，江父軟下來了：「你說得也對……可萬一兩人見面後私奔跑掉了，那何家怎麼辦？我怎麼辦？」江母也擔著這個心，但想了想拭淚道：「真要是那樣，就是她的命，就是兩個孩子的命！到了這會兒，我也顧不得了——不管他們是私奔，還是嫁到喬家跟著致庸受苦，也總比我眼睜睜看著一個如花似玉的閨女，被她自個兒的爹娘逼著吊死在繡樓上好吧！」一席話下來，江父服了軟：「好好好，那就讓她去見致庸！讓李媽、翠兒跟她一起去，而且不能讓外人知道，這事情要是傳了出去，別說何家，誰家也不會要她了！」

4

那日下午，致庸在廟內久久守候著。秋風微微吹拂，野花似乎也開得更為絢麗，廟中情形如昔。致庸扶住神臺，有那麼一陣簡直恍若隔世。不過短短時日，他的人生卻已經發生了天翻地覆的變化。致庸忍不住含淚自語道：「造化弄人啊，現如今我真不知道自己究竟是致庸還是蝴蝶……」他忍不住閉上眼睛，有那麼一會兒，他的眼前似乎滿是金蝶飛舞……在一旁的長栓到底有點擔心，忍不住叫了他一聲。致庸猛一定神，不知不覺中便淚流滿面。長栓在一旁瞧著，心中難受得無以復加。

雪瑛來了。長栓趕緊退下去。致庸也自以為已經恢復了平靜，默默地看著雪瑛。「致庸……」雪瑛一眼瞧見致庸，立時丟下包袱，悲喜交加地撲過去。致庸的平靜在那一瞬間被擊破了，他僵直地站著，不讓自己流淚。雪瑛撲到他胸前，緊緊抱住他，心花怒放，含淚道：「致庸，致庸，你一定是想我了，自從上次書房匆匆一見，我覺得我們彷彿有好多年沒有見面……」致庸本欲實言相告，但現在看到她，卻似乎什麼都說不出來，只是感傷地用力抱緊她。雪瑛抬頭看他，癡情道：「致庸，你終於來見我了，有件事今天我一定要告訴你……」致庸終於能說出話來了：「雪瑛，今天我也有件事要告訴你——」雪瑛點點頭，乖巧地凝視著他，靜靜地等著他開口。致庸回望著她那雙如水如夢般清媚的眸子，一時間竟一個字也說不出口。雪瑛「噗嗤」一笑，撒嬌道：「快說嘛，我都等不及了！」「雪瑛……」致庸抖著嘴唇，猶豫著，他知道，他的話會刺傷她，而現在首先刺傷的卻是他自己。雪瑛幸福地閉上眼睛：「致庸，你是不是想對我說，喬家的事你已經料理完了，你準備哪天請人去我們家提親？」致庸心中大痛，再也說不出話來，只是更緊地抱住懷裡的姑娘。雪瑛輕笑著睜眼道：「你只許說這個，至於什麼喬家要敗了，你現在一無所有之類的話，我不想聽！」致庸努力忍住淚道：「可是雪瑛——」雪瑛深情地伸出一隻手，輕輕掩住他的唇，柔聲道：「我都想好了，即便喬家已經一貧如洗，即便你把我娶過去，雪瑛立馬就得過那種粗茶淡飯的日子，我也情願！致庸，人一輩子保不準要受窮，窮不可怕，怕的是咱自個兒撐不住！致庸，你不用擔心我過不慣以後的苦日子，我都受得了！只要一輩子能跟你廝守在一塊，我什麼樣的日子都能過，而且還要歡天喜地地過！」

她放開致庸，打開包袱，取出紅色的嫁衣裹在身上，甜蜜道：「致庸，只要你開口，我立馬就在這穿上嫁衣，和你在財神爺面前磕頭成親——三媒六聘都不要，天涯海角都去得……」雪瑛披著嫁衣，一邊說，一邊在致庸面前轉動。致庸心疼欲裂，說不出話來，只是上前一步緊緊地抱住了她。雪瑛回抱著他，幸福地喃喃地說道：「好了，我的話說完了，你說吧！」致庸望著她那明媚深情的眼睛，突然改了主意，道：「雪瑛，我來見你，是想告訴你，我的心是你的，它早就是你的了，而且永遠都是你的！」雪瑛感動地望著他，嬌憨地開玩笑道：「那你這個人呢，你的心是我的，你這個人難道不是我的？」致庸突然大慟，流淚顫聲道：「一個人去了心，他還是個人嗎？」雪瑛一面高興，一面卻不知怎麼也流出淚水，緊緊地摟住致庸的脖子，道：「致庸，這些日子人人都在勸我，說你為了喬家，一準會變心，可我不信！就在不久前，我倆還在財神爺面前發過誓，你非我不娶，我非你不嫁！……可雖說相信，我心裡還是有點害怕！說實話，來的時候我就怕得要死，怕你一見面就對我說你要娶別人，可你沒有，你現在是我的，將來還會是我的，對不

對？」致庸心中痛苦，但繼續使勁點頭，越來越堅定了不將來時要說的話說出來的決心。雪瑛沉浸在幸福裡，將臉深埋在致庸胸前道：「致庸，我知道你現在擔著喬家的家事，你的日子過得艱難，要是你今天說，這會兒你還不能娶我，你要我等，我一定不著急，一定聽你的話，守在家裡等著。你一年不去我家娶我，我就等你一年；你十年不來，我就等你十年……」她說著說著，不覺悲從中來，抬頭看著致庸，顫聲道：「只是你要記住，你不能負了我的心；哪一天你要是負了心，我就只有去死了！」

致庸陡然變色，失聲道：「住口，你……你別說死這種話！」雪瑛害怕地看著他，迷惑道：「致庸，你怎麼啦？」致庸一把將她推開，轉身大步向殿門外走去。雪瑛呆了呆，繼而向他伸出雙手道：「致庸，你……到底怎麼了？」致庸的心一寸寸撕裂般疼痛著，慢慢回頭，努力微笑道：「我要走了，不能久留，雪瑛，你記得我的話嗎？」雪瑛怔了怔，一時還沒反應過來。致庸哽咽了一下，但仍舊克制著柔聲道：「妹妹，你一定要記住啊，不論發生什麼事，我的心是你的，它早就是你的了，而且永遠都是你的！」雪瑛覺得有什麼不對，但又說不出來，只是機械地點了一下頭。

致庸一隻腳已經出了門，可他又猛然回轉，奔過來抱住雪瑛。那一瞬間，他彷彿用盡一生一世的力氣。不待雪瑛反應過來，他就快步地跑離了大殿，不再回頭。雪瑛站在原地，眼睜睜地望著他跑開，想著剛才彼此的誓言，禁不住悲喜交加，身上如高燒般熱一陣，冷一陣，顫抖起來。

第九章

1

陸家裡裡外外張燈結綵，一片喜慶景象，大大小小的嫁妝擺滿了院子。閨房內玉菡由明珠侍候著試穿嫁衣，又是忙著收拾嫁妝。幾個老媽子捧著一盒盒首飾進進出出，賀喜聲不絕於耳。玉菡掩不住臉上的喜色，笑著清點各色嫁妝。突然她詫異道：「哎，我娘留給我的翡翠玉白菜呢？」一老媽子回稟道：「噢，我們要拿出來裝箱時，老爺過來取走了。」玉菡咬著唇微笑，想了一會兒，突然款款走了出去。

她路過馬棚院時，正巧看見鐵信石在搗鼓馬車。鐵信石見她過來便起身恭立，玉菡含笑問道：「你在修車？」鐵信石點點頭悶聲道：「是。明天是小姐大喜之日，我想把車整麻利，好為小姐送嫁。」玉菡見他沉著臉，當下微微嗔笑道：「鐵信石，你為什麼不給我道喜？」鐵信石心裡很複雜，勉強笑了一下，仍舊悶聲道：「啊，恭喜小姐。」玉菡多少覺得有點不對勁，想了想便沒話找話道：「上次我讓明珠給你縫的夾衣合身嗎？」鐵信石眼中的溫情一閃而過，客氣地躬身稱謝：「謝小姐。衣裳我穿了，很合身。」玉菡微微歎了一口氣道：「到我家來這麼些天，也沒聽你提起過家裡的事，你家裡還有人嗎？」鐵信

石望了一眼天，躲開她的目光，嘎聲道：「沒有了！」

玉菡的心一下惻然，道：「一個人漂泊在外，有許多難處，日後要是缺啥，不好開口跟我爹說，就告訴我。」鐵信石點頭，卻不抬頭看她。玉菡看著他，心中一動，忽道：「哎對了，我聽說你除了力氣大，還有一身的武藝？」鐵信石仍舊埋頭悶聲道：「啊，沒有的事。小人幼時學過一點，好久不練，都生疏了！」玉菡又看看他，忽然做了一個決定：「鐵信石，你願意跟我一起去喬家嗎？」

鐵信石猛地看她一眼，眼中亮光一閃，隨即黯淡下去，迅速垂下眼簾道：「在下是陸家的人，自然聽從小姐安排。」玉菡不再說什麼，點點頭高興地離去了。鐵信石默默回頭修車，只是動作慢了許多。

走到內客廳外，見侯管家正親自為陸大可守著門。玉菡向廳內窺去，侯管家只好苦笑地看著她。只見陸大可正在數案上放的銀元寶，再把它們一個個小心裝進銀箱。他一個人幹，又記帳，又裝箱，樂此不疲，甚至可以說是其樂無窮。玉菡知道他的脾氣，一直不做聲，直到陸大可將最後一塊銀元寶放進銀箱，放進銀庫關好庫門後，才「噗嗤」一下笑出聲。陸大可驚覺，猛一回頭，這邊侯管家只好趕緊報門：「小姐到！」

「爹，是我！」玉菡一邊進門，一邊嬌聲道。陸大可回頭看她，故作意外：「哎，你不在東院看他們裝箱，怎麼跑這來了？那些個陪嫁首飾你瞧了嗎？」玉菡一邊隨口應道一邊滿屋尋找。陸大可知道她在找什麼，故意擋在她面前找了個話題道：「嘿，瞧我寶貝閨女，說著說著就長大了要出嫁了。」說著他假意拭淚，不料一轉眼工夫卻真個有點心酸，唏噓著繼續道：「這會兒就是爹再想留我閨女，也留不下了。」玉菡瞅著他帶笑道：

「爹，您甭這樣，您要一哭，玉兒也要哭了。哼，還不是怪您，這幾年老逼著玉兒出嫁，走州串府地幫玉兒挑女婿……」她頭一抬，終於看見了百寶閣上的翡翠玉白菜，笑著雙手一拍，淘氣道：「原來在這裡呢。好了，爹，玉兒這就請走母親留給我的嫁妝！」陸大可下意識地看了一眼翡翠玉白菜，慌道：「什麼東西？咱們家可沒什麼好東西給你了！」

玉菡走過去，將翡翠玉白菜抱下來，嬉笑道：「爹，就是這個寶貝。好了，我走了！」陸大可急忙過去要奪，又不敢下手，心疼地叫道：「你……你你給我放下，別摔了！」玉菡故作不解道：「怎麼了，爹，這棵翡翠玉白菜可是我的！我出嫁了自然要帶走！」陸大可肉疼得直跺腳：「怎麼是你的，那是咱們家的，我的！」

玉菡調皮地吐吐舌頭笑道：「爹，您是不是記錯了，這棵翡翠玉白菜，是我姥姥的姥姥送給我太姥姥的陪嫁，我太姥姥又在我姥姥出嫁時給她做了陪嫁，後來我娘嫁到咱們家，我姥姥又傳給了她。娘去世前，可是親自將它交到了玉兒手裡，說玉兒出嫁時，這就是她老人家給玉兒的陪嫁。怎麼了爹，您這會兒想賴帳了？」

陸大可急著擺手道：「這個這個……你先放下再說，別摔了！又不是啥值錢的好東西，你還真把你娘的話當真了！」說話間他終於奪過翡翠玉白菜，重新小心地放回百寶閣。玉菡看了看他，眼珠一轉，撒嬌噘嘴道：「爹，娘去世時對我說，哪天我出嫁，就讓我把它帶在身邊，就像女兒一直沒有離開娘一樣……您若明天不讓我帶走，我娘她在九泉之下也會不答應！」說完她走到母親牌位前上香，跪下默禱，同時偷眼看陸大可。陸大可沒奈何，只得說：「好了好了，閨女，你起來吧，爹知道你是個孝女，你想把這棵翡翠玉白菜帶到喬家供起來，看到它就像看到你死去的娘……」話說到一半，他腦筋一轉，又假

意抹起淚來：「可是女兒，爹跟你娘也是夫妻一場，這個東西雖說算不上個寶貝，可它畢竟是你娘留下來的東西，你真要帶走了，爹再也看不到它，每天心裡都會空落落的，像丟了魂似的，只怕爹以後的日子也不好過了，是不是？」說著說著，老頭不知是心疼寶貝還是真的傷心，眼淚掉了下來。

玉菡看他這個模樣，趕緊起身拿毛巾遞過去，跟著心酸起來：「爹，爹的心事女兒知道了……這樣好不好，玉兒明天先把它帶走，三天後回門，我再把它帶回來，這樣母親也能閉眼了，爹也不會因為每天看不見它難過了！」陸大可心頭一喜，繼續得寸進尺說：「帶來帶去的，多麻煩，我看你索性就別帶了！」玉菡不依，又將翡翠玉白菜抱下，認真道：「那可不行。爹的話玉兒要聽，娘的話玉兒更要聽。這東西在爹看來不值錢，可在女兒眼裡，卻比世上什麼東西都貴重。娘當日傳給了玉兒，玉兒日後有了女兒，也要傳給她的！」說著她又一笑：「哎爹，是不是這東西特別值錢，您捨不得，才不讓玉兒帶走！」陸大可急忙掩飾：「不不不，這東西值啥錢？它不值錢不值錢。行，你真要帶走，就就就……」玉菡一聽這話，抱起就走。陸大可又心疼了，趕緊追出去：「哎，閨女，三天後可一定給我抱回來啊！」玉菡裝作沒聽見，笑著越走越快。陸大可沒奈何，只得一路跟了過去。

回到繡樓，玉菡就趕緊親自動手，仔細一層層用紅綢將翡翠玉白菜包起，放進嫁妝箱，這才鬆了一口氣。明珠在一旁奇道：「小姐，咱家這麼多好東西，您為啥偏偏跟老爺要了它，是不是特值錢？」玉菡還沒來得及回答，就見陸大可一腳追進門，接口道：「值啥錢，這東西？不值錢！」明珠知道他的脾氣，掩嘴笑道：「老爺，這麼好的東西，怎麼說不值錢呢？」陸大可「哼」了一聲：「啊，那是你們不識貨。不過要是拿出去賣，興許能賣十兩二十兩銀子！」玉菡看看他，故意驚訝地問道：「咦，爹您怎麼又跟來了？」陸大可掩飾道：「我來看看，我女兒明天就要出嫁了，我不得來看看？」玉菡「啪」地將嫁妝箱扣上，又上鎖，調皮地笑道：「好，爹，您請坐，待女兒給您上茶。」陸大可歎道：「不，我還是別坐了，萬一你再想起了啥好東西，又跟我要，我就不要再活了！」說著他邁步朝外走，一干在旁忙碌的僕人都笑起來。玉菡見他要走，趕緊喊住他道：「哎，爹，我想起來了，這回我不跟您要東西，我想跟您要一個人！」陸大可猛一回頭：「還要人？要誰？」

玉菡看她爹的架勢，努力忍住笑道：「鐵信石。爹，女兒想帶他去喬家，給女兒趕車。聽說這個人不但有一膀子力氣，還有一身的武藝呢。喬家最近讓土匪劉黑七盯上了，他過去或許能派上用場！」陸大可聞言鬆了口氣道：「他呀，好吧，不就是一個車夫嗎。你要是願意，就帶他走好了！」玉菡笑盈盈地施了一禮，算是道謝。陸大可也不搭理，趕緊朝外走，嘴裡嘟噥道：「你說這養閨女有啥用，還沒出門就開始算計你了，算計完東西再算計人。嘿，這才是天底下第一等賠本的買賣！」眾僕人聽了，都在他身後笑起來，玉菡也不禁莞爾一笑。

2

致庸從財神廟中返回，唯一撂給喬家上下的一句話就是：儘快迎娶。如他所願，在曹

氏和曹掌櫃的精心張羅下，三日後喬家的花轎準時來到太谷陸家的門首。

後堂盛裝的玉菡在母親牌位前上香叩頭，辭拜如儀：「母親，不孝的玉兒走了！」雖說是大喜的日子，玉菡還是落了淚。明珠和伴娘趕緊將她攙起，踏著紅氈來到客廳。司儀長聲唱道：「請老爺。小姐給老爺辭行來了！」陸大可從內室走出，忍不住眼圈發紅。司儀繼續道：「小姐給老爺叩頭！」玉菡嫋嫋婷婷地跪下去，哽咽不已。陸大可半轉過臉去，硬著心腸擺手道：「罷了罷了，快起來吧。」玉菡並不起身，含淚跪著道：「玉兒謝爹爹十八年養育之恩。玉兒走了，不能終日在爹爹身邊侍奉，請爹爹多保重！」陸大可越發難過，只是連連點頭。玉菡跪著雙手捧出小帳簿，噙著淚笑道：「爹，這是多年來帶在女兒身邊的小帳簿，咱們家與眾相與生意上的來往，人家欠咱們的，咱們欠人家的，都在這上頭。女兒不孝，不能再替爹爹操心了。」明珠接過小帳簿，遞給陸大可。陸大可到底忍不住，終於落下兩行淚來。玉菡繼續道：「爹，太原府的張家為人陰毒，他們還欠咱們家八千兩銀子，要回這筆銀子，別與他們再做相與了。還有京城的王家，欠咱們家七萬六千兩，他家的帳老是與天津顧家攪在一起，您要自己留心些。」陸大可心疼難忍，拭淚道：「好了，別說了，這些爹都知道。唉，誰讓你是個丫頭呢，爹終歸是留不住你。明珠，你們快攙起小姐上轎去吧！」「爹，女兒去了！」玉菡再次叩頭下去，大哭失聲。明珠和伴娘趕忙將她扶起，沿著紅氈走出家門口，一本家男子利索地把她背起，背向大門前的花轎。

陸大可呆呆地在客堂裡站著，努力忍著不掉淚。外面鼓樂聲一陣響過一陣，他突然坐下，像往常心情煩躁時一樣，開始數口袋裡的銅錢。但這次數數又停下了，將它們胡亂抓起來放回衣袋，在客廳裡亂轉圈子。明珠忽然跑進道：「老爺，小姐剛才忘了一件事，讓明珠回來稟告老爺，小姐給老爺織的毛襪子，還差幾針，過幾天小姐回家，再給老爺捎回來！」陸大可忍了半天的眼淚又下來了，連連擺手道：「知道了，知道了，快去侍候小姐！」明珠瞧瞧他，笑著跑出。不知怎麼，此時的陸大可心中忽然感到一點安慰，他跟到門口張望，臉上也現出一些笑容。

陸家大門外，鼓樂喧天，熱鬧非凡。司儀正長聲唱道：「新人上轎，新郎上馬！」披紅戴花的致庸，不知怎麼竟被剛才來時區區幾碗下馬酒弄得有點翻腸倒胃。他努力忍著，蒼白著一張臉，略微搖晃地上了馬。茂才大為擔心，在一旁扶他一把。「起轎了——」這邊花轎已被抬起，致庸深吸一口氣，驅馬向前，娶親的隊伍開始浩浩蕩蕩啟行前往祁縣喬家堡。鐵信石趕著嫁妝車跟在後面。

喬家堡裡裡外外張燈結綵，一團喜氣。作為喜堂的在中堂，各色親戚朋友進進出出，絡繹不絕。曹氏正在緊張地處理婚禮事務，她神清氣爽，忙而不亂。閻鎮山走進來道喜後問道：「太太，你找我？」曹氏笑道：「閻師傅，今天是二爺大喜的日子，招呼你的人，各處都看好了，多少防著點劉黑七！」閻鎮山點點頭，離去。

曹氏隨後又吩咐張媽道：「新娘子下轎後的事，你替我看著點兒，聽說陸家小姐的母親去世早，從小陸東家帶她走州串府，見過很多大世面，咱別讓人家挑了眼兒！」張媽樂呵呵地去了。曹氏四下看看，略微鬆了一口氣，身子卻跟著晃一下，差點暈倒。杏兒急忙過來攙扶。曹氏推開她，喜孜孜道：「我沒事兒。你快去忙吧。」正說著，達慶走進來賀喜。曹氏毫無芥蒂道：「四爺來了，同喜同喜。長順，快給四爺看座！」達慶坐下架起二

郎腿，四下張望道：「沒想到，喬家到了這步田地，陸家小姐還是答應了這門親事。更沒想到，婚禮還能張羅得這麼氣派啊！」

曹氏看他一眼道：「四爺說話我怎麼不懂啊，我覺得喬家挺好的，沒你想的那麼不堪一擊。這婚禮一萬兩銀子早就備下的，自然氣派。」達慶心中一驚，還沒開口，卻見曹掌櫃走進來大聲賀喜。「曹爺，同喜同喜！」曹氏笑著迎上前去。不再搭理達慶。

就在這時，喬家大門外突然鼓樂齊鳴，震耳的鞭炮聲足足持續了一盅茶的工夫才停下來。屋內的人都趕緊奔了出去，只見迎親的隊伍浩浩蕩蕩地到了喬家大院門口。曹掌櫃趕緊上前，遞給致庸預備好的弓箭。致庸搖晃著下馬，忍著頭暈，向轎門虛虛射出一箭。轎簾掀開，杏兒和喜娘代替明珠和伴娘，將玉菡從轎中攙出，眾人打量矚目之下，紛紛讚歎起來。玉菡踩著紅氈，邁過大門內的火盆，又邁過馬鞍，終於走進了喬家。她忍不住從蓋頭內向外看了一眼，目光略為緊張但滿是喜悅。明珠笑著悄聲叮囑道：「小姐，把頭低下來，人家都看您呢！」蓋頭下的玉菡趕緊乖巧地把頭低下來。轎後鐵信石勒住馬車，與身後長長的嫁妝隊伍一起等著。他冷冷地四下打量著，凌厲的眼光與此刻喬家門裡門外的喧天喜慶與熱鬧顯得極不協調。

在中堂內，眾人簇擁著致庸和玉菡在天地桌前站定。蓋頭下的玉菡悄悄看一眼身邊的致庸，心中喜不自勝。致庸在進門時灌下幾口長順捧過來的熱茶，頭暈好了一些，這會拜堂他掩飾得很好，只是眼神有點空洞。

曹掌櫃作司儀高聲道：「吉時已到，兩廂動樂。新郎新娘一拜天地，跪——」明珠扶玉菡跪下叩頭，那一刻致庸似乎有點走神，沒有馬上跪下。蓋頭下的玉菡忍不住抬頭看他一眼。一旁的茂才趕緊推推致庸。致庸夢醒過來一般，機械地跪下叩頭。「興——」曹掌櫃繼續。明珠和茂才扶兩人站起。「二拜高堂，跪——」高堂的座椅空著，曹氏掙扎著，被人推到其中一張椅子上，致庸和玉菡接著叩下頭去。曹氏喜淚湧出，急忙起立，將兩人攙起道：「好了好了，快起來吧。」

曹掌櫃又唱道：「夫婦對拜——」兩人剛轉身面對面站好，明珠在玉菡耳邊悄聲叮囑道：「小姐，等他先拜。」蓋頭下的玉菡抿嘴一笑，等著致庸先跪下去。致庸渾然不覺，機械地拜了下去。玉菡心中一樂，跟著盈盈拜下去。曹掌櫃繼續長聲唱道：「興。禮成，送入洞房。」明珠將紅綢一端遞給玉菡，另一端遞給致庸。致庸不知怎的，心神又恍惚起來。曹掌櫃悄悄拉他一把，急道：「東家，引新人入洞房啊！」致庸回頭看玉菡一眼，眼神突然變得極為陌生，「啊」地叫了一聲，痛楚地抓住胸口的衣服。明珠一驚，蓋頭下的玉菡更是瞪大眼睛。茂才急忙攙住致庸，曹氏也緊張地盯著他。只見致庸猛地閉上眼睛，喘一口氣，不看玉菡，扯起紅綢向洞房走去。玉菡在明珠的提示下，也準備起步，但那一瞬間，她心中突然起了一種奇怪的不安的感覺。

這時突聽「鐺」的一響，一支鏢從兩人中間飛過，正中牆上雙喜字，牢牢釘在那裡，鏢把上的紅綢猶自飄蕩。「不好，有刺客！」曹掌櫃大叫一聲，一時眾人皆驚，堂上一片混亂。玉菡「啊」地叫一聲，幾欲暈倒，致庸下意識地回轉身將玉菡抱住。眾人亂紛紛地跑進跑出，一片驚慌。曹氏喝道：「都別亂，是劉黑七，快叫閻師傅！」她一回頭，卻見茂才已經擋在她面前，一副捨身相護的架勢。

這邊玉菡慢慢睜開眼睛，發現自己躺在致庸懷裡，羞怯得滿臉紅雲。致庸渾然不覺，

將她交給明珠，躍出喜堂。曹氏吩咐張媽道：「快把二太太扶進洞房！」張媽應著，和明珠一起匆匆將玉菡扶走。玉菡一手掀開蓋頭角，回頭擔心地朝外面院裡望去。她沒看到致庸，想了想，小聲吩咐明珠：「快去找鐵信石，叮囑他保護姑爺！」明珠答應一聲，跑了出去。

院中致庸提刀在手，怒聲大叫：「劉黑七！你在哪兒？你出來！你要真是條好漢，就明著來，打什麼黑鏢？」閻鎮山帶人匆匆趕來，將致庸拉到一邊去，低聲對他說了幾句。「真的沒有其他外人進來？」致庸聞言一驚，抬頭四顧，望著不遠處的鐵信石道：「那位是誰？」明珠恰巧匆匆走出，見狀趕緊道：「姑爺，他不是外人，他是跟我們小姐來的車夫！」

致庸將手中的刀丟給長順，走過來直視著鐵信石問：「你是陸家來的？」鐵信石抬起頭來，毫不畏懼地迎著他的目光，點頭施了一禮。兩人四目相視，鐵信石的偉岸和冷峻給致庸留下了深刻印象。「好，你歇著去吧。」致庸沉吟了一下回頭喊道：「長栓，長栓呢？」一旁的長順趕緊上前道：「長栓還在生悶……二爺，您有什麼事就跟我說吧？」致庸回過頭來直視著鐵信石道：「帶這位去休息，給他安排個地方住下！」鐵信石不卑不亢抱拳道：「姑爺不用為鐵信石操心，鐵信石是個車夫，就住在馬棚裡好了！」說著便與上前招呼他的長順一起退下。他走了幾步又回頭，目光鋒利地看致庸一眼。致庸剛好也在看他，不知怎的，心中又是一震，旁邊的閻鎮山更是若有所思。

過了一會兒，再無別的動靜，喜宴照常開始。眾賓客坐下，仍在紛紛議論。曹掌櫃引著致庸走進來，道：「各位親友，各位相與，請各位安位，新郎來給大家敬酒了！」致庸微微皺著眉，被動地一桌桌敬酒。

洞房裡明珠一個人陪玉菡坐著。玉菡悄悄掀開蓋頭布問：「明珠，姑爺呢？」明珠笑著回答：「好像是開席了，在外頭給眾親朋和相與敬酒呢。」玉菡重新把蓋頭布放下。明珠悄聲笑道：「小姐，您餓不餓，我可是餓了。」玉菡也輕聲笑了：「把咱的東西拿點出來吧，他們在吃，咱們也不能餓著自個兒！」明珠悄悄地從一個嫁妝盒子裡拿出點心，遞給玉菡。玉菡咬了一小口，沒覺出什麼味道，又放下了，想了想道：「對了，等會兒你出去，讓人把那個寶貝箱子搬進來。」明珠一邊吃，一邊含糊地應道：「小姐說的是那個放翡翠玉白菜的箱子吧，您放心……」玉菡微微掀開一點蓋頭，輕聲道：「也不知外面怎樣了？」

喬宅內依舊鼓樂喧天地熱鬧著，長栓卻像早上一樣，一個人躺在小屋裡生悶氣。長順跑進來推他道：「哎小子，你怎麼還一個人在這裡躺著?外面都忙翻天了，你倒會享清福，二爺剛才找你呢！」「他這會兒還找我幹什麼？」長栓生氣地抹了一把淚花。長順笑話他：「你生的哪一門子氣！……我明白了，二爺娶了陸家小姐，你怕以後就見不著江家的翠兒了！」「去你的！」長栓一把將他推得老遠，接著猛地坐起道：「二爺竟能做出這麼絕情的事，還說什麼非她不娶，非我不嫁呢！淨拿瞎話填活人！我不能讓人家這時候還蒙在鼓裡！」長順一見他這個架勢，也有點急了：「小子，你想怎麼著？」長栓起身下床往外走，紅著眼道：「我想怎麼著，你管不著！」

不多一會兒，一匹馬從喬家堡飛出，長栓拉低帽檐，一路急馳。陸家的陪嫁依舊在鄉道上蜿蜒著，好似馬跑多久，路有多長，這嫁妝就有多長，沿途圍觀的村民紛紛驚歎，長

栓也忍不住咂嘴起來，心裡越發不痛快，當下用力驅馬快跑起來。

3

江家，翠兒哭著從門外飛奔進來，正好被江父撞見，當下大喝一聲：「站住，哭什麼呢你？」翠兒躲閃不及，只好站住，匆匆拭淚，「老爺，我……我……沒怎麼。」匆匆跑向內宅。江父狐疑，大喊一聲：「翠兒，你給我站住！」江母聞聲走出，翠兒站住，面色慘然地望了他們一眼，終於撐不住哭起來。江母也急了：「翠兒，出啥事兒了？快說！」「老爺，太太，喬家的二爺……今天瞞著我們家二小姐，娶了……陸家的小姐！」江母大駭：「你、你說什麼？致庸他今天……真的娶了陸家的小姐？」翠兒邊哭邊點頭：「嗯，是他們家長栓剛才告訴我的，這會兒怕是全祁縣的人都知道了，就我們還蒙在鼓裡。長栓還說……還說……」「還說啥，快說！」江父喝道。翠兒一咬牙道：「長栓還說，光陸家的嫁妝，就擺了十多里路長！」江母身子晃了一晃，翠兒急上前抱住她。江母渾身顫抖道：「這個喬致庸，前兩天才和我們雪瑛見過面，海誓山盟的，今天怎麼能做出這樣的事來……」她突然住口，和江父一起看去，只見雪瑛面如死灰出現在他們面前。三人頓時閉口。翠兒匆匆擦去淚水。雪瑛盯著他們，半晌，大聲道：「爹，娘，翠兒，你們的話我都聽見了！別再瞞我了……」她話沒說完，便雙眼一閉，牙關緊咬，「撲通」一聲，向後倒了過去。

眾人手忙腳亂將她扶起。江母痛哭失聲。江父怒道：「別哭了，誰也不准哭！你養的好閨女，把這個家的臉都丟光了，想讓全城的人都知道是不是？」說著，他衝翠兒等喊道：「還愣著幹什麼，快抬上去呀！」

翠兒等人將雪瑛抬上繡樓。過了好一會，不管江母和翠兒如何喊叫，雪瑛依舊牙關緊咬，雙目緊閉。江母哭道：「這樣不行，她會把自己弄死的！快把她的嘴撬開！」翠兒和李媽趕緊將雪瑛的嘴撬開，江母手忙腳亂地把水灌進雪瑛口中。雪瑛終於「啊」的喘過一口氣，慢慢睜開眼睛。幾個人一時無聲，只齊齊看著她。雪瑛怔怔地望著她們，半晌啞聲道：「你是誰？你們是誰？」江母搖晃著她哭道：「雪瑛，我是你娘，孩子，你怎麼連我也認不出來了？」雪瑛終於認出了母親和翠兒等人，她一言不發，突然扭過頭去，眼淚一滴滴流下來。江母落淚道：「雪瑛，雪瑛，你要是想哭，就大聲哭！別理會你爹那個老東西，把心裡的委屈都哭出來，也許就好了！」雪瑛回了回神，過了好一會，終於「哇」的一聲失聲痛哭起來，江母和翠兒也跟著哭。江父在樓下直轉圈子，又急又氣，衝樓上恨聲道：「別哭了！不叫你們哭，你們偏哭！都給我憋著！」

樓上哭聲依舊。雪瑛猛然坐起，兩眼發直，推開江母和眾人下了床，眼見著就要衝下樓去，嘴裡嚷道：「我要見致庸！我不相信！這事一定不是真的……」江母急忙招呼翠兒和幾個老媽子：「快！快抱住她！」當下幾個人合力抱住雪瑛，雪瑛奮力掙扎，樓上亂成一團。過了好一會，江母含淚大聲道：「雪瑛，好閨女，你這會兒就是去他家也晚了，他家的新媳婦已經過門了！」一聽這話，雪瑛停止了掙扎，死死地盯住母親，半晌才道：「娘，您說致庸娶的新媳婦都過門了？」江母心中害怕，仍重重點了點頭。雪瑛像是從迷幻中突然清醒了，大叫一聲，向後暈倒過去。樓上再次忙亂起來，江母等人趕緊將她抬回床上。

這次雪瑛很快睜開雙眼，目光直直盯著上方，良久平靜道：「娘，我想過了，致庸今天要是真的背著我和陸家小姐結了親，那一定不是他願意的；他這麼做，是不得已……」江母守在床邊，害怕地望著她，一句話也不敢接口。倒是翠兒氣憤道：「小姐，他對您這麼絕情，您還護著他？」雪瑛也不回答，兩眼直直地轉向江母道：「娘，您去替我求求爹，我和致庸好了一場，這會兒要分手了，今生今世，他和我再也做不成夫妻了……我別的不想，就想再見他一面，把想說的話說出來。」江母大驚：「孩子，已經這樣了，你還要見他呀？」雪瑛慘然一笑，用游絲一樣細細的聲音堅定道：「娘，您替雪瑛求求爹吧，要是他執意不肯，雪瑛就只有死路一條了！」說著她便在枕下一陣亂摸。「孩子，你不能啊！」江母嚇得半死，還好翠兒搶先一把拿到剪刀，死死握在手裡。江母見狀叫：「翠兒，快把這東西扔到樓下去，不能再讓她看見了！」翠兒應了一聲，趕緊將剪刀扔下去。只聽「匡啷」一聲，接著傳來江父一聲大吼：「這，這又是咋啦？你們想害死我呀？」原來他正在樓下打轉轉，翠兒扔下的剪刀剛好丟在他的面前，著實把他嚇了一跳。

雪瑛虛脫般靜靜躺著，半晌幽幽道：「娘，你們就是拿走了剪刀，可人要是想死，那可是容易得很！您一眼看不見，我從這樓上往下一跳，家裡就沒有我這個人了，自然我也不會再給爹丟人了！」江母一愣，哭道：「雪瑛，好孩子，我聽你的，你要是死了，娘也不活了，還要這臉面做啥？你等著，我這就下去求你爹去！」說著她一邊哭一邊奔下樓去。

樓下，江父聽完江母的請求，氣得直哆嗦：「不！她願意死就死！我丟不起這人！人家媳婦都進門了，她還要去……」江母痛聲道：「老爺！念我們夫妻一場，你就准了吧！雪瑛現在一口氣憋在心裡，你不讓她去見喬致庸，她就是個死！若讓她去見了，或許這口氣吐出來，雪瑛就能活！」「不行！說什麼也不行！」江父大怒。一向斯文的江母終於發作起來：「不行也得行！你這回要是把我女兒逼死了，我就跟你拚命！」她說著向江父撲過去。江父一邊躲閃，一邊叫道：「你你你……來人呀，快把她拉開！她瘋了，這母女倆都瘋了！」李媽和翠兒趕緊跑過來，拉住江母。江母依舊扯著江父哭鬧不已。江父氣急敗壞道：「好，好，你們愛怎麼鬧就怎麼鬧吧！反正我這張臉，也早就沒有皮了！」他怒沖沖地走了出去。

李媽攙扶著江母慢慢走上樓來。雪瑛一下坐起，抓住江母的手道：「娘，怎麼樣了？我爹他同意了嗎？」「雪瑛，你放心，我已經打發翠兒去喬家堡了，致庸要是還願見你，她會幫你把他約出來的！」江母無力地坐下流淚道。雪瑛猛地投向江母懷抱中哭道：「娘，謝謝您！」哭了一陣，她急急忙忙下床，找出那個包裹著新嫁衣的包袱，收拾起來。江母大驚，拉住包袱道：「雪瑛，你怎麼又把嫁衣拿出來了？」雪瑛「撲通」一聲跪下：「娘，萬一致庸今天娶親是被人逼的，萬一他見了我，還想帶我遠走高飛，我這一去，就再也不會回來了。娘，謝謝您養育女兒十七年，您的恩情深厚，女兒永世不忘。女兒要是還有回來的一天，一定好好孝順娘；萬一我和致庸一去不返，娘的恩情，我就來世再報了！」

江母一把抱住她：「你，真要和致庸私奔，那你爹他……」「娘，事到如今，我和致庸誰也顧不得了，我們只能先顧我們自個兒了！」雪瑛說著猛地站起，抱起包袱道：

「娘，不孝的閨女雪瑛走了！」她推開江母匆匆向樓梯跑去。江母追過去哭著喊道：「雪瑛，你真的瘋了嗎？翠兒還沒回來，致庸願不願意再去財神廟和你見面，還不知道。你就是要跟他走，也要耐心等上一個時辰……」樓梯口雪瑛一下愣住了，猛地回身抱住江母，身子跟著就軟下來，放聲大哭。

4

致庸從宴席上退下，來到書房，疲倦地取下身上的彩花。長栓紅頭漲腦地跑進來：「二爺，城裡頭的江家……江家來人了！」致庸猛一回頭：「你說啥？誰來了？」「翠兒。」長栓不敢抬頭看他，眼睛躲閃道。致庸下意識地抬腳朝門外走，又站住急切地問：「翠兒在哪？她一個人，還是和雪瑛一塊來的？」「翠兒一個人，二爺。」致庸頓一頓背過身道：「她……她來幹什麼？」長栓發急道：「翠兒讓我稟報二爺，江家二小姐聽說二爺今日成親，想再見你一面！」致庸頭也不回，冷然道：「你告訴她，我有事，不想見！」長栓看看他，氣道：「我也這麼說了，可是翠兒死活不走，說您今天要是不去西關外的財神廟見她家小姐，今生今世就甭想再見到她了！」致庸心裡一震，反問道：「這話什麼意思？」「我一個下人，能有什麼意思？這是翠兒說的！」長栓賭氣道。他話音剛落，就見致庸衝他大聲道：「我說過了不見，就是不見！」「可是二爺——」沒等長栓再說什麼，致庸就打斷了他，怒聲道：「什麼也甭說了，我這會兒什麼也不想聽！去吧，就這樣告訴她！」長栓噘嘴朝外走，猛抬頭，卻發現杏兒扶著曹氏站在面前。長栓囁嚅道：

「太太——」曹氏看看他，不怒而威道：「以後要改口，叫大太太。新來的陸家小姐叫二太太。」長栓有點害怕，低聲應了。

曹氏進了書房，久久看著致庸道：「二弟，事情到了這一步，今日喬家最對不住的人，就是雪瑛表妹了。她想見你，哪怕是為她好，你也該去見上一面！」致庸猛回頭，又驚又怒道：「嫂子！你們都把事情做到這一步了，還要我去見雪瑛？虧你想得出！」曹氏道：「我讓你去見她，是希望你和雪瑛表妹把這件事做個了斷！當然，你也可以不去，不過嫂子讓你去，主要考慮的是雪瑛表妹。今生今世你們倆有緣無分，終究是做不成夫妻了，若現在你連再見她一面也不願意，難道還想讓她繼續對你心存幻想，以至於最終和別人也做不成夫妻嗎？」致庸的眼睛一下子溼潤了，問道：「嫂子，你說什麼，雪瑛要和別人做夫妻？」曹氏道：「我聽說，江家姑父已經把雪瑛許給了榆次東胡村的何家大少爺為妻，何家已經下了小定，估計很快就要下大定了！」致庸猛地轉身，背過臉去，聲音含混道：「不，我不相信，雪瑛不會答應的！」曹氏落下淚道：「你說得不錯，雪瑛確實沒有答應。可你要明白，她不答應何家的親事，正是因為她心裡時時刻刻想的是你啊！」

致庸回頭顫聲道：「嫂子，當初讓我娶陸家小姐的是你，這會兒讓我去見雪瑛的又是你……你就不怕我去了，忘不掉舊情，和她一起私奔，再也不回喬家堡嗎？」曹氏心亂如麻，眼淚忽然湧出，痛苦道：「二弟，我知道你心裡苦，可你要是想離家出走，你早就這樣做了，你就是現在想這麼做，嫂子一個婦道人家，也攔不住你……可是嫂子知道，你不會為了一個女人，把另一個你今天剛剛娶進門的女人扔下，她和雪瑛一樣，也是一個女人！你把她娶了進來，你就是她的天，她的地了，你不會眼睜睜地看著她剛進門就失去丈

夫！你的心沒有這麼狠！」致庸心頭一震，回頭看她一眼，又轉過臉望著窗外，不再說話。

「長栓！」曹氏回頭喊道，長栓應聲跑進來。曹氏冷靜地吩咐道：「出去告訴江家的人，二爺馬上就去西關外的財神廟，和她們家小姐相會！」長栓一愣，「哎」了一聲趕緊跑走了。致庸再次痛苦地吃驚地回頭，曹氏再不理他，由杏兒扶著徑直離去了。致庸再也支撐不住，眼淚嘩嘩地流下來。

天漸漸地暗了下來。黃昏時分，雪瑛和翠兒提著包袱下車，匆匆走進財神廟。翠兒四下一看，大殿裡無人，低聲道：「小姐，我們來早了。」雪瑛無語，花容慘澹，將包袱交與翠兒，默默地在財神前跪下，合掌禱告。翠兒等了一會兒，越發擔憂：「小姐，您說喬家二爺會不會不來呀？」雪瑛不接口，繼續禱念道：「財神爺在上，求你保佑民女雪瑛與致庸情意不變，姻緣不散，保佑致庸今日能拋下一切，帶著民女遠走天涯！天見可憐，今生今世，雪瑛要嫁給他，就這麼一個機會了！」說著，淚水滾滾落下。

與此同時，玉菡正坐在洞房苦等致庸。明珠在一旁侍立，看看天色，半是寬解半是玩笑道：「小姐，姑爺可真能沉得住氣，都這會了也不進來揭蓋頭。」玉菡教訓她道：「以後在姑爺面前，不許再這樣口無遮攔了。」明珠吐吐舌頭：「知道啦，好小姐，瞧瞧您才進門就胳膊肘朝外拐了。」玉菡一聽也笑起來。這時，依稀聽見門外有人匆匆走來。「小姐，是不是姑爺來了？」明珠悄聲道。玉菡大為激動，趕緊整整蓋頭坐好。可令她失望的是，這腳步聲到了門口並未停留，接著又漸漸遠去。玉菡心中有點失落，忍不住歎了口氣。明珠見狀打岔道：「小姐，您給明珠說實話，您是不是打太原府頭一眼看見姑爺，就喜歡上了他？」玉菡不語，心中卻甜絲絲的。明珠見她不回答，便自顧自嘮叨起來：「在咱們家裡，您一直繃著，不說喜歡，也不說不喜歡，其實老爺早看出來了，您不說喜歡，就是喜歡！」玉菡多少被她說得有點害臊，當下笑著喝道：「你給我住嘴！」明珠捂嘴笑起來，玉菡卻真的感覺有點悶了，忍不住站起來，一邊活動著腰肢，一邊道：「你說他這會兒會在哪兒呢？怎麼還不進來……」

書房內，致庸倚窗默立，一陣一陣心疼如刀割。長栓再次走進來催促道：「二爺，馬已經備了好久，你到底去還是不去？」致庸不耐煩：「不去！我說過好幾遍了，你別再來煩我！」長栓也不搭腔，扭頭就走。又過了一會兒，曹氏走進來，默默看著他。致庸一見她進來，趕緊背轉過去，看也不看她。曹氏沉聲道：「二弟，你就是鐵了心不去見雪瑛，也不能再待在這間屋裡了。天已不早，今兒是你新婚大喜之日，這會兒洞房裡還坐著一個人，今天也是她大喜的日子，你把她娶進家門，都大半天了，還沒有給她揭蓋頭呢。她和雪瑛一樣，也是個女兒家……」致庸心中又煩又亂，聽不下去，轉身大步向洞房走去。

洞房內，明珠一眼看見院中走來的致庸，趕緊對玉菡道：「小姐，來了來了！」玉菡急忙又理理蓋頭，正襟端坐。致庸跨進門檻，一眼望見玉菡，臉上再次現出劇烈的痛苦之情。明珠見他這番模樣，不覺呆了，心中暗道不好。玉菡緊張地坐著，不敢抬頭，心裡卻充滿了幸福的憧憬和期待。致庸一直望著她，望著面前這個對他而言幾乎是陌生的女子，終於支持不住，他一扭頭又走了出去。玉菡一把掀開蓋頭，望著遠去的致庸，臉上的笑容一點點收斂。

明珠心中疑雲大起，但又不敢說，只悄悄走來，將蓋頭重新給玉菡蓋好。玉菡亦不

語，已是大為不快。她又悶地坐了一會兒，眼角漸漸溢出委屈的淚花。明珠想勸又不知如何是好。正急著，突見致庸又從二門外走了回來，她忙向玉菡耳語：「小姐，姑爺又回來了！」玉菡急忙拭去淚花，再次坐好。致庸沉默地走進來，明珠不禁有點怕，但仍按規矩向他施了一禮，道：「小姐，姑爺來了。」玉菡低頭不語，一時間激動得身子微顫。明珠心裡發急，大著膽子圓場道：「姑爺，我們小姐在這裡坐半天了，您還沒幫她揭蓋頭呢。」致庸置若罔聞，仍舊久久地用陌生的目光望著玉菡。明珠急得差點要跺腳。她想了想，趕忙又拿來一個秤桿塞到致庸手裡。致庸拿著秤桿，閉一下眼睛，努力在心中鼓起力量。「姑爺，挑呀。」明珠忍不住在一旁喊起來，蓋頭下的玉菡深吸一口氣，滿面含羞，滿懷期待地等待著。不料，致庸把秤桿放下，再次轉身跑走了！

「姑爺——」明珠大驚，叫道。玉菡猛地站起，慢慢扯下蓋頭，望著一路跑出二門的致庸，顏色漸變。明珠心中疑慮更起，囁嚅著說不出話來。玉菡坐下，一時淚花晶瑩，半晌，終於說：「姑爺他不喜歡我！」明珠趕緊擺手安慰：「小姐，這怎麼可能？」玉菡想了想，一邊拭著眼淚，一邊果斷地站起道：「明珠，出去看看，到底是怎麼啦？」明珠一時間沒明白過來。玉菡直白道：「你去看一看，姑爺他這會兒又去了哪裡？為什麼一整天都不願進洞房來？」明珠害怕起來：「小姐，您可甭往別處想，我這就去。」說著便往外走。身後玉菡衝她又輕聲補了一句：「當心點，別招招搖搖的。」明珠點著頭小心翼翼地走出去，玉菡看著她的背影消失，頭一暈，重重地坐下去，心頭大亂。

二門外，致庸站住，望著正準備把馬拉進馬廄的長栓，突然大聲訓斥道：「誰讓你把馬鞍卸下來了？你要拉馬去哪兒？」長栓回頭，看著致庸臉上的神情，嚇了一跳。

致庸越發歇斯底里：「我要出去你知道不知道！我現在就要出去！你是不是不想讓我出去？」長栓急忙把卸下的馬鞍又備上。致庸翻身上馬，驅馬急馳而去。長栓一愣，趕緊拽過一匹馬跟了上去。曹氏由杏兒扶著，看著他們離去的背影，默然不語，久久佇立。

財神廟大殿內，雪瑛仍在苦苦等待。翠兒看看天色，囁嚅道：「小姐，天這麼晚了，喬家二爺不會來了！」雪瑛只是不語。翠兒鼓足勇氣道：「小姐，我說咱們別在這裡死等了，您都等了半天了！難怪戲文裡總是講癡心女子負心漢，喬致庸今天娶了陸家的大小姐，又有錢，又漂亮，哪裡還會來這冷廟和您見面？」雪瑛猛然大聲道：「翠兒，你要是覺得晚，就先走吧。我今兒出了江家，就沒打算再回去！」翠兒心疼道：「小姐……」雪瑛的眼淚一滴滴落下，神情堅執而熾烈：「就是他今天不來，我也要等。他天黑前不來，我等到天黑；他天黑後不來，我就等他一夜！只要我不離開這兒，我的心就不會死，我和致庸就還有可能見面，然後一起離開！」

突然，她停下來，側耳傾聽著，歡快道：「你聽！是他！是他來了！我知道他會來的，我的心告訴我，他一定會來！」翠兒將信將疑，側耳聽去，果然馬蹄聲由遠而近。翠兒高興道：「小姐！真是他來了！」雪瑛按住心口，回頭深情道：「翠兒，好妹妹，若是等會兒我和致庸走了，你就一個人回去，一定要轉告老爺和太太，雪瑛謝他們十七年的養育之恩，今生要是不能，我就來世相報！」她突然在翠兒面前跪下，翠兒急急將雪瑛攙起，一時也說不出話來，只是流淚不止。

馬蹄聲越來越近，雪瑛僵直地站著和翠兒一起諦聽著，越來越緊張。馬蹄聲終於在大殿外停下，兩人的手心都滲出冷汗，一起回頭向殿門外望去。

第十章

1

致庸走進了財神廟。致庸在離雪瑛很遠的地方站住了。翠兒退出了大殿。大殿裡，兩人眼裡都閃爍著火光，雪瑛的眼裡是熾烈的歡樂的火光，致庸的眼裡卻是冰冷的痛苦的火光。四目相交，致庸立刻躲開了雪瑛的直視。雪瑛一下就感覺到了什麼，心中如被重錘撞了一下。她想控制心神，躲開大錘的重擊，但一點用也沒有，大錘毫無憐惜、一下一下向她心頭砸去。

致庸感覺到了她內心的變化，神情漸漸顯得不管不顧。雪瑛眼裡漸漸湧出淚花，隨即又倔強地拭去。致庸看她一眼，索性半轉過身去。雪瑛什麼都明白了，冷冷地抖著唇問：「聽說你今天成親？」致庸傲然道：「不錯！」

雪瑛的嘴唇抖了半天，痛苦道：「那麼說，不但幾天前你對我說的話是假的，當初你站在財神爺面前發的誓也是假的！」致庸內心的痛苦卻無法抑制，只好轉過臉去。雪瑛停了一會，終於爆發道：「你說話呀！你怎麼不說話？當初你親口對財神爺發過誓，說你一生一世，非江雪瑛不娶，難道都是假的？」她越來越激憤，聲嘶力竭道：「你是不是那時就存了心騙我？你一開始就是個騙子！喬致庸，你騙了一個愛你勝過愛自己性命的人！」致庸突然大聲道：「不，我沒有，沒有騙你！」雪瑛聲音反而降了下來，冷聲直問到他的臉上：「到了這時候，你還敢說你沒有？」

致庸慢慢地轉過臉，深深看著雪瑛。雪瑛也盯著眼前這個心愛的男人，心上的大錘停止了擊打，有那麼一瞬間，她的內心甚至又燃起了希望，是啊是啊，他說他沒有，致庸說他沒有騙我。忽聽致庸語氣激烈道：「不錯，當初我是站在財神爺面前發下重誓，說我喬致庸今生今世非江雪瑛不娶，可那話前面還有話！」雪瑛簡直有點目瞪口呆，反問道：「什麼話？」「我當時是說，只要我中了舉人，又中了進士，就一定娶你。可我今天沒中舉人，也沒中進士，這輩子也不知道有沒有機會中舉人、進士，所以，我不能娶你！」

雪瑛驚呆了，好一陣才顫聲道：「喬致庸，你……我沒想到你很卑鄙，更沒想到你還這麼無恥！」說著她抬手一巴掌狠狠打在致庸臉上。致庸一驚，捂著臉，像望一個陌生人一樣望著她：「你……你打我？」他臉上疼痛，心裡卻有一種解脫之感，旋即又被一種更強大的痛苦淹沒，無論如何，他心裡知道，他就要永遠失去這個一生中最心愛的女人了。雪瑛也被自己的動作嚇住了，愣在那裡。

致庸索性惡意地笑起來：「江雪瑛，你打我！你打得好！反正生米已經做成熟飯，不管你高興不高興，今天我都把陸家小姐娶到家去了，我還和她拜了天地，入了洞房。你覺得我這個人卑鄙、無恥，可我卻覺得這事自己做得漂亮！陸家有銀子，可以幫我救喬家，你們家卻沒有。」他看著雪瑛驚愕痛苦的表情，繼續硬著心腸道：「我今天來，就是要告訴你，打今兒起，咱倆的事一筆勾銷了！我說完了，要走了！哈哈！哈哈！」說完他轉身就往殿門外走。

雪瑛氣得發昏，叫道：「喬致庸，你給我站住！」致庸站住卻不回頭，只覺得心頭如撕裂般痛楚，剛才那些偽裝的怨毒已耗去了他所有的心力。雪瑛的聲音斷斷續續，忽遠忽近，時而如嚴冬飛雪般旋裹得他冰冷不堪，時而如同酷夏毒日般烤灼得他痛苦難當，也許，也許更如同空中撒落的鹽雪一樣，繁繁密密地落在他滴血的心上。他隱隱約約聽到雪瑛說她也要嫁人了，嫁到榆次東胡村的何家，她說何家比陸家的銀子更多。他不知道自己該如何應答，只聽到自己嘴裡最後惡狠狠吐出兩個字：「恭喜！」忽地，他似乎又聽見雪瑛哀求他帶她走，帶她一起離開這個地方。致庸黑著臉，咬牙硬著心腸轉過身去，恍惚中他好像大聲地恥笑起她。

他恥笑她了嗎？在一陣眩暈中，雪瑛的面孔開始在他面前飄蕩，絕望的，希望的；痛苦的，歡欣的；傲然的，軟弱的；強硬的，哀懇的……致庸使勁搖著頭，試圖讓自己清醒些，可絲毫沒有用。

這眼神清媚如波的心愛女子，這可以讓他永遠醉下去的心愛女子，這原本要和他一起變成蝴蝶自由翱翔的心愛女子啊，雪瑛的面孔從他面前飄開，繼而在空中飄蕩，絕望的，希望的；痛苦的，歡欣的；傲然的，軟弱的；強硬的，哀懇的……

「你別再纏著我了，讓我走，家裡還有一個更好的等著我呢！」致庸大吼一聲，猛地咬了一下舌頭，試圖增加自己崩潰的控制力——鮮血鹹鹹亦閒閒湧出，彷彿不是他自己的。但他多少清醒了些，努力硬起心腸。雪瑛的臉終於又真切起來，但在那一瞬間，致庸知道自己要永遠失去她了。

不知過了多久，雪瑛痛苦決絕地把鴛鴦玉環遞在他的眼前，晃動著，晃動著。致庸再次眩暈起來，用盡最後的力氣控制著自己帶她走的欲望，下意識地掏還香囊，接過玉環轉身離去。雪瑛慘叫一聲，但致庸只停了一下，卻沒有勇氣再回頭望她一眼，用最後的力量快步走了出去。雪瑛再也無法支持，身子一晃，向後跌倒。一直在殿外聽著的翠兒，急奔進來扶住她，哭道：「小姐，你們是怎麼啦……」大殿外，致庸聽到了翠兒的哭聲，臉上偽裝的惡毒全部消失，他把鴛鴦玉環緊緊攥在手中，淚水流下來，踉蹌地上馬飛馳而去。一直守在殿外的長栓，急忙跟上去。

雪瑛掙脫翠兒，兩手向上，如癲似狂道：「財神爺，財神爺，您老人家告訴我，這是人間還是地獄啊？我是不是在做夢呢？」翠兒哭起來，又一次抱住她，連聲喚道：「小姐……」雪瑛置若罔聞，慘呼道：「不，不是做夢，剛才那一個真是致庸……致庸他真的負了我，負了我這顆要為他死的心！致庸，致庸，你為什麼要這樣對我……」她又一次昏倒過去。翠兒上前抱起她，急喊李媽，兩人合力終於將昏迷不醒的雪瑛抱了出去。

鄉道上，長栓終於攔住了致庸的馬頭，怒聲道：「二爺，您就這麼走了？」致庸衝著長栓喊：「我成了親，她也要嫁人了，從此我們天各一方，我不走又能怎麼樣？」長栓大聲道：「二爺，您錯了！翠兒剛才對我說，他們家小姐今天準備好了，要跟你一起私奔呢，她連嫁衣都包在包袱裡帶出來了，您沒看見？」致庸隱約記起來了，然而即便如此那又怎樣呢？長栓痛聲道：「江家二小姐今天是衝著您會帶她遠走高飛，才費盡周折來到財神廟的。為了能出來見您，她今天差點兒要了自己的命！」致庸遽然變色，大叫一聲，撥馬回奔。「二爺——」長栓叫了一聲，飛馬追了上去。

但在財神廟前路口，致庸和長栓卻被曹掌櫃和茂才騎馬攔住了，身後則是曹氏的馬車。「東家，您哪裡去？」曹掌櫃看著他沉聲問道。致庸策馬大叫：「曹掌櫃，你讓開！」曹氏在車中探出頭來，沉靜說道：「二弟，雪瑛表妹已經走了，你還去見誰？」致庸撥馬就走。曹掌櫃再次攔住他道：「東家，事已至此，您不能再去！」致庸狀若癲狂，叫道：「我就要去江家，我一定要見到雪瑛！」說著他用力踢馬，衝過曹掌櫃的攔阻，向前疾馳而去。茂才在後面遠遠地喊道：「東家，你去了就真能帶江家小姐遠走高飛？你真的忍心不要喬家了嗎？」馬終於慢下來，致庸在馬上搖晃著，後面幾個人嚇得一起大叫：「二爺，二爺！」致庸聞聲穩住身子，仰面朝天，淚流滿面。不待眾人反應過來，他已經撥馬跑上另一條路。曹掌櫃鬆了一口氣，對發愣的長栓道：「還不快去跟著東家！這會我們大家就靠你啦！」長栓心中不忍，歎口氣趕緊打馬跟了上去。

2

在繡樓的床上沉沉躺了許久的雪瑛，在千呼萬喚中終於微微睜開眼睛。江母哭道：「雪瑛，你就出個聲讓娘放心一下吧……」雪瑛略微動了動，突然意識到手裡還緊緊攥著個香囊，那個從致庸那裡要回的香囊。她像著火一般將它扔掉，含淚尖叫：「翠兒！快拿去把它扔了！燒了！我不想再看見它！」江母急對翠兒道：「快，叫你扔了燒了，你就快點去扔了燒了……」翠兒答應著，從地下撿起香囊，卻見雪瑛又到處亂摸起來，哭著問：「翠兒，我的玉環呢？我的鴛鴦玉環呢？」翠兒道：「小姐，玉環您不是已經還給……」

雪瑛一驚，定睛看著她手中的香囊，又改了主意，叫道：「不，把它拿回來！拿回來！」江母完全沒了主意，跟著又叫：「快，翠兒快給她！」翠兒遲疑一下，又將香囊遞給雪瑛。雪瑛將它攥在手裡，狂吻不止，接著大哭起來。

江母跟著哭道：「女兒，女兒，你就想開點吧，人這一輩子都不容易，只怕致庸也有難處啊……」雪瑛像從迷亂中醒過來一樣，不哭了，只是眼裡靜靜地流淚。江母又怕起來，哭著道：「雪瑛，你說話呀，你到底咋想的呀？」雪瑛突然抱住江母，痛入骨髓道：「娘，我受不了，我真的喜歡致庸呀，打小就喜歡！這一生一世，只怕，只怕我都得不到他這個人了，我活著還有什麼意思啊？」江母愣了一下，猛地抱緊她，兩人摟著放聲大哭，一旁的翠兒忍不住也抽噎著抹起了眼淚。

江家繡樓下，江父醉醺醺地走來。李媽驚慌道：「老爺，小姐不好了，你快上去看看吧！」江父一驚，酒醒了一半，怒道：「她又出啥事兒了？哎呀，她可害死我了！我再也不想管她了，隨她去吧……」話雖這麼說，可他還是匆匆向繡樓跑去。繡樓上，雪瑛和江母仍摟在一起大哭。江父衝上來咋呼道：「這又是咋啦，你們到底要鬧到什麼時候，什麼地步啊？」江母氣不打一處來，鬆開雪瑛，撲上來揪住江父亂撓，罵道：「都是你，都是你害的，雪瑛要是有個三長兩短，我跟你拚命！」江父不知就裡，狼狽地掙扎著：「哎，哎，你這個瘋娘們兒，這算是怎麼回事呀？」床上的雪瑛又死一樣閉上了眼睛，嘴角竟然溢出血絲。翠兒見狀急叫道：「小姐……」江父江母總算停了手，一起回頭看雪瑛。江父跺腳道：「來人，快去請大夫啊！」他看看床上一動不動的雪瑛與哭作一團的江母，忍不住歎氣道：「我這是哪輩子作了孽，遭報應了……」

喬家堡村外的打穀場上，致庸和長栓正一起喝著酒，醉態百出。「無情的三百兩一封書信，倒叫我穆桂英有家難奔哪呀呀呀……」致庸高聲唱著山西梆子《告廟》，眼淚流個不止。

時間一點點過去，致庸喝得越發糊塗，仍舊吼著那幾句戲詞。長栓大著舌頭勸道：「唱得好，唱得好，不過二爺您歇歇吧，也別喝了，您既沒法跟江家二小姐私奔，那咱就回去，新娶來的二太太還在家等著您呢！」致庸發著酒瘋道：「什麼二太太？她是誰？我不知道什麼二太太！我不認識她！今兒我高興，一醉方休！」長栓勸了一會兒，生氣道：「你已經醉了！還用再醉嗎？」「誰說我醉了？」致庸趔趄著站起，東倒西歪地走著，仰天喊道：「我醉了？我沒醉……」喊了一會兒，他又唱起來。長栓既生他的氣，也生自己的氣，索性不再理他，自己大喝起來。致庸唱了一陣，突然撲過來道：「喝吧，我……陪你喝……」他過來搶長栓的酒，長栓護住酒罈不依，兩人扭作一團，那酒罈反而滾落一邊，酒液如傷心人的眼淚四處流淌出來。

夜色越來越濃，喬家洞房裡玉菡依舊僵僵地坐著，蓋頭下的神情孤獨而不悅。明珠又悄悄走回來，偷看她一眼，站在一旁不說話。玉菡煩躁地瞧她一眼，心裡突然害怕起來，剛才她已經問了明珠好幾遍，也問不出個所以然，因此這會便沒有再開口。明珠努力找著話題道：「小姐，我讓他們把飯送過來吧？」玉菡道：「不，我不餓。」明珠退到一邊，咬著嘴唇發起呆來。玉菡剛要開口，明珠突然慌道：「啊，我給小姐拿杯茶吧。」玉菡掀起點蓋頭，深深看她一眼，很明顯感覺到她在掩飾什麼。

夜越來越深，院外的喧鬧早已平息，繼之而來的寂靜幾乎令玉菡窒息，但她倔強地堅守著。當自鳴鐘再次響起，時針指向午夜，玉菡猛地一把掀掉了蓋頭。明珠正倚靠著桌子打瞌睡，一驚醒來，被她的樣子嚇了一跳。玉菡兩眼含淚，面色蒼白，嚴厲道：「明珠，說吧，姑爺到這會兒還不回來，你在外頭到底聽到了什麼？」明珠頭一低，慌張道：「小姐，明珠不敢亂說。」「好妹妹，你現在就是不說，我也猜得出來，一定是出事了！」明珠慌亂地向她看一眼，又趕緊把眼神避開。玉菡流著淚低聲道：「說吧，為什麼姑爺到了這會兒，還不願進洞房？」明珠欲言又止。玉菡忍不住亂猜起來：「喬家當初急著娶我進門，這會兒姑爺卻不願意進來，一定是姑爺不喜歡我，嫌我，嫌我……長得醜！」明珠嚇了一跳，趕緊擺手道：「不，不是！」玉菡猛轉身，拭淚沉聲道：「要不就是喬家人嫌陸家的嫁妝不夠排場？」明珠又急著擺手：「不不，也不是！小姐，您別瞎猜了啊！」玉菡心中更亂，忍不住哭道：「那是什麼？好妹妹，我嫁到喬家，眼前能說點知心話的人就是你了，你一定是聽到了什麼，那就告訴我，免得我……」

明珠心中大亂，忍不住含淚道：「不，小姐，我不敢，想來二門內那些老媽子都是在胡說！」玉菡抬頭，越發慌張，急道：「她們都說了什麼，把你嚇成了這樣？」明珠突然哭了：「小姐，她們說……她們說……」玉菡這會兒反而鎮定起來，站起來柔聲道：「好妹妹，不管是什麼事，你都說出來，我……不怕！」明珠眼睛躲閃著，終於一咬牙道：「小姐，我也沒聽得很真，她們私下裡在說，姑爺娶了小姐這天仙般的媳婦，卻還惦記著外頭的那一個！」玉菡臉色急變，道：「你……你說什麼？姑爺在外頭還有女人？」明珠急著擺手否認：「小姐，千萬別把這話當真，她們胡說呢！」玉菡頹然向床邊退了幾步，渾身顫抖著坐下，道：「那麼說，姑爺不願意進洞房來，就是因為外頭那個女人了？」明珠看看她，咬咬牙又吐口道：「小姐，那不是個女人，聽說也是一個小姐，什麼祁縣東關江家的二小姐，她們說他天黑前又去見這位小姐了！」玉菡被這話一激，吐出一口血來。明珠大驚，叫道：「小姐，您怎麼了……」玉菡慢慢拭去嘴邊的血絲，含淚鎮定道：「明珠，你現在就替我去見大太太，就說到了這會兒姑爺還沒回來，我一個新過門媳婦，還不認得喬家的路，不知道該到哪兒去找自己的丈夫，她是嫂子，請她幫我找一找！要是找不回來，就請他們家打發轎子，送我回去！」明珠吃驚地看她一眼。玉菡再也控制不住，叫道：「去呀！」明珠害怕地應了一聲，快步走出。

不多會兒，喬家院子裡便站滿了人，人人手中一支火把。曹氏面對眾人站立，聲音不大卻異常嚴厲：「凡是這個家的人，只要還會喘氣，有一個算一個，馬上都給我找二爺去！不管他在哪裡，是死是活，天亮前都得給我找回來！」火把一個一個迅速散去。

明珠咬著唇，一直站在遠處望，許久才折回洞房。玉菡聽了她的回話，半晌沒有任何動靜。明珠害怕起來，一聲聲地喚著她。玉菡再也忍不住，伏身在梳妝檯，肩膀聳動著，無聲地痛哭起來。明珠趕緊上前安慰。玉菡慢慢抬頭拭淚，突然道：「明珠，我錯了！」明珠吃了一驚，說不出話來。玉菡依舊這樣喃喃地重複了幾遍。明珠有點不樂意了：「小姐，您怎麼這麼想？喬家三媒六聘地把您娶進門，大喜的日子，姑爺卻不願意進洞房，是他們對不起小姐，怎麼倒是您錯了？」玉菡也不看她，沉痛道：「真的是我錯了，我喜歡姑爺，就一廂情願以為姑爺也喜歡我，我就沒有想一想，姑爺他心裡也可能還藏著自己心愛的女人。」一聽這話，明珠噘著嘴跺腳道：「小姐，您這麼說，可就太委屈自個兒了。咱嫁都嫁進來了……」玉菡神情越來越剛強，擺手道：「以前玉菡不知道，錯了也就錯了；現在玉菡知道了，也就知道怎麼做了！」「小姐——」明珠不覺擔心起來。玉菡拭淨淚水，面色平靜道：「什麼話也不要對人說，就當你什麼也不知道！」明珠看看她，不知該說什麼好了。

時鐘依舊滴答滴答地走著。也不知道過了多久，致庸終於被曹掌櫃帶人抬回喬家大院。他仍在說醉話，時不時高唱兩句《告廟》。曹氏神情沉著地看著他，一字一字道：「送進洞房！」眾人皆搖頭，但還是照曹氏的吩咐辦了，將醉得不省人事的致庸抬進了洞房。

月光像水更像淚一樣流淌下來，玉菡看著致庸死人一樣躺在床上，心頭萬千思緒纏繞，目光中卻漸漸現出柔情。剛送他進來的時候，那張媽賠笑說二爺今日大喜，在外頭喝多了，請她多多擔待！玉菡兀自鎮定客氣地向眾人道謝。當喬家眾人捂著鼻子退去後，明珠呆立一旁，看看致庸，又看看一直在注視致庸的玉菡，忍不住掩鼻道：「小姐，瞧他醉的！」玉菡沒有做聲，卻突然下了一個決心，走向前去，同時回頭對明珠道：「快來，幫我替姑爺脫衣服。」說著她開始動手幫致庸脫靴。明珠走上前攔住她：「小姐，看弄髒了您的衣服，我來吧！」玉菡點點頭，退後幾步看明珠幫致庸脫靴，不一會兒終覺他到底是自己的丈夫，又忍不住走過來幫明珠。不料致庸忽然醒過來，繼續發酒瘋道：「你們是誰？怎麼在這裡？我在哪裡？」玉菡臉色驟變。明珠又急又怕，看一眼玉菡道：「姑爺，這是我們小姐！」致庸兩眼通紅，藉著酒勁繼續喊：「你們小姐是誰？我不認識她！」「姑爺，別鬧了！」明珠按住致庸勸道。致庸又折騰了兩下，閉眼睡去。明珠看玉菡，玉菡卻面無表情地繼續給致庸脫衣，又回頭看明珠：「把被子拿來，給姑爺蓋上。」明珠默默看她，歎一口氣，拿過被子來。玉菡親手幫致庸蓋好。致庸毫無覺察，鼾聲大起。明珠在水盆裡打溼毛巾，遞給玉菡，玉菡仔細地幫他擦去臉上的酒漬。明珠反倒成了看客，忍不住發愁道：「小姐，他這個樣子，您怎麼睡？」玉菡小聲囑咐道：「明珠，以後要叫姑爺，別再他他他的了。」明珠默默點點頭。玉菡漸現出幹練的本相，又吩咐道：「去，讓廚房做碗醒酒湯，拿來給姑爺喝！」明珠趕緊應聲去了。這邊致庸忽然叫起來：「茶！茶！」玉菡看他一眼，端茶過來，開始有些不習慣，但還是鼓起勇氣，抱起致庸的頭，餵他喝茶。喝了幾口，致庸猛地趴在床邊，狂吐起來。玉菡被嚇了一跳，看著他難受的樣子，走過來幫他捶背，又餵他茶喝。明珠端著一碗湯走來，看了一眼驚叫：「小姐，怎麼這麼臭！」玉菡叱斥道：「哪裡臭？姑爺出酒了，快過來幫我。」明珠放下湯碗，依舊捏著鼻子，道：「這麼臭您都聞不出？」玉菡瞪她一眼，明珠吐吐舌頭，趕緊過來幫忙。致庸又吐又鬧，折騰了好一陣，終於沉沉睡去。玉菡吩咐道：「把地上擦乾淨！回頭咱們再把醒酒湯讓姑爺喝下去！」明珠大為驚訝地看了她一眼，繼續收拾起來。

好容易忙完，玉菡坐下來，道：「明珠，你去吧，這裡有我呢。」明珠累壞了，應聲出門，回頭又道：「小姐，姑爺睡沉了，您也睡一會兒吧。」玉菡點頭，接著又搖頭，默默注視起致庸來。明珠看看她，有點不放心，道：「我也不睡，我就在隔壁耳房打個盹，姑爺有事，就喊我。」玉菡默默點頭，明珠這才帶門走出去。

玉菡在燭火下久久望著沉睡的致庸，臉上現出笑意，眼角卻溢出了淚花。致庸動了動，她心疼地將一縷亂髮從他眼前捋到額邊去。致庸又叫：「長栓，水！」玉菡急忙取水過來餵致庸喝，致庸大口大口地吞咽著，玉菡心疼地看著他，臉上不禁現出滿足。喝完水，致庸很快重新沉睡。玉菡有點撐不住了，她想守他一夜，可還是和衣在他身邊睡著了。

然而沒過多久，玉菡的眼睛卻又慢慢睜開了，眼睛又大又亮，在燭光的映襯下閃著一種別樣的熾熱和痛苦，漸漸地，雙眼湧滿了淚水。終於，玉菡沒能忍住，她翻過身去，壓抑地痛哭起來。

又不知過了多久，玉菡的意識漸漸模糊，淺淺睡去。一支紅燭在床邊不動聲色地高燒，靜靜地注視著眼前的一切。突然，致庸緩緩睜開眼睛，慢慢地坐起，下床，急著向某個方向走，又似乎突然想起什麼，冷不丁地站住，直著眼睛望著前方，落淚癡情道：「雪瑛，雪瑛，我知道總有一天你會明白我的心！我今天不是不想跟你一起遠走高飛，只是我的翅膀被人捆住了！」玉菡一驚，睜開眼睛，卻被眼前的景象嚇住了，一動也不敢動。致庸繼續流淚道：「雪瑛，我是一個男人，一個男人，自從他生下來，肩頭上就挑上了家國之重。一頭是祖宗和這個家，一頭是一個男人的胸懷和志向，我雖然不想經商，也不想做官，可只要我是個男人，就走不出家國兩字！雪瑛，雪瑛，為了這兩個字，我只能忍心撇下你，做一個負心之人了！」玉菡哆嗦起來。致庸繼續柔聲道：「雪瑛，雪瑛，我看到你哭了。你別哭。你懂得了我的心，明白我不是故意負你，我的心就不那麼疼了……可是我也知道，你是一個癡心女子，我就是再說什麼，我也還是負了你了，我這輩子，再不能履行我在財神爺面前對你發過的誓言了；可我知道我這一輩子都要受到懲罰，我會一生一世，心疼如割，雖生如死！」玉菡越來越怕，使勁地咬著牙，不讓自己顫抖的哭聲沖瀉而出。致庸回頭，悄聲道：「雪瑛，雪瑛，離開你以後，我一直睡不著，就是因為這些話我

沒有對你說出來；現在我說出來了，心裡明亮了，可以睡著了！」他一步步走回床邊，直視著玉菡：「雪瑛，雪瑛，你聽到了嗎？你一定聽到了我的話！對不對？我可以睡啦！」他的臉上突然現出一種孩童般的稚氣與天真，好似做了壞事終被大人原諒一樣如釋重負，衝玉菡點點頭，上床，閉上眼睛，身子向後「咚」一聲躺下，馬上就睡著了。

玉菡渾身顫抖，仍舊咬著牙克制著，眼淚如斷線珍珠般無聲地下落，神情卻也越來越剛毅。現在，她終於什麼都知道了……她噙著淚睜大著眼睛看著清冷的窗外，再也沒有睡著過。只有月輝如水，靜靜地撫慰著她破碎的心。

3

清晨的陽光帶著一點窺視的意味，照射進這個不平靜的洞房。致庸仍然昏睡著，玉菡早早起身，慢慢梳妝，神情平靜。明珠打著哈欠進來，看看她的臉色，帶著擔憂小聲問：「小姐，昨天夜裡姑爺沒有再鬧吧？」「啊，沒有。」玉菡搖搖頭，緩緩往頭上戴著花飾。房內的自鳴鐘響起，「小姐，都這時候了，姑爺可真能睡！」明珠看看床上的致庸微微皺眉。玉菡「噓」了一聲：「小聲點兒，別吵醒了他。」明珠忍不住笑她：「瞧您，多心疼他呀！」玉菡也要笑，但眼裡的淚水卻要湧出，她咬咬嘴唇，硬生生地忍了回去。

日頭悄悄地升高，致庸終於睜開眼睛。他頭痛欲裂，久久地望著床頂，半天才明白這是一個什麼地方。他忍不住又閉上眼睛，盼著永遠不要醒來。就這樣過了許久，他知道最終是躲不過，咬咬牙，重新睜開了眼睛。

他的太太，他新娶的太太——太谷陸家的陸玉菡正平靜而羞怯地望著他。旁邊一個俏生生的小丫鬟先是咳嗽一聲，看看他們兩人，接著笑道：「姑爺，您怎麼了？不認識我們小姐了？」腦中電光一閃，致庸想起許多昨晚的事來，他心中一驚，急忙起身下床，道：「哎喲瞧我這……」「姑爺，昨晚上您喝醉了，吐了一地，可把我們小姐折騰苦了。」明珠噘著嘴道。玉菡連忙喝止：「明珠——」明珠不理，繼續道：「昨晚上我們小姐為了侍候您，一整夜都沒睡好，您看眼圈都黑了！」玉菡跺腳道：「明珠，別說了。」致庸急忙整衣，對玉菡施了一禮：「實在……實在對不起，昨晚我一定失態了。」明珠見他道了歉，心中頗為得意，卻見玉菡看看致庸，平靜道：「二爺說哪裡話呢，明珠，還不侍候姑爺洗臉？」致庸忙道：「不用麻煩姑娘，我……我到外頭書房洗去。」玉菡轉過身仍舊坐回梳妝檯前，一邊戴首飾一邊笑道：「二爺，現在這裡可是你自個兒的家，你還往別處洗漱？」致庸有點狼狽：「那是那是，不過——」明珠看看這個，又看看那個，笑著去打了盆水進來。

「明珠，你去吧，我來侍候二爺洗臉。」玉菡想了想，親自過來侍候。明珠看看她，笑著放了手。致庸大驚：「太太，這可不敢，我……我還是出去洗吧。」玉菡看看他，笑道：「怎麼，二爺是不是嫌陸氏醜陋，不願讓陸氏侍候？」致庸又吃了一驚：「這是哪裡話，只是……」玉菡回頭吩咐明珠道：「你去吧，我侍候二爺洗臉，還有幾句話要跟二爺說呢。」明珠應聲退下。「二爺，請洗臉。」玉菡絞了把毛巾遞過來，「太太，我自個兒洗。」致庸一邊推讓，一邊自個兒急急忙忙地洗起來。玉菡一邊忙著遞東西給他，一邊道：「二爺，聽說是生意上出了點差錯，喬家才打定了主意娶我的，是嗎？」致庸沒料到

她一張口就這樣直截了當，當下吃了一驚，趕緊把臉埋進水盆。「二爺，你看陸氏也進門了，我能不能知道喬家生意上還缺多少銀子？這樣我也好心中有個數呀。」玉菡仍然笑著說。致庸只得把臉從水盆裡抬起：「啊，既是說到這事，我也就講實話。我們家生意上是出了點差錯，要想渡過這一關，至少……至少需要五十萬兩銀子。」「二爺，我可聽外人講，喬家和我們家結親是假，打算結親以後，向我爹借銀子才是真。這話可是真的？」玉菡平靜地繼續著她的話題。致庸看著她那張純淨的面孔，沉默了好一會，最終老老實實地說道：「太太，不瞞你說，喬家走投無路之際，是有這種想法的，不過……不過太太不要多心……」玉菡重新坐回到梳妝檯前，顫著手往頭上插首飾，過了好一會兒才又平靜道：「二爺，你打算啥時候去向我爹借銀子呀？」致庸走到她身後，鼓足勇氣拿起一件首飾遞給她，道：「要是合適，我打算過兩天就去。」玉菡手中的動作停了停，笑道：「二爺，我爹是有名的山西第一摳，他的銀子可不好借。再說我們都是商家，商家向商家借銀子是有規矩的，你一下就要借五十萬兩，打算拿什麼做抵押啊？」致庸給她遞首飾的動作停下來，沉吟半晌道：「啊，我們家在包頭有復字號大小十一處生意，在祁縣和外地還有大德興的六處買賣，我可以用它們做抵押。」玉菡笑著扭頭看他，道：「二爺，在娘家的時候，我怎麼聽說喬家全部十七處生意馬上都要破產還債，根本不能用來做抵押了，喬家眼下能拿出來做抵押的，就只有這一座老宅了。」「怎麼，我們家的事，太太什麼都知道？」致庸不由對她刮目相看，心中又是吃驚又是擔憂。

玉菡微笑著道：「二爺想多了，我一個小女子，知道什麼呀。我只是聽我們家的人說，二爺其實不用借五十萬兩銀子，只要二十萬兩銀子到手，穩住了包頭的生意，喬家就會轉危為安。二爺，是這樣嗎？」不知怎麼，她這種平靜和什麼都知道的態度讓致庸放下心來，他點了點頭。玉菡又含笑問道：「喬家現在只剩下這座老宅能頂出些銀子，你也打算把它頂出去？」致庸狠狠心道：「到了萬不得已的時候，也只好這樣做了！」玉菡問：「二爺，這座老宅，你打算頂多少銀子？」致庸想了想，還是打算騙她一下：「二十萬兩。不能再少了。」玉菡走到穿衣鏡前挑衣裳穿，半晌開口道：「你騙我，我家就是開當鋪的。你們家這座宅子，我知道的，值十一二萬兩銀子，可眼下最多只能頂八九萬兩銀子！」這話立馬讓致庸微微色變。玉菡看看他，又含笑道：「二爺，要是你現在去見我爹，想拿這座老宅頂二十萬兩銀子，我爹肯定不幹。這樣吧，過了三天，二爺自然要陪我回門，到時我替二爺向我爹借銀子，好不好？」致庸心頭一震：「太太，此話當真？」玉菡一笑道：「怎麼，你覺得陸氏幫二爺借不到這筆銀子？」致庸又是激動又是感激：「不不，太太既然能說出來，就一定能做到。太太若能幫喬家借到這一筆銀子，就是救了喬家，就是我喬家的大恩人。太太，先受致庸一拜！」說著他便拜倒下去。玉菡急忙上前扶起道：「二爺，快別這樣。我答應的事，一定去做就是了！」說完她依舊坐回梳妝檯，繼續收拾她的妝容。

致庸心情複雜地看著她。不多久，玉菡收拾停當，在穿衣鏡前左顧右盼了一陣，笑著道：「今天可是我過門頭一天，你該帶我去拜見大嫂了！」致庸深深地望著她，突然對她心生敬意：「太太，請。」

忽聽門外曹氏喊道：「誰說要去見我呀？我自個兒先來了！」說著曹氏便帶著杏兒款款走了進來。致庸有點驚訝地望著曹氏。玉菡匆匆上前拜迎：「陸氏給大嫂見禮。」曹氏

忙將她攙起：「妹妹免禮。以後就是一家人了，不要這樣客氣。」話音一落，這邊景泰已經跪下行禮請安。玉菡忙不迭地扶起，又招呼著看座：「大嫂，應當陸氏過去給大嫂見禮，怎麼能……」曹氏攔住她，回頭道：「致庸，你們都出去吧，我和陸家妹妹有知己話要說！」致庸不知她要幹什麼，但仍舊微微頷首，順從地帶著景泰、杏兒、明珠離去。

玉菡親手捧茶給曹氏，話裡有話但依舊帶著明淨的笑容道：「大嫂這麼早過來，一定是有事要交代陸氏去做，大嫂儘管明言。」曹氏也不言語，突然對玉菡拜倒下去。玉菡一驚，急忙上前去扶她：「嫂子，這是從何說起？快快請起！」曹氏不起，顫聲道：「妹妹，我有一事相求，妹妹答應了，我才起來！」玉菡急道：「嫂子快起，只要嫂子說出來，陸氏無不答應。」曹氏雙手捧出一把鑰匙：「妹妹，我今天過來，只有一件事，就是請你把這把鑰匙收下！」玉菡見狀也跪下來：「嫂子，你要不起，陸氏只得和你一起跪下。請嫂子明言，這是一把什麼鑰匙？」曹氏看看她，心中百感交集，道：「妹妹，這是喬家銀庫的鑰匙。你大哥死後，喬家的家事我就交給了致庸。妹妹既然到了喬家，這把鑰匙我就該交付給你了。」玉菡一聽急道：「嫂子，這怎麼能行？你才是這個家的當家人呀！」曹氏動容道：「妹妹，我在喬家做媳婦二十年了，幫他們管了二十年家。妹妹可能都知道，我和你大哥沒把這個家管好，我們有愧於祖宗！曹氏無德也無才，這麼些年也累了，現在你來了，準能幫著致庸讓喬家起死回生。我現在卸下這副擔子，以後只想吃齋念佛，教導景泰，托你們的福過些清心日子。妹妹，在其位謀其政，你就多多受累了！」

玉菡默默望著曹氏，忽然道：「嫂子，你跟我說實話，眼下喬家銀庫裡還有多少銀子？」曹氏猶豫道：「銀子是還有一些，不過……」玉菡打斷她道：「嫂子，妹妹今天只想聽嫂子一句實話。嫂子只有跟陸氏說了實話，陸氏才願意接過這把鑰匙。」曹氏看看她，一咬牙慨然直言道：「妹妹要我說實話，我就說，今天喬家銀庫裡，已經沒有喬家自己的一兩銀子了！」玉菡心中一驚，但仍從容道：「嫂子既然把話說到這分上，陸氏也就不謙讓了。陸氏明白嫂子的意思，嫂子今天把喬家銀庫交給陸氏，就是把喬家的安危交給了陸氏。陸氏既做了喬家的媳婦，自然當仁不讓！不過嫂子，這鑰匙我今天還不能接。」曹氏看著玉菡心中一驚。只聽玉菡繼續道：「嫂子，剛才陸氏已經答應二爺，三天過後，請二爺和陸氏一同回門，到時陸氏自會向我爹借銀子。陸氏若能借回銀子，再接過嫂子手中的鑰匙也不遲，若是借不回銀子……」曹氏趕緊截斷她的話，上前握著她的手道：「既是這樣，我就再代妹妹管上幾天。妹妹三天回門之後，我再讓人把它送來。好妹妹，我們就這樣說定了。」玉菡大約也沒料到，傳說中是個厲害角色的曹氏，不但貌甚柔弱溫嫻，而且頗為爽氣幹練。當下微微一笑，不再推讓。兩人對視一眼，同時站起，剎那間心中都有了一種莫名的相知親近之感。

4

黃昏時，玉菡一人獨坐洞房，明珠走進來開玩笑道：「小姐，今夜不會再讓人去找姑爺了吧？」玉菡沒做聲，過了一會沉聲道：「明珠，你讓人出去告訴姑爺一聲，我身體不好，這兩天想一個人睡，讓姑爺委屈一下，在外面書房裡睡吧。」明珠一愣：「小姐，你們可是新婚呢。」玉菡一擺手道：「就這麼出去對姑爺說，姑爺不會怪罪我的。」

書房內，致庸正和茂才下棋，眼見著夜晚將至，致庸多少有點忐忑不安起來。杏兒走進來道：「二爺，大太太請您回新房。」致庸站起回頭看茂才。茂才點頭鼓勵道：「去吧，二爺，新娘子等著你呢，不可過分冷落了她的心。」致庸深吸一口氣，鼓足勇氣大步走出。茂才隨即站起，望著他的背影，暗暗歎一口氣。

致庸走至二門，突見明珠一閃而出：「姑爺，小姐有句話，讓我稟告二爺。」致庸一驚，連忙問道：「什麼話？」明珠附耳說了幾句。致庸一聽不覺大為放鬆：「是嗎？好好好，我去外面書房睡。」明珠看看他，又道：「小姐還說，這事不要讓大太太知道了，她怕大太太怪罪她。」致庸滿懷感激道：「回去說給你們小姐，此事你知我知她知，別人不會知道的。」他大為輕鬆地走回書房，心中有了一種想說卻說不出的奇異之感。

三日轉瞬即過。那日半上午，陸大可正在鴿棚把玩鴿子，忽見侯管家跑過來稟道：「東家，小姐和喬家姑爺到了！」陸大可「哼」了一聲，仍舊侍弄他的鴿子。侯管家看看他，加了一句道：「姑爺和小姐請您去受禮呢。」陸大可瞪他一眼，沒好氣道：「他們哪是來給我行禮的，他們是來借銀子的！」侯掌櫃笑而不語。陸大可放下鴿子，與他一起走了回去。

客堂裡，陸大可慢慢走進來，致庸與他四目相視，大吃了一驚。陸大可呵呵一笑道：「怎麼，今天到底認出我是誰了？」致庸想起那日購玉的情景，不覺失笑道：「原來岳父您就是……」陸大可打斷他，正色道：「認出來了就好。致庸，有件事我得說給你聽，選你做我的女婿，不是我的主意。那天夜裡，你在山西貢院龍門前和那兩位朝廷大員辯論重商之理，我和我閨女都在場。後來在我們家玉器店裡，我一兩銀子賣給你一只值二十兩的鴛鴦玉環，其實也不是我的主意，我是見我閨女沒有出面阻止，才和你成交的。」致庸不由驚訝地看了玉菡一眼。玉菡急忙避開他的目光。

陸大可扭頭道：「侯管家，不是說他們要給我行禮嗎？快點吧。」侯管家一聽，笑道：「東家您請上座。明珠，快侍候喬姑爺、小姐給東家行大禮。」陸大可心中到底還是高興，大搖大擺在尊位上坐下，明珠給致庸、玉菡鋪下拜氈。侯管家在一旁大聲道：「新姑爺、新姑奶奶給老爺行禮了！一拜——」致庸和玉菡依言跪下叩頭。三拜過後，侯管家命明珠攙起玉菡，自己則上前去攙致庸。陸大可自個兒先站起來道：「好了好了，意思到了就行了。侯管家，下面的事你就替我忙活吧。」致庸和玉菡剛起身，陸大可已經自顧自離開了。致庸和玉菡對視一眼。玉菡想了想，忙帶著明珠跟過去。侯管家心中好笑，臉上仍舊不動聲色地客氣道：「姑爺，您先這邊請……」

內室中，陸大可前腳進來，就見玉菡後腳跟進，不禁回頭洩氣道：「怎麼這麼快？」玉菡也不說話，徑直跪了下去。陸大可裝作不懂道：「怎麼了，不是剛磕過嗎？」玉菡含淚道：「剛才是女兒回門，您女婿和女兒應當給爹行禮；現在這一跪，是女兒求爹爹來了！」陸大可明知故問道：「你總不會是替喬家向爹借銀子來了吧？」玉菡點頭道：「爹，女兒正是借銀子來了，如果借不到銀子，只怕……」一聽這話，加之看到玉菡明顯瘦了一圈的小臉，陸大可跺腳道：「當初我就跟你說過，喬家窮了，你不信，非要嫁給他們家；這會兒嫁過去了，才三天，小臉就瘦了一圈，這下後悔了吧？」玉菡心中一痛，含淚搖頭道：「不，女兒只是回來向爹借銀子，沒有後悔。」陸大可瞅瞅她道：「不行！當初我就對喬家曹大掌櫃說過，只嫁閨女，不借銀子！」玉菡想了想，站起來嬌聲道：

「爹，喬家處在生死存亡之際，您伸手幫我們一把，喬家就能得救；您不幫這一把，女兒就要討飯了。爹，我求您了！」陸大可繃著臉問：「真要借？」見他口氣有點鬆動，心中盤算著，玉菡趕緊趁坡騎驢，笑道：「借銀子還有假的？」陸大可作沉吟狀，歎氣道：「玉兒，你是我的女兒，致庸是我的女婿，你們倆一起上門來借銀子，我還是說不借，傳到外頭去也不好聽。可你爹我是個商人，就算是你們借，也得照規矩辦。這你總懂吧？」玉菡點頭笑道：「爹，我是您的女兒，這些當然懂。爹說吧，要多少利息，我們照給！」

陸大可「哼」了一聲，拿腔拿調道：「第一，你們打算借多少？第二，你們借走了我的銀子，拿什麼做抵押？」玉菡過來搖晃著他的胳膊，繼續撒嬌道：「爹，您甭害怕，我們不借多，我們只借二十萬兩，用喬家的老宅做抵押！」陸大可一聽斷然拒絕：「老宅？不成不成！玉兒，你是不是忘了，沒過門之前你到喬家去過，你可親口對我說過，他家的老宅最多值十一二萬兩銀子！」玉菡心裡「哼」了一聲，後悔當初不該和他說這些。她想了想，索性大聲道：「爹，您是不是不想借這筆銀子？難不成您就想眼睜睜地看著喬家一敗塗地，讓自個兒閨女沿街去討飯？」陸大可盯著她的眼睛，心中又盤算了一下，直言道：「不，你錯了，我會借，而且不止借二十萬兩！」玉菡吃驚地看著他，簡直不相信自己的耳朵。陸大可笑道：「喬家要想翻身，沒有五十萬兩銀子不行。可是你們必須用別的東西做抵押！」「爹，可除了一座老宅，喬家眼下確實沒有別的東西了！」玉菡大感為難，看了她爹一眼，心中突然升起一個可怕的疑問，這疑問實在太可怕了，她想了想便趕緊撇一邊去了。只聽陸大可迅速說道：「不！喬家還是喬家！眼下喬家並沒有破產還債，對不對？」玉菡點點頭。陸大可又道：「哎，我說，你一個新過門的媳婦，我跟你說這些，你能替他們家做主嗎？」玉菡慨然道：「爹，您說吧，今天我能做得了這個主！」陸大可道：「那好。我明天就可以給喬家送去五十萬兩現銀，但喬家要以包頭、祁縣、太原以及京津的全部十七處買賣以及喬家大院做抵押。月息三分，三個月後你們要是不能連本帶息還我，我就把它們全部收掉！」玉菡大駭，失聲道：「月息三分，三個月？爹，原來您……您也想吃掉喬家的生意和房產？」陸大可看看她，振振有詞道：「怎麼著，嫌這個條件苛刻？哼，只怕就這個條件，你們打著燈籠在整個山西也借不到五十萬兩銀子。沒有銀子，喬家包頭的生意，祁縣、太原和京津的生意，還不是照樣要頂給別人？喬家的這些生意能改姓別家，它們為啥就不能姓陸？」剛剛心中那個可怕的疑問轉眼又回來了，玉菡哆嗦道：「爹，您是不是早就打好了算盤？原來您要我嫁給喬家，就是……就是為了這個！」一聽這話，陸大可大不樂意：「玉兒，別這麼說話！不是他喬家來求親，爹才不會讓你嫁到喬家去呢。更何況喬家來求親時，爹反覆問過你的意思，我陸大可雖愛財，但還不至於……」

玉菡想想倒也是實情，心中立刻好受了許多，當下緩聲道：「可是爹，女兒原來是以為……」陸大可一擺手，斬釘截鐵地打斷她道：「啥都甭說了，爹是個商人，一切只能照商場上的規矩行事……我又沒非逼著你們來借我的銀子，你們不情願，也可以不借！」玉菡久久地盯著他，轉身就走。陸大可沒料到她來這一招，心中一驚道：「哎，你往哪兒去？」玉菡「哼」了一聲，痛快道：「爹，您是不是以為女兒嫁到了喬家，喬家就一定要到陸家來借銀子，讓您一口吃掉喬家的生意？」陸大可瞅瞅她，笑道：「怎麼，到了這種時候，難道祁縣、太谷、平遙三縣，還有人願意借給你們喬家銀子？」看著父親一副十拿

九穩的樣子，玉菡雖心事頗重，仍忍不住偷偷一樂，面上卻冷冷道：「爹，眼下喬家在祁縣、太谷、平遙三縣是借不到銀子的，可是您這會兒別以為喬家什麼值錢的東西都沒有了。你忘了？喬家眼下還有女兒帶過去的嫁妝！」

陸大可看出女兒與他鬥起心眼，當下笑道：「你的嫁妝？你的嫁妝也不過值六七萬兩，那救不了喬家的大急！」玉菡看看他，終於「噗嗤」一笑，面帶得意道：「爹，您忘了？喬家這會兒還有一個女兒帶過去的寶貝！」「你是說那棵翡翠玉白菜？」陸大可猛然想起，這下急了：「你……那是陸家的東西，你想拿它怎麼樣？……再說那也不值錢！」玉菡瞅瞅陸大可，故意冷笑道：「爹，您知道它值多少銀子，我現在把它拿出去，馬上就能當回二十萬兩銀子！」

「不，它值五十萬兩！」陸大可一時情急，不覺失口說出，意識到自己失言，又忙道：「玉兒，你出嫁前可是說過了，過門三天你就把它還回來，你不能變卦，那，那是陸家的東西！」玉菡搖頭：「不，這棵翡翠玉白菜，是娘留給我的嫁妝，不是陸家的。爹，照我出嫁前和爹的約定，東西我今天還是帶回來了。您呢，是打算借銀子，還是讓我把這棵翡翠玉白菜帶回去當了，現在就說個準話吧！」陸大可一時氣急：「你你……原來你出嫁之前就打定主意這麼幹了是不是？你早就猜到了爹的心思，所以趁著出嫁拿走了這棵翡翠玉白菜，因為你知道只要有了它，你就能救喬家……我，我真養了一個好女兒！」

聽了這話，玉菡也不樂意了：「原來我以為爹既然願意把女兒嫁到喬家，就決不會讓喬家一敗塗地，可今天我才發覺自個兒錯了。既然如此，我也只能將母親留給我的寶貝當了，我現在是喬家的媳婦，自然不能不救喬家！想來就是母親九泉之下有知，也不會怪罪女兒的！」這一席話說得情理兼備，無懈可擊。陸大可聽了只得跺腳道：「好好好，你贏了，你爹輸了行不行？」玉菡口氣越發強硬，道：「月息二分五，借期半年。」陸大可不想再和她鬥下去，氣悶道：「把女婿叫進來，我跟他談。」玉菡跪下磕頭道：「女兒謝謝爹。」接著她回頭吩咐在外間守候的明珠進來，從明珠手中接過一個包，仍舊跪著將包遞給陸大可：「爹，天氣涼了，這是女兒給爹織的毛襪子！」陸大可接又不是，不接又不是，臉寒了半天，末了還是接了過來：「好了好了，起來吧。」玉菡依言站起，道：「爹，我去了。」「去吧去吧。」陸大可坐在椅子上，扶頭閉眼連連擺手。玉菡走了幾步，又站住回頭，淚水盈眶道：「爹，您的胃不好，我不在家裡，您可要讓他們多想著點兒，不要吃涼的！」

陸大可眼淚猛地湧出，趕緊一手捂住眼睛，一手示意女兒快點離開。半晌，只剩他一個人的時候，陸大可拿起桌上的毛襪子，看了看扔在桌上，痛苦地自語道：「誰叫自個兒養的是閨女呢，一雙毛襪子，竟然要哄走我五十萬兩銀子！」

第十一章

1

陸家內客廳裡，致庸表面上神閒氣定地喝茶，內心卻如同熊熊大火般燃燒，炙烤得他五內俱焚。過了好半天，才見陸大可氣呼呼地走進來。致庸趕緊站起向陸大可施禮。陸大可沒好氣地瞪他一眼：「喬致庸，我閨女才到你們家三天，你對她施了什麼法術？今天來回門，就開口向我借銀子，你們就不能讓我多舒坦幾天？」致庸連忙賠笑道：「岳父大人，您的話小婿不明白……至於借銀子的事，小婿確實急需一筆銀子，還望岳父大人成全！」

「好了，我把閨女嫁給你，就算是有把的燒餅攥到你手裡了！你說吧，打算借多少銀子，拿什麼作抵押？」陸大可滿心不痛快道。

致庸趕緊一拱手道：「岳父，我想請岳父暫時周濟小婿二十萬兩銀子！」「喬致庸呀喬致庸，二十萬兩銀子就能救了你喬家之急？我都替你算過了，二十萬兩，只夠你穩住包頭復字號大小的生意。經過這場風波，你喬家在祁縣、太原、京津一帶的信譽盡失，萬一水家、元家，還有你大德興的那些中小債主一起向你討債，你喬家還是頂不住！到時，是不是還想向我借銀子？」致庸又是一驚：「岳父，這一層我還真沒想到。」陸大可「哼」一聲：「我可以借給你五十萬兩銀子，但你得拿你們喬家口內口外全部十七處生意做抵押。你是我女婿，我不要你一個月三分利，你半年內還給我，月息兩分五，到時候不能還我的本錢和利息，除了你們的老宅，我會收掉你所有的生意！」致庸聞言陡然變色。陸大可看看他，呷了口茶道：「怎麼，你還做不了主？你要是做不了主，就回去商量好再說吧！」致庸的內心鬥爭異常激烈，半晌，破釜沉舟道：「不，岳父，這銀子，我借！」陸大可上下打量了致庸幾眼，隨後便向侯管家吩咐了幾句，讓他們一起去帳房訂合約。致庸趕緊起身，隨侯掌櫃一起出門。剛走了兩步，陸大可突然喊住他，道：「喬致庸你記住，我是看我閨女的面才幫你這一把的，是我閨女救了你們喬家，以後你要好好待她！」說完，他一轉身走了。致庸站著，心中忽然熱騰騰起來。

2

當日傍晚，曹掌櫃和茂才在喬家書房看到了這份合約。曹掌櫃大驚：「東家，真沒想到，陸老東家也在打喬家的主意！」茂才沉吟半晌，放下合約道：「曹掌櫃，我覺得東家和陸家這一紙合約簽得不錯！」致庸眉頭一聳，曹掌櫃也有點不解。茂才笑著解釋道：「東家，如果你是陸老東家，你會連一紙這樣的合約也不簽，讓你的女婿白白借走你五十萬兩銀子？」致庸一拍腦袋道：「對！岳父大人和我簽這一份合約，是要將我逼到懸崖邊上，橫下一條心，把喬家的敗局扳回來！可他又不明說！」曹掌櫃也笑起來道：「東家，

月息二分五，借期半年，這是打著燈籠都難找的條件款。況且萬一咱們半年內不能還清陸家的本息，想來陸東家也不會收走喬家的生意和房產。」致庸搖搖頭，想了想，神色凝重，道：「錯！岳父只是給了我半年的時間，如果喬致庸能在這段時間內力挽狂瀾，讓喬家的生意在我手中轉危為安，他是理所當然地本利雙收；若是我不能，他準會毫不猶豫地收走喬家的生意和房產……他是一個商人，就是和自己的女婿做生意，也不可能隨便虧掉自己的本錢。更何況於情於理，我也該讓他收走！」曹掌櫃聞言，臉上的笑容又凝固起來。茂才看看兩人，笑著衝致庸一躬到地道：「恭喜東家，銀子有了，又是半年的借期。下一步，就看東家如何施展自己的鴻鵠之志！」致庸笑起來，心裡一片暢亮。曹掌櫃想想，畢竟是有了銀子，也有了半年的緩衝時間，也跟著笑了起來。書房內多日來的鬱氣總算暫時消散。

玉菡打陸家一回來，就開始收拾新房裡的東西。明珠見狀，急問為什麼。玉菡道：「啊，明天咱們回家。」明珠大驚失色。玉菡也不理，想了想又道：「掌燈後去請二爺進來，說我有事要和他商量。」明珠害怕地點點頭，和她一起收拾起來。

夜色漸濃，玉菡收拾完東西，茫然四顧這間又愛又恨的新房，一時間再也忍不住，伏桌無聲地慟哭起來。

「小姐，姑爺來了。」明珠遠遠地喊著，引致庸進了門。玉菡急忙拭淚站起。一時間兩人誰也不說話。明珠不放心地看了看兩人，但仍舊只能快快地退下去。

玉菡的內心如灼燒般，她直視著這個心愛的男人，神情卻出奇地平靜，笑笑道：「二爺，銀子你也借回來了，有句話不知道陸氏當說不當說？」「太太有話請講。」致庸看著她微微紅腫的眼睛，明白她剛剛哭過。玉菡一望見他那黑亮的眸子，呼吸就急促起來，淚又要湧出，趕緊道：「二爺，陸氏出嫁以前，聽說二爺急著娶親，是因為喬家急需一筆銀子，救喬家的大急。二爺，是這樣嗎？」致庸見她又問了這個問題，遲疑了一會，還是像三日前那樣坦率地點了點頭。玉菡見狀含淚笑道：「陸氏再問一遍，只是想讓二爺知道，當日喬家請媒人上門，陸氏以為只要有銀子，就能救喬家，便答應了；更何況太原府一見，陸氏確實……確實傾心二爺，當時以為因著這個機緣，陸家與喬家能結一門好親。可是陸氏錯了，陸氏不知道，原來二爺心裡早就有了心心相印之人……」玉菡努力忍著，但終於流出淚水。致庸原本坐著，一聽這話猛地站起，心頭剛剛結了痂的傷口重新迸裂開來。玉菡仰起頭，流著淚但卻燦若春花般笑道：「二爺的心上人名叫江雪瑛，是二爺的表妹，二爺與她青梅竹馬，有情有義。因此二爺娶陸氏，並不情願，只是為了救喬家，不得已才違心背棄了當初和江小姐的海誓山盟。二爺，我說得對嗎？」「你……你是怎麼知道的？」致庸的聲音顫慄起來。玉菡淚眼矇矓地望著他，仍努力笑道：「二爺，陸氏是怎麼認識二爺的，我都說過了……陸氏答應嫁到喬家，是因為陸氏傾慕二爺的才學人品，實在沒想要拆散二爺和江小姐的姻緣；但現在看來，還是陸氏誤了二爺和江小姐。不過陸氏嫁到喬家以前，千真萬確並不知情，因此望二爺不要怪罪！」致庸吃驚地望著她，一時說不出話來。

「二爺，如果單單是為了借銀子救喬家，你才違心地娶了陸氏，現在二爺已經和我爹簽了約，銀子不再是喬家的難題。二爺心中要是還難以忘懷江家小姐，就請二爺給陸氏一紙休書，讓陸氏回去吧！」

玉菡一口氣說完，再也忍不住地伏在桌上，慟哭起來。致庸大為震驚，半晌終於問道：「你……怎麼，這些事你早就想好了？」玉菡不回答，只一味地痛哭。致庸看著她，猛然轉身走了出去。

致庸徑直到了曹氏的房間，話不說就跪了下去。曹氏大驚，趕緊伸手過來扶，連聲問起原因。致庸痛苦地大聲道：「嫂子，陸氏她……她問我要休書，她要回去！」曹氏縮回手來，嚴厲道：「你呢？你是不是就此打算寫一紙休書給她？」「嫂子，這個人太厲害，太有心計，她什麼都知道，卻能不動聲色地和我一起去陸家借銀子……是她自個兒問我要一紙休書！」

「二弟，你知道她今天是怎麼和你一起借回銀子的嗎？她明明已經知道新婚之夜你不進洞房是因為雪瑛表妹，可還是陪你借回了銀子，你說她厲害有心計，你想沒想過，她這樣做是為誰？」

致庸猛然抬頭看她。曹氏痛聲道：「二弟，我告訴你，為了幫你借到這筆銀子，弟妹差點把她母親留下的翡翠玉白菜都要當了！陸老東家是不想讓她這麼做，才答應借銀子的！這種時候，你還要給她寫休書？但凡你還是個男人，也該替喬家的祖宗和後世子孫，向這個女人下跪謝恩才對！」致庸大驚：「嫂子，這件事情是真的？你如何知道的呢？」曹氏落淚道：「弟妹為了喬家，願意不動聲色地去求她的父親，願意私下當了陸家的寶貝，她不會把自己做的事說出來。自打你們回來，弟妹就一直在哭，在忙著收拾東西。這些事我是從明珠嘴裡逼問出來的。」致庸心中一震。曹氏繼續顫聲道：「我本不想理會這些事，若你不來，我會讓孫先生轉告你，由著你去處理；可你現在來了，我便直言不諱。

你現在有兩條路，一是讓弟妹走，把雪瑛表妹娶回來；二是現在就到弟妹房中去，替你、替我、替我們喬家的祖宗和子孫，叩謝她的大恩，從今往後好好地和她做一對夫妻，像敬重恩人一樣敬重她！你自己斟酌吧！」致庸張口結舌站在那裡，慢慢落下淚來。他不知道，只三天時間，這個剛剛娶進門的女子就對喬家有了如此的大恩！

新房內，玉菡又開始收拾東西。明珠淚流滿面，跪倒勸道：「小姐，我求求您，三思而行啊，您已經嫁過來了，這樣回去，別人會怎麼說？老爺的臉往哪兒放？小姐以後還要不要嫁人？小姐一生的品行、名譽，可都讓這個喬致庸給毀了！」玉菡聽了，像忽然醒過來一般，掩面大哭起來。

外面突然響起腳步聲，接著傳來張媽喜孜孜的聲音：「二爺，您來了！」玉菡一聽，趕緊抹掉眼淚，心頭像小鹿一般亂跳起來。這邊明珠已經跳起來去開門了。致庸一進門，直視著玉菡，突然雙膝跪倒，大聲道：「太太為致庸、為喬家做的事致庸都知道了，太太是喬家的恩人，請受致庸一拜！」玉菡聞言，驚喜交加，攙也不是，不攙也不是，只得含淚道：「二爺這是怎麼說的，快快請起！」致庸道：「你就甭瞞我了，沒有太太，致庸今天在陸家就借不了銀子，只怕一家大小就要流落街頭，太太的大恩大德，致庸終身難忘！」玉菡見致庸這般承情叩謝，反倒哭起來，道：「二爺，打陸氏嫁到喬家的頭一天起，就沒想過要做喬家的恩人，陸氏只是……只是想簡簡單單地做二爺的媳婦……二爺，你……你這會兒還要給陸氏一紙休書嗎？」

致庸看著她滿是眼淚卻努力帶笑的面孔，心中大痛，不知怎麼想起了雪瑛，想到他心愛的雪瑛這幾日不知會哭成什麼樣，忽然心痛如絞。致庸略略一閉眼，驅趕著雪瑛的面

孔，沉聲道：「太太，這種時候，你為何還要說這種話？甭說太太是喬家的恩人，即便太太不是，致庸也不會給太太一紙休書！」玉菡拭淚，笑起來道：「那又是為了什麼？」致庸道：「喬家自有喬家的家規祖訓，既然我已經把太太娶進了家，就再不會有休妻之事。喬家的男人，從來就不允許休妻！」玉菡一邊心花怒放，一邊又擔憂道：「可……可那江家的表妹呢？二爺就不想和雪瑛表妹成親了？」致庸不願回頭，低聲道：「太太，致庸既然娶了妻，心中便沒有別人了。再說……再說雪瑛也要嫁人了！」玉菡大驚：「雪瑛表妹要嫁人了？」致庸艱難地點點頭。玉菡突然哭起來。致庸吃驚道：「太太，你又怎麼了？」玉菡轉身避開他，哭道：「二爺，你這會兒先出去。陸氏是個女人，二爺的話讓陸氏太高興了，剛才我還以為自個兒的天要塌下來了，二爺的一席話如同撥開烏雲，又讓陸氏看到了藍天，陸氏想……想一個人哭一會兒。」致庸心中一動，忍不住定睛向她看去。剛巧玉菡也正回頭看他，四目相對，玉菡不由發出了嬌聲：「人家叫你出去，你就快出去呀。」致庸聽了，只好轉身離去。玉菡想了想，鼓足勇氣嬌聲道：「待會兒二爺可要進來，不能再讓陸氏獨守空房！」致庸吃驚地回頭注視她。明珠也抹淚笑著往外推致庸：「姑爺，小姐要您出去，您就先出去唄。」致庸臉紅起來，點頭出門。

雨「嘩嘩」地下起來，致庸在庭中久久地站著，舉頭向天，讓細雨澆滅心中痛苦的火焰。明珠收拾好房間，出來尋他，遠遠望見致庸這般模樣，心中又犯起了嘀咕，她想了想走上前去，打傘遮住致庸，誠心誠意道：「二爺，兩好合一好，我是個下人，不會說話，可我家小姐真的是個難得有情有義的人，您一定不能辜負我家小姐啊！」致庸看著這個小丫鬟，一把抹去臉上的淚水和雨水，大踏步向新房走去。

新房內的景象讓他又吃了一驚：玉菡重新蒙上蓋頭，穿著嫁衣在床前獨坐。隨後跟進來的明珠，對致庸施了一禮，喜聲道：「小姐，姑爺來了。」致庸明白了玉菡的心思，快步走過去。明珠從床帳頂拿起秤桿，笑盈盈地遞給他。致庸停了停，將玉菡頭上的蓋頭掀去。燭火下重新裝扮過的玉菡豔若天人，也不看致庸，像頭天的新娘子一樣矜持地端坐著。明珠端過酒來，喜聲喜氣道：「姑爺，小姐，請喝交杯酒。」致庸遲疑了一下，端起酒杯看玉菡。玉菡嬌羞地一笑，端起酒杯，兩人飲了交杯酒。明珠又端來了子孫餑餑，笑道：「姑爺，小姐，請吃子孫餑餑，以後子孫滿堂，大吉大利。」玉菡端坐不動，致庸拿起一個子孫餑餑吃下去。玉菡含羞一笑，也拿起子孫餑餑吃一口，又放回去。明珠掩嘴笑道：「姑爺，小姐，洞房一刻值千金，請安歇吧。」說著她走了出去，悄悄掩上了門。

玉菡背對致庸坐在床前，一動不動，心潮起伏。致庸閉上眼睛站著，努力在內心鼓起力量。突然，洞房中一股奇異的香氣撩動了他。致庸忍不住抽動鼻子問：「好香，哪裡這麼香?!」玉菡回頭看他一眼，臉一紅，低頭端坐。致庸繼續抽動鼻子，向床上的玉菡嗅去，玉菡仍不理他。致庸倒起了逆反心理，涎著臉湊得更近了。玉菡忍住癢，轉過臉笑道：「二爺，你聞什麼呢？」「哎，怎麼這麼香？」致庸繼續嗅著，好似童心大起。玉菡「噗嗤」一笑：「這是我們家巴黎商號大掌櫃捎回來的法蘭西國香水。你們家哪裡會有這樣的東西？」致庸貪那香氣，也不說什麼，只一個勁四處嗅去。玉菡突然解開前襟，露出胸衣，臉驟然大紅道：「朝這裡面聞，香在這裡。」致庸依言就勢趴過去嗅。玉菡臉如紅霞籠罩，明豔不可方物。致庸再也把持不住，「呼」一聲吹滅紅燭。黑暗中響起玉菡的嬌笑：「香嗎？」「香！」致庸大聲道。

洞房窗外，曹氏和明珠一直在偷聽，見紅燭熄滅，兩人放心地對視一眼。又等了一會，曹氏悄聲道：「走吧。」明珠紅著臉應聲去了。曹氏則穿屋過院，慢慢走回自個兒房間，一進屋便跪倒在致廣牌位前，含淚合十道：「大爺，這下好了，他們到底做了夫妻！致庸有銀子救喬家了……你可以閉眼了……」說著說著，她終於忍不住，激動地失聲哭起來。

雨依舊「嘩嘩」地下著，從夢一般的旅途中返回的玉菡，在枕邊撐起一隻胳膊，無限深情地在朦朧的夜色中望著沉睡中的致庸，抹去眼角漫漫滲出的喜淚，悄聲道：「二爺，你睡著了。只有你睡著了，玉兒有幾句心裡話才能對著你說出口……二爺，今兒是你把我留下來的，從現在起，你就是玉兒的親夫，玉兒的天，玉兒的地，玉兒可以不要自個兒的命，也要守住你……」玉菡一邊說，一邊用小指頭輕輕地在致庸年輕赤裸的胸膛上愛戀地小心劃過，自顧自呢喃道：「可玉兒也是個心眼不大的女人呢。你既然留下了我，就不能讓別人再占著你的心，占著你的心的只能是我！……我會一輩子心甘情願地敬重你，為二爺管好家，生兒育女，做牛做馬，就是二爺叫我去死，我也沒有二話，可……你可不要負了我的心！」

她說著，笑著，流著淚，又拭去，好一會兒才心滿意足地睡了。黑暗中致庸突然睜開眼睛，淚水慢慢洇溼了他的雙眸。在初次人生的激奮體驗過後，他深深地自責起來，為雪瑛更為玉菡，在身體的迷亂中，有好一會致庸似乎無法在意識中將她倆清晰地分開，而玉菡的喃喃自語更讓他深感愧疚。致庸輕輕坐起，小心地幫玉菡掖好被角，久久地望著這個已經打動了自己、自己卻仍然不熟悉的女子。

3

在玉菡的眼裡，第二日清晨的陽光別樣明媚，她從梳妝檯的鏡子裡偷偷地瞄了瞄心愛的男人，微微一笑，回頭和顏悅色道：「二爺，古人中有個張敞，喜歡給他的妻子畫眉。你看看，我這眉畫得還成嗎？」致庸明白她的意思，默默走過來給她畫眉。這一來，玉菡的臉倒紅起來。張媽拿著放銀庫鑰匙的托盤進來，一見這個場面，站也不是，走也不是。玉菡見狀輕聲含笑道：「放那兒吧，回去稟告大太太，我收下了！」張媽放下托盤走出，又回頭紅著臉看了致庸和玉菡一眼。玉菡忽然輕笑一聲問：「二爺，那只玉環呢？」致庸一驚，手中的眉筆抖了一下。「什麼玉環？」「二爺是不是忘了，我爹在太原府一兩銀子賣給你的那只鴛鴦玉環。」玉菡忍不住看他一眼，致庸心中一痛，含糊道：「啊，你說它呀，沒出太原府，就讓我給弄丟了。」玉菡信以為真，失望道：「瞧你這個人，丟三落四的。當初我爹僅一兩銀子把它賣給了你，還指望有一天你能親手給我戴在腕上呢。」致庸的心又疼了，拿眉筆左右亂顫。玉菡見狀作嬌態道：「謝二爺，我好了，出去做你的大事吧！」致庸努力笑著點點頭，轉身快步走出。

明珠在一旁悄聲道：「小姐，還是您厲害。」玉菡嗔道：「說什麼呢。不准這麼說話。對了，以後你也是喬家的人了，稱呼他二爺，叫我太太吧。」明珠點頭偷笑道：「知道了。小姐，您是不是特別喜歡人家叫您太太？」玉菡一不做二不休，撒嬌道：「怎麼，我就是喜歡！太太我今天心裡特高興，知道嗎？」

致庸從書房抽屜裡找出那只鴛鴦玉環，只一眼，心中便疼痛難忍，匆匆將它塞進抽屜深處，用書和帳簿蓋在上面。愣了一會兒，他忽又自語道：「雪瑛，雪瑛，我已經負了你，怎麼還能負她？我負你的是情，若再負了她的恩，就是不義……我喬致庸如今怎麼就成了個無情無義的人了！」致庸眼角溢出了淚花，衝動地拿出玉環要走出去。屋外忽然傳來茂才的喊聲：「東家，東家，你在嗎？」致庸急忙重新放回玉環，拭去眼淚，開門將茂才迎了進來。茂才一進門，就讓致庸把這幾天針對喬家而來的兩支鏢比著看。致庸的思緒被打破，也湊過來。茂才沉吟道：「東家，哪支是你婚禮上打中雙喜字上的，哪支是劉黑七釘在喬家大門上的，你還能分辨出來嗎？」致庸搖頭。茂才沉聲道：「這兩支鏢，看上去沒有太大的差別，可細看就會發現，它們不是一個師傅打製的！」致庸皺眉道：「是啊，我也在想這件事呢。如果說婚禮那天這支鏢不是劉黑七的人打的，那是誰幹的呢？」

茂才提醒道：「東家想一想可否有什麼仇家？」致庸想了想，搖頭道：「喬致庸剛剛接管家事，自信還沒有和什麼人結下冤仇，誰會想到要用一支黑鏢在我成親之日取我的性命？即便是達盛昌，他們要的也是喬家的生意和老宅，而不是我的人頭。」茂才聞言道：「說得是！」致庸心中已有了一個懷疑對象，但他不說，把兩支鏢全部放回抽屜，微微一笑道：「好了，想不出就先放一邊。茂才兄，後天就是我大哥三七的日子，該想想如何對付了！」茂才胸有成竹，湊近致庸耳邊輕聲說起來，致庸聽得目光明亮，興奮道：「好，茂才兄！」

不多一會，曹掌櫃也匆匆趕到。致庸站起，客氣地吩咐道：「曹掌櫃，明日就是我大哥的三七，你現在就讓人告訴我四哥達慶，還有眾位本家股東，元家、水家的掌櫃，對了，還有咱們『老朋友』達盛昌，明天午時三刻，一起到這裡來，領他們的銀子！」曹掌櫃高興道：「東家，是不是陸家的銀子要到了？」「甭管哪裡的銀子了，總之都是東口的銀子，呵呵！」曹掌櫃看著致庸，佩服地笑道：「對，管它是哪來的銀子，都算東口的。只要有銀子，就是大好事！我這就派人告訴他們！」

不大一會兒，聽到消息的達慶與達庚等一群本家就亂哄哄地趕來了。眾人一擁而進，亂嚷一氣，都在急著要問消息的真假。達慶見狀使勁咳嗽兩聲，擺出舉人老爺的架子道：「哎哎哎，都別吵，我一個人替大家問，行不行？」眾人很快安靜下來。達慶向致庸走近幾步，半信半疑道：「我說老二，你讓曹掌櫃透給我們的信兒，到底是真的是假的？」致庸故作高深狀，微笑道：「四哥，你覺得呢？」達慶緊張地盯了他一會，道：「你又在蒙我們，對不對？」致庸不動聲色，只是笑。達慶心中七上八下，又試探道：「噢，我明白了，你剛成了親，媳婦從娘家帶來一點陪嫁銀子！可是你要非說東口的銀車……」致庸一撩衣襬，坐下道：「四哥，我的話看樣子你是死活也不信了？」達慶扯紅著脖子道：「你根本就沒有銀子。這些天你一直在跟大夥玩空城計！你知道我們這些本家中間真想撤股的人並不多，明天中午讓人拉兩車石頭進門，說是銀子，然後把你媳婦陪嫁的銀子拿出來幾兩擺擺樣子，給大夥吃個定心丸，大夥一見喬家的生意沒有垮，就不撤股了，祁縣城裡那些相與的商家，也不好意思立馬和喬家清帳，你的難關也就過去了，對不對？」一聽這話，屋內立刻有不少人的臉變了顏色，嘈雜聲頓起。致庸四下環顧，哈哈大笑起來。達慶被他笑得發懵，有點惱羞成怒道：「你怎麼不說話？不說話就是我說準了！嘿嘿，老二，你有多少年紀，憑這點小小的手段，就能瞞住你四哥我？」致庸故意做出一副欲言又止、

高深莫測的樣子，悠閒地呷了一口茶，仍不說話。

達慶見狀心裡又犯起嘀咕，察言觀色，繼續試探道：「行了行了，別再跟我玩那個愣！」他一把將致庸拉到一邊，故作語重心長，悄聲道：「老二，再怎麼說我也是你四哥，這會兒你得跟我說實話，明天你要是真沒銀子，哥還是那句話，讓我去找達盛昌的老崔，咱們趕緊把這座老宅頂出去，誰的銀子咱還給誰。這樣你的難關也就過了。哥這是為你好，這樣拖下去，也不是長法呀！」致庸盯著他，突然道：「四哥，達盛昌打算頂多少銀子給我？」達慶跺腳道：「看看，看看，我猜對了不是？沒銀子就是沒銀子，過不了關就是過不了關！」致庸只是笑。達慶湊近他，用更小的聲音神祕地說：「哎，我都跟老崔說好了，不少給你，人家給你八萬兩！夠意思吧！」致庸聞言又大笑起來。達慶臉上變色：「哎，你笑啥？」這邊達庚等人嚷嚷起來：「你們倆在嘀咕啥呢，說出來大家聽聽！」致庸止住笑，環顧了一圈，接著大聲道：「各位本家爺們兒，我實話告訴你們，明天午時三刻，真有東口的銀車到家，這是一；二，萬一東口的銀車到不了，我還另外借了五十萬兩銀子！明天午時三刻，你們就準備好口袋吧！對不起，我要出門了，恕不奉陪！」眾人立刻喧譁起來。達慶一把拉住他，眼睛瞪圓，生氣道：「你等等！」致庸回頭衝他一笑：「四哥，還有什麼事兒？」達慶急道：「誰還會平白無故借給你五十萬兩銀子？打死我也不信，除非這個人昏了頭，是個傻子！」「我老丈人陸大可陸老東家！明天東口的銀子不到，他願意借給我五十萬兩銀子，填喬家這個沒底的窟窿，你管得著嗎？」致庸有點生氣地說。達慶愣在那裡。致庸推開都發愣的眾人，大步朝門外走去。

達慶一把拉住他，怒沖沖道：「致庸站住！這誰不知道，陸大可是有名的山西第一摳，一個不見兔子不撒鷹的人，讓他一下子借給你五十萬兩銀子？打死我也不信！」致庸拉長聲音笑道：「四哥，你不信，我也沒法子，呵呵，何況就您那眼光，不信也罷！」達慶一下子噎在那裡，氣得跺腳道：「好好，你敢不敢跟我打賭？要是明天有五十萬兩銀子到喬家堡，我喬達慶願意把人頭輸給你！要是沒有，你喬致庸把人頭輸給我！」致庸猛一回頭盯著達慶，達慶也壯起膽子回瞪過去，屋裡立刻安靜下來，都盯著他倆看。致庸一笑：「說定了？你不反悔？」達慶心裡發虛，嘴上仍強硬：「絕不反悔！」致庸不再多說，立刻與他擊掌為誓。三擊掌後，他丟下達慶和眾人轉身走出去。眾人傻傻地看著他，又亂哄哄議論起來。

距喬家大院不遠的村街上，達盛昌夥計陳三頭戴破草帽，正扛著串串糖葫蘆站在那兒叫賣。長栓特地把車停在他的不遠處，朝車內的致庸一努嘴，低聲道：「就是他！我們盯了他好幾天了！」致庸想了一會，下車向陳三走去。陳三見他過來，下意識地把草帽檐往下拉了拉。這邊達慶慌慌張張地跑過來喊道：「致庸！致庸！你等等！」致庸回頭笑望著他道：「四哥，你還有什麼事？」達慶拉他往旁邊走兩步，低聲道：「哎我說老二，這地兒只有咱們兩個人，你給哥說句實話，明天午時三刻，真有東口的銀子進喬家堡？」致庸也不回答，笑著買下一串糖葫蘆遞給他。達慶見狀怒道：「我不吃糖葫蘆！我問你，要是明天真有東口的銀車回來，他們走哪條道？」致庸滿不在乎道：「四哥，你問這幹什麼？」達慶急得跺腳道：「我是替你擔心，怕你年紀輕，辦事不周密。剛才幾個本家還在議論呢，車馬行人進祁縣，只有兩條道，一條道就在老鴉山下，另一條道是黑熊谷，你要提防劉黑七，別忘了你和他結下的梁子！」一邊的陳三注意地聽著，耳朵都要豎起來了。

致庸瞟了他一眼，漫不經心道：「四哥，你怎麼把我看成小孩子了！這點事我還不會安排？放心吧你！」達慶還要說話，長栓趕上來，故意責怪道：「二爺，四爺，你們怎麼能站在這裡說這事，就不怕……」他故意看一眼達盛昌的夥計。陳三微微一驚，帽檐往下拉得更低了，臉扭向別處，大聲吆喝起來：「糖葫蘆，糖葫蘆，好大的新鮮糖葫蘆……」致庸故意拉一把達慶，低聲道：「對對，四哥，咱們改日再談吧！」一拱手，和長栓上車揚長而去。這邊陳三抬抬帽檐，望著他們遠去，目光突然大膽起來。

4

祁縣戲園舞臺上，晉劇名角九歲紅正在表演《打漁殺家》，臺下一陣陣叫好聲幾乎要把房頂掀起。鑼鼓聲一陣緊似一陣，弄得包廂裡原本就坐立不安的崔鳴九心跳也加速起來。他擦把汗，後悔把和達慶的見面地點選在這個地方。好不容易達慶才由夥計引著進來，達慶擺足架子坐下道：「怎麼著，崔大掌櫃，你那麼急地請我到這兒，該不會是為了聽九歲紅的戲吧？」崔鳴九假作從容，笑道：「四爺，我沒事，就是想請您老來聽九歲紅的戲。」說著他扭過臉去看戲，不時叫一聲好。達慶搖著摺扇道：「老崔，你就甭瞞我了，聽說致庸明天就能拉回銀子來，你不會有點沉不住氣了吧？」

崔鳴九見狀，反守為攻道：「四爺說笑話了，不過就這件事看，好像沉不住氣的該是四爺吧。」達慶本來心裡就沒底，一聽這話趕緊放下摺扇，道：「哎老崔，你這話我又不懂了。」崔鳴九神閒氣定，道：「四爺是讀書人，考過秀才，中過舉人，自然比我們聰明十倍，崔鳴九想說點啥，怎麼能瞞過您老。我是想說，萬一明天午時三刻，喬致庸的銀子進不了喬家堡，又該如何？」達慶一驚，色變。崔鳴九看看他，冷冷一笑道：「四爺，前幾天我派人到東口查過了，喬家在那裡根本就沒有生意！」達慶一驚：「老崔，為了三萬兩銀子，你還專門派人去了一趟東口？」崔鳴九笑了起來，自負道：「四爺，要是連這點子手段也沒有，還做什麼生意？」達慶努力保持著鎮靜，道：「就是喬家在東口沒有生意，喬致庸還有一手呢，明天東口的銀車到不了喬家堡，他老丈人陸大可也會給他拉去五十萬兩銀子！」崔鳴九哈哈一笑道：「四爺，這話是喬致庸告訴您的？」達慶點頭。崔鳴九「哼」了一聲道：「四爺，告訴您一件事，今兒我剛去太谷陸家福廣聚總號見過他們的大掌櫃，人家親口告訴我，陸東家根本不打算借給喬致庸銀子，他們銀庫裡也壓根兒沒有五十萬兩銀子。這話您信嗎？」達慶一下跳起來，叫：「老崔，你可別嚇我。」崔鳴九欲擒故縱地向達慶打著哈哈道：「看戲看戲，就當我的話是戲言！」

達慶哪裡沉得住氣，跳著腳就往外走，一邊說道：「真叫這個致庸給騙了，我早說過陸大可一個小錢也能攥出水來，怎麼可能拿這麼多銀子幫喬家填無底的窟窿？我得問問致庸去，他到底安的什麼心！」崔鳴九一把拉住他：「四爺，您怎麼走哇，咱們還沒談完呢！」達慶急道：「還有什麼好談的，我……」崔鳴九看看他，搖頭歎道：「四爺真是讀書人，我問您，萬一福廣聚的大掌櫃說的是假話，明天陸大可真的給喬致庸拉去銀子呢？」達慶聞言又一怔，這次他真的有點糊塗了。崔鳴九壓著心中的懷疑和煩亂，清清嗓子道：「四爺，我是這麼想的，陸大可雖然為人吝嗇，可喬致庸畢竟是他的女婿，他再摳門，為了自個兒的閨女，也不至於眼看著喬致庸明天就被眾相與逼得破家還債，您說是

不是？」達慶怔怔地看他，半晌大大地鬆了一口氣：「既然你說來說去，陸大可明天還是會給致庸拉銀子，我也就不愁我的銀子了！老崔，謝了！阿彌陀佛！」崔鳴九「哼」一聲道：「可要是明天陸家的銀子拉不進喬家呢？」達慶一驚：「你什麼意思？」崔鳴九輕描淡寫道：「我是說，眼下兵荒馬亂、匪盜肆虐，萬一陸家的銀車在路上有個閃失呢？」達慶聞言大駭，一驚一乍道：「哎我說老崔，你甭嚇我！」他看看崔鳴九，又急道：「哎，對了老崔，事情若變成那樣，致庸就還得破產還債，等我的銀股收回來，我還得入股你們達盛昌，你可不能食言啊！」

崔鳴九哈哈一笑道：「四爺，想入股我們達盛昌也容易。可是您得幫我打聽一件事。」達慶趕緊接口：「什麼事？」崔鳴九沉住氣，不動聲色道：「您就幫我打聽打聽，陸家的銀車什麼時候解往喬家堡，走哪條路。」達慶一愣，警覺起來，問道：「哎老崔，你打聽這個幹啥？莫不是達盛昌不經商了，改了劫道？」崔鳴九一聽，趕緊打著哈哈道：「四爺您可真能開玩笑，我們也沒本事發那劫道的財啊。實話告訴您，我就是想知道明天的戲喬致庸到底怎麼唱！我就不信，陸大可真捨得五十萬兩白花花的銀子，去幫一個沒進過生意場的花架子女婿。他真這麼做，一定是瘋了！」達慶想了想道：「老崔，我要是不幫你做這事呢？」崔鳴九穩當當地笑道：「四爺不幫我也沒啥。在我，不過是明天午時三刻，不去喬家堡湊這個熱鬧；在你，也不過是日後要不到銀子，以後也不用再入股我們達盛昌！」達慶一聽又急了：「你甭這麼說。好，這事我可以幫你問問。不過咱們可得說好，你知道了也就知道了，千萬不能傳出去，萬一讓劉黑七知道了……」崔鳴九打斷他道：「四爺，這話還用您老囑咐嗎？這樣，明天陸家的銀車進了喬家，那就啥也甭說了；萬一是假的，我仍舊要您這個中人說話，替我頂下喬致庸的老宅！」達慶趕緊點頭：「行，那我再說一遍，若事情變成那樣，我還得入股你們達盛昌！」崔鳴九笑著與他擊掌，道：「一言為定！」達慶不知怎的想起今兒已經與人兩度擊掌為誓，忍不住擦擦腦門汗，轉身慌慌地走出。崔鳴九望著他離去，神情立馬變得陰霾起來。

達慶又一次趕到喬家大院，致庸和茂才忍不住相視會意地一笑。致庸走到院中，笑著對長栓道：「來得好，就請他到院中一見。」很快達慶故作鎮定地走進來。致庸一鏢正中靶心，頭也不回道：「四哥，看我的鏢法如何？」達慶心不在焉，道：「不錯，到底小時候受過形義拳名師指點；不像我，從小就多病，只顧死讀書，到今兒還是手無縛雞之力呀。」致庸練鏢不歇手，笑道：「四哥，我是有力吃力，你是有智吃智，我跟你哪能比呀。你有事嗎？」達慶故作憂愁，道：「致庸，早上打這兒回去，四哥對明天東口和陸家銀車的事兒還是放心不下。哎，你告訴我，這銀車的事有沒有個準兒，啥時候能到，走哪條路？眼下土匪橫行，地面上不靖，你又惹上了劉黑七，可得多加防備哇！」一旁的長栓聞言將致庸拉到一旁，悄聲說了一句什麼話。致庸大笑。達慶心下忐忑，問道：「哎你笑什麼？」致庸道：「四哥，剛才長栓這狗頭提醒我，不讓我把銀車走哪條路告訴你。我還沒信不過你呢，他先就信不過你了！」達慶臉一陣紅一陣白，佯怒道：「那……那你就別說，我不過是白替你操心罷了！」致庸回頭笑道：「四哥看你說哪兒去了。這樣，我就告訴你一個人，你可別告訴別人。」達慶緊張地點頭道：「那不會，那不會。」這邊長栓生氣地叫了一聲：「二爺，您的嘴上就不能安個把門的？什麼人您都信哪！」致庸佯怒道：「你給我住嘴！這裡哪有你插話的份，快給我幹正經的去！」長栓看看他，裝作賭氣

離開。致庸「哼」一聲，對達慶道：「來，四哥，耳朵伸過來，我今兒還非告訴你不可了！」達慶趕緊把耳朵伸過來，致庸對他耳語兩句，又正色道：「四哥，這事可不能講給任何人聽，講出去會出大事！」達慶微微變色，連連點頭。致庸望著他笑，猛拍一下他的肩膀，套近乎道：「對你四哥，我當然放心了！」

達慶匆匆離去。致庸望著這個慌張離去的身影，神色嚴峻。茂才走過來，望著達慶遠去。致庸輕聲道：「我在想，四哥這麼容易就從我這兒得到了消息，人家會信嗎？」茂才沉吟道：「崔鳴九是個疑心很重的人，他一定不會相信你四哥的話，可他也不相信自己，這樣一來，他還是會聽從我們的安排，而我們這次也確實可以試出他們與劉黑七有沒有勾連。」致庸凝思想了一會，笑道：「好！咱們就給他來個以疑治疑！」

第十二章

1

這天深夜，致庸披掛停當，手執兵器，目光嚴峻，來到院中。眾家人和鏢局鏢師手執兵器，都在等候號令。閻鎮山和茂才一同走來。致庸看茂才一眼，茂才拱手沉聲道：「東家放心帶人前去，家裡的事有我和長順呢！」致庸微微頷首，向閻鎮山點了點頭。閻鎮山轉身對眾人揮了一下手，眾人精神抖擻，魚貫向後門走去。

致庸正要跟著走，忽見玉菡帶明珠走來。致庸微微皺眉道：「你怎麼出來了？快回去吧！」玉菡眼望著致庸，有多少擔心要說，又不好說出，顫聲道：「二爺為了喬家，一定要打這一仗，陸氏也不敢阻攔，可還是要出來送一送二爺！……另外，陸氏還想給二爺舉薦一個人！」致庸看著她眼中的牽掛，不由心軟下來，問：「誰啊？又讓太太費心。」玉菡沒有回答，一閃身，鐵信石走上前來，衝致庸拱手。玉菡道：「二爺，鐵信石一身武藝，還會打鏢，讓他跟你去，在身邊護著你，我好放心一點！」致庸心頭微微一驚，望著鐵信石問道：「你會武藝，還會打鏢？」鐵信石如鐵塔般站著，點了點頭。致庸沉吟了一下，又問道：「此去頗多凶險，你真的願意跟我去？」鐵信石眼睛直視著他，不卑不

亢：「到了喬家，就是喬家的人，鐵信石聽東家安排！」致庸沉沉地看他一眼，點頭道：「好，收拾一下，跟我們走！」長栓上前兩步，欲言又止。致庸衝他使了一個眼色，長栓猶豫了一下，退了回去。致庸不再說什麼，略略對玉菡一點頭，帶著眾人很快悄無聲息地出了後院門。

這一夜對所有人而言都異常漫長。但當清晨的陽光如約而至時，卻並沒有人能鬆一口氣，連劉黑七也不例外。直到二十輛蒙著綠呢的銀車駛至老鴉山下，埋伏了一夜的劉黑七才終於吐了一口濁氣，對旁邊的劉小寶道：「喬致庸太小瞧我了，他以為他故意透了信給達盛昌的老崔，我就會信了，去什麼黑熊谷劫銀車。我要是沒猜錯，他的大隊人馬，包括三星鏢局一定在那兒等著我呢！」劉小寶也笑了，佩服地看了他爹一眼。

這二十輛車越駛越近，劉黑七大吼一聲：「小的們，下手！」立時一大群蒙面人吶喊著朝山下的銀車撲去。眾車夫沒怎麼抵抗，就連滾帶爬逃命而去。眾匪圍定銀車，劉黑七哈哈大笑，下令道：「砸箱驗銀！」只聽「匡匡」幾聲響過。劉黑七笑容全落，立刻拔出刀來大聲道：「我們上當了，快撤！」說時遲那時快，只聽山林中一聲銃響，致庸和閻鎮山帶領鏢局人馬及眾家丁吶喊著殺出。鐵信石一馬當先，奮勇異常。致庸讚歎之餘，心中暗暗吃驚。一陣廝殺後，眾匪漸漸抵擋不住，劉黑七一聲呼哨，土匪們開始邊打邊撤。劉黑七壓陣在最後且戰且退，最後瞅個空子，翻身上馬，立刻絕塵而去。致庸也立刻抓過一匹馬，吶喊著追趕上去。閻鎮山大驚，在後面急喊道：「喬東家，小心！」話音未落，又見一匹馬飛奔著趕了上去，原來是鐵信石。閻鎮山想了想，也抓過一匹馬追過去。

這劉黑七眼見身後三匹馬追趕不已，毫不慌張，喊道：「喬致庸，劉黑七打了一輩子雁，今兒叫雁啄了眼睛。有種跟老子上山！」致庸雙腿夾馬，長嘯一聲，追得更緊。閻鎮山見狀，在後面大聲喊道：「喬東家，別追了，小心中了劉黑七的埋伏！」致庸恨恨地停了下來，劉黑七哈哈笑著隱入山林。

鐵信石和閻鎮山先後趕來，閻鎮山勸道：「喬東家，回吧，劉黑七現在知道銀車不會走這裡，說不定會帶人去黑熊谷，黑熊谷離這裡並不遠！」致庸聞言道：「說得是，你趕快帶人去黑熊谷，保護戴老先生和銀車！」閻鎮山點頭，雙腿夾馬飛馳而去。

致庸擦擦汗，衝鐵信石點點頭，放慢馬速往山下趕去。鐵信石的馬速更慢了，很快落在致庸的後面。林中空氣清新，蟲聲唧唧，一場激烈的廝殺過後，致庸突然覺得一種從未有過的輕快。可是不知怎的，他走著走著，突覺心中一動，猛一回頭，只見身後十幾米處，鐵信石手握一鏢，正要出手。見致庸回頭，鐵信石從容策馬趕上來，與他並駕齊驅起來。致庸心中有事，也不說破，忽然朗聲道：「鐵信石，打一鏢給我看看！」鐵信石抬手打出一鏢，只聽「砰」的一聲，擊中遠處一根樹幹。

致庸不覺叫好，打馬上前，取下那支鏢掂量著，同時問道：「鐵信石你這一手，練了很久了吧？」鐵信石聲音低沉，道：「回東家，鐵信石自小跟人學鏢，可惜學藝一直不精！」致庸盯著他的眼睛，想說什麼，又沒有說出，又看那支鏢。鐵信石道：「東家喜歡這支鏢？」致庸意識到什麼，當下將鏢還給他，同時不經意地問道：「真是好鏢，哪個師傅打的？」鐵信石微微一笑，也不隱瞞：「啊，這是小人的師傅當年傳給小人的，不知道製鏢的師傅是誰！」致庸點點頭，不再說什麼，打馬飛奔起來，鐵信石原地勒馬望著遠去的致庸，目光恨恨的，片刻後也打馬跟了上去。

2

喬家當日如唱大戲般，熱鬧非凡，外客廳中各種人進進出出，有討債的大小相與，有鬧著撤股的本家，有看熱鬧的，也有揪心等待的。玉菡與曹氏將二門緊閉，任曹掌櫃和茂才在外面應付。

達慶等得抓耳撓腮，這兒與人閒扯幾句，那兒跟人咬咬耳朵，最後也顧不得避嫌疑，在崔鳴九身邊坐下，悄聲道：「老崔，你怎麼來了？你不是要……」崔鳴九「哼」了一聲，搖著摺扇道：「我原是打算坐等陸家的銀車經過祁縣商街，可後來一想，喬東家既然要我來領銀子，我還是到這兒等吧！」達慶試探道：「你這會兒是不是也覺得陸家的銀車會到？」「到與不到，咱們一起等一會兒，不就知道了？」崔鳴九冷冷一笑道，不再多言。達慶心中一怔，一點可怕的東西驀然升上心頭。他直著眼發了一會呆，拉起崔鳴九就進了偏院的一間空房。達慶把門關嚴，瞅瞅無人，厲聲道：「哎，老崔，你剛才的話啥意思？」崔鳴九扯扯身上的衣服：「四爺，您啥意思呀？」「我問你，你是不是把陸家銀車走哪條道讓人告訴了劉黑七！」崔掌櫃冷笑著甩開他道：「四爺，您昏頭了吧，萬一這劉黑七打哪兒聽到消息，半道上劫了銀車，就好像真是我的責任了！」說著他抬腳往外走，不再理達慶。達慶依然心跳不止，半晌才恨恨地走出。

日頭漸漸升高，外客廳的人越擠越多，嘈雜聲更大了。一些人等得不耐煩，吵嚷起來。曹掌櫃忙得不可開交，心中也和眾人一樣慌亂起來。長順在一旁問道：「曹爺，說好了午時三刻。東家再不回來，這戲就沒法唱了！」曹掌櫃歎口氣，轉身躲了起來。

突見一人不等通報，徑直闖了進來，長順上前攔住詢問，那人正是陳三，一把推開長順，嚷道：「我是達盛昌的夥計，有急事見我們大掌櫃！」長順心中暗罵，但也只好由他闖了進去。崔鳴九一眼看見自家夥計，急忙問：「哎，你怎麼來了！」陳三回道：「大掌櫃，你出來一下。」這邊達慶一直在盯著崔鳴九，站起陰陽怪氣道：「哎，有什麼事不能當著大家的面說！」崔鳴九看看達慶，心中迅速盤算了一下，道：「四爺說得對，要是和今天的事有關，你就大聲說！」眾人都閉口，注意看著眼前的這一幕。陳三遲疑了一下道：「大掌櫃，剛才我聽過路的人說，喬家的銀車讓劉黑七打劫了！」眾人悚然一驚，面面相覷。水家和元家的兩位大掌櫃猛地站起。曹掌櫃面無人色，趕過來問：「你，說什麼，再說一遍！」陳三看看他，大聲重複了一遍剛才的話。達慶臉色蒼白，惡狠狠地向崔鳴九看去。崔鳴九目光趕緊避開。此時外客廳裡已經喧鬧成了一片。長順剛在一邊扶住已經站不穩的曹掌櫃，就見好幾個相與和本家叫嚷著衝過來。

這邊達慶忽然站起，不容分說，把崔鳴九拉到剛剛那間房，怒不可遏，一把將他推進去。崔鳴九有點怕他，連連往外掙扎。達慶「砰」地關上門，伸手便毫不客氣地給他一耳光。崔鳴九捂臉道：「你你你，怎麼打人？」達慶追著他打：「我就要揍你！我問你，陸家銀車走的線路，是不是你透給劉黑七的？」崔鳴九一邊躲，一邊申辯：「你說什麼呢，你有什麼證據！」達慶又一掌打過去，怒道：「這件事致庸只告訴我一個人，我也只告訴過你，今天劉黑七劫了銀車，不是你透的風又是誰？」崔鳴九終於打開了門：「你胡說！你血口噴人！」他一邊說一邊往外逃。達慶追了幾步沒追上，氣得渾身哆嗦，在後面跳著

腳氣喘吁吁地道：「你你你……我要打死你！」崔鳴九早已狼狽地跑出喬家大門，也來不及招呼自己的夥計，便跨馬倉皇而去。

達庚等本家好容易才找到氣喘不已的達慶，眾人不知就裡，仍像以前一樣攛掇他挑頭去鬧。可達慶這會只覺得身上熱一陣，冷一陣，沒走幾步，腿一軟，便坐倒在地，號啕大哭起來，眾人一個趔趄，差點壓倒在他身上，頓時亂作一團。

突然，前院人群中發出一聲驚呼：「致庸，致庸回來了！」達慶抹把淚望去，但見二十輛銀車在致庸帶領下，魚貫進入喬家大院。每有一輛銀車進來，人群中就發出一陣歡呼。最後威風凜凜地進入大門的便是名鏢師戴二閭和太谷巨富陸大可。眾人忍不住又發出一聲驚呼。

這邊致庸早已下了馬，在外客廳前恭敬地迎候著。陸大可大搖大擺地下馬，用鞭指著眾人問：「這些都是你的債主？」致庸恭謹道：「回岳父大人的話，這都是本家股東和相與。」陸大可「哼」了一聲諷刺道：「什麼本家、相與，還不是怕你還不起他們的銀子，逼債來了？」眾人神情尷尬地相互望著，不敢做聲。陸大可也不理會，徑直吩咐車夫道：「打開銀車，給人家看看我陸大可的銀子！」眾車夫上前依次打開銀車上的銀箱，現出白花花的銀子，在正午陽光的照射下，一片璀璨，直晃人眼，人群中立時響起一片驚歎聲。

陸大可「哼」了一聲，朝致庸點點頭。致庸會意，當下吩咐曹掌櫃帶人將銀箱抬進銀庫。人群中一陣騷動，不少本家、相與已開始商量起對策。水家和元家的大掌櫃紛紛派夥計回去向東家討主意：喬家有了銀子，這債討還是不討？

院內，玉菡笑呵呵上前迎著陸大可道：「爹，請裡面歇息。外頭的事讓您女婿張羅就行了。」陸大可點點頭，疼愛地看女兒一眼。忽聽外院又一陣喧譁，陸大可用探詢的目光向致庸望去。致庸笑道：「岳父大人，真是巧得很，我們家東口的銀車回來了，眼下就在大門外！」眾人又是一聲驚呼，扭頭朝大門口看，果然，前前後後又有數十輛銀車進門。陸大可想了想，冷冷一笑，對玉菡道：「走，閨女，陪我進去喝茶！」玉菡笑著陪他進了二門。這邊達慶一把拉住致庸，吃驚道：「老二，你們家在東口真有生意！」致庸大笑道：「四哥，我啥時候對你說過假話？」達慶轉身就走。致庸一把拉住他道：「哎我說四哥，咱們說好的事情，你怎麼走了？」達慶急道：「什麼事？」致庸忍住笑正色道：「我要是有銀子，你把人頭輸給我呀！」「你你你，你還真要哇？」達慶臉上有點掛不住了。致庸道：「我現在是商人了，商人第一就要講誠信，說話算數，吐口唾沫也能在地下釘個釘，把人頭留下來吧！」長順等人也嚷嚷，起鬨道：「對，把人頭留下來！」達慶惱道：「你們這些小子，都不是他媽的好人！我的人頭怎麼給他？我還要頂著它進京趕考呢，沒有了它還指什麼吃飯？讓開道，放開我！」說著他快快往外走。致庸等哈哈大笑起來。

達慶還沒出門，就被一大幫本家攔住了。達慶怒道：「你們都跟著我幹嘛？別跟著我！」達庚急道：「老四，你這就不仗義了嘛！事情開頭是你攛掇的，到了這會兒，你怎麼一句話不說就溜了！總得給大夥一個明白話兒，這股咱還撤不撤？」達慶啐道：「還撤個屁！喬家又有銀子了，生意垮不了，我們年年有紅利分，撤什麼股？要撤你們撤，反正我不撤了！」一個看熱鬧的在旁邊調笑道：「喬家四爺，你怎麼又變了，昨兒個還有人說，你要撤了股去達盛昌入股呢。」達慶急扯白臉道：「你胡說啥呢，誰告訴你我要去達盛昌入股？這喬家的生意說到底是咱們自家的，我不在自家生意裡入股，我去達盛昌

入股，我瘋了嗎？我告訴你們，這達盛昌裡就沒他媽的好人！」說著，他推開眾人，揚長而去。達庚急了眼：「哎，他就這麼走了？鬧了這麼些天，就是不撤股，也得跟致庸說一聲！」達慶理也不理，走得越來越快。眾本家和一些相與面面相覷一哄而散。

喬家外客廳的人越來越少，除了本家外，不少相與也先後走掉。茂才仍在外客廳裡待著，不動聲色地看看水家和元家的大掌櫃，這兩人顯然正在等各自東家的決斷。終於，一個夥計進門，對水家的王大掌櫃附耳說了起來。茂才豎起耳朵，依稀聽到：「……東家說祁縣商家裡頭，喬家倒是垮了，可陸家卻進來了，這筆帳他還算得過來，所以讓您快回……」王大掌櫃不住點頭，與曹掌櫃客氣地拱手道別。沒多一會，元家葛大掌櫃也起身告辭。茂才終於將旱煙在腳底下「托托」敲了兩下，起身伸了個懶腰。曹掌櫃在不遠處衝他伸一下大拇指，兩人會心一笑，知道這一仗打贏了。

內客廳陸大可正坐著喝茶，一旁玉菡喜笑顏開地陪著。致庸走進來，忍不住喜形於色。陸大可看他一眼，問道：「怎麼，都走了？」致庸高興地點頭，衝著玉菡一樂。玉菡立刻紅了臉，含羞回看他一眼，轉身出去了。陸大可瞧在眼裡，心中除了欣慰外，還略帶點嫉妒。他咳嗽一聲又問道：「水家王大掌櫃和元家葛大掌櫃也走了？」「走了！不但走了，還要小婿轉告岳父，說他們兩家的東家今天讓他們來，本意並不是要和喬家清帳，只是前些日子流言頗多，他們東家心裡不踏實，讓他們倆來看看銀子。」陸大可「哼」了一聲，站起道：「他們都走了，我也該走了！」致庸吃一驚道：「岳父，您怎麼能走？今天的事全都仰仗岳父，已經在給岳父收拾房子了，岳父好歹住兩天再走！」陸大可沒好氣道：「住兩天？耽誤了我的生意呢？哎對了，既然你們家東口的銀子回來了，我還是把我拉來的銀子拉回去吧，我還有用呢！」玉菡匆匆跑進來，大聲道：「爹，您那二十輛銀車裡，怎麼只有二十萬兩銀子？下面全是石頭。不是說拉來五十萬兩嗎？」致庸吃驚，回看陸大可。陸大可抬腳繼續往外走：「二十萬兩還不夠用？二十萬兩我還嫌多了呢！」玉菡不樂意，跟上去喊：「爹，喬家和陸家可是有約在先，喬家以全部十七處生意做抵，從陸家押五十萬兩銀子。您老人家要是帶頭違約，我們也可以違約！」陸大可自己找臺階下，哼哼著說：「不就是還欠你們三十萬兩嗎？你們是不是我的閨女、女婿？銀子放到我那兒和放到你們這兒有啥不一樣？這事先不說了，我走了！」他抬腿出門，猛回頭道：「女婿，你那數十輛打東口回來的銀車裡，裝的也全是石頭吧？」致庸猝不及防，不覺色變。陸大可衝玉菡道：「哎，我說閨女，你看上的這個女婿不是太笨，我閨女有點眼力！我走了。」玉菡心中一美，也笑看致庸，忽然又想起來一件事追著陸大可道：「爹，您甭走！我這兒還給您買了治胃疼的藥呢！」不料陸大可走得更快了：「不要不要，你那藥太貴，我吃不起！」玉菡又好氣又好笑，在後面跺腳衝他喊道：「您就是走了，也還欠我們銀子！」陸大可早已走出了二門。玉菡還要喊，致庸走過來攔她，道：「算了，本來就打算借二十萬兩，有了它，我也能應付了！」玉菡眼中浮出淚花，嬌聲跺腳道：「我爹他在欺負你呢！我可不依！」致庸心中一動，不覺多望了她一眼。

3

當夜喬家上下一片歡騰，多日來的壓抑氣氛一掃而空。曹氏親賜家宴，在內院裡犒賞

家中眾人。與這種輕鬆歡騰的氣氛不相應的是外書房的氣氛：致庸正緊張地坐著，對著包頭復字號大小顧大掌櫃的又一封急件。那是曹掌櫃剛剛收到的，內容與月前收到的一模一樣，仍是求銀告急，只是這封信更顯得急迫凶險。

茂才自打看過這封信後就一直閉眼坐著。曹掌櫃則把求援的目光時不時落在致庸和茂才身上。隔了一會兒，茂才突然睜開眼睛，致庸和曹掌櫃立刻把目光轉向了他，只聽茂才道：「曹掌櫃，你先說說包頭復字號大小如何陷入了今天這個局面？」曹掌櫃看了致庸一眼，緩聲道：「孫先生，這話說起來就長了。數十年來，喬家復字號大小和達盛昌邱家在包頭眾商家中一直是兩強相持，在每一宗生意中都要爭強鬥狠，誰都想把對手擠出去，獨霸包頭市場。高粱本不是什麼重要貨物，只因口外的蒙古人愛飲酒，高粱又是釀酒的原料，又可做馬料，所以每年高粱下來，無論我們還是達盛昌都要搶收一批，來年春天轉手賣出，從中牟些薄利。不想這些年南方絲茶路不通，大家都沒生意做，高粱竟成了各商家經營的主要貨品。」茂才與致庸不約而同對看一眼。曹掌櫃繼續道：「最可氣的是達盛昌。自打去年秋天高粱下來，為了吃掉復字號大小，他們就設下陷阱，首先抬高市價，聲稱要做高粱霸盤，不再讓我復字號大小染指包頭的高粱生意。致廣東家和復字號大小顧大掌櫃自然咽不下這口氣，跟著提價，與達盛昌爭做高粱霸盤。大家要是各守本分也就罷了，每年包頭市場上買賣的都是山西高粱，去年山西高粱又生了蟲，歉收，即便全部被我們買進來，也不至於會讓復字號大小和我們喬家本銀耗盡，致廣東家和顧大掌櫃沒有想到達盛昌與我們爭做霸盤是假，引誘復字號大小走入困局才是真，他們一邊在市場上虛張聲勢，一邊悄悄地從東北運來大批高粱，讓我們不停地吃進，一直吃到今年的高粱下來，讓我們再吃進，這樣一而再、再而三，我們就被撐住了，銀子都變成了高粱，現銀根本無法周轉，才到了今天這步境地！」致庸聽到這裡，義憤填膺，「啪」的一掌擊向桌子。

茂才仍舊長思不語，過了好一會，突然沉穩道：「復字號大小顧大掌櫃信上一直說有二十萬兩銀子足矣，東家，可在茂才看來，這點銀子根本不夠。」致庸神色微變道：「你也認為不夠？茂才兄，請說出道理！」茂才不緊不慢地點上旱煙，深吸一口道：「此次達盛昌已將喬家逼到懸崖邊上，為了吃掉喬家，達盛昌會再接再厲。對達盛昌而言，打敗直至吃掉喬家才是它的大局，為此它會不遺餘力。」曹掌櫃大驚，接口道：「孫先生講得有道理！東家，顧大掌櫃的信上說，眼下包頭只需二十萬兩銀子就可以解圍，那只是說可以對付眼下的債主，穩住局面。萬一達盛昌將它能動用的銀子全部投入這場霸盤之爭，東家的二十萬兩銀子，只怕到時就不夠了。」致庸眉頭不禁皺了起來。茂才眼睛盯著屋頂，沉吟道：「東家，曹爺，我有一計，只是還沒有想好……」致庸和曹掌櫃聞言，趕緊湊過來，盯住他。茂才狠狠吸了一口煙道：「東家，欲解包頭復字號大小之圍，光有銀子還不夠。光有銀子，只能替復字號大小穩住局面，使它不至於崩盤，我們收進庫裡的高粱還是賣不出去，變不成銀子！」致庸和曹掌櫃互視一眼。曹掌櫃點頭道：「不錯！買賣，買賣，如果只買不賣，那就不是買賣，不但掙不回銀子，連本錢也要砸在裡頭，復字號大小就還是沒能從這個高粱霸盤中解圍。」致庸望著曹掌櫃問：「怎麼，從去年冬天到今年，蒙古人就不喝酒了，也不要馬料了，為什麼我們收下的高粱賣不出去？」曹掌櫃歎息一聲道：「東家有所不知。每年春天，全包頭的燒鍋子找我們進貨時，達盛昌往往都會和我們打一場價格戰。今年不同了，一來還不到主顧們進高粱的時節，再則達盛昌又對那些燒鍋

子和買馬料的老主顧們說，只要等到年底，復字號大小破產還債，他們就能用正常價格三分之一的銀子從達盛昌買到高粱。這些人當然聽他們的，所以復字號大小收了那麼多高粱，卻賣不出去！」致庸大怒道：「我們的人難道都是聾子、瞎子，對外頭的事情一點也不知道？」曹掌櫃猶豫了一下，看看茂才探究的眼睛，將話岔開道：「東家，孫先生，而且現在復字號大小收下的高粱實在太多，就是以便宜一半的價格賣出去，包頭市場上也消化不了這麼多高粱啊！」致庸發急道：「那怎麼辦？你是不是想說，哪怕我們拉去銀子，解了復字號大小暫時的困局，我們的高粱還是要大批存在庫房裡，等到了明年夏天，它們會生蟲，黴爛，變得一文不值……」

茂才揚起一隻手打斷他，道：「東家，曹爺，我們的高粱，一定得從包頭城內找到出路。」致庸與曹掌櫃對視一眼，曹掌櫃為難地看看茂才，嘟噥道：「話是不錯。可談何容易啊……」茂才呷了一口茶，接著慢條斯理道：「東家，曹爺，茂才近日無事，偶覽閒書，發現古往今來真正的鉅賈大賈沒有哪一位不是上知天文，下知地理，中知人事。」致庸發急道：「茂才兄，現在要想法子把高粱賣出去，你也扯得太遠了！」茂才看看他，微笑道：「東家，你錯了。我們喬家雖然算不上晉商中最大的商家，但也算進入一流商家的行列，這麼大的商家，做的任何一樁生意都不可能與天下大勢無關。」致庸勉強忍住內心如火般的焦急，一拱手道：「茂才兄，你說的天文、地理、人事和我們賣高粱有什麼關連，致庸實在不懂，請你明教。」

茂才大笑一聲，正色道：「東家，你真要聽？那好，聽茂才細細道來。譬如這小小的高粱，本不盛產於山西，只因前明末年征戰不休，明軍年年需要大批高粱做馬料，山西商人因地理位置，大批經營高粱生意。後來太宗皇帝入關，奠定了一統基業，既無軍需，山西商人也就不再有大宗軍需高粱生意可做，高粱又變為普通貨物，但是——」說著茂才豎起一根指頭，朝致庸和曹掌櫃晃了一晃道：「聽好了，到了康熙、雍正、乾隆三朝，因為西蒙古準噶爾部先後作亂，欲將我南疆之地分裂出去，三位皇上忍無可忍，僅乾隆爺一朝，就先後三次對準噶爾部大舉用兵。在這些時候，馬料又成了緊俏貨物；往往周邊地區，包括山西農民都會大種高粱，山西商人更是搶著提供軍需。後來即使沒有戰事，一些商人也會習慣性地囤積些高粱，以備朝廷一旦發兵時急需。」

曹掌櫃點點頭道：「孫先生這話沒錯，就我所知，達盛昌最初就是靠一筆高粱生意發的家。還有太谷曹家、靈石的王家、榆次的常家，當年都曾和朝廷做過大批高粱生意。可是……可是孫先生，眼下朝廷在江南用兵，我們手裡就是有高粱，也賣不到那麼遠的地方去呀，高粱不是絲茶，南方潮溼，運不到地方就黴爛變質了！」話音未落，卻聽致庸突然「啪」的一聲拍響桌子，目光炯炯，站起道：「我有點明白了，不過茂才兄，還是你說出來吧！」茂才一笑，讚許地向他看一眼，道：「東家，曹掌櫃，據茂才所知，準噶爾部雖經康、雍、乾三朝大軍剿撫，數十年沒有生事，可他們向來對朝廷心懷兩端，時刻準備伺機而動，再次興兵作亂。現今南方長毛起事，天下騷動，國庫空虛，兵員吃緊，正是準噶爾部再次叛亂的大好時機！」曹掌櫃大驚道：「孫先生，你從哪兒聽說的，準噶爾部又要作亂？」

致庸已經大悟，連連興奮擊掌道：「茂才兄，好計！好計啊！」見曹掌櫃仍不大明白，茂才附耳向他解釋了幾句，曹掌櫃一下明白過來，失聲道：「東家，孫先生真是神

人，我服了！」三人一時間哈哈大笑起來。

深夜致庸將茂才送上他的車，接著進了書房外側的一間小屋，長栓正鼾聲大起。致庸走進來踢他一腳：「長栓，起來！」長栓一骨碌爬起，睡眼惺忪道：「幹什麼二爺，天亮了嗎？」致庸笑罵道：「什麼天亮了，快起來送人！」長栓爬起來，揉著眼到處找鞭杆：「送誰呢？該不會又是孫茂才？」茂才正好踱到門口，聞言一樂道：「怎麼，不樂意？」致庸也笑起來，在長栓的屁股上拍一下，叮囑道：「可得平安送到啊！」長栓沒奈何，嘟嘟囔囔地出了門，致庸一直將茂才送至二門口才回轉。

出了大門，茂才要上車，摸爬了兩下沒上去，對長栓道：「這黑燈瞎火的，你扶我一把呀！」長栓一聽沒好氣道：「你又不是七老八十，還要人扶！」茂才一聽不樂意了：「那好，上不了車，告訴你家二爺，我今晚就歇在這門口吧。」長栓只得上前道：「好好好，我扶你上車，你是爺！」茂才忍不住笑起來。

半夜村外官道上，天黑得伸手不見五指，長栓小心地趕著車。茂才在車上打起瞌睡。長栓有一句沒一句地和他聊著：「哎，孫老先兒，我跟你說件事，我懷疑鐵信石就是那個打東家黑鏢的人，可東家不信我的話，你說……」見茂才已經清晰地發出了鼾聲。長栓生氣地給馬一鞭子，恨恨地自語道：「睡吧，非出大亂子不可！」

4

致庸打著哈欠進了婚房。只見房中燭光高照，明珠早已伏在桌上熟睡，只有玉菡仍做著針線活在等他。見他進門，玉菡迎了上去，同時推醒了明珠，明珠打了一個大哈欠，昏沉沉地走了出去。

玉菡端過茶，同時體貼地幫致庸捶背，一邊問起他們商議的大事如何了，她是否有什麼可幫忙之處。致庸突然心中一動，笑道：「我現在還真需要一個做事特別細密的人，到北京去辦點事，可又不能讓人覺得這事與喬家有關。」玉菡停住手道：「二爺，能不能告訴陸氏，你要這個人去做什麼？」致庸不知該如何開口，半晌沉吟道：「啊，不是讓他殺人放火，只是讓他在北京的晉商圈子裡傳一個消息……」玉菡突然醒悟，一拍手笑道：「二爺，你是不是想讓北京的山西商人私下裡流傳起一個資訊，還要相信它是真的？」致庸點點頭，不禁對她刮目相看。玉菡道：「二爺要是信得過我，這件事交給我辦吧！」致庸笑問道：「你真能行？」玉菡道：「只管把事情告訴我就行了，至於怎麼辦，就是我的事了！」致庸想了想道：「好吧。不過此事關乎包頭復字號大小的存亡，太太要當心！」玉菡連連點頭。致庸想了想，便在她耳邊低聲說起來。玉菡專注地聽著，目光越來越明亮。

好一會，兩人才將事情說完，玉菡揉了揉有點發癢的耳朵，開始寬衣鋪床。致庸心思還在剛才那件事上，坐著一動不動。玉菡鋪完床，回頭一笑道：「二爺，除了剛才這件事，二爺就沒有別的事要我做了嗎？」致庸一驚，笑道：「太太還能幫我？」玉菡從身後取出一個帳本，翻了翻，迅速合上道：「自從到了喬家，二爺做的事都在陸氏這本帳上。二爺此去包頭，至少需要二十萬兩銀子，可你還了達盛昌三萬兩銀子的本息，近期又付出一筆鏢銀給三星鏢局，這幾日又和縣城裡一些相與清了帳，總共花去五萬多兩，我們家銀

庫裡現在還剩下不足十五萬兩銀子……靠這一點銀子，能把包頭的事情辦好？」致庸臉色略略陰沉，同時對她的小帳本發生了興趣，便伸手去拿。「這是什麼？讓我看看。」玉菡趕緊閃開，把小帳本藏於身後，裝作嚴肅道：「不行，這是我的，二爺不能看！」致庸笑了，想了想又問道：「聽人說，太太在陸家就是岳父的小帳本，陸家的帳都是太太管著，是嗎？」玉菡臉紅起來：「那倒也不是，我就是喜歡幫我爹操點心就是了。」致庸沉思道：「太太說得對，靠銀庫裡這點銀子，恐怕不能把包頭的事情擺平！」玉菡快快藏好小帳本，深呼一口氣道：「二爺，我想讓你看一樣東西！」致庸驚奇地看著她。玉菡從腰間取出一大串鑰匙，挑出其中一把，打開一只嫁妝箱子，從中取出翡翠玉白菜，放在桌上。致庸驚訝地看著它：「太太，這就是岳父大人一直盯著你討要的傳世之寶翡翠玉白菜？」玉菡含笑點頭，道：「我一直要賴不給爹爹，他也拿我沒辦法，呵呵……」致庸轉著圈看，忍不住讚歎道：「啊，真是個寶物！」

看著看著，他的目光卻越過這個傳世之寶，停留在玉菡身上。朦朧的燈光下，只見玉菡身著一件五彩鎖針繡百子鬧春石榴紋菱形藕荷色兜肚，粉面玉背，明豔逼人。玉菡覺察到他的目光，大大害羞起來，低聲道：「二爺，我今晚讓你看它，是想告訴二爺，只管去包頭，萬一銀子不夠，我還能拿它找我爹討回我們借的那三十萬兩銀……」話音未落，致庸已經伸手攬過了她，吹熄了燭火。

也許這是他們成親以後從未有過的狂熱，許久後致庸早已沉沉睡去，玉菡仍舊無法合眼。回味著剛才，她的心又灼燙起來。突然，致庸朦朦朧朧地說了起來：「雪瑛，雪瑛，你看這隻蝴蝶漂亮嗎？好大，好美……」

聽見這句夢話，玉菡在黑暗中猛然坐起，眼淚湧出，全身的血液如同凝固般冰冷起來。致庸絲毫不覺，翻一個身，繼續喃喃道：「好姑娘，玉，玉菡，我也捉一隻蝴蝶給你吧，金色的，嘻嘻，你喜不喜歡？喜不喜……」玉菡心中一時大悲大喜，半天才無聲地落下淚來。

第二日一大早，致庸便送玉菡出門回娘家，接著開始緊張地張羅去包頭的種種事宜。三星鏢局的鏢旗被重新插上喬家大院的各處。曹氏在一旁略略幫些忙，看著致庸在短短時間裡已如脫胎換骨般，完全是一副幹練的男人樣子，一時心中感慨萬分。

直忙到傍晚，長栓告知他太太已經回來，致庸才停手歇息回到新房。玉菡正在卸妝，鏡中的她眼裡滿是幽怨的淚花。致庸大驚訝，趕緊走過來問發生了什麼。半晌，玉菡道：「喬致庸，你是個賊！」致庸趕緊問道：「怎麼，碰釘子了？」玉菡拭了拭眼淚，撒嬌道：「喬致庸，你偷走了玉菡的心！要不我怎麼會這樣低聲下氣地替你去求人？」致庸聞言忍不住微微變色，以為事情沒有辦成。玉菡站起身投進他的懷中，小聲啜泣起來。致庸撫慰她道：「好了，若事情辦不成也沒啥，我再想辦法！」玉菡猛一抬頭，嬌俏地笑道：「說什麼呢，大事都替你安排好了！」致庸大喜道：「這麼大的事，你這麼快就安排好了？」玉菡理理頭髮，輕描淡寫道：「二爺，甭忘了陸家在京城也有些生意，散布個流言蜚語啥的，也不是難事！」致庸喜出望外，玉菡看著他的神情，接著笑笑道：「還有銀子的事情我心裡也有數了。到了包頭，一旦需要銀子，你立馬打發鐵信石回來！」「鐵信石？」致庸一愣，玉菡見狀奇怪地看著他道：「對呀，怎麼，二爺不太信任他？」

致庸想了想笑道：「哪裡。太太的人，我怎敢不相信。太太今天為喬家立了大功，致

庸給太太行個大禮！」說著他便深施了一禮。玉菡一把將他扶起，扭過身去低聲笑道：「你也用不著謝我，我是喬家的媳婦，幫丈夫做事是應該的。只要二爺日後喝醉了酒或者睡糊塗了，別再把我當成別的女人就好！」「……啊，太太要是沒事，我就出去了，外頭還有些事要安排。」致庸笑容急落，搭訕著就想趕緊離去。玉菡見狀，心中直為剛才使性的話懊惱。她想了想，大著膽子道：「哎，明天你就要上路了，今晚還不早點進來？」致庸看看她，笑笑不語，伸手刮了刮她的俏鼻子，轉身出房。玉菡大羞，面頰一陣滾燙。

星光下，喬家馬廄院子內，鐵信石正一個人蒙著眼練鏢，一鏢一鏢全部擊中靶心。致庸正好路過，便在院門站住，目光沉沉地望著這個他一直覺得神祕的人。忽聽身後有人道：「二爺，查到那個打您黑鏢的人了嗎？」致庸嚇了一跳，回頭一見是長栓，便佯惱地打他一拳。長栓攔住他的拳頭，低聲道：「二爺，我有點懷疑這個人！」致庸道：「少胡說。你有什麼證據？」長栓急道：「我當然沒證據。可是我有腦袋。那支黑鏢要不是劉黑七的人打的，還會有誰？咱們家裡，只有這位爺鏢法打得神準！」致庸看看長栓，又看看不遠處蒙眼練鏢的鐵信石，低聲道：「那能說明什麼？」長栓奇道：「二爺，難道您就一次也沒懷疑過是他？」致庸長吸一口氣道：「黑鏢當然是劉黑七的人打的！長栓，記住我的話，我若是可以隨便懷疑鐵信石，就可以隨便懷疑你！」「我？」長栓大驚。「你不是也會打鏢嗎？」致庸笑著調侃起他來。長栓急了：「哎呀我的二爺，您怎麼連我也不相信了？」致庸正色道：「我既不能隨便懷疑你，就不能隨便懷疑鐵信石，對不對？」長栓跺腳急道：「我們倆可是打小一起長大的，我都問過明珠了，這鐵信石不過是太太前不久才在街上撿來的……」致庸猛一回頭，停了停，突然說出了真話：「我不是沒有懷疑過他，可我找不出他暗算我的道理。喬致庸自小生長在喬家大院，直到今日，自信從沒有幹過傷天害理之事，他為什麼一定要殺我？有什麼道理？」長栓拍著腿道：「哎喲我的爺，我怎麼說您呢，精明的時候您比天下誰都精明，糊塗的時候您比我還糊塗！現在世道這麼亂，壞人這麼多，您就是沒害過人，就沒有別人害您？您也太不拿自己的小命當一回事兒了！」不料致庸對他的話理也不理，斷喝道：「以後別再提這件事！」長栓仍舊掙著脖子道：「二爺，他每天離您這麼近，萬一想要您的命，您就是後悔也來不及了！」「得了，快去前院幫長順收拾一下東西，明兒要出遠門，一點也不知道操心！」長栓看看他，賭氣走了。

鐵信石早已經打完了鏢。致庸又遠遠地望了一會，想了想走了過去。鐵信石回身看見致庸，不卑不亢道：「東家，您來了。」致庸「唔」了一聲，徑直走進鐵信石的小屋。鐵信石看他一眼，只得也跟了進去。致庸對小屋裡的簡單陳設環顧了一番，突然回頭道：「鐵信石，你有仇人嗎？」鐵信石微微一驚，卻沒有慌亂，直視著致庸，目光中漸露鋒芒，半晌道：「有。」致庸不動聲色道：「什麼仇人？」「滅門之仇，家破人亡之恨。」致庸大吃一驚，過了好一會又問道：「你想報這個仇？」鐵信石傲然地點頭。致庸想了想，忍不住問道：「知道你的仇人在哪裡嗎？」鐵信石點頭。致庸心中疑雲大起：「你的仇還沒報？」鐵信石仍舊點頭。致庸奇道：「你為什麼還不去報這個仇？」「東家真想知道？」鐵信石終於開口道。致庸想了想道：「你不願意說也罷，我不一定要知道。」

鐵信石點點頭，不再開口。致庸也沉默起來，小屋裡很快被一種奇怪的氛圍所籠罩。過了一會兒，致庸又開口道：「我要是想知道呢？」鐵信石直視著他，停了好一會才回答

道：「那我就告訴東家，鐵信石原先以為報仇的時候到了，可這會兒卻覺得還是要等。」致庸忍不住追問下去：「為什麼？」鐵信石微微歎息道：「我要殺的這個人和我並沒有仇恨，我想知道他到底是一個什麼樣的人，我該不該殺他。」致庸久久地看他，半晌才點了點頭，覺得心裡有點譜了。剛要說話，忽見長栓推門進來，警惕地看著他們。致庸回頭看長栓，故作輕描淡寫道：「啊，我明白了。鐵信石，沒事兒，我是想和你隨便聊聊。對了，你收拾一下，後天跟我一起去包頭！」鐵信石一愣：「去包頭？」致庸點頭，突然做了一個決定，含笑道：「此次去包頭，山高水險，我知道你有一身武藝，想把銀車託付給你！」「銀車？」鐵信石眉毛一聳。致庸用力點點頭道：「對，銀車！」鐵信石望了致庸一瞬，突然簡單地回答：「知道了，東家！」致庸又看他一眼，帶著長栓走出。

致庸還沒走進書房，長栓便跟過來，低聲急道：「二爺，您又犯糊塗了吧？真要鐵信石跟我們去包頭？」致庸點頭：「是呀，怎麼了？」長栓跺腳道：「完了，完了。我知道我該住嘴，可萬一……您這不是找個殺您的人放在身邊嗎？」致庸道：「你懂什麼，至少眼下他還不會殺我！」長栓還沒反應過來，只見致庸仰頭看天，接著慨然笑道：「人生不過一世，彭祖活了八百歲，也是個死。如果他要殺的人確實是我，又有殺我的理由，那就讓他殺我好了！……做你的事去吧！」說完便自顧自地走了。長栓簡直摸不著頭腦，生氣地嘀咕道：「真沒見過這麼糊塗的，怪不得人家都叫他們喬家的人糊塗海呢，真是糊塗得夠海了，別人要殺他，他還幫人想殺他的理由！」

第十三章

1

啟程的日子終於來臨，玉菡心中真有千般不捨，抱緊身穿長行衣的致庸久久不肯撒手。致庸只好反覆哄道：「太太放心，喬致庸離了祁縣，一不喝酒，二不聽戲，三不去那種太太最不願我去的地方，我就直奔包頭復字號大小，把那兒的事擺平了，騎上快馬，誰也不管，一溜煙就跑回來見太太，行不？」玉菡含淚帶笑，仰臉看著他，嬌嗔道：「二爺，誰一定要你這樣？人家，人家只是捨不得你……」致庸心中不禁感慨，於是又對她一陣好哄，這份耐心連他自己都覺得奇怪，甚至在那麼一瞬間，他似乎真的對懷裡的女人戀戀不捨起來。

喬家祠堂內，曹氏等早已經守候多時，祠堂外則站著曹掌櫃、茂才及一幫隨行的夥計，鐵信石與長栓正在不遠處裝著銀車。致庸邁進祠堂，在祖宗牌位前站立，上香，叩頭，祭拜如儀，供桌上新添的喬致廣的供牌格外顯眼，致庸一陣感傷，忍不住眼睛又溼潤起來。

致庸站起，曹氏端過一碗酒，祠堂內包括玉菡、景泰以及其他家人，也都紛紛跪下。

曹氏將酒舉過頭頂道：「二弟，願你此去包頭，解了復字號大小之圍，穩住喬家的根基，祖宗和你大哥一定會保佑你馬到成功，凱旋而歸！」致庸雙膝跪下，接過酒一飲而盡，一行人馬就準備上路了。曹氏、玉菡一直送到喬家大院外，戀戀不捨。致庸與玉菡握了一下手便上馬，急忙把頭調開，玉菡也顧不得旁邊還有人，輕聲道：「你走了，我的心也就被你帶走了！」致庸心中動了一下。玉菡淚花閃閃，又回頭招呼明珠抱過一個衣包，接著走了幾步，來到銀車旁對鐵信石道：「你孤孤單單一個人，也沒個親人，這裡有些衣服，還有一雙鞋，是我讓明珠幫你準備的，不知道合不合身。」鐵信石接過衣包，單膝一跪低聲道：「謝太太，謝明珠姐姐費心！」說著他站起，將衣包繫在身上，眼神頗為複雜。

張媽不知為何一直在抹眼淚，猶豫了半天，終於向前幾步跪在致庸馬前，雙手奉上一個小包裹。致庸心中大是訝異，趕緊下馬，攙起張媽。曹氏歎口氣，解釋道：「這裡面是一些香火紙錢。張媽想求你路過西口亂石崗墳堆的時候，替她祭拜一下她的男人和一個弟弟，當年也是走西口，可一去就沒再回來……」曹氏的聲音慢慢地低了下去，張媽更是老淚縱橫。致庸趕緊接過包裹，連連點頭，滿口應承。張媽是千恩萬謝，在場的人都感慨起來。

致庸一行一路無事，只是經過太原府外，他又望見了曾和雪瑛在一起明誓的那座小小財神廟，心中突然如開裂般劇痛起來。他使勁地咬咬牙，可絲毫沒用，眼淚瞬間還是湧了出來，只得趕緊兩腿一夾，讓馬兒快跑起來。長栓也看到了那座破財神廟，歎口氣，剛想縱馬追上去，卻被一旁的茂才攔住，示意此刻讓致庸單獨待一會。

致庸縱馬跑了老遠，最後終於停下了，兩眼溼潤。他以為前段時間如刀架在脖子上一般的凶險與緊張，可化解他的相思，可是沒用，思念的痛楚常常會在他猝不及防時凶猛地襲來。

2

致庸因是初次出門，曹掌櫃絲毫不敢大意，讓他帶去的盡是常走這條道的老練夥計，而打尖的地方也都是三星鏢局事先約好的，多有人暗中照應，所以致庸一行算是平安迅捷地到了雁門關下的悅來客棧。

悅來客棧在雁門關下很是有名，牆都是石頭砌的，前院牆高丈二，後院牆高丈八，還有專門的銀車停放處，一般客商和押銀車的鏢局多在此打尖停留。致庸一行來到時，但見商隊進進出出，十分擁擠熱鬧。小二引他們進了店，可坐了半天，也不見人過來招呼。長栓性急，一拍桌子吆喝道：「來人！掌櫃的出來，沒看見大爺在這兒等了好久嗎？」他這一吆喝，只見一個半大孩子從裡頭跑出來，手在衣襟上胡亂擦著，一哈腰道：「客官別急，掌櫃的正忙著呢。不就是吃飯嗎？」致庸定睛看去，這孩子歲數不大，一雙眼睛卻極有靈氣。長栓沒好氣道：「誰說吃飯不急啊，餓你試試看？」這小孩仍舊笑：「我餓過，不急，不急，今天店裡人多，掌櫃的忙著接待，諸位爺需要些什麼？」致庸笑著逗他道：「小子，你的樣子大概連個正經小二都不是吧，要是我猜得不錯，你倒像是店裡燒火的！」眾人看著小孩臉上的灰，忍不住笑起來。這小孩有點窘，卻不畏懼，反而上下打量起致庸，也笑道：「燒火的就燒火的，燒火的怎麼著？你們又是哪一路的神仙啊？」茂

才也被他逗樂了，笑著說：「小子，讓你開開眼！這位是祁縣喬家的大東家，趕快把你們掌櫃叫出來！」這小孩吐吐舌頭，嬉笑道：「這麼年輕？倒看不出，就你也能打敗劉黑七？」眾人聞言一驚，不知道消息傳得這樣快。看這小孩說得有趣，忍不住又笑起來。「你還不快去？」長栓一邊喝道，一邊作勢要踢他。小孩很配合地作勢躲了躲，接著一溜煙跑了，惹得大夥又是一陣笑。

店掌櫃很快就親自來了，一迭聲道：「喬東家，初次見面，失敬，失敬！」他一邊客套著，一邊很快就安排了飯菜，又引致庸看客房。致庸等人裡外警覺地看了一遍，頗覺滿意。店掌櫃要告退，致庸忍不住笑問道：「哎，剛才那小孩子叫什麼呀？」店掌櫃眼裡露出一絲疼愛，笑著歎氣道：「他叫高瑞，是我從路邊撿回來的，這孩子從河南跟著爹媽出來逃難，路上爹媽餓死了，他只剩一口氣，我看著可憐，就領回來灌了點熱湯，又活了，留下來讓他燒個火，當個小貓小狗養著，不管怎麼說，總是一條命，算是我積德吧。哎，剛才沒得罪你們吧？」「哪裡，我看這小子挺機靈的，又不怕人，很是有趣呢！」致庸笑著說。店掌櫃拱拱手，一邊往外走，一邊說：「是啊，這孩子有人緣，說起來還識不少字呢，在我這也怪可惜的……」

半夜，眾人皆沉沉大睡，致庸輕輕起身，披上衣服走出。後院大車棚內，一溜銀車環狀停在裡面，馬在槽上吃草。鐵信石端坐一旁，執刀在手，正在假寐，面前是一堆將熄未熄的篝火。聽見腳步聲響，鐵信石立刻拔刀在手，厲聲問：「誰？」致庸趕緊應了一聲。鐵信石插刀在鞘，沉聲道：「東家，這麼晚了，怎麼還沒睡？」致庸看看他，和氣道：「你呢？這店有人守夜，應該出不了事的，你進屋去睡吧。」鐵信石搖搖頭道：「我沒事，我這麼坐著也能睡。」致庸默默地點頭，將身上皮襖脫下道：「這個給你，還是要睡一會兒，明天還要趕路呢。」鐵信石猶豫了一會兒才接過皮襖，低聲稱謝。

致庸剛要進屋，突然聽到一陣琅琅讀書聲，心中不禁好奇。循聲而去，只見一間灶屋內，那叫高瑞的小孩正撅著屁股往大灶膛裡塞一塊木柴，塞好後又回頭拿過一本書，對著火光搖頭晃腦地念：「學而時習之，不亦說乎？有朋自遠方來，不亦樂乎？人不知而不慍，不亦君子乎？」致庸想了想，咳嗽一聲，邁步進門。高瑞一扭頭，咧嘴笑道：「喬東家，你怎麼到這地方來了？」致庸笑道：「剛才是你在讀書？」高瑞連連擺手道：「沒有沒有。我一直在用心燒火，沒有念書，念書多耽誤幹活。」致庸一樂，走過去將書從柴堆中抽出。高瑞故作吃驚道：「哎真是的，誰把書藏在這兒，我一點都不知道！」致庸不做聲，把書塞到自己懷裡，轉身就走。高瑞趕緊攔住他。致庸回頭笑道：「這書又不是你的，我幹嘛不能拿走！」高瑞嘻嘻笑道：「喬東家，這書其實是我的。」「我不信！你一個燒火的孩子，還會念《論語》？」致庸還是裝作要走。高瑞仍舊嘻嘻笑：「人不可貌相，海水不可斗量。甘羅十二為上卿，劉晏七歲就進了唐明皇的翰林院……呵呵！」致庸一聽，頗有點刮目相看，笑著考他道：「那我問你，孔門弟子七十二，其中有誰做官不成，做了商人？」高瑞張嘴就來：「我當然知道，他叫端木賜，又名子贛。最早在衛國做官，人家不讓他做了，他便回去在曹國和魯國經商，孔門七十二賢人，唯端木賜最富。」致庸心中已喜歡上他，「哼」一聲轉身離去。高瑞也不言語，笑嘻嘻地看他走。致庸就要出門，猛又回頭道：「高瑞，你小子不長進，在這裡混啥，跟我去經商得了。」高瑞撓撓頭，眼珠子轉了轉，笑道：「跟你幹？我倒是願意去，可是我們掌櫃的那兒怎麼辦？」致

庸回身拍拍他道：「那就看你自個兒了！願意跟我走，你就有辦法；不願意走，你就沒辦法！」高瑞眼珠又一轉道：「喬東家，明白了！不過我再想想！」致庸點點頭，把書還給他，喜愛地拍了拍他的腦袋。高瑞又要開口，致庸將燈吹滅，悄聲道：「待在這兒別動！房頂上有人！」高瑞趴在地上還沒有回過神，只見致庸已經一閃身出了灶房。

此時客店後院大棚裡，已經乒乒乓乓打了起來。銀車上的一只銀箱被撬開，露出大塊石頭。致庸趕緊回房喊人，並操起傢伙，趕到後院助鐵信石一臂之力。鐵信石與眾匪激戰正酣，悅來客棧的護院也聞聲趕來助戰。鐵信石當下騰出手來，發一鏢正中一個黑衣蒙面劫匪的胳膊，那劫匪慘叫一聲，旁邊兩個同夥趕緊扶住他，其中一個不覺喊出：「少寨主，怎麼了？」一堵矮牆後面，高瑞露出半個臉，高興地喊道：「好！」同時趴在那裡看的茂才，一把將他的頭按了下去。

這時候眾匪見勢不妙，一起護住負傷的劫匪，邊打邊撤，退往前院並撞開大門。致庸、鐵信石緊追不捨，卻見一個強悍的劫匪奮勇擋住他們，掩護負傷的同夥逃出院門。致庸一把攔住，大聲道：「惡賊留步！」眾匪頭也不回，一路奔去。致庸哈哈大笑激將道：「人過留名，雁過留聲。既然敢到悅來客棧打劫，為何姓名也不敢留下？」那中鏢的劫匪猛一回頭，旁邊一匪拉住他道：「少寨主，不理他，快走！」致庸見狀詐喊道：「我知道了，你是劉黑七的兒子！」那受傷劫匪一把扯下蒙在臉上的黑紗，狠聲道：「喬致庸，既然你猜到了，老子也就不瞞你了！你爹爹我就是劉小寶！今日先把人頭留在你脖子上，改日再取，你可小心了。」說完，他們轉身離去。致庸笑笑，攔住眾人不再追趕。

客棧中人紛紛驚醒，圍攏來議論紛紛，悅來客棧的護院將他們勸散。致庸想起什麼，趕緊回到後院大棚。鐵信石正將被劉小寶撬開的銀箱板重新釘上。致庸走過來，盯著鐵信石看。鐵信石頭也不抬，不動聲色道：「東家，我都查過了，銀車沒事兒！」他一錘錘將釘子重新釘好。致庸默默看他，也沒有說話。

清晨，致庸一行照常啟行。走了一段，突見樹上跳下一個人，大家嚇了一跳，鐵信石手快，已經把刀拔了出來，不料定睛一看，卻是一個半大的孩子。只見高瑞學著大人樣兒衝他們拱拱手，笑嘻嘻地走過來。致庸瞇著眼睛笑道：「高瑞，你真來了？怎麼來的？」高瑞調皮地一笑，道：「用你教我的辦法來的呀！」致庸詫異道：「我教你的辦法？我教你什麼辦法了？」高瑞道：「昨夜你不是告訴我，願意跟你走，我就有辦法，所以我想了一晚上，最後決定偷跑出來！」致庸回望茂才大笑。茂才也喜歡高瑞，點了點頭。眾人都笑，只有長栓不樂意地嘬嘬嘴，暗暗嘀咕道：「這個野孩子！」

「那好啊，跟車走吧！」致庸笑道，高瑞聞言歡喜地雀躍起來。可剛要走，忽聽致庸又說：「不行！」高瑞聞聲大為緊張，眾人也不解地看著他。致庸看著高瑞沉吟道：「昨天我還對劉黑七的人講，人過留名，雁過留聲，今天我從這個店裡帶走了高瑞，應當跟店主講明。我們商家不做事便罷，只要做事，就該光明磊落，堂堂正正！」說著他調轉馬頭就往回走。高瑞鬆了一口氣，嘻嘻笑著也跟了上去，長栓不樂意地對高瑞低聲喝道：「都是你鬧的，走這麼遠了又要回去！」

回到客棧，店掌櫃絲毫不生氣，反而高興地撫摩著高瑞的頭道：「你這孩子有福氣，碰上了喬東家這樣的貴人，我也就放心了，哪裡會攔你呢？跟喬東家去吧，好好學生意，只是一輩子都別忘了，是喬東家把你從我這個小店裡撿出去的！」高瑞嘻嘻笑著，乖巧地

跪下磕了三個頭，弄得店掌櫃眼睛都有點紅了。致庸掏出一錠銀子笑道：「掌櫃的，我不能白白從你這裡帶走一個人，這一錠銀子給你，再雇個燒火的吧！」店掌櫃哪裡肯收，推託了半天，致庸只好作罷。

他們一路前行，白日拚命趕路，晚上則一直小心翼翼，嚴加看管。來到殺虎口稅關，眾人皆長長地出了一口氣。前方就是包頭了，而且從這往後基本是一馬平川的官道，對於夜裡有強盜來劫銀車的擔心也可少了幾分。致庸依著張媽的託付，幫她在亂石崗墳堆做了祭拜。想著幾百年來山西人走西口的艱辛與執著，眾人都有點唏噓不已。

3

崔鳴九比致庸早幾天出門，已經到了包頭達盛昌。東家邱天駿見面後自是將他好一陣數落，弄得他很是灰頭土臉。兩天後的一個大清早，崔鳴九還沒有起床，就被邱天駿派來的夥計叫起。崔鳴九一路小跑，到了東家書房內，只見邱天駿面帶慍色，臨窗站立。邱天駿五十來歲，下巴留著半長不長的髯鬚，相貌頗為儒雅，倒像個讀書人，乍一看身上還略帶點官氣，但他卻是生意場上一個極厲害的角色。崔鳴九一進門便小心問道：「東家——」邱天駿「哼」了一聲，指指桌上的一封密信。崔鳴九看到那封信臉色一變，顫著手拿起匆匆流覽了一遍，接著大驚道：「怎麼，這回喬致庸銀車裡，拉的又是石頭？」邱天駿沒回答，狠狠地瞪了他一眼。崔鳴九退後，拭汗道：「東家，我沒把事情辦好！」邱天駿忍不住訓斥道：「瞧你辦的這些事，誰讓你辦的？一個大商人，和劉黑七這樣的強盜有勾連，事情傳出去，我達盛昌名聲何在？我邱某人顏面何在？你大概沒料到這封信竟然是我先拆的吧？」崔鳴九大氣也不敢出，乖乖地聽著。「就你和劉黑七那兩下子，喬致庸早就料到了！你……」邱天駿越說越氣，這時門外陸續到了其他幾個掌櫃，邱天駿跺跺腳，暫且把這件事情打住。

幾位掌櫃陸續落坐。邱天駿環顧一圈道：「喬致庸已經過了殺虎口，一兩天內就會進包頭。你們都替我想想，喬致庸到了包頭，他會做什麼？怎麼做？」幾位掌櫃都道：「我們先聽崔掌櫃介紹吧，除了崔掌櫃，這喬家小輩大家誰也不知底細啊！」邱天駿看崔鳴九，崔鳴九擦擦汗，大致介紹了一下喬致庸的情況。二掌櫃聽了一會道：「東家，想來這喬致庸年輕氣盛，聽說眼下手裡又有了陸大可的銀子，一定會想到要與我們達盛昌鬥下去，反敗為勝，他決不會輕易認輸。」邱天駿沉吟道：「你是不是想說，他會仗著有銀子，把這個高粱霸盤接著做下去？」崔鳴九瞧瞧這兩人，小聲嘀咕道：「這可能嗎？爭做這個高粱霸盤，已經讓他們吃夠了苦頭，他還會接著做？」邱天駿深思了一會，突然道：「不，二掌櫃說得對，喬致庸不是有可能接著做這個高粱霸盤，而是一定會接著做。」三掌櫃道：「一定會？這有什麼道理？」邱天駿笑笑道：「你也跟了我不少年了，告訴我，對一個商家來說，什麼最要命？」三掌櫃張口便道：「銀子、貨品、信譽。」邱天駿撚鬚點頭：「說對了，不過對於達盛昌和喬家這樣的商家來講，上面三者的次序要顛倒過來。」幾個掌櫃齊聲道：「顛倒過來？」邱天駿有點不耐煩地看著他們，道：「喬致庸一定比你們清楚，眼下喬家復字號大小在包頭缺少的絕對不是銀子，他們現在感覺到的最大威脅是信譽的缺失。一個商家沒有銀子要完蛋，可沒有了信譽，有銀子也要完蛋！」崔鳴

九有點醒悟地問道：「東家是不是說，喬致庸哪怕為了重拾喬家復字號大小的信譽，也要把高粱霸盤繼續做下去？」邱天駿歎口氣道：「如果喬致庸真像你說的那麼精明，他就應當這麼做。」崔鳴九忽然笑起來，道：「東家，您嚇住我了。喬致庸再精明，他做事情也要有銀子，可他銀車裡拉的都是石頭；他沒有銀子，怎麼在包頭接著做高粱霸盤？」邱天駿冷笑一聲：「喬致庸有銀子！」

崔鳴九又有點糊塗了。邱天駿「哼」了一聲道：「三十六計中有一計，叫做瞞天過海。他喬致庸能大搖大擺地拉一車石頭來包頭，就一定有人幫他暗地裡送銀子！」幾個掌櫃面面相覷。邱天駿不再多說，冷冷一笑下令道：「通知各店，給我收高粱！」二掌櫃點頭道：「我明白了。我們現在收高粱，可以等著高價賣給喬致庸！」邱天駿冷笑道：「喬致庸若真要接著做高粱霸盤，我就得幫幫他！我這會兒真想知道陸大可一個老摳，到底會借給喬致庸多少銀子！」崔鳴九也反應過來道：「東家是說，我們要繼續給喬致庸準備好高粱，繼續撐他，撐死他！」邱天駿「哼」了一聲道：「我說過這話嗎？」崔鳴九看看他，不敢再吭氣。三掌櫃想了想猶豫道：「東家，萬一喬致庸不接著做高粱霸盤呢？」邱天駿仰天大笑，打斷道：「他如果不再做高粱霸盤，喬家在包頭就完了，以後即便喬家復字號大小還姓喬，他也敗在了我達盛昌的手下，包頭這塊地盤，從此就是我達盛昌一家的了！」

幾個掌櫃想了想，都附和起來，包括疑疑惑惑的三掌櫃也說：「東家說得對，若喬致庸不接著做高粱霸盤，就是認輸；一個在商場上認輸的人，就不會再有信譽，不會有人和他做生意了！」邱天駿沉聲道：「如果喬致庸不敢再接著做高粱霸盤，這個人也就不值得我放在眼裡了。除了崔掌櫃，你們都去吧。」眾人離去後，邱天駿低聲對崔鳴九說：「你快派人回去，把祁縣、太原的銀子往這兒調！」崔鳴九一愣道：「調銀子？東家，這幾年咱的生意也不好，都調來別處就做不成生意了！」邱天駿深看他一眼道：「商場就是戰場，哪怕喬致庸只是個三歲的娃娃，我也不能輕敵。在這個節骨眼上，別處還做什麼生意！」崔鳴九應聲稱是。邱天駿繼續道：「打發人到市面上散布消息，說喬家破產了，外地的產業都還了債，讓債主們這兩天去復字號大小要銀子！我算過了，他們一起上，至少能幫我們吃掉喬致庸十來萬兩銀子！」崔鳴九想了想奉承道：「東家高明！喬致庸沒了銀子，他就是想接著做高粱霸盤也沒有多少本錢了，仍要敗在東家手下！」邱天駿「哼」一聲道：「我說過這話嗎？」崔鳴九不敢再說什麼，趕緊退下。

果然不出邱天駿所料，當致庸一行到達包頭，復盛公總號已經被各商家擠兌得一場糊塗。大掌櫃顧天順招架不住，躲到了地下銀庫，只有幾個掌櫃和夥計在外面勉強應付。

致庸和茂才看著店前亂哄哄的情景，大大皺起眉頭。茂才冷笑道：「東家，好戲就要開場，你這會兒就是九歲紅，戲帽兒已經唱過，該你登場了！」致庸「哼」一聲，道：「你就等著給我叫好吧！」

致庸正要向前，見一個三十來歲的夥計提著鋪蓋從人群中擠出來，復盛公一個掌櫃的隔著人群大喊：「馬荀，你幹嘛呢？」馬荀頭也不回，沒好氣道：「幹嘛呢？我辭號，這裡沒法做了！」他話音未落，立刻有幾個討債的掌櫃拉住他，其中百川通的焦掌櫃揪著他道：「你不在這兒幹了也不能走，你是跑街的，我們百川通和你們復字號大小的生意都是你拉扯的，你怎麼能走？要走也行，給我清了帳再走！」惠源的掌櫃在一旁附和，接著卻

說：「好小子，到我那兒去，我出兩倍的工錢請你！」他話音未落，德順昌的二掌櫃立刻喊道：「小馬子，去我那裡，我出三倍的工錢！」

致庸再也看不下去，抱拳大聲道：「在下山西祁縣喬家堡的喬致庸，復字號大小是我的產業！諸位不要亂。」眾人聞言「轟」地一驚，立刻圍攏過來，七嘴八舌亂紛紛地問了起來。長栓和幾個喬家夥計趕上來大聲道：「對，他就是喬家的二爺，復字號大小的東家，大家先不要亂。」

人群後面，茂才抱著膀子站著，看致庸的表演。高瑞對茂才低聲道：「孫先生，您怎麼不過去，站在這兒看熱鬧？」茂才笑道：「我不過去，我的事已經做完了，到了這兒，我就是看戲……哎對了，你甭站在這兒，你該過去幫幫長栓。」高瑞搖搖頭：「我？我不想幫他。」茂才笑了：「為啥？」高瑞嘟嘟嘴道：「二爺收下了我，他不喜歡，淨找我的麻煩！」茂才笑起來：「那好，你也甭過去，咱倆一塊站在這裡看東家演得怎麼樣！」

復盛公總號內依舊亂成一團，那位焦東家放開馬荀，上前一步懷疑道：「你就是喬東家？你來了正好，我是百川通的東家焦百川，復字號大小欠我們的銀子，顧大掌櫃還不了我們，喬東家還給我們吧！」致庸衝他及眾人一拱手道：「你是焦東家，久仰。各位相與，久仰了！諸位是不是想要銀子？」圍著他的眾人連連點頭都道：「對呀！那還錯！」後面更多的人嚷嚷著圍攏過來。致庸道：「諸位，順著我的手看，那是什麼？」他朝身後不遠處的二十輛銀車指去。眾人皆回頭，轟然一驚道：「銀車！」這時達盛昌二掌櫃悄悄溜進來，已經沒有人理會要辭號的馬荀了。馬荀看了一眼致庸，丟下鋪蓋卷轉身跑回店，掀開銀庫門，朝裡面喊：「大掌櫃，出來吧，東家到了！」顧天順從銀庫裡探出頭，疑惑不解道：「東家到了？哪個東家？」馬荀跺腳道：「這會兒還能有哪個東家，致庸東家！還帶來了銀車！」「這就好了，這就好了！走，出去看看！」顧天順急急爬出來，剛和馬荀往外走，忽又站住道：「不好！我還是不能出去！」馬荀一驚，只聽顧天順道：「馬荀，你快替我出去再看一看，小東家未必能對付外面的這一攤子，我還是等一會兒再出去吧！」說著他又鑽進銀庫躲了起來。馬荀恨恨地走出，跺腳道：「這地方，真沒法幹了！」

店堂內，致庸做了一個手勢，鐵信石趕著銀車走過來，在店門前停下。眾商家先是互相看了看，接著亂紛紛地議論起來。達盛昌二掌櫃悄悄擠上前對焦東家耳語了一番。焦東家突然大聲道：「不！喬東家，這是銀車不假，可我們不信這裡頭有銀子！全包頭都知道喬家已經破產了，哪裡還會有銀子！」眾人聞言，都像夢醒過來一樣，亂嚷起來。致庸臉色一變，不等他說話，達盛昌二掌櫃擠上前又道：「據我所知，這裡頭全是石頭！」眾商人發出一陣驚呼。致庸哈哈大笑：「原來……你們消息可夠靈通的，連我銀車裡拉的都是石頭也知道！」達盛昌二掌櫃冷笑道：「難道不是？」致庸直視著他道：「奇怪了，這位掌櫃的是通過什麼辦法知道銀車裡是石頭呢？莫不是……」致庸故意停了口，達盛昌二掌櫃一陣語塞，趕緊捅捅旁邊惠源的掌櫃。惠源的掌櫃咳嗽一聲，打著圓場道：「喬東家，有句話說得好，要想人不知，除非己莫為。你這銀車裡拉的是不是石頭，當著眾相與的面打開看看，不就清楚了？」眾人又亂嚷嚷起來。達盛昌二掌櫃在一旁煽風點火道：「對呀，不打開，大家怎麼會知道喬家今天還有沒有銀子！」

人群後面，長栓溜回茂才身邊，悄聲道：「老先兒，壞了壞了，裡頭真的全是石頭，

我親手——」茂才咳嗽一聲，神情自若。長栓一回頭，發現商人中有幾人很注意地看他們，趕緊住口。他把茂才拉到一邊，壓低嗓子道：「哎，老先兒，你不是諸葛孔明再世嗎？到了節骨眼上，眼看著東家要出醜，你還不想點主意？」茂才故意寒磣他：「我算什麼諸葛孔明，要不你怎麼一直都瞧不上我呢！說到主意，你最多了，快幫東家想一個！」長栓氣極了，被他噎得話也說不出，恨恨地離開，再次擠進人群。

這邊眾人越發喧鬧起來，後面的推擠前面的人，紛紛亂嚷道：「不行！一定要打開銀車！不能這麼騙我們！你們喬家還講不講一點信譽！」致庸乾脆跳到櫃檯上，居高臨下喊道：「哎，各位爺，萬一我打開銀箱，你們說的石頭全變成了銀子，你們還立馬三刻要我復字號大小還債嗎？」眾商人只安靜了幾秒鐘，又亂嚷起來。達盛昌二掌櫃繼續煽動道：「喬東家，你什麼意思？你有了銀子，當然要還債！」那位焦東家攔了攔後面的人，振臂一呼道：「這樣吧，大家都不要亂，若真是銀子，我焦百川今天甘願空手而回。」致庸哈哈笑道：「我嚇住諸位了。來人，把銀箱打開……哎，諸位，要是裡頭全是石頭，你們多擔待，大家的銀子，我喬致庸早晚要還的！」眾商人又吵起來，焦東家也迷惑道：「喬東家，你到底給我們玩的哪一套，快打開讓我們看！」致庸一擺手，鐵信石走到眾人面前，掏出鑰匙，去開銀箱。長栓大驚，猛衝過來，伸直雙臂反身攔住銀車，大聲道：「不行！這裡人多勢亂，不能在這裡開銀箱！」致庸一驚，鐵信石也不由停住了手。長栓繼續道：「銀箱裡都是銀子，萬一打開以後讓人搶了，誰賠得起啊？」致庸嘴角微微現出笑意，對茂才眨一下眼，如獲救星般大聲道：「對！對了！這裡人多眼雜，有沒有強盜混在裡頭也不知道，萬一我的銀子讓人搶了，你們賠得起嗎？」達盛昌二掌櫃看看致庸，又看看長栓，突做恍然大悟狀，回頭煽風點火道：「諸位，銀箱裡沒銀子！不然不會這樣！來，我們一起砸開它，看裡面到底是什麼！」「對，砸開它，看看裡頭到底裝的是什麼！」一聽此言，不少人立刻嚷嚷著擁了上來。鐵信石立刻護住銀箱，和長栓攔住眾人，厲聲道：「不行！看誰敢動！」眾人看他們的架勢，停住腳步，兩方相持起來。致庸在櫃檯上拍拍手，大笑道：「各位爺，你們讓開！長栓，讓開！鐵信石，把銀箱打開，讓各位相與看看，裡面裝的是不是石頭？」長栓臉色驟白，還要說什麼，茂才擠上前，拉開長栓道：「我說你這孩子平時看著挺機靈的，這會兒怎麼就成了一根筋呢，東家說要打開銀箱，給眾位相與看銀子，那就打開嘛！」眾人這時都回頭看致庸。致庸再次衝鐵信石點點頭。幾個夥計在外圍護住銀箱，鐵信石則掏出鑰匙，一個個打開銀箱，銀箱中立時現出了白花花的銀子。一時眾皆譁然。長栓也傻了，回頭對茂才低聲道：「老先兒，怎麼回事？怎麼變了？」

致庸笑道：「諸位相與，剛才致庸只是和諸位開個玩笑！現在你們再回頭看，那又是什麼？」他朝眾人身後一指，只見又有二十輛銀車進門，押車的是三星鏢局老鏢師戴二閭、高徒閻鎮山及鏢局眾徒弟。眾人又是轟然一驚，達盛昌二掌櫃也傻了眼，瞅個機會偷偷溜走了。

致庸走過來，對眾債主道：「焦東家，各位相與，要不要把這輛銀車也打開給大家看看？也許這裡頭裝的真是石頭！」焦東家服了軟，笑道：「喬東家，你就甭給我們開玩笑了，是我們眼濁，唐突了！」一干債主也都對致庸賠起笑臉。致庸找達盛昌二掌櫃：「哎，剛才那位一直嚷嚷著車裡是石頭的爺呢？這會兒怎麼不見了？」馬荀擠上來稟

道：「東家，剛才那個人我看著眼熟，好像是達盛昌的二掌櫃！」致庸一笑道：「原來是他……好了，大家該看的都看了，是銀子吧？」眾人連連點頭。致庸微微一笑，突然變化道：「是銀子你們今天也拿不走了！」眾人一陣愕然，剛要嚷嚷，致庸道：「今天我累了，誰想要債，明天再來，我一筆筆算給你們。不過諸位，你們這樣成群結夥地到我復字號大小總號門前討銀子，好像喬家真還不起似的，諸位的眼皮子是不是太淺了？行了，想要銀子的，明天儘管來吧！況且剛才那位焦東家也已經答應過在下了！」說著他回頭對鐵信石吩咐道：「把銀箱鎖上，拉進去入庫！」鐵信石立刻依言鎖上銀箱，趕車進店。

眾商人面面相覷，接著忍不住都去看焦百川。焦東家咳嗽一聲，道：「既然喬東家今天拉來了銀子，咱們心裡就踏實了，知道前些日子的消息都是假的，喬家沒有破產！諸位，喬東家遠道而來，今日也確實累了，他讓咱們明天再來，咱們恭敬不如從命。走吧走吧！」說著他率先拱手作別：「喬東家，告辭告辭。」致庸立刻順驢下坡，衝眾人拱手作別，其他商人們議論了一陣，也都相繼告辭離去。

茂才一直在一旁撚鬚微笑，看到最後一個相與離去後，一拱手道：「東家，恭喜！」致庸也衝他一拱手回禮道：「同喜！」兩人相視大笑起來。

到了這時，復盛公大掌櫃顧天順才匆匆趕出，對致庸深施一禮：「東家，您來了，顧天順有失遠迎。裡面請。」又假意責備二掌櫃和三掌櫃道：「看看他們，也不早點告訴我！」致庸笑笑，也不接口，領著茂才等往裡面走。

長栓看著兩輛銀車拉進後院，又愣了一會，才扯扯茂才道：「哎，老先兒，這會兒我知道了！」茂才逗他：「傻小子，你又知道什麼了？」長栓有點不好意思，道：「原來二爺出發前準備了兩批銀車，一批在前，一批在後，一假一真，我們白天在前面走，戴老先生他們夜裡在後面走，過了雁門關才換過來。二爺這麼做既防了劉黑七，也騙過了達盛昌！」茂才哈哈一笑，不置可否，跟著致庸走了進去。長栓還站在原地感慨：「東家就是東家！」

4

達盛昌內，邱天駿背身而立，眉頭緊皺。崔鳴九在一旁察言觀色道：「東家真神，喬致庸真拉來了銀子，不是石頭！」邱天駿搖搖頭，半晌突然說：「不對，喬致庸銀車裡也拉來了石頭！」崔鳴九一驚。邱天駿道：「如果第一批車裡是石頭，第二批車裡就是銀子，現在第一批車裡是銀子，第二批車裡就一定是石頭，你們又讓喬致庸給騙了！」崔鳴九有點不服氣。邱天駿看看他皺眉道：「陸大可不可能給喬致庸四十車銀子！喬家在東口也沒有生意，喬家到哪裡去弄四十車銀子？」崔鳴九語塞：「這個……」邱天駿「哼」了一聲：「在我面前耍這種把戲！……照我說的，繼續收高粱，等著賣給喬致庸！」崔鳴九趕緊點頭。邱天駿想了想又道：「打今兒起，喬致庸的一舉一動，我都要知道！」崔鳴九一笑道：「東家放心。」他走過去對邱天駿低聲說了幾句，邱天駿點頭，揮手示意他離去。

崔鳴九走了兩步，又走回來，欲言又止。邱天駿奇怪地看他道：「你怎麼又回來了？」崔鳴九猶豫地張了張口，仍舊沒說，邱天駿不耐煩道：「有話就說！」崔鳴九吞吞

吐吐道：「東家，為了對付喬致庸，我請了一個蒙古武師。」邱天駿一驚：「什麼蒙古武師？」崔鳴九乾脆直言：「此人是一位蒙古王公推薦的，說是內外蒙古武林中的第一高人，名叫卡魯。」邱天駿有點反應過來：「難道你想要喬致庸的人頭？」崔鳴九點頭，道：「東家，劉黑七太笨了，居然對付不了喬致庸，我想不如乾脆……」沒等他說完，邱天駿立馬大怒道：「你給我住口！你把我看成什麼人了！你把你自個兒看成什麼人了？上次老鴉山劉黑七的事我還沒有追究你呢！」崔鳴九想辯解：「可是東家……」邱天駿激烈地打斷他：「喬致庸是商人，我邱天駿也是商人，你這麼幹，是不是覺得我這個商人鬥不過他那個商人？」崔鳴九趕緊搖頭：「東家，我不是這個意思……」邱天駿怒氣沖沖，道：「眼下全中國的晉商都知道我達盛昌正和喬家惡鬥，也都知道喬致庸拉著銀子到了包頭，我們是商家還是殺手？」崔鳴九不敢再說話。邱天駿道：「你給我記好了，喬致庸不但不能死，你還要保證他好好活著！」崔鳴九忍不住反問：「我要保證他好好活著？」邱天駿怒道：「喬致庸若是不明不白死在包頭，哪怕不是我幹的，外人也會認為是我幹的！達盛昌幹了這種事，天下的商人哪一家還敢和我做生意，我達盛昌的信譽何在？沒有了信譽，我還做什麼商人？」崔鳴九連連點頭。邱天駿「哼」一聲，道：「看好你那些朋友，別讓他們輕舉妄動。那個蒙古武師，多給點銀子打發了！我們要的是喬家的生意，不是喬致庸的人頭！……真是不曉事！喬家沒了生意，喬家就完了；喬家完了，喬致庸是死是活，和我又有什麼關係？去吧！」崔鳴九擦著汗，不敢再說話，趕緊退下。

致庸、茂才在復盛公大掌櫃室內端坐著，長栓、高瑞則一邊侍立。顧天順將一封辭呈放到致庸面前，一邊察言觀色，一邊故作痛心道：「東家，這是我和二掌櫃、三掌櫃的辭呈。復字號大小造成今日的局面，雖說是致廣東家執意要我們和達盛昌爭霸盤造成的，但我們到底是這兒的掌櫃，尤其是我，作為大掌櫃，實在難辭其咎。請東家准許我們辭號。」致庸想了想，對長栓和高瑞道：「啊，你們在外頭看著點，不要讓人進來。」長栓很神氣地對高瑞道：「你到門外頭站著去。」高瑞看看他，沒敢說什麼，趕緊出門。致庸皺皺眉道：「啊，長栓外頭站著，高瑞留下。」長栓大不樂意道：「二爺，您……」致庸瞪他一眼道：「沒聽見我的話？」茂才見狀微微一笑。長栓對高瑞恨恨「哼」一聲，跺腳就走。

致庸看了茂才一眼。茂才不接茬，反而一語不發地閉上了眼睛。致庸笑笑，想了想，回頭將辭呈推給顧天順，道：「顧爺，你這是幹什麼？我和孫先生剛到包頭，你們就要辭號，不是要我的好看嗎？就是你真想辭號，也不能在這時候，讓相與們看著我們復字號大小好像真有了麻煩似的！你說是不是？」顧天順趕忙順水推舟道：「既是東家這麼說，我們眼下就不辭號。東家這一來，想來必有辦法令復字號大小起死回生。」致庸客氣道：「顧爺，我初來乍到，和全包頭的相與都不熟，我打算請他們吃飯，認識認識。這樣，你讓人遍發請柬，替我請相關的相與赴宴！」顧天順有點摸不著頭腦：「東家，您是要請包頭商界的名流呢，還是請和我們有關係的相與？」致庸胸有成竹道：「名流要請，有生意來往的相與也要請，人越多越好。一定要在包頭最好的酒樓請！」顧天順有點犯難：「這事容易，我這就讓人去辦。不過東家，您明天已約了相與們來復盛公清帳。」致庸一笑道：「顧爺，只要你明天一大早就把請柬送出去，說我有要緊的話在酒席上對大家講，相與們怎麼還有機會來我復盛公清帳？」

顧天順有點恍然，道：「噢，我懂了。東家這是……」致庸打斷他：「不要多想，相與們的帳我還是要清的。」顧天順想了想，又問：「東家，邱天駿請不請？」致庸「哼」一聲道：「包頭地面上，但凡是個商界的人物都要給我請到，獨獨不請他！」顧天順還是有點迷惑，但仍舊連連點頭。

一陣商議後，眾人都已退去。長栓又進門，卻不說話。致庸回頭伸一下懶腰道：「哎，你不睏呀，還不去睡覺？」長栓噘嘴道：「二爺，您幹嘛胳膊肘朝外拐，對他那麼好，讓我在外人面前丟臉？」致庸笑起來：「是不是說高瑞？我問你，幹嘛老欺負人家？」長栓支吾道：「我沒，沒欺負他！」致庸不樂意了：「你敢說沒有？欺負人家新來乍到，瞅冷子淨給人家下套兒，有沒有這些事？」長栓低頭不語。致庸趕他：「去睡吧，啥時候這毛病改好了，我啥時候不讓你在外人面前丟人。」長栓也不出聲，噘著嘴走出去。致庸歎道：「他也想欺負比他弱小的人，人真是怪物！」

第十四章

1

次日，醉春風酒樓內，致庸一身光鮮，滿面春風地招呼著眾東家和掌櫃。好容易落坐後，他舉杯笑容滿面道：「諸位相與，自從我祖父貴發公當年推著小車來到包頭，喬家的生意從無到有，從一家廣盛公店發展到今日復字號大小的十一家買賣，全靠各位相與的幫襯和扶助啊。相與的意思，就是相互給與，相互扶助呀，大家說對不對？」眾人也鬧不清他葫蘆裡賣的什麼藥，互相看了看，覺得這話也不錯，便都附和起來：「對對對，喬東家講得不錯！」致庸繼續大方地客套著：「致庸初來乍到，今日備一杯水酒，恭敬大家一杯！」眾人想了想都舉杯站起。焦百川道：「喬東家，你太客氣了！昨日我們大夥到復盛公前鬧著要銀子，你今天反倒請我們來醉春風赴宴，喬東家年紀雖輕，風度卻讓我們折服。來來來，不要薄了喬東家的面子，我們大家一同陪喬東家喝了這杯酒！」眾人都笑了起來，飲了這一杯，席間熱鬧起來。

三巡酒過後，焦百川顯然早有準備，直接開口問道：「喬東家，在下有一事不明。前段時間復字號大小在包頭大做高粱霸盤，致使銀根吃緊，全城動搖。敢問喬東家，此次你

來包頭，打算用什麼樣的靈丹妙藥，讓復字號大小起死回生啊？」席間眾人一時間都不做聲，靜候致庸的回答。致庸神情放鬆，含笑道：「焦東家問得好，我想今日來的和有事不能來的諸位，心裡都想問這句話，對不對？」眾人連連點頭。致庸從容不迫道：「請大家安靜。剛才焦東家說到復字號大小目前深陷危局，以至於全域動搖。焦東家，各位相與，這話我就不懂了。前段時間，不就是我大哥多收了點高粱，銀子周轉上發生了一點困難嗎？諸位可能都聽說了，前不久山西太谷縣鉅賈，致庸的岳父——陸大可陸老先生，哈哈，他老人家也以為喬家復字號大小出大事了，一口氣給致庸拉去大批銀子，加上我們家從東口調回的銀子，現銀數量就極為可觀了。我昨天到時，只帶來兩批四十輛銀車，不過區區兒十萬兩，這大家都看到了。喬家有這麼多的銀子，怎麼說包頭復字號大小深陷危局、全盤動搖？更不至於致庸要像焦東家擔心的那樣，什麼想辦法讓復字號大小起死回生吧?!」眾人面面相覷，一起回頭看焦百川。焦百川也是個老江湖，拍手道：「好！喬東家說得好！既然如此，喬東家是打算用昨天拉來的銀子和我們大家清帳了？」

致庸擺手斷然道：「不，諸位。我今天想告訴大夥的是，致庸拉銀子來到包頭，目的一不是要救復字號大小的危局，二不是和在座諸位清帳，而是想拿它們繼續和諸位長長久久地做相與！」焦百川不解道：「喬東家，這我就不明白了，既然你不想和在座諸位清帳，那你拉來這麼多銀子打算做什麼？」致庸神祕一笑道：「問得好！這正是我今天想要告訴大家的。致庸拉這麼多銀子到包頭來，目的只有一個，繼續收高粱！」眾人大驚，當下就有人大聲反問一句：「喬東家還要收高粱？」

顧天順在席上也大吃一驚，低聲問茂才：「孫先生，東家什麼意思？」茂才回頭看他一眼，也不回答，只笑道：「來，我敬你一杯。」顧天順不情願地和他喝了一杯，抬起頭只見致庸笑著也飲了一杯，對眾人道：「對。我就是要接著收高粱。大家都知道，喬家自祖宗以來，做生意向來不做霸盤，可這次有人挖坑讓我大哥跳，想看我們喬家是否做得起這個霸盤；我大哥不在了，不過還有我呢！致庸年輕，血氣方剛，有句話叫做來而不往非禮也，又道是恭敬不如從命，我就犯它一回忌，接著做這個高粱霸盤！」

一時眾皆啞然，面面相覷起來。焦百川忍不住道：「喬東家，我多問一句，這回你從祁縣拉這麼多銀子，繼續做高粱霸盤，不是要跟誰賭氣吧？是不是還有別的緣故？」

致庸神情坦然，略帶醉意，哈哈大笑，道：「啊，焦東家，這個我就不方便告訴諸位了。大家都是商人，再談下去就是敝號的機密了……哦，你這麼說也可以，致庸下決心把高粱霸盤做下去，就是為喬家、為我死去的大哥、也為我自個兒，跟人賭這口氣！這口氣，我賭定了！」眾人悄悄議論起來。焦百川道：「喬東家，這麼說我還是不相信，只有你能說出一個讓我們這些生意人信服的理由，我才會信你的話，所以你最好告訴我們實情，大家才能接著下這盤棋啊。」

眾人皆附和道：「不錯！」致庸卻不再多說，頻頻勸酒。最後被人追問不過，他又笑道：「你們一定要我說，那我就說，我想在包頭開燒鍋子做酒！」眾人聞言都大笑起來，忍不住搖頭。顧天順見狀只得出面圓場道：「諸位，我們東家不勝酒力，我替他敬大家一杯。」又一巡酒下來，總算場面沒有冷，他微微鬆了口氣。茂才一個人品酒吃菜，不理眾人，顧天順不禁心中起了一點輕視之意。

一席酒下來，致庸滿是醉態，最後卻仍能和顧天順一起拱手送客。焦百川告辭時拉著

致庸的手，搖頭道：「喬東家，你的話我還是不信，看在我們喝酒痛快的分上，你得告訴我點真的。」致庸哈哈大笑，欲言又止，悄聲道：「焦東家，我年輕，什麼事也瞞不了您老，咱們改日再會。」焦百川自覺心中有點譜了，忍不住道：「別改日了，現在就給我透一點風吧！」致庸已經轉過去送別的商家。焦百川只得怏怏而去。

酒樓前，長栓一邊套車，一邊對茂才說：「老先兒，你看二爺今天真喝多了，啥話都說出去了！」茂才也一副醉態道：「啊，我也喝多了。你呢？」長栓生氣地看他一眼。高瑞卻微微一笑。長栓頓時不高興了，道：「你小子又笑什麼？」高瑞顯然有點怕他：「誰笑了？……你還不讓我笑了？」長栓衝他舉起拳頭，高瑞急忙兩步躲到茂才背後道：「別別，我怕你了還不成？」剛好致庸過來，帶著醉意道：「你們倆又鬧什麼？」長栓不語，高瑞卻道：「沒有。我們倆挺好的！」讓致庸和茂才有點吃驚。

2

不管致庸那一日在醉春風酒樓表演得如何，但接連幾日，復盛公內沒有一位相與過來清帳。喬家和達盛昌鹿死誰手，包頭的商家都不敢妄測，市面上開始彌漫著一股濃厚的坐山觀虎鬥的氣氛。同時，一個消息開始不脛而走，那就是朝廷要發兵攻打準噶爾部。

邱天駿當然也聽到了這個消息，心中疑慮大起，不過他依舊按兵不動。在他眼裡，這一切都太巧合了，所以實在是小兒科。但當崔鳴九領著一個在復字號大小作內線的小夥計陶鳴站在他面前，並向他一五一十地彙報時，他終於有些動搖了：「你再說一遍，朝廷要發兵攻打準噶爾部？」陶鳴點點頭道：「對，喬東家昨天喝醉了酒，親口跟顧大掌櫃講的。他還說，半點風聲也不能透出去！」邱天駿沉思起來，看陶鳴一眼，對崔鳴九道：「帶這孩子出去，多賞銀子！」崔鳴九應聲離去，過了一會又進來，見邱天駿站立沉思，神情異常嚴峻。崔鳴九有點緊張道：「東家，如果這個消息是真的，他就不是假想囤積高粱，而是真想！」邱天駿久久沉思不語。崔鳴九繼續道：「喬致庸知道，如果他暗地裡廣收高粱，一定會讓我們達盛昌起疑，不如當著全包頭的相與，大張旗鼓地說出來，反倒會讓我們覺得他是在給達盛昌下套，不去理他。這樣，他就能順順當當地收高粱了！」邱天駿又站了許久，突然大笑道：「假的！」崔鳴九勃然變色。邱天駿回頭，臉色陰沉道：「有件事你不知道，陸大可借給喬致庸銀子並不是沒有條件，為了借到這筆銀子，喬致庸把喬家的全部十七處生意押給了陸家！」崔鳴九越發吃驚了：「東家，這事當真？喬致庸可是陸大可的女婿呀！」邱天駿冷冷一笑道：「這就是你不知人了！只有這樣，他才是陸大可！現在我問你，他們之間既然有這個交易，今天喬致庸最想要的是什麼？」崔鳴九想一想道：「把囤積的高粱賣出去，收回本銀，還陸大可的銀子，保住喬家的生意。」邱天駿點頭道：「對！可現在他只有高粱，而今天全包頭能拿出大筆銀子買他的高粱的人，除了我們達盛昌，還會有誰？」崔鳴九有點明白過來。邱天駿「哼」一聲道：「我不會上鉤。我早就說過，喬致庸來到包頭，一定會接著做高粱霸盤，只是沒想到，他一上來就給我來了這一招！」崔鳴九翹起大拇指道：「東家高明，我們不理他！」邱天駿搖搖頭：「不，人家都打上門來了，怎能不理？我先抻抻他，看他一個毛孩子，有多深的城府。抻他一陣子，讓他自亂馬腳。」

崔鳴九想了想，突然又猶豫道：「東家，我已經仔細著人查探過了，朝廷要發兵攻打準噶爾部的消息，最初確是從北京傳過來的，是東街泰富商號的東家從北京分號帶回的消息。」邱天駿心中一震，沉吟半晌後果斷道：「派可靠機靈的夥計連夜去北京探消息！快快！」崔鳴九趕緊去了。

過了三日，崔鳴九又來稟道：「東家，復字號大小各店今天悄悄抬高了高粱市價！」邱天駿一愣：「看透了嗎？他們是真收還是虛張聲勢？」崔鳴九想了一下道：「我的感覺是真收。」邱天駿不再說話，揮手讓他下去。

不料到了下午，邱天駿突然吩咐崔鳴九親自去北京打探消息。崔鳴九聞言有點慌亂，道：「東家，您的意思是……喬致庸的消息也有可能是真的？」邱天駿道：「如果事情是真的，喬家在包頭做成了這個高粱霸盤，朝廷一發兵，喬致庸就會壟斷大軍的馬料，接著就有可能壟斷大軍的糧草，那他的生意就做大了！」崔鳴九的腦門開始出汗。邱天駿繼續道：「還不止這些。如果讓他們做成了這筆生意，朝廷日後就會只記住喬家而不是我們達盛昌，以後再有大宗的糧草買賣，兵部就會只找喬家！這種兵荒馬亂的年頭，誰家都做不成正經生意，要是再讓喬家壟斷了這些大宗買賣，我們達盛昌就完了！」崔鳴九忙問道：「東家，事情真有這麼嚴重？」邱天駿看看他，顯然是壓住火氣，沉聲道：「事情本來沒有這麼嚴重。都是讓你們鬧的，上次力勸我一舉吞併喬家，沒吞下不說，現在想想我們有些事情顯然做得過分了。眼下兩家勢成水火，只怕有喬家就不能有達盛昌，有達盛昌就不能有喬家了。」崔鳴九一時無話可說。邱天駿沉思了一會，斷然道：「假若這宗高粱生意背後真有朝廷的影子，我不惜一切也要從喬致庸那裡爭過來。這不是為了爭一時之利。兵書上說得對，謀時不如乘勢。對我們商家來講，靠上朝廷就是乘勢。勢利勢利，沒有勢怎麼會有利！」崔鳴九拿捏不準，仍舊小心問：「但……這消息要是假的呢？」

邱天駿「哼」了一聲：「假若這個消息是假的，我也要讓喬致庸在包頭輸個精光，無立足之地！」崔鳴九點頭道：「我明天就走！」邱天駿一擺手：「不，你今天天黑就走。十天之內，得給我報個準信兒回來！」崔鳴九聞言趕緊離去。

又過了大約三日，二掌櫃一踏進門就看見邱天駿正像熱鍋上的螞蟻一般，焦躁不安地在屋中來回踱步，這兩日復盛公收購高粱的勢頭不減，達盛昌將庫存的高粱統統倒給了他們。二掌櫃猶豫了一下道：「東家，說不定那個消息是真的！」邱天駿目光沉沉：「真的嗎？」二掌櫃點點頭：「真的！我是托可靠的人從復字號大小大掌櫃、二掌櫃、三掌櫃嘴裡掏出來的。連他們現在也相信喬致庸是真在大買高粱！」邱天駿「哼」了一聲沒說話，只聽二掌櫃道：「東家，我還打聽到一件事，喬致庸最近又派人回祁縣，悄悄拉來了好幾十萬兩銀子！」邱天駿大驚：「可靠嗎？」二掌櫃哆嗦了一下：「東家，是祁縣可靠的內線剛剛接到的信兒！陸大可這回又給了喬致庸五十萬兩銀子！」邱天駿臉色大變，有點歇斯底里，道：「不可能！上回說他給喬致庸拉去了幾十萬兩銀子，我就說不可信，是他在玩花招，這一次，他還是在玩花招！現在又來什麼五十萬兩銀子，陸大可有這麼多銀子嗎？你的消息一定也不可靠！」二掌櫃不再多言。邱天駿方寸漸亂，怒道：「這是什麼時候的事？不是讓你們盯緊一點嗎？為什麼到了今天才稟報我？」

二掌櫃後退一步，低聲道：「東家，這次喬致庸耍了花招，銀子是混在石材車隊裡拉進來的！我也是接到祁縣那邊的信後才讓人去查，結果發現銀子早進了復字號大小的銀

庫！」邱天駿走來走去，怒聲道：「不，我就是不相信！別說陸大可這會兒家裡沒有五十萬兩銀子，就是有，他也不會做這樣的事！」

二掌櫃只得道：「東家，可這回千真萬確，陸大可不但將自己的現銀傾囊而出，而且大半銀子都是他替喬家借的！」邱天駿越來越歇斯底里：「那你告訴我，他為什麼這樣？他一輩子都在裝窮！一輩子都這麼摳！難道他和喬家合股在做……」二掌櫃不敢再說話，邱天駿擺手讓他退下去。

晚上，一個消息讓邱天駿愈加煩亂起來。三掌櫃進門，除了稟報復字號大小的高粱價錢又漲了以外，又說復字號大小這幾天明裡大收高粱，暗地裡卻一直在收購馬草！邱天駿大驚：「收購馬草？」三掌櫃趕緊點了點頭。邱天駿大為失態，怒聲道：「這麼大的事為什麼不早點告訴我！你們都是死人！」三掌櫃害怕地看他一眼：「東家，大家是怕您生氣，所以……」邱天駿拍著桌子道：「我生氣？我這會兒還生什麼氣！你們把這麼大的事瞞著我，將來達盛昌要死無葬身之地！我問你，外地的銀子都運到了嗎？共有多少？」三掌櫃趕緊低聲稟報：「都運到了，太原的，祁縣、太谷、平遙三縣的，還有歸化的、庫倫的，共有八十萬兩！」邱天駿煩躁道：「怎麼就這麼一點？……都先給我放在銀庫裡，沒我的話，一兩也不能動！另外你立刻著手籌借四十萬銀兩，要快！」三掌櫃連連點頭，接著試探道：「東家，您老人家一向料事如神，如果您想到了什麼，我們現在就做，再等大掌櫃回來，說不定就晚了！」邱天駿反而冷靜下來：「不。活到我這個歲數，你就懂了，越是事急，越是急不得。我還要等，一定要等！」說著他坐下喝茶，三掌櫃默默退下去。還聽見邱天駿在後面叮囑道：「外頭有了消息，馬上來報！」

日子一天一天地過去，喬家復字號大小一直在篤篤定定地收高粱和馬草。高粱和馬草價格日漲，邱天駿忍不住打發二掌櫃道：「你也連夜去北京，讓崔掌櫃把事情辦得麻利一點兒，快點回來！」二掌櫃去了。邱天駿越來越無法控制自己的情緒，他似乎感到有一張大網在他的頭上越收越緊，他進退維谷；只有北京的消息才能讓他破網而出，占得先機……邱天駿一夜無眠，對著北京的方向發呆。

3

京城達盛昌分號內，崔鳴九正急得團團亂轉。只見分號賀掌櫃邊走進來邊擦汗道：「大掌櫃，有消息了！」崔鳴九急道：「什麼消息，快說！」賀掌櫃道：「從軍機處得的消息，朝廷近期沒有出兵攻打準噶爾部的打算！」崔鳴九大喜：「真的？太好了！」可這話剛一出口，他臉上的笑容突然落下，問道：「那為什麼全北京的山西商人私下裡都在傳說朝廷要發兵？哎我問你，你這消息從哪兒打聽到的？」

賀掌櫃道：「我們做生意的人，還能直接找到軍機處去？我們也進不去呀！是托人打聽到的！」崔鳴九連連搖頭：「不行！和兵部侍郎王顯王大人聯繫上了沒有？」賀掌櫃趕緊道：「我正要跟大掌櫃說這事呢。王大人上個月奉旨出京，督辦軍務，昨日剛剛回京，今天早晨上朝面見陛下，中午要見軍機處的大臣，晚上才有時間見大掌櫃。」崔鳴九沉吟道：「好，晚上見也好。銀子都打點好了？」賀掌櫃點頭道：「已經送進王大人府上了，不然他也不會答應見咱呀。」「那我趕快準備一下。」崔鳴九看看時辰，有點手忙腳亂起來。

是夜，王顯在府中花廳便裝坐著，崔鳴九一進門就給他磕頭，王顯虛讓一讓道：「起來起來，本鄉本土的，也不是外人。來人，給崔掌櫃看座！」崔鳴九站起道：「大人，我們東家讓小人代他向大人請安。」王顯淡淡一笑道：「你說邱老東家呀，他也有好些日子不到京城來了。怎麼樣，身子骨還硬朗？」崔鳴九應承道：「托王大人的福，東家身子還硬朗。」王顯翹起一節小指，抿了口茶道：「老崔，我知道你是無事不登三寶殿，咱們都是熟人了，有什麼事，你就直說。」崔鳴九趕緊道：「大人，小人就直說了。我們東家這次讓我專程來到京城，是想請教大人一個消息的真假……」王顯看看他，當下拉長聲調道：「什麼消息？」

崔鳴九察言觀色地將椅子向前挪挪，道：「最近包頭和京城的晉商都在私下傳說，西北的準噶爾部又在蠢蠢欲動，朝廷正準備發兵征討，有這事嗎？」王顯微微一笑，站起來不鹹不淡道：「噢，你問這事呀，這個消息我也聽說了。流言！流言！回去告訴邱東家，這事絕對是流言，不可信！」崔鳴九如釋重負：「是嗎，這下就好了！謝謝王大人！多謝，多謝！」王顯「哼」了一聲，又道：「不過嘛，有些事情也說不準。現今南方有長毛作亂，邊境上英、法、俄諸國對我虎視眈眈，皇上對西北這一塊也不敢大意呀。」

崔鳴九聞言大吃一驚，趕緊問道：「怎麼，大人是不是說，朝廷也有可能發兵？」王顯打著官腔道：「我就是大臣中間主張早日發兵、防患於未然的一個。只要發現準噶爾部有風吹草動，就得先下手，免得星星之火鬧成燎原之勢。像今天的長毛之亂，如果當初南方各省的督撫能夠審時度勢，將洪秀全等人剪除於未萌之際，也不會出這麼大亂子！」

崔鳴九再也坐不住了，站起追問道：「王大人，照您這麼一說，即使朝廷近日沒有發兵攻打準噶爾部的打算，也不能保證皇上就不會隨時下令發兵，是不是這個意思？」王顯點點頭，官腔更重：「你這麼想就對了。我知道你們生意人，都想做朝廷的糧草生意。好了，就到這兒吧，我還有公事要辦。管家，送客！」說著他轉身走出，崔鳴九一頭霧水地站著。那邊管家走進來道：「崔掌櫃，請吧。」「哎，哎。」崔鳴九一驚，尷尬地隨他離去了。

當夜，二掌櫃到了京城達盛昌分號。兩人與分號的賀掌櫃一起分析，可都越來越糊塗。擔心邱東家著急，只得連夜返回包頭，由邱天駿定奪。

他們一路星夜兼程，直奔包頭，路上幾乎沒有休息，二掌櫃最後幾天在路上染了風寒，崔鳴九只得自己先趕了回來。當他趕回達盛昌時已是後半夜。邱天駿早已躺下，但一直清醒地睜著眼，聞報霍然而起。崔鳴九進屋來不及寒喧，忙道：「東家，京城晉商中早在盛傳朝廷將要出兵攻打準噶爾部的消息！」邱天駿皺眉道：「當真？王顯王大人那兒去了嗎？」崔鳴九道：「去了，可他卻說朝廷近期沒有發兵攻打準噶爾部的打算。」邱天駿沉思道：「話是王大人親口對你說的？」崔鳴九道：「不過王大人還有話呢。」邱天駿心中又是一驚，趕緊問什麼話。崔鳴九道：「王大人說，朝廷近期沒有發兵的意思，可是皇上對準噶爾部並不放心，他和幾位軍機大人都在鼓動皇上及早發兵！」

邱天駿聞言不覺神色大變，差一點跌倒下去。崔鳴九急上前扶住他道：「東家，您怎麼了？」邱天駿好容易才坐下，慢慢抬頭，痛心道：「錯了！我們都錯了！朝廷發兵攻打準噶爾部，乃是軍機大事，非同小可。兵法上講欲擒故縱，虛則實之，實則虛之，如此重

大的消息，王大人怎麼能輕易透露給我等商人。萬一準噶爾部提前知道了消息，有了準備，不就壞了朝廷大事？王大人能告訴你朝廷有可能發兵，就是把什麼都告訴我們了！」

說著他猛地站起，大聲道：「告訴各店，明日起大舉收購高粱和馬草，不計貴賤！」崔鳴九到底有點猶豫：「東家，您是不是再想想！不就是高粱嗎，就是讓他復字號大小做了霸盤，能有多少利？」邱天駿怒道：「你住口！這豈是銀子的事！我們已經晚了一步，若再拖延下去，讓喬致庸在這種事情上占盡了先機，做什麼都晚了！達盛昌可以不和喬家爭做高粱霸盤，可以不要包頭的生意，但絕對不能不做朝廷的生意！失掉這樣的主顧，我們才真的玩完了！」

第十五章

1

這段時間高瑞和長栓一直沒有閒著，當崔鳴九從北京匆匆趕回時，兩人窩在城門洞下就看見了，趕緊抖著僵直的身子跑了回來。致庸聞報已經半夜，很快茂才也披衣匆匆趕至。致庸強抑住激動，揮手讓高瑞和長栓離去，望著茂才道：「茂才兄，事情的成敗，就看明天了！」茂才沉吟半晌，伸手在致庸肩上重拍幾下，轉身離去。

後半夜致庸幾乎無法入眠，直到清晨方迷迷糊糊睡去。天剛亮，顧天順推門急奔而來，在他床前一跤跌倒，激動異常地扒拉著床沿道：「東家！達盛昌各店今天一反常態，同時出高價與我們搶購高粱和馬草！」致庸睡意頓消，立刻道：「高瑞，快，請孫先生！」話音未落，茂才已匆匆走來。致庸不好說破，只對顧天順道：「顧大掌櫃，快把剛才的話再對孫先生說一遍！」顧天順急急重複道：「東家，孫先生，達盛昌各店今天一反常態，同時出高我們三分之一的價錢收購高粱和馬草！」茂才不動聲色地問：「是嗎？這是怎麼了？」致庸略作沉思後果斷道：「顧爺，你派人通知各店，繼續抬高市價！對了，還有馬草，也要抬高市價！」

顧天順猶豫道：「東家，我看不如趁機把我們庫存的高粱脫手算了，眼下是千載難逢的好機會！」致庸搖頭堅決道：「不，照我說的去做！」顧天順有點糊塗了，但仍應聲匆匆走了。致庸剛要起身，忽然身體一軟，茂才伸手將他扶住。兩人互視一眼，致庸不覺熱淚盈眶。茂才看了高瑞和長栓一眼。高瑞捅一下長栓，拉他出去。長栓沒反應過來：「幹嘛幹嘛？」高瑞騙他：「哎，出來呀，我跟你說點事兒！」長栓撓撓頭，隨他出去。

致庸深吸一口氣，為了讓自己平靜，他先揀了一個不打緊的事情笑道：「茂才兄，你說得不錯，高瑞這小子機靈，將來有大用處！」茂才不語，起身將門關上，然後把聲音壓到最低道：「東家，直到眼下，你把事都做得很滿，再堅持幾天，就可以露點破綻給邱東家了！」致庸連連點頭，忍不住落下淚來。

被拉到門外的長栓站住問高瑞：「什麼事？」高瑞調皮地笑道：「沒事。」長栓有點生氣道：「沒事你拉我出來幹啥？」高瑞突然朝前方一指：「哎，那是誰家的驢上樹了？」「你小子耍我，誰家的驢會上樹？」雖然這麼說，長栓仍忍不住朝前看去。他當然什麼也沒看到，等他再一回頭，高瑞已笑著跑了。

過了幾日，顧天順急急進屋道：「東家，這幾天各店又收高粱，又收馬草，銀子已經不夠用了！」只見茂才閉眼坐著，致庸聞言立時著急，道：「哎呀，這個……」他想了想，忽然低聲神祕道：「讓各店等一等，我正在籌措銀子。一旦銀子到了——」顧天順一驚：「怎麼，東家上次讓人拉來的不全是銀子？」致庸一把捂住他的嘴，往門外看看道：「小聲一點兒！」顧天順點頭：「東家，那怎麼辦……要不我讓各店先欠著人家的銀子？」致庸無奈道：「好吧，也只有這麼辦了。對了，別讓達盛昌的人知道這件事！」顧天順出門，長歎了一口氣，而原來在門外偷聽的小夥計陶鳴早已一溜煙跑遠。

又過了幾日，顧天順再次跑進來道：「東家，達盛昌又把市價抬高了四分之一！」致庸看看茂才。茂才把一粒棋子重重拍在棋盤上。致庸定一定心神道：「顧掌櫃，從現在起，你讓復字號大小各店把囤積的高粱和馬草，全部賣給達盛昌！」顧天順聞言變色。致庸解釋道：「我弄不來銀子了，與其這麼相持，不如聽你的話，順水推舟，自己先解了脖子上的套兒！記住，此事要悄悄地幹，不能讓達盛昌的人知道是我們在賣給他高粱和馬草！」顧天順忽然醒悟，道：「明白了！我托可靠的人去做！」茂才在這邊不覺站起，道：「顧掌櫃，此舉一定要滴水不漏！」顧天順看看致庸，又看看茂才，重重點頭：「東家、孫先生放心，顧天順經商四十年，別的事不會做，這順水推舟的事做起來絕對不會出差錯！」致庸拱手鄭重道：「顧爺，拜託了！」顧天順應聲離去。

致庸久久地望著他遠去，回頭看茂才道：「茂才兄，這棋還怎麼下？」茂才「哼」一聲道：「東家，這棋已被你攪亂了，再下一局？」致庸仍處在激動中，接口道：「行，接著下！」茂才知道他沒有聽懂，也不多言，仍舊坐下，兩人重新開棋局。

顧天順剛走到總號店堂內，馬荀就迎了上來，顧天順看他一眼，眉頭一皺：「你今兒怎麼沒去跑街？」馬荀硬將他拉進屋，低聲道：「師傅，東家是不是要把庫裡所有的高粱都賣給達盛昌？」顧天順一把捂住他的嘴：「住口！這消息你聽誰說的！」馬荀嚇了一跳，趕緊說：「我猜的，這還用聽人說嗎？這是禿子頭上的蝨子，明擺著的嘛！」顧天順上下打量他，像剛認識他：「你什麼意思呀？」馬荀笑笑：「東家和孫先生來到包頭的頭一天，就設了一個局，要將達盛昌裝進去，我以為邱東家不會上套。沒想到他這麼老辣的

人，還是犯了一個貪字！」顧天順低聲道：「沒看出來，你小子在這件事情上比邱天駿還明目。哎，你猜到就猜到了，千萬別說出去！你有什麼事？」馬荀回頭拿出一穗生蟲的高粱：「師傅，不，大掌櫃，您看看這個！」

顧天順不耐煩道：「馬荀，你又來了！你又讓我看這東西幹啥？」馬荀著急道：「這穗高粱真是我秋天回山西的路上在高粱地裡採的。上面都是蟲，今年高粱的收成好得了嗎？甭看這會兒包頭的高粱不值錢，可等到明年春天一缺貨，它就值錢了！」顧天順不願細聽，扭頭就走。馬荀拉住他道：「勸勸東家，別把高粱全賣給達盛昌！我們自己也要留一部分貨，明年春天一定能賣個好價錢！」顧天順聞言發火道：「你說什麼呢！這會兒甭跟我提高粱兩字！我和致廣東家都被這個高粱害慘了。既然現在達盛昌想收，我們就一粒也不留，撐死他們！」馬荀失望地看著他走出，歎一口氣，拿著那穗高粱自語道：「這做的什麼生意！簡直就是賭氣！看來我還是辭號得了！」

2

致庸沒等多久，五日後一個下午，顧天順跑進來大喊：「東家，孫先生，咱們庫裡囤積的高粱和馬草全倒手賣給了達盛昌！」致庸急急站起，只聽顧天順激動道：「我找了一個可靠商家過手，這筆交易剛完成。當初吃進的本銀全部收回，東家還淨賺了二十萬兩銀子啊！」致庸看著茂才，如在夢中。茂才道：「恭喜東家！東家的一番心血沒有白費，復字號大小活過來了！」

致庸臉色一陣蒼白，轉而一陣紅潮上湧，他踉蹌兩步，突然狂聲大笑起來。茂才有點擔心，上前扶住他。致庸一把將他推開，仍舊大笑不止。顧天順驚道：「東家……」只聽致庸大聲道：「想不到你邱天駿也有今天啊！為了這一天，我喬致庸昧了良心，背棄在財神廟裡發下的誓言，將我的表妹雪瑛丟在一旁，回頭娶了陸家的小姐……我虧了心了我！你達盛昌的今天就是喬家的昨天，只要我用小指頭輕輕一推，它就倒了……」顧天順也紅了眼圈，趕緊端過一杯茶問道：「東家，您是說——」茂才按住致庸，接過茶杯灌了他一口。致庸鎮定了點，突道：「顧爺，明天你替我遍發請柬，請全包頭的商家到醉春風酒樓赴宴！」顧天順突然醒悟，激動道：「東家！我明白！好！好！過去是他們掐住我們的脖子，這會兒我們得了勢，掐住他的脖子了！我們要趁此機會，讓達盛昌死無葬身之地！」說著他轉身要走。茂才咳嗽一聲道：「顧大掌櫃，慢！我和東家有些話要說，等我們說完，你再去辦事，行嗎？」顧天順狐疑地看看致庸。致庸已經平靜了許多，他看了一眼茂才，擺手讓顧天順離去。

顧天順一出門，差點和馬荀撞個滿懷，馬荀道：「師傅，我想見東家和孫先生，跟他們說高粱的事兒！」顧天順一把拉起他走，道：「走走走，都這會兒你還說什麼高粱，咱們庫裡的高粱全脫手了！」馬荀被他拉著走，急道：「師傅，脫了手也沒關係！脫手了再買回來嘛！達盛昌這會兒買走了我們的高粱，不出三天就會明白。那時高粱的市價就會一落千丈，我們正好大批買進，等到明年春天賺它一筆……」但顧天順一邊扯著他走，一邊警告道：「馬荀，我可告訴你，東家正和孫先生合計，要一鼓作氣將達盛昌置於死地呢，你還想和達盛昌做高粱生意，瞧你這腦筋，去吧！」馬荀吃驚地看他一眼，顧天順已經自

顧自走開。馬荀不禁洩氣道：「不行，我還是辭號得了！都是生意人，幹嘛一定要這麼你整我，我整你？俗話說和氣生財，這樣怎麼能生財？」

室內茂才面窗而立。致庸從背後望著他，雖然平靜了許多，但目光依舊帶著一絲瘋狂道：「茂才兄，這會兒沒人，你想說什麼，說吧！」茂才轉身道：「東家，你真打算毀了達盛昌？」致庸猛然背過臉去，厲聲道：「對！我就想這麼做！我一定要這麼做！」茂才道：「東家，達盛昌毀壞商場規矩，以詐行奸，引誘復字號大小落入陷阱，致廣東家因此而死，喬家差點陷入萬劫不復之地，東家你因此與達盛昌不共戴天，要置對手於死地，這是人之常情，我能理解——」

致庸手一揮打斷道：「既然茂才兄能理解，就請你不要阻止我！我要親眼看到他邱天駿是如何一敗塗地的！」茂才坐下，呷了一口茶，慢條斯理道：「東家，只要你想做，這件事就一定能做到，所謂牆倒眾人推。昨天他們能來擠兌喬家復字號大小，今天就能去擠兌達盛昌。達盛昌不但沒現銀了，只怕還借了不少，因此三個月後如果不能和眾商家清帳，也要像當初的喬家一樣破產還債！那時，東家就報了仇，名滿天下的晉商中也就不會再有一個邱家了！」這後一句話讓致庸心中一震。茂才點燃了他的旱煙袋，吐出一口煙靜靜道：「達盛昌落到今天這個地步，是咎由自取，活該！誰讓他們先壞了規矩，要置人於死地呢。我要是沒猜錯，恐怕不用等到明天，就今天，就這會兒，邱老東家一定已經明白他犯下了平生最大的一個錯！他一定正坐在那兒想，達盛昌和他究竟還有什麼路可走！」

致庸回頭，久久地望著茂才。茂才也不看他，自顧自說道：「剛才東家為自己設想了第一條路，置達盛昌於死地，讓自己快活，也讓死不瞑目的致廣東家可以入土！但在茂才看來，達盛昌就是完了，致廣東家也不能再活轉過來，東家就是再想回到太原府的考場上考取功名，再想回頭對江家的雪瑛小姐履行前約，也不能了！」致庸被他一激，忍不住怒道：「茂才兄，你……」茂才手一擺，鎮定道：「東家，如果我沒猜錯，從接管喬家家事的第一天，你想做的就是今天這件事。喬致庸是頂天立地的男人，有仇必報，有恩必償，現在你終於實現了夙願，可以置達盛昌於死地了！不過東家，茂才卻覺得除了這條路，你還有另外的路，也應當走另外的路！道理只有一個，你不是別人，你是喬致庸！」致庸聞言一陣煩躁：「茂才兄，事到如今，喬家和達盛昌已勢同水火，在晉商中有你無我，有我無你，除了趁機滅了他，致庸此刻難道還有什麼別的路可走？」

茂才敲敲旱煙袋道：「我剛才說過了，達盛昌以詐行商，違背了誠信的信條，但我們以其人之道還治其人之身，雖屬迫不得已，畢竟也算不上光明磊落！東家，茂才以為，當前包頭商界的大事不是推倒達盛昌，而是給達盛昌生存的機會，並利用這件事在商家之間重建秩序，再立規矩，將誠信第一作為商家不能違背的信條！」致庸勃然而怒：「不行，我要是這麼做了，就是認賊為友，我在祖宗面前怎麼交代，在大嫂和死去的大哥面前怎麼交代？喬致庸就是再糊塗，肚量再大，也絕不能這麼做！」茂才看看他，「哼」了一聲道：「我們是讀書人，我們不進商界也就罷了；只要我們進了商界，就要做些大事，才對得起我們付出的代價！東家，人生要做大事，離不開智、勇、仁三字。東家之智我見識過了，東家之勇我也在你與劉黑七的較量中領教過，只是這個仁字，我還沒有見識，你好好想一想，再做決定吧！」說著不等致庸反應，就起身揚長而去，徑直回了自己的房間。

致庸呆立房中，半晌說不出話來。大約過了一個來時辰，致庸主動走進茂才的房間，

一屁股坐下，眼中慢慢滲出淚花。

茂才看看他，「哼」一聲言道：「東家，你可想好了？以茂才之見，今日豈止是包頭商界需要重建秩序，整個山西，整個中國，都需要有人出面重建秩序，再立誠信第一的商規。東家，我希望在晉商之中，第一個做這件事的人是你！」

這時，顧天順和幾個掌櫃、夥計闖了進來。顧天順道：「東家，您和孫先生的話我們在外頭都聽見了。東家，這次一定不能放過達盛昌，您一定要替致廣東家報這個仇！」二掌櫃也道：「大掌櫃的話有理。且不說報仇，眼下的局勢，萬一我們手軟，達盛昌緩過勁兒來，就會回過頭來對付我們。您要是聽了孫先生的話，就是給他們喘息之機，養虎遺患，將來會後悔的！」茂才微微一笑，目光越過他們，看著他們身後探頭探腦的馬荀，道：「馬荀，你怎麼想的？」馬荀囁嚅著不敢插嘴。致庸定睛看他道：「噢，是你啊，你可以說話！」馬荀看看他們，半晌鼓足勇氣道：「東家，照我看來，孫先生是對的，東家應當放達盛昌一馬！」顧天順生氣道：「住口！」三掌櫃也道：「馬夥計，你胡說啥呢！大掌櫃、二掌櫃的話有道理，達盛昌的邱天駿是個老狐狸，這次千萬不能讓他滑掉了。還有他那個大掌櫃崔鳴九，心如蛇蠍，這次要是不給他一點教訓，他一定會回過手來收拾我們！」

致庸漸漸冷靜下來，回看茂才道：「茂才兄，我現在可以不考慮為我大哥報仇的事，也不考慮我被改變的人生，只從經商的角度考慮，這次我們能輕易放過達盛昌嗎？」

茂才站起來，聲音有點激動道：「東家費盡千辛萬苦，付出了多少慘痛的代價，才在與達盛昌的惡鬥中取得了今日的大勝，東家當然不能放過這個機會！然而古人云，『怒者逆德也，兵者凶器也，爭者末節也。夫唯不爭，方可大成。』」顧天順色變，忍不住搶話道：「東家，您不能猶豫啊！達盛昌把我們害得這麼苦，您……連致廣東家的仇都不想報了？」

致庸淚花閃閃，過了好久，終於艱難道：「不，顧大掌櫃，我喬致庸與達盛昌有不共戴天之仇，這仇我天天都想報！可是茂才兄說得對，商人之間爾虞我詐不該是天經地義的事，喬致庸可以不報家仇，但不能不在包頭商界重建誠信第一的秩序；不然，我才是真正對不起死去的大哥，對不起那些因為我走進商界而被辜負的人！」說著，他終於掉下淚來。顧天順看看他，顫聲道：「東家，我都老了，還能吃幾年喬家的飯，我是說，您還年輕，就不怕達盛昌將來以怨報德，回頭掐住我們的脖子？」致庸想了想，堅定道：「顧爺，如果他們將來一定要這樣做，我也不會為今天做的事後悔。我們不能因為別人對自己不利，就不去做利商利國利民的好事。善與不善，那在於各人自為！」

茂才擊掌道：「東家說得好，說得好啊！」致庸心中終於躍過一個大坎，伸手與茂才緊緊相握。茂才歎道：「東家，其實這才是問題的關鍵所在，否則惡鬥只會無止境地持續下去。你能想通最好，因為達盛昌就是敗了，也有敗軍之計可用！」致庸一驚，猛地抬頭，茂才看看他道：「不要以為達盛昌輸了，就再沒有別的路可走，就能任由我們為之。孫子兵法三十六計，有上計中計也有下計。按當前的局面分析，如果不出我的所料，達盛昌必在考慮把一個更有力量的商家引進包頭，與喬家展開新一輪的惡鬥，到時鹿死誰手，仍未可知！」

他的話音未落，這邊馬荀又鼓足勇氣從背後將那穗高粱拿了出來。茂才鼓勵道：「馬

荀，你有話儘管大膽說，你從這穗高粱上看到了什麼？」馬荀坦言道：「生意！我看到了生意！去年秋天高粱生蟲，收成不好，今年高粱又生蟲，明年春天，高粱的價錢一定漲！東家，孫先生，這些天我一直都在勸大掌櫃，不要把庫裡的高粱全賣給達盛昌，我們也要留下一大部分，到明年春天賣出去，一定賺一大筆銀子！」一聽這話，茂才吃了一驚，致庸更是吃驚，問道：「馬荀，你在復字號大小幹了多少年了？」這邊顧天順沒好氣地幫他回答道：「四年學徒，出師後又幹了十年跑街的夥計！」致庸想了想對眾人道：「你們先下去吧，我和孫先生、馬荀再好好合計一下此事。」顧天順和幾個掌櫃對視一眼，衝致庸、茂才拱拱手，又狠狠盯了馬荀一眼，都離去了。

致庸看著馬荀道：「剛才你說我應當放過達盛昌一馬，為什麼，說出來我聽！」馬荀有點不好意思道：「東家，也沒有什麼特別的，我就是覺得大家都是生意人，應當寬心仁厚，在一起做生意，不該你吃掉我，我吃掉你。這樣吃來吃去，你就是贏了，以後誰還敢和你做生意？沒有人和你做生意，你將來還做什麼生意？」致庸聞言愣了半晌，突然縱聲大笑起來，直笑得流出了眼淚。馬荀有點摸不著頭腦，致庸上前一步握著他的手道：「好兄弟，謝謝你！」馬荀鬆了一口氣，有點靦腆地笑起來。致庸又望著茂才道：「茂才兄，更要謝謝你！」茂才眼裡閃爍著一點很複雜的光，道：「東家，道理你都明白，可要克服內心的仇怨，仍是一件很難的事情，但願你不改初衷，堅持做下去，做到底，為全體晉商做成這件大事！」致庸看著他，用力點了點頭。

3

不出茂才所料，邱天駿明白大勢已去，絕望之下不得已採用崔鳴九的飲鴆之計，準備將達盛昌在包頭的生意，全部頂給一直想插足包頭商圈的水家，讓資金更為雄厚的水家來擠垮喬家，決不讓喬家在包頭稱心如意；那樣即使達盛昌從此在世間消失，也可解他們的心頭之恨！

當夜，崔鳴九本已向山西祁縣急趕，不料三個時辰後又被店裡的夥計快馬追了回來。崔鳴九一進門便「撲通」一聲跪下，對著邱天駿喜極而泣道：「東家，那喬致庸真的主動上門與我們握手言和？」邱天駿點點頭。一天之間，他大憂大喜，一下子彷彿老了十歲。崔鳴九還是有點疑惑：「為何？會不會有詐？」邱天駿看著他，顫聲道：「我們一向以惡意度人，此次更是我們主動挑起霸盤之爭，喬致廣因此憂急喪命。但讓我也萬萬沒有想到的是，喬致庸竟然主動上門求和，並當即以市價購走四十萬兩銀子的高粱，以示幫達盛昌渡過難關的誠意。」崔鳴九大驚，繼而慚愧，哆嗦道：「鳴九不明白，這到底是為何？」

「仁義！」邱天駿紅了眼圈，擲地有聲地吐出了這兩個字。他看看崔鳴九，繼續道：「鳴九，當初你力主對喬家趕盡殺絕。而在相同處境下，喬家二爺卻以德報怨，只為了『仁義』兩個字啊！」崔鳴九又愧又悔，連連磕頭。邱天駿扶起他，顫聲道：「喬致庸主動與我們和解只有一個條件，那就是以此次兩家鷸蚌相爭之事為戒，從此各守本業，互不相犯，在買賣交叉處，平等競爭，誰也不做霸盤。不僅如此，還要在危難時相互扶持……」崔鳴九一愣，連連點頭。邱天駿看看他，終於落下淚來：「我邱天駿經商近三十

年，屢戰屢勝，今天卻敗在區區喬致庸手裡！達盛昌今日是靠喬致庸的好意才苟活下來，而且還不得不心服口服，真正做夢也沒有想到啊！」

崔鳴九趕緊相勸。邱天駿呆了半晌，又慢慢道：「我邱天駿本想魚死網破，可我不能不理會喬家二爺口中『仁義』這兩個字的分量！此人一身正氣，儒雅仁厚，他說天下四行，士農工商，商占其一，商人的本分，在於同心協力，相互扶持，通天下貨，謀天下財，利天下人，才是晉商乃至天下商人的本分！我一直以為這不過生意場上的套話，沒想到他真的願意放下家仇，以身作則。而他身邊的那位師爺，叫做孫茂才的，其貌不揚，卻是人中龍鳳，此次兩家言和，全由他從中大力斡旋。這兩人聯手，當真要天下無敵了……」

崔鳴九看邱天駿一天之間似乎變了一個人，他髮辮紛亂，兩眼通紅，眼下還留著青圈，然而卻神采飛揚，透著一股奇異的精神，心中暗暗吃驚。邱天駿道：「你，馬上去醉春風酒樓，訂二十桌酒席，給全包頭的相與發帖子，我要請他們，將今天的事情公開出去，當著眾人向喬東家致謝！」崔鳴九大驚：「東家，這……今天的事對我們達盛昌是奇恥大辱，怎可公開講出去……」邱天駿搖頭慨然道：「錯了！我想了半日，終於明白了，只有這樣做，事情才不會成為我達盛昌永遠抹不去的醜聞！達盛昌和邱天駿要想在喬致庸面前重新抬起頭來，只能這麼做！」崔鳴九呆呆地望著他。邱天駿繼續道：「我要借這個機會，公開喬致庸對我達盛昌的恩德；我還要在包頭眾商家中頭一個響應喬致庸的號召，重建商界的秩序，再立誠信第一的行規。那時達盛昌今日之敗就會因為我的光明磊落變成一件商界的美談，連喬致庸都會敬佩我幾分。我絕對不能讓喬致庸在包頭城裡獨享誠信和寬厚待人之美！」崔鳴九好歹聽明白了這幾句，趕緊點著頭去辦。

第十六章

1

次日，復盛公門前鼓樂齊鳴，邱天駿帶著包頭眾商家送來一塊匾，並親手掀去紅紗，匾上四個大字「商家師表」赫然在目。致庸連連謙讓：「邱老東家，這如何敢當！」邱天駿微微一笑道：「喬東家乃我山西商界少年英才，仁義純厚，匾上的四個字，除你之外，只怕無人敢當！」致庸仍要推卻，焦百川性急豪爽，手一揮便帶著幾個年紀輕的商人動手掛匾，旁邊的商家則讚賞紛紛。邱天駿回頭：「來，給喬東家戴花，把馬牽過來，我今天要親自給喬東家牽馬！」致庸趕忙推卻：「不行，晚輩擔當不起！」幾個商家不容分說，便將大紅花繫在致庸身上，並扶致庸上馬。邱天駿執韁在手，回頭小聲道：「喬東家，你不是要在包頭城裡建立誠信互助的新行規嗎？今天我們倆聯手把這場戲演下去，這新規矩只怕就建起一半了！」致庸大悟道：「邱老東家，這……致庸就褻瀆前輩了！」邱天駿呵呵一笑，回頭做了一個手勢，一時間，鼓樂齊鳴，鞭炮震天，邱天駿執韁，眾人簇擁著馬上的致庸一起朝醉春風酒樓走去。

這頓飯吃得無人不歡，個個都帶著點醉意，唯獨茂才看著致庸志滿意得，由著眾人前

呼後擁，花團錦簇般返回復盛公總號，忍不住眉頭微微皺了起來。果然，剛到復盛公的門口，人群中一個小商人突然衝上前，拜倒在致庸面前哭道：「喬東家，救救我啊！」熱鬧的場面突然冷下來。致庸大驚，酒醒了不少。他剛要說話，只見顧天順使了個眼色，二掌櫃、三掌櫃立刻過來拖走了這個人。那人兀自大叫：「喬東家，別收我家的房子……」眾商家見狀，打起圓場，仍舊簇擁著致庸進了復盛公總號內。

半個時辰後，眾人漸漸散去，致庸酒醒大半，他連灌了幾杯濃茶下去，想了想便招呼顧天順進來，問道：「剛才外面那人是誰？我們為何要收他家的房子？」顧天順早有準備，隨意道：「那是一個叫齊三斗的小相與，向我們借貸做生意虧了本，自古欠債還錢是天經地義的事情，包頭我們的相與中間，這樣的人多了，每個人都說處境艱難，若都不還銀子，那我們的生意如何做？東家放心，和這些小客戶來往，是我們這些人的事，不勞東家親自過問！」致庸聞言，心中大為不快，剛要說話，卻見茂才對他使了一個眼色。

致庸會意，擺擺手示意顧天順先退下去。看顧天順走遠，致庸「啪」一掌擊在桌上，忍無可忍道：「茂才兄，自打復字號大小陷入絕境，我就在想，自我祖父貴發公開始，喬家在包頭就廣施仁義，以吃虧為福，向來和相與都處得極好；這次出了這麼大事，達盛昌把復字號大小都裝進去了，為何竟沒有一個相與來給顧大掌櫃、給我大哥透一聲信兒？我們喬家到底在包頭做了什麼傷天害理之事！」茂才默默點了點頭。

第二天一大早，致庸、茂才由馬荀引著到了齊三斗的家中。齊三斗一見他們，當場跪下磕頭。致庸趕緊把他扶起道：「昨日醉酒不方便，到底何事，你只管開口明說。」齊三斗含淚道：「喬東家，我借了復盛公錢莊五十兩銀子做本錢，發賣一點針頭線腦，說好了一個月二厘五的利，三個月歸還，可是銀子一借回家，父親就生病，拿去吃藥，全花掉了。可歎我父親人也沒保住，銀子又虧了，現在家裡一無所有。顧大掌櫃見我遲遲不還錢，便說要收了我家的房子。喬東家，欠債還錢自是天理，但求東家高抬貴手，再寬限些時日，暫時不要收房，留著這幾間破草屋給我和有病的老娘藏個頭……」

致庸大驚道：「你家中還有一位生病的娘親，顧掌櫃他們就……」齊三斗點點頭，哽咽地指指內屋道：「老娘臥床，否則也當拜見喬東家。」致庸道：「如何是她拜見我，當然是我等年紀輕的拜見她。」齊三斗一愣趕緊道：「哪裡敢啊，只怕裡面太埋汰，髒氣衝了喬東家。」

致庸搖頭，徑直一掀門簾進了裡屋。只見一老嫗在炕上躺著，直喘氣，費力地抬頭向外：「兒，是誰來了？有沒有捎來吃的？」齊三斗看致庸一眼，慚愧地低下頭。致庸眼圈一紅，走上前去，拉著老嫗的手道：「大娘，我是喬致庸，是你兒子生意上的相與，我看你老人家來了。」「你是誰？我兒子生意上還有你這樣的相與？」老嫗顫抖地摸索致庸的手，忍不住落著淚又道：「看看我們這個家，被我們兩個老病人拖累的，也沒什麼東西招待你，你坐呀！」「好的好的，大娘，你多保重。」說著致庸放下老人的手，扭頭走了出來。

一出內屋，致庸便怒道：「你們家都過成這樣了，我們還向你催逼那五十兩的欠銀，簡直不是東西！這樣吧，那五十兩銀子的本利我不要了，這裡還有二十兩銀子，你拿去給老人治病，不夠了還去復盛公找我！」說著他將銀子往齊三斗懷裡一塞，轉身就走。齊三斗大驚，趕上去給他跪下哭道：「喬東家，您真是我的救命恩人！我沒有別的，只有一點

窮心，就讓我給您磕個頭！」致庸猛地拉他起來，眼圈紅道：「兄弟，別這樣，咱們都是生意人，你不過趕上了背字，以後你轉了運，興許會做比復字號大小還大的買賣，到那時候你有了錢，也會像我一樣待你的相與，是不是？」齊三斗聞言激動道：「喬東家，我一定記住您的話，好好給母親治病，以後好好做生意，有了錢一定還復字號大小的銀子！」致庸鼓勵地笑道：「那好，咱們一言為定，我等著你發起來，還我銀子！」

致庸回到復盛公，顧天順便急急趕來，一進門，見致庸目光冷冷掃來，咽下了要說的話，換了個口吻道：「東家，門口又來一個范相與哭窮，這次是一千兩銀子，您看如何是好？」致庸沒做聲。茂才微笑道：「這事好辦，你打發馬荀去處理就得了，他今天和東家一起出的門，知道東家的心思。」顧天順一愣，看看致庸，致庸面無表情地衝他點了點頭。顧天順轉身退下。致庸看著茂才道：「你是不是感覺馬荀可用？」茂才點點頭，但忽然又搖搖頭。致庸笑道：「試玉要燒七日滿，辨才須待三年期。茂才兄的意思是不是還要看？」茂才道：「也不全是。即使他可用，也要看你能否留住他。」一句話提醒了致庸。

2

「塞外的風情畢竟與中原大為不同啊！」致庸和茂才一邊在街上逛著，一邊忍不住感慨。茂才笑笑，把目光投向路邊曬太陽的幾位老人。致庸心中一動，徑直走上前去，深施一禮，與他們攀談起來。致庸只說自己是山西來的客商，想跟復字號大小做些生意，出來打聽一下復字號大小的口碑如何。這些老人閒來無事，七嘴八舌地講起來：「這復字號大小可不比從前啦，這年頭，世風日下，人心不古……」「像當年復字號大小老掌櫃喬貴發那樣，你買一斤胡麻油他給你一斤一兩的事，再也不會有了……」一個老人說得起勁，將手中拐杖在地上敲得咚咚響：「告訴你，就這一陣子，連復字號大小賣的胡麻油都不香了，摻了假！」旁邊一個老人附和道：「是這樣！昨晚上我兒媳婦還說呢，怎麼這復字號大小通順店的胡麻油一股子陳年棉籽油的味兒！」致庸聽得又驚又怒，向幾位老人一躬到地。剛要走，卻見一個老人趕上幾步拉住他又叮囑道：「年輕人，我多說一句啊，你跟現在的復字號大小做生意可要小心點了……」致庸連連稱謝。

致庸怒沖沖地和茂才趕到復字號大小通順店時，偌大的店堂冷冷清清幾乎沒人，唯見一個無賴兮兮的夥計正和一位老人拉扯爭執。老人一見致庸他們進來，趕緊道：「客官瞧瞧，這裡的胡麻油不香，我不願意買，這夥計就這樣扯著我。」那夥計一點不怕，繼續扯著老人蠻橫道：「老東西，你胡說八道什麼呢，說我這麻油攙假不香，就是敗壞本店的名譽，我當然要揪著你理論。」

致庸氣極了：「還不放手？一點規矩都不懂嗎？」那夥計臉一橫：「你敢管大爺我？你是哪裡來的蔥啊？」茂才喝道：「放肆，這是喬東家，叫你們掌櫃出來！」那夥計一驚，立刻鬆手，但仍悻悻然地打量著他們。致庸滿臉通紅，回身對老人拱手道：「老人家，讓你受委屈了，在下是山西祁縣喬家堡的喬致庸，本店的東家。這個夥計剛才對你無禮，是致庸用人無方，我這裡給你賠罪了。」老人心頗善，趕緊道：「哎喲，這可當不起。喬東家，其實這位小兄弟也沒怎麼著我，你別責罰他。」正說著，通順號的李掌櫃趕了出來，一見致庸，嚇了一大跳，趕緊道：「東家，您來了？對不起，這張二狗是新來

的……」致庸不理，回頭對張二狗道：「你懂不懂規矩？客人來買東西，當然要貨比三家。你的貨不好，人家可以不買。你怎麼能這樣對待客人？你學過徒嗎？復字號大小裡怎麼會有你這樣的夥計？你馬上辭號！」那張二狗大驚，但仍很強硬地「哼」了一聲，轉身跑走。老人看看這架勢，反而跺跺腳為張二狗求情：「喬東家，可別這樣，不能因為我一個老而無用的人，砸了那位小兄弟的飯碗！」致庸回頭道：「老人家，家有家法，店有店規，怠慢您了，先請回吧！」老人歎息而去。

不多會兒，通順店的幾位掌櫃和夥計都到了後堂。致庸看看他們，道：「你們都給我聽著，這些日子全包頭的人都在講，喬家復字號大小通順店連胡麻油都不香了，現在你們給我一個說法！」當下鴉雀無聲，幾個掌櫃互相對看，眾夥計則低頭默然不答。

致庸「哼」了一聲：「你們不講也行，那我只好請你們全部出號。」眾人聞言大驚。致庸厲聲道：「你們以為是我砸了你們的飯碗？錯了，主顧是我們商家的衣食父母，你們把他們都得罪了，是自砸飯碗。」眾夥計還是不說話，但內心動搖，齊齊地看著掌櫃們。

二掌櫃胡大海看看眾人，終於低聲道：「……去年店裡有一批棉籽油沒賣掉，我們幾個人貪圖小利，把它兌進了胡麻油裡。這事是我和老胡、老趙、老馬幾個老人幹的，跟別人沒關係。該打該罰，東家您就看著辦吧！」致庸盯著他道：「很好，其他人沒事兒了；你們幾個，今天就去櫃上算帳出號。」眾人大驚，紛紛開言請求放過他們這一回。致庸絲毫不為所動，痛聲道：「他們把喬家復字號大小的老招牌做砸了，就該負責。通順號的油全部封存，等我想出個主意來再說！」

3

夜裡，致庸在復盛公內走來走去。茂才則在一邊默默地抽著旱煙，神情平靜。致庸突然自嘲道：「你瞧瞧，我剛剛還在全包頭的相與面前說嘴，自己的店裡就出了事！」茂才道：「這有什麼不好？要在包頭城中再立誠信第一的商規，正好從復字號大小內部開始！」

致庸一愣，叫了聲：「好！」臉色也好看多了。「茂才兄，這事我來處理，這幾天你和高瑞出去訪一訪，看看復字號大小這些年到底做了多少違犯祖訓、不守店規，甚至欺行霸市、傷天害理的勾當，都給我記下來，我要和這些人算帳！」茂才不動聲色拿出一本密帳：「東家，這事我已經讓我們帶過來的夥計做了，你看看吧！這些年，復字號大小各店不守店規、任用私人、店大欺客等弊端甚多，積習已久。所謂冰凍三尺，非一日之寒啊。」

致庸接過密帳，快速流覽著，他把那本密帳摔在桌上，怒不可遏道：「茂才兄，現在我明白了，復字號大小為什麼會到今天這個地步。我們不能馬上走，不清理門戶，不先在復字號大小把誠信之風建起來，復字號大小就是躲過了今日的危局，明日還是要一敗塗地的！」

不一會兒，顧天順和通順店的大掌櫃李順就被致庸一起喊到了總號。顧天順道：「東家，通順店出這樣的事，我是大掌櫃，要負首責！」李順則趕緊道：「東家，雖說事情不是我幹的，可我是通順店的掌櫃，我有失察之罪！」致庸怒極，道：「你豈止是失察，你

簡直就是奸商！那麼多人在你眼皮子底下幹出這種事來，你難道一點也沒發覺？就是真不知道，也是瀆職！」

顧天順面子上下不來，道：「東家，我說過了，通順店出這樣的事，我負全責！」致庸也不答理他們，沉默半晌，突然對李順道：「你，多找幾個人，連夜寫出告示，天亮之前貼遍包頭城！」李順一下子沒聽明白：「寫告示？」致庸點頭道：「對！你就寫，喬家復字號大小名下的通順店賣胡麻油攙假，復字號大小總號決定將這批胡麻油以每斤一文的價錢賣給人做燈油！」李順大驚，脫口而出：「一文錢一斤？那不等於白送……」致庸看他一眼，繼續道：「對，一文錢！再給我寫，凡是到通順店買過胡麻油的客人，都可以到店裡全額退銀子；不但如此，我們還要九折賣給他們不攙假的胡麻油，向他們賠罪！」李順滿頭是汗：「可是東家，這樣的話，通順店可就賠大了！」顧天順看他一眼，沒好氣道：「到了這會兒你還替東家想這個？照東家說的辦！」李順趕緊點頭，擦著汗快快去了。

致庸餘怒不息，對顧天順道：「你今晚上也別睡了，盯著他們，明天一大早，一定要讓全包頭都知道這個消息！」「那……好吧！」顧天順說，不高興地走了出去。

第二日清晨，包頭大街小巷出現了一張告示。眾人三五一群地圍著看，紛紛議論。「會有這事兒？一文錢一斤的胡麻油？」「誰要是買了通順店攙假的胡麻油，可是占大便宜了，又能退錢，又能九折買到不攙假的胡麻油！」「老店就是老店，犯一回錯就這麼較真，還是這樣的老字號大小信得過！」

商人們也在交頭接耳。「別看喬東家年輕，這一手了不得，有氣魄！」「以前我都不敢跟復字號大小做生意，可以後還就得跟這樣的老字號大小做生意！」「聽說他還很年輕啊，原來復盛公和達盛昌兩家一直在鬥，那邱天駿也是老狐狸了，和他交手不到三下，便弄趴下了，這會兒在復字號大小面前，乖得很哩！」邱天駿和崔鳴九路過，剛好聽見。崔鳴九欲發作，邱天駿拉了他一把，笑了笑很快離去了。

復盛公大掌櫃室，二掌櫃小心地問道：「通順店真要一文錢一斤賣胡麻油？」顧天順發洩般怒道：「你就甭問了，他是東家，賠了銀子是他的！他都不心疼，我們心疼什麼？」二掌櫃、三掌櫃互相看了看，不敢再說話。顧天順滿面怒容，走來走去，道：「他眼裡根本就沒有我這個大掌櫃，我只好辭號，讓他自個兒幹好了！你們怎麼辦？你們是不是願意和我一起共進退？」二掌櫃道：「大掌櫃，東家說也不說，就把你……把二狗子攆回了祁縣，這是他辦事粗糙，不過……」顧天順瞪著三掌櫃問：「你呢？」三掌櫃愣了一下囁嚅道：「大掌櫃，你知道的，我有一家老小……」顧天順大怒，二掌櫃見狀趕緊又打著圓場道：「大掌櫃，這樣行不行，我去找東家，讓他同意二狗再回到鋪子裡來……」

顧天順冷笑一聲：「豈是一個二狗子的事？自從他來到包頭，哪件事問過我、聽過我？你也甭去，這個東家不是致廣東家，你去也是白去！」他看看二掌櫃和三掌櫃，冷言道：「你們不想和我一起辭號是不是？你們是我提議聘請的，復字號大小過去的事，你們也都有份，你們還想著我走了，他會讓你們留下？不會的，你們別想好事了！」

二掌櫃、三掌櫃互相看看，只好應承下來：「既然大掌櫃都這麼說了，那我們也跟著辭號吧！」顧天順大為滿意：「好，咱們現在就去辭號，我倒要看看，沒有我們，喬家包頭的十一處生意他交給誰？」他收拾桌上的帳簿，又從抽屜裡拿出一大疊信，冷笑道：

「都要辭號，這麼厚一疊，一起給他拿去，看他怎麼辦！」

顧天順托著厚厚一打帳簿和辭呈，帶著兩位掌櫃怒沖沖來到致庸門口，自己又先猶豫起來。二掌櫃忍不住道：「顧爺，咱都來了，再不進去，更沒面子了！」但顧天順主意已經變了：「不，既然他自個兒沒說讓我請辭，我就還要看看，他到底能拿我這個在復字號大小做了四十年的大掌櫃怎麼著？」說著他轉身走回去，二掌櫃和三掌櫃鬆一口氣，互看一眼，跟著往回走。不料顧天順又站住了，對二掌櫃道：「你，把這些辭呈給東家送去，讓他知道，我這個大掌櫃也不是好當的！」

果然只過了一盅茶的工夫，高瑞便來請他。顧天順大為得意，心想這回要好好給東家點顏色瞧瞧。致庸請顧天順坐下，一面翻看厚厚的辭呈，一面儘量和氣道：「顧爺，我還就不明白了，眼看著復字號大小難關已過，信譽也正在恢復，他們為何都要請辭？有什麼道理嗎？」顧天順看他一眼，倨傲道：「東家問這個呀，要是讓我說，東家就不要問了，這是我大掌櫃管的事。我所以把它們拿過來，不過是東家在這兒，想讓你知道我這大掌櫃也不好當。」致庸不禁怒道：「哎，顧爺，我記得我和孫先生剛到的時候，你和二掌櫃、三掌櫃曾經說過想辭號，是嗎？」顧天順沒料到他這麼不客氣，臉驟然大紅，站起顫聲道：「東家說得好，你等等，我馬上就來！」他跌跌絆絆地走出去。旁邊的茂才站起提醒：「東家，事情早晚會是這個樣子，可顧大掌櫃畢竟是大掌櫃，家有家法，店有店規，東家待大掌櫃，還是要守規矩的，不可造次！」致庸點頭。這邊顧天順已經捧著帳簿和辭呈走進來，顫聲道：「東家，這是總號的帳簿，這是我的辭呈，請東家另請高明！」

致庸心平氣和地望著他道：「顧大掌櫃，你在喬家復字號大小多少年了？」顧天順猛地眼一熱：「從學徒開始，做到大掌櫃，整整四十年，沒有離開過。」致庸道：「顧爺，四十年不容易，你辛苦了。雖然顧爺今天提出了辭呈，可是按照祖宗的成法，我現在不能接受。」顧天順一驚。致庸道：「你眼下還是總號的大掌櫃，通知一下各店掌櫃，下午來總號，你們辭號的事，還是下午當著眾人說，也可讓我當眾替喬家表示一下感激。」「東家，謝謝你給我們面子。」顧天順沒料到他會這麼說，又是難過，又是傷感，同時摻著點甚至他自己都不願意承認的複雜的感動，一時間眼淚都要掉下來了。

4

當日下午復盛公後堂，眾掌櫃齊齊來到，氣氛異常。顧天順和二掌櫃、三掌櫃抱著帳簿走過來。顧天順當眾對致庸道：「東家，這是總號的帳簿，這是我們的辭呈。天順德薄才淺，對這次復字號大小出事負有重責，一直想引咎辭職，好在東家斷然出手，復字號大小已轉危為安，我們三人就是現在辭號，也不算逃避責任了。東家請另選賢明，祝復字號大小生意興隆，財源廣進。」致庸假意推讓：「顧掌櫃，三位爺，是否可以再考慮考慮？」顧天順看他一眼：「這……」致庸一把將帳簿接過來，回頭對眾人道：「顧大掌櫃及兩位掌櫃執意要辭號，我也不好勉為其難。按照祖宗的成法，今天我要向顧大掌櫃、二掌櫃和三掌櫃磕頭道謝！高瑞，馬荀，給三位掌櫃看座！」

馬荀和高瑞搬過來三把椅子，一一放好。致庸拱手道：「三位掌櫃，請上座！」二掌櫃、三掌櫃看顧天順，顧天順到了這時，一不做二不休，大模大樣在中間座位上坐下，二

掌櫃、三掌櫃也只得坐下了。致庸斂容道：「三位掌櫃，你們在復字號大小辛苦有年，今天決意辭號，致庸不能強留，咱們東家掌櫃的一場，我代表祖宗，給你們磕一個頭，謝謝了！」說著他趴下去，恭恭敬敬地磕了一個頭。二掌櫃、三掌櫃略坐了坐，趕緊起身，顧天順最後一個站起，看看眾人，傲氣地一拱手道：「東家客氣，老朽愧領了，告辭！」不料致庸攔住道：「顧爺，還有二位掌櫃，先不要走，致庸還有話說！」二掌櫃、三掌櫃聞言站住，顧天順想了想，氣昂昂地停了腳。致庸面對各店掌櫃：「諸位，剛才我不得已接受了三位掌櫃的辭呈，從今天起我暫時代理總號的大掌櫃，等請到合適的人時，我再讓賢。話又說回來，靠我一塊鐵也打不了幾根釘。顧爺，我想讓你暫時屈就二掌櫃幾日，二掌櫃和三掌櫃，就一起屈就三掌櫃。復字號大小需要一番整頓，我希望繼續得到三位前輩的幫助。三位能給我這個面子嗎？」顧天順十分意外，回頭看兩位掌櫃，二掌櫃、三掌櫃重新振奮起來，連連點頭答應。顧天順順水推舟道：「東家既然說到這裡，我顧天順還有什麼說的。那好，我們先留下，您物色到大掌櫃我們再離開。」致庸聞言大喜：「那好。致庸謝三位爺了。」他轉向眾人：「號內的事先就這麼著，這幾天，我可能要不時請大家到總號裡議事。」眾掌櫃一邊悄聲議論，一邊散去。

致庸回到住處坐下，茂才便帶著高瑞一臉凝重地進了門。致庸立刻有了一種不好的預感。茂才歎道：「東家，高瑞剛剛查到一件事，有一位相與，因為我們和達盛昌爭做高粱霸盤，被裹了進來，血本無歸，一家人自殺身亡！」致庸大驚失色，忍不住顫聲問：「真有這種事？」茂才和高瑞看著他，默默點頭。致庸不語，眼淚一下湧出。

他當日就帶人趕往了包頭郊外。殘陽如血，風吹得一人深的蒿草嗚嗚作響，半山上幾座荒墳孤零零地立著。高瑞跑在前面，一驚道：「東家，你看，有人來過！」墳前零零落落擺著些祭品，很是新鮮，致庸和茂才對看一眼。致庸一時想不明白，回頭吩咐高瑞上祭。致庸雙膝跪倒，上香致祭，不禁悲從中來：「山西祁縣喬家堡喬致庸，今天看你們來了！石東家，我今天是代表喬家賠罪來的！我們喬家對不起你，對不起你們一家！」他磕著頭禱念，心中極為傷感。茂才和高瑞上前將他攙扶起來。茂才勸慰道：「東家，石東家地下有知，一定會明白你的心的！」致庸站起拭淚道：「茂才兄、高瑞、顧掌櫃，你們也祭一祭。」三人依次上前致祭，顧天順面帶慚愧。致庸望著天邊夕陽下血般的浮雲，痛聲道：「茂才兄，高瑞，你們倆幫我記住這事，回去就派人去石東家的老家，看他家裡是否還有親人，找到了就接到喬家去，好好地替他們撫養，這家人的事，我們要管到底！」茂才、高瑞連連點頭。致庸看著羞愧的顧天順道：「顧掌櫃，希望復盛公都記住這個教訓，回頭我讓櫃上支些銀子，你找人把石東家的墳塋好好修修，每年的清明節和寒食節，都不要忘了派人到這兒祭掃。」顧天順低聲應了。

下山時，致庸遠遠地看見在山下車邊默默等候的鐵信石，心中陡然一動，站住低聲問高瑞：「高瑞，你剛才說石東家老家是哪裡人？」高瑞奇怪地看了他一眼回道：「雁門關。」致庸疑心頓起，然而一路走去，直到上車前後，他一直仔細觀察鐵信石，卻見他神態平靜，並無半點異常。不但致庸沒有看到，也許誰都沒有看到，在馬車啟動的一瞬間，鐵信石突然回頭朝山中一望，一時眼中哀情畢露。

當夜，致庸叫來馬荀，詢問范相與一事的處理情況。馬荀稟道：「東家，事情是這樣的，這位姓范的相與去年借了我們一千兩銀子做皮貨生意，他不像東家去見的那位相與，

是家裡遇上了災禍。」致庸看他一頭汗，笑著遞過一碗茶：「慢慢說，別急！」

馬荀接過茶喝了一口，道：「東家，這個人根本就不是做生意的材料。他看著別人做皮貨生意賺錢，自己也幹，又不懂得其中的奧妙，結果進了高價，賣了低價，又讓人騙了一回，一千兩銀子不到半年就打了水漂。這會兒生意也不打算做了，後悔得直想撞牆！」致庸點點頭：「你是說，要他還銀子，是不行了？」馬荀看著致庸，帶點小心道：「不，東家，我覺得這位相與還是個實誠人，他對我說，他家裡也不是一無所有，他家還有幾間臨街的鋪面，一處宅子，十幾畝地，加起來肯定值不了一千兩，但也就這麼多，他想把這些全作價賠給您，他說可以虧別人，卻不能虧喬東家這樣厚道的東家！」致庸一驚，失望道：「馬荀，你把他們家的房子、地都收回來了？這人現在已經做不成生意了，家裡再沒了地，沒了房子，日子怎麼過？」馬荀囁嚅道：「東家，是他自個兒覺得，欠債還錢，天經地義。誰讓自個兒把生意做賠了呢！」

致庸有點急了：「你這個馬荀，怎麼能這麼辦事！古人是怎麼說的？耕者為食，織者為衣，經商者為的是致富。我們是為了致富才經商，可不是為了扒別人的皮！」馬荀「噗嗤」一笑：「東家，有您這些話，我心裡就踏實了……」致庸反問：「怎麼，你沒說實話？」馬荀道：「東家不是讓我去辦這件事嗎？我想了想，這個人生意已經做賠了，再沒有房子和地，一家人就沒有活路了，我就大膽替東家做了主，這一千兩銀子，不要了！」致庸吃驚地看他，又看茂才。馬荀一下有點慌了：「東家，我是不是把事情辦錯了？」致庸突然哈哈大笑：「馬荀，事情辦得好！不僅是辦得對，而且有膽量！」馬荀撓撓腦袋，想了想又笑道：「可我還是收了他的鋪面！」致庸眉頭一皺。茂才在一邊圓場：「東家，你甭急，聽馬荀說完。」致庸點頭。馬荀看看他，趕緊道：「哎東家，收鋪面的事，不是我提的，是對方主動提出來的，我一說這一千兩銀子不要了，他當即就跪下給我磕頭，說『喬東家太好了，他有情我有義，我有了這一回的教訓，這輩子也不想再做生意了，留著那幾間鋪面也沒用，你就幫喬東家把我的鋪面收了，就算我沒有白白地虧負喬東家一千兩銀子。』東家，這是他的原話，他還領著我去看了他的鋪面，其實就是三間破草房，屋頂漏著天，別說一千兩，一百兩銀子都沒人要！可我想了想，還是替東家收下了！」致庸笑起來：「為什麼？」馬荀也笑了：「東家，我聽我師傅說過，當年貴發公在包頭創下喬家基業時，今天的十一處鋪面差不多全是這樣從破了產的相與手中收下來的。破草屋沒關係，把它扒了重蓋，就是一處好鋪面！」說著說著，馬荀又不安起來：「東家，我是不是太自作主張了？」致庸心情大好，回頭看茂才。茂才也點頭，旱煙鍋敲得托托直響。

致庸拍拍馬荀的肩膀：「好馬荀，我沒看錯你，這件事你辦得不錯，就照你說的辦法去辦。」馬荀點頭笑笑，磨蹭著一時沒走，欲言又止。茂才笑道：「馬荀，想說什麼就說。」馬荀猶豫了半天，鼓足勇氣拿出一封辭呈：「東家，我也要辭號！」致庸大驚。馬荀囁嚅道：「對不起了，東家。」致庸忍不住問：「有人委屈了你？」馬荀支吾起來。致庸急道：「到底為什麼，竹筒裡倒豆子，稀里嘩啦！小胡同趕豬，直來直去！痛快地說！」馬荀一不做二不休道：「東家，什麼也不因為，就是想走！」致庸大為生氣：「你——」見馬荀仍不說話，忍不住怒道：「好，我准了，找櫃上清帳，走吧！」馬荀一喜：「謝東家！」他一躬到地，轉身就走。茂才趕忙道：「且慢！東家，馬荀要辭號，你也准了，要說我不該插言，可碰巧昨天我剛剛看了店規，上面可有一條，夥計要辭號，東

家說了不算，得眾掌櫃一起同意！」馬荀有點急：「孫先生，東家這會兒就是大掌櫃，他都准了我……你這不是害我嗎？」

致庸看了茂才一眼，猛醒：「啊，孫先生說得對，我眼下正要在復字號大小重立商規，怎麼自己先就有章不循。馬荀，你的事我一人說了不算。你先回去，回頭再說！」馬荀洩氣道：「東家……」致庸轉過身去不理他。馬荀悻悻地一邊往外走，一邊忍不住低聲對茂才道：「孫先生，都是你多嘴！」茂才大笑起來。見馬荀走遠，致庸回頭一揖：「謝茂才兄，不是你，我差點辦了件錯事！」茂才道：「知錯能改，亦是聖賢。這些天我可打聽了，眼下復盛公錢莊，誰都可以走，就是馬荀不能走。別看他只是個跑街的，錢莊七八成的買賣，都出自他手。這樣的人才，別的商號急著要挖走呢！」致庸嘀咕：「我還真納悶兒了。復字號大小是怎麼了，自我祖父開始，從沒虧待過掌櫃和夥計，為什麼能幹的人都想方設法要走，不能幹的偏偏都挖空心思要留下？茂才兄你幫我想一想，這船到底擱在哪裡了！」茂才笑道：「若我聽到的事情不差，那我就得說，你該讓馬荀辭號。」致庸生氣道：「為什麼?!」茂才道：「你聽我說完。商家之間有個規矩，學徒期滿，若別家給的薪金比你高，你就不能強留人家，強留人家等於不讓人家發財。再說留住人也留不住心，不如乾脆給個順水人情，讓他走了算。碰上這種事，誰都不會為難出師的徒弟。他走了也是去別的商號，兩家往後說不定還能多做生意呢。」致庸聽著，心中很快有了主意。

第十七章

1

隔天，高瑞約馬荀吃飯，不料馬荀一進門就看見致庸在裡面坐著。馬荀一愣，卻已被高瑞拉了進去。馬荀進了門仍不肯坐下，道：「店裡的規矩，掌櫃的吃飯，夥計們都要站著的！」致庸笑：「好容易讓高瑞把你約出來，這一條就免了，坐下。」

馬荀想了想，終於坐下。酒過三巡，致庸直言道：「馬荀，說吧，我要怎麼辦，你才會不走？」馬荀笑著搖頭。致庸「哼」了一聲道：「我先把話撂這兒，我不會讓你走的！」馬荀色變：「誰都知道東家寬心仁厚，不會強留馬荀。」致庸笑笑：「那可不一定。說吧，說出了道理，我就放你走；說不出來，你就走不了！」馬荀猶豫再三，終於直言：「東家，其實就是我不說，這層窗戶紙早晚也要捅破。天下熙熙，皆為利來。我們這些夥計，從小拋家捨業，到包頭荒遠之地學做生意，千辛萬苦，又有種種店規，不能帶家眷，不能聽戲，不能喝花酒，不能會窯姐兒，大家一年年的，忍過來了，為了啥，不就是為著一個利字……」

致庸伸手制止他，喝了口酒問道：「這我當然明白，可是為什麼總是夥計辭號，掌櫃

的差點把復字號大小弄得破產還債，也沒有一個真想辭號？」馬荀聞言笑了起來：「東家，這您都不知道？做生意的規矩，東家出銀子，占的是銀股；掌櫃的出任經理，以身為股。他們不願意辭號，是因為第一他們的薪金比夥計們多十幾倍、幾十倍；第二他們頂的還有身股，四年一個帳期，能和東家一起分紅利。我要是掌櫃，也不願辭號。」致庸聽得出神，放下筷子道：「哎，為什麼就不能讓夥計也按勞績頂一份身股，到了帳期參加分紅？」

馬荀一怔，笑了笑不說話。這時嘴裡塞滿了烤羊肉的高瑞嘟噥道：「馬荀哥，你說啊，我們都聽著呢，喬東家什麼話都能聽進去的。」馬荀笑著在高瑞頭上敲一下，直言道：「要是夥計們都能頂一份身股，參加分紅，我們這些人當然求之不得，可東家和掌櫃的利就薄了！東家怎麼連這一層也想不到！」致庸想了想，問：「馬荀，你想在生意裡頂多少身股，才願意留下？」馬荀大為驚喜：「東家，你真願意讓我這夥計也在生意裡頂一份身股？」話剛出口，他又氣餒了，嘟噥道：「這不可能，全天下的晉商都不會同意的！」

致庸撈起一個烤包子，美美地咬了一口，道：「我不問你這個，我問的是像你這樣的夥計，自己覺得該頂多少身股？」馬荀忍不住遐想：「東家，要真有那一天，我覺得自個兒能頂二厘身股就滿意了。四年一個帳期，上一個帳期每股分紅一千二百兩，我有二厘身股，就是二百四十兩，比我四年的薪金加起來還多一百六十兩，我老家一家大小，一年四季就開銷不盡了，還可以買房子置地。真有這麼些銀子賺，打死我也不走！」致庸將杯中的酒一飲而盡，笑道：「酒喝到這會兒，才喝出點意思，回去我要重訂店規，在生意裡給你二厘身股！」馬荀一聽簡直呆住了，旁邊的高瑞淘氣，狠狠地掐了他一把，他方才「哎呀」一聲回過神來。

2

當日致庸將馬荀的辭呈交給顧天順，顧天順草草看了看，便把辭呈放下了，不介意道：「東家，凡是從小來店裡學生意的，四年師滿後只要本人要走，東家和掌櫃的都不便強留。這是規矩。」致庸忍不住道：「為什麼？我們復字號大小養育出來的人才，放出去幫別人賺錢，那我們不成了傻子？」顧天順笑笑：「東家，有句話是這麼說的，鐵打的商號、流水的夥計。店裡少了誰，都不是做不成生意！」致庸看看他道：「如果我一定要留他呢？有辦法嗎？」顧天順皺眉道：「東家，我復字號大小別的沒有，人有的是！生意場上歷來只有夥計求掌櫃的賞飯吃，還沒有聽說哪一家掌櫃的死乞白賴去求要走的夥計留下來！那成了什麼道理？」致庸看著他，道：「顧掌櫃，馬荀是個不可多得的人才呀！」

顧天順越聽越不順耳，終於面色漲紅態度強硬道：「東家，馬荀再好，也只是個跑街的，他的能耐還能大過我們這些掌櫃？」致庸對他徹底絕望了：「好吧，你可以走了。」所謂話不投機半句多，顧天順也不勝其怒，忿然離去。致庸看看茂才，怒道：「天底下最稀有寶貴的就是人才。看見人才離開他竟然一點也不心疼。」茂才道：「復字號大小出的許多事，都和這位顧大掌櫃有關係！那麼多分號掌櫃敢知法犯法，也都是因為他。」致庸道：「茂才兄，看來復字號大小需要一場大改變，一些陳規陋習，一定得破；一些新規，

一定要立，古人云不破不立，不然我們就做不成大事！」茂才點頭，遞過一張單子。致庸飛快地看完，抬起頭，目光明亮道：「好！我們就照著單子上的事，一件件做起來！」

次日，復盛公後院小飯堂內盛設筵席，當著眾位分店和總號的掌櫃，致庸站起，道：「諸位，一是我來了這麼久，一直沒請大夥吃頓飯，前一段買賣高粱，大家辛苦了，今天補一補這個情；第二是復字號大小內部的有些大事，要和諸位商量！」眾人的注意力馬上集中起來。有人私下議論：「東家是不是要選大掌櫃了？」顧天順咳嗽一聲，臉微微有點紅。眾人當下不再說話，接著致庸拿出那本密帳，搖晃道：「最近我和孫先生在總號和各分號走了走，把聽到的和看到的事情都記下來，不看不知道，一看嚇一跳。諸位，我本來不想勞煩各位，可現在發覺不行！要知道，咱們復字號大小這些年出的花花事兒還不少呢！」顧天順警覺起來，掌櫃中不少人開始緊張。致庸朗聲道：「既然都是咱們的家窩子事，我就給大家念念，家醜不外揚，今兒只在自己人小圈子裡亮亮家醜。目的只有一個，把事情講出來，和我們的店規比對比對，以後這樣的花花事，是不是還要再有！」

場內響起一片議論聲。致庸環顧眾人，道：「大家安靜。既然是亮家醜，我就先從總號開始。第一條，違犯店規，任用私人。店有明規，任何人包括東家和掌櫃的在內，沒有東家和掌櫃的協同商議，店內不得任用私人。總號顧大掌櫃卻將自家兒子的小舅子張二狗，小名二狗子，安插到復字號大小通順店當夥計，結果發生了和客人撕扯、強買強賣之事。顧大掌櫃，有這事嗎？」顧天順頭上開始冒汗，站起，語氣卻也強悍，道：「有。」致庸看他一眼，繼續道：「你請坐下。第二條，違犯店規，私自借貸，造成虧空。總號大掌櫃顧天順，不和二掌櫃、三掌櫃商議，不顧對方信譽不好，私自貸銀八萬兩，給東城商號萬利聚的吳東家做羊毛生意，結果到了現在，八萬兩銀子無法追回。顧掌櫃，這一條有嗎？」「有。」顧天順又一次站起，致庸「哼」了一聲，不再看他道：「第三條，違犯店規，跑出去喝花酒，捧戲子。總號大掌櫃顧天順，常年視店規為無物，明明喬家自祖上以來，店規裡一條條寫明不准逛窯子，不准喝花酒，除非應酬客人不得聽戲。但顧天順還是私自跑出去喝花酒，捧戲子，用的卻是公中的銀子。顧掌櫃，有沒有這事？」顧天順這次沒有出聲，終於低下頭，汗如雨下。

一時間，眾掌櫃皆低頭不語，一個個腦門出汗，場內鴉雀無聲。致庸看著眾人道：「大家也別低著頭，我看下面的也不要念了，各人的帳各人清楚。現在我把這本帳燒了，從今以後，舊事不提，但誰犯的錯，回去馬上糾正。任用的私人，一律清退！再發生這樣的事，誰做的誰就請辭好了！」說著，他將密帳本放到火燭上，看著它一點點燒毀。眾人抬頭，吃驚地望著他。

致庸環顧眾人，接著高聲道：「現在商議第二件大事。復字號大小的店規還是多年前我祖父貴發公和當時的掌櫃、夥計共同訂立的，今天時過境遷，有些該廢除的，卻沒有廢除；有些該修訂的也沒有修訂；有些條款寫在紙上，本來不錯，但大家卻不遵循，形同虛設。我覺得今天機會挺難得的，咱們東家、掌櫃的都在，我提議乾脆把店規重新修訂一番，以後大家全體遵守，再有違規者，幾輩子的交情，就講不得了！」眾人稍稍活躍，有人喊：「對！這件事早該辦了！」致庸道：「無論一國一家還是一店，要想興旺，必須用人，用人就要兼顧東家、掌櫃、夥計三方利益，我提議，在店規裡加一款，學徒四年以上出師，願在本號當夥計者，一律頂一厘身股，此後按勞績逐年增加。」此言一出，眾人皆

驚詫地抬起頭來。顧天順抬頭想說什麼，又不好張口，暗中捅了捅身邊原先的二掌櫃。二掌櫃無奈地站起道：「東家，你這一條……恐怕自打有了晉商以來，就沒有過。要是夥計也能和掌櫃一樣在生意裡頂一份身股，掌櫃和夥計還有啥區別？」

三掌櫃接著站起，道：「東家，我明白東家的意思，東家是看這一陣子要辭號的夥計太多，想留住他們，這是東家對夥計們的恩情。可是東家，要是看哪個夥計家中過得艱難，你讓櫃上另外施恩就行了，萬萬不可開這樣的先例！」

此言一出，下面的掌櫃都起鬨起來，茂才不禁皺起眉頭，有點擔心地朝致庸看去。只見致庸神閒氣定，用力拍拍手道：「諸位，我說兩句。大家的意見我也聽到了，反對的理由無非有兩條，第一條，給夥計頂身股在晉商中沒有先例；第二條，你們擔心給夥計頂了身股，掌櫃的就失了顏面，和夥計不好相處。如果只是這兩條，那我就要說說自個兒的意見了。要說沒有先例，那也沒有什麼，天下事總要有人第一個去做，關鍵在於這樣做有沒有道理。給夥計頂身股，是為了留住人才。人才是什麼？人才是我們做生意的根本。只要能把人才吸引到我們復字號大小來，我們為什麼不能開一開這樣的先例？」

眾人安靜下來，致庸繼續道：「別的不說，比方說復盛公的馬荀，據我所知，近年來復盛公的生意有七八成都是馬荀做的。這個人要是走了，復盛公的生意就要讓他帶走大半！這樣一個人，我們為什麼不能給他頂一份身股，讓他留下？」一時間眾掌櫃都互相看了起來，想反對又似乎很難反駁。

致庸看看他們，補充道：「至於第二條，我們現在就可以在新店規上清清楚楚地寫上，即使掌櫃的和夥計同樣頂一份身股，掌櫃的也還是掌櫃，夥計絕對要敬重、聽從掌櫃的招呼，誰違背了這一條，就是違背了店規，大掌櫃依然可以讓他出號！」很快便有人道：「好，這樣好。」致庸趁熱打鐵：「大家沒有意見是不是？沒有意見，這一條就定了，給夥計們按年資頂一份身股！」

和祥店的分掌櫃祁東山猛然站起：「東家，既然今天大家在此商議革新店規，我就提一條，讓大家議議！」致庸高興道：「好，很好，大家有什麼好主意，都說出來。」祁東山道：「總號對分號在經營上統得過死，分號沒有丁點兒自由，什麼都得聽總號的，說穿了是要各分號分攤總號的虧欠。我提議新店規裡加上一條：分號和總號各自獨立經營，獨自核算，自負盈虧，誰的業績是誰的，誰也不能強迫誰為誰效勞，到了四年帳期，賞罰要分明。」眾分店掌櫃一陣叫好，場面很快熱鬧起來。

泰安店的蘇掌櫃道：「我提一提，老店規裡頭的好東西，一條也別拉下。像這不能帶家眷、不能喝花酒、不能捧戲子等等，都要寫上。捧戲子就少不了花錢，錢不夠就免不了鼠竊狗偷的事情發生！」他話音未落，同店的三掌櫃站起道：「我也說一句，以後對總號大掌櫃的權力要有所約束，能做什麼，不能做什麼，要寫明，不能讓他的權力無邊無際；權力無邊無際，必然任人唯親，造成店內同仁離心離德！」致庸越聽越高興：「好！接著說。」一邊的茂才奮筆疾書，一一寫上。顧天順在一邊再也坐不下去，滿頭大汗，悄悄離去。

二掌櫃、三掌櫃匆匆跟著趕進大掌櫃室，只見顧天順正在含淚收拾鋪蓋。二掌櫃上前勸道：「大掌櫃，您別這樣啊……」顧天順抹淚道：「二位爺，顧某早就不是大掌櫃了！」三掌櫃歎氣道：「大掌櫃，你說東家今天這頓飯真是……」顧天順怒道：「他哪是

要請掌櫃的吃飯，今天的事情他和那孫茂才早就商議好了！反正我顧天順已經幫他解了高粱霸盤之圍，他已經過了河，可以拆橋了！」顧天順一邊哆嗦著手收拾東西，一邊顫聲道：「事情到了今天這個地步，我還有什麼臉面留下來？我要回祁縣去！」一聽這話，二掌櫃急得跺腳：「大掌櫃，聽我一句話，你不能走！我覺得今天的事吧，東家主要是對事，並不是對著大掌櫃你一個人。顧爺你堂堂喬家復字號大小大掌櫃，一世英名，晉商中無人不知，無人不曉，要是這樣灰溜溜地走了，以後人們怎麼議論大掌櫃？大掌櫃想過沒有？」

顧天順一驚，醒悟道：「要這樣說，我還真不能走了！顧天順命可以不要，但一生的名聲，不能不顧惜！我還真想看看，他喬致庸怎麼處置我這個在復字號大小效力了四十年的老掌櫃！」他探頭向外，隱約聽見致庸正在念新店規：「……第十一款，各號夥計有權頂一份身股，身股由一厘起，累年按勞績由東家和掌櫃會議決定是否添加；第十二款，不得任用私人，非經東家和掌櫃的會議，不得收徒；第十三款，不准帶家眷人號；第十四款，店內任何人一律不得喝花酒；第十五款，店內任何人無故不准進戲園子聽戲；第十六款，買賣公平，誠信第一，不准強買強賣，欺矇客商，發現一例，立即出號；第十七款，不得強索債務，更不得逼死人命，違者出號；第十八款，店內任何人均不准賭博，違者出號；第十九款，店內任何人均不得吸毒，違者出號；第二十款，也是最後一款，任何人在任何時候不得與任何相與商家爭做霸盤，違者出號。以後這個新店規就是鐵的，就是我們復字號大小的立業之本……」顧天順心中難過，卻又不得不服氣，忍不住跺跺腳歎了一口氣，再聽下去，就是一浪高過一浪的掌聲了。

3

是夜，致庸和茂才下棋，一局下畢，茂才拿出旱煙，美美地吸了一口道：「東家，你想過沒有，你為復字號大小訂的這個新店規，不但在包頭，而且有可能在全體晉商中引起一場地震！」致庸搖頭：「茂才兄，你甭嚇我。我只是為了留住馬荀，為了清除復字號大小內部的積弊，有你說的那麼聳人聽聞嗎？」茂才笑道：「東家，我現在覺得，你可能在無意間做了一件真正的大事。自古以來，夥計在掌櫃的眼裡算什麼？說得重些，夥計就不算人，掌櫃的賞飯給他吃，他才有飯吃；掌櫃的不給他飯吃，他就沒飯吃。這下可好，你讓他們也在生意裡頂一份身股，他們在內心裡就和掌櫃的，甚至和你這個東家平起平坐了！」「真的？」茂才笑道：「你這一紙新店規，把夥計也變成了東家，既然他們成了東家，他們還會離開復字號大小嗎？」致庸笑了：「還有嗎？」「你將在晉商中間引發一場人才大流動，不用多長時間，上門當夥計的人將擠破復字號大小的大門！」致庸哈哈一笑：「茂才兄，你覺得這樣不好嗎？哎對了，這次回去，我也給你在大德興頂一俸的身股，怎麼樣？」茂才笑笑繼續道：「東家，你要準備好，不用回到祁縣，你眼下在包頭，恐怕就已成了商界的公敵！」致庸「哼」一聲回答：「是嗎？對於那些目光遠大的東家和掌櫃的來說，他們一定不會認為我是商界的公敵。至少眼下的包頭城中，有一個人不會這麼看我。」

「你是說邱老東家？」茂才有點不以為然。致庸沒有回答，反而看著窗外的月色，悠

悠道：「茂才兄，你瞧這口外的天地，有多廣闊，我都不想走了！」茂才也換了個話題：「東家，有一個人你可能要好好發落一下。」致庸想了想：「顧大掌櫃嗎？唉，你說我該如何發落他？」茂才道：「顧大掌櫃雖然犯有大錯，但他畢竟在喬家復字號大小效力了四十年，大掌櫃也當了十年，若是發落得不好，也會動搖那些在復字號大小效力多年的老掌櫃們的心！」致庸不禁凝思道：「這件事你提醒得好。顧大掌櫃從徒弟熬到大掌櫃不容易，就是這一次，不是靠他，復字號大小庫裡的高粱和馬草也不會那麼順溜地賣給達盛昌。看來，對這樣的老掌櫃和老夥計，新店規裡還該加上一條……」

達盛昌內，崔鳴九走進邱天駿房中，興奮道：「東家，喬致庸做了一件讓全包頭商家瞠目結舌的事，他改了復字號大小的店規！」邱天駿一驚：「改了店規？」崔鳴九有點幸災樂禍，道：「東家，他壞了晉商多少輩子的規矩，讓夥計也在他的店裡頂一份身股！」邱天駿心中一震，長久地站著不發一語。崔鳴九奇道：「東家，您怎麼不說話？這件事鬧得我們達盛昌的夥計心都動了！但凡能辦點事的，人人都想辭號，奔復字號大小去呢！」邱天駿突然回頭，道：「你悄悄告訴他們，讓他們等著，過不了多久，我也給他們頂一份身股，只是誰也不能說出去！」崔鳴九大驚：「東家，我們也要……」邱天駿轉過身道：「這件事到此為止，不要再說了！」崔鳴九道：「為什麼？今兒我聽說好幾位東家都來找您老人家，請您去找喬致庸，把這條新店規改回去！」

邱天駿道：「告訴他們，我病了。」崔鳴九一愣：「東家……」邱天駿擺擺手：「好了，你去吧！」崔鳴九賭氣道：「東家，既然我們也要給夥計們頂身股，幹嘛要悄聲？我們也大張旗鼓地不好？」邱天駿瞪他一眼：「你懂什麼？等著瞧吧，不止包頭，全體晉商，都會受到衝擊。喬東家說得不錯，他要在包頭商界重立秩序，再建行規，就憑這一條，他就已經做到了！不過常言怎麼說來著……」崔鳴九有點摸不著頭腦：「什麼？」

邱天駿「哼」了一聲：「眾怒難犯。還有一句話，叫做出頭的椽子先爛。木秀於林，風必摧之，喬致庸已經犯了眾怒，我們吃不到魚，幹嘛要去惹這一身腥？」崔鳴九點頭。邱天駿又道：「上次胡麻油這麼一件醜聞，在別人那裡，能讓鋪子關掉，生意倒閉，結果竟被這個喬致庸變成了天大的好事，復字號大小不但沒有名譽掃地，相反還贏回了誠信的好名聲！所以他出牌，不能以常理論之。況且這喬家二爺可能真想在包頭重建商家與商家、商家與客人之間的誠信。他是年輕，初涉商界，可這個人骨子裡有一股正氣，別人說自己重義輕利，那是假的，這個人卻是真的！讓這樣一個人經商可惜了，不過也說不定，在商界終成大器的，也可能正是他這一類人……」邱天駿嘮嘮叨叨一大通，說完卻發現崔鳴九早走了神。邱天駿歎口氣，不再多說了。

城外草原上，致庸和馬荀策馬跑了好久，終於下馬找了一塊草地坐下，兩人望著藍天白雲，一時間都覺得天高地闊，心中無比暢快。半晌致庸突然道：「哎，馬荀，跟我說說你在經營上還有什麼好主意，復字號大小還有沒有更多生財的路數！」馬荀笑了：「東家，我只是個跑街的。」致庸道：「我只問你如何才能把復字號大小做大，不問你現在的身分。你就當你這會兒是復字號大小的大掌櫃好了。」

馬荀歪著腦袋想了想：「我要是總號大掌櫃，頭一件事就要集中調配各店的資金，靈活使用。」致庸點點頭：「仔細說說，怎麼集中使用各店資金？這有什麼好處？」馬荀拉長聲調：「那好處可大了。我們做生意的，一年分春夏秋冬四個標期，在這四個標期裡，

各店主營的貨品不同，銀子就有了淡季和旺季。要是能把淡季店鋪的銀子投放到旺季店鋪用，一份本錢就能變成四份，餘下三份銀子還可以做更多的生意。做生意缺的永遠是銀子，銀子多盤子就能做大，盤子大利潤自然就高，這是很簡單的道理！」

致庸想了想，問道：「可是昨天剛訂了新店規，各店獨自經營，自負盈虧！」馬荀笑道：「這和各店自負盈虧並不頂牛。我用你的銀子，付給你利息，分店反而會高興！」致庸又問：「好。還有呢？」「我們復字號大小的生意在包頭城算是做得挺大，可是出了包頭城，我們還可以做得更大，比現在大十倍、百倍！」馬荀拉長聲調道。

致庸兩眼放光，忍住激動道：「此話怎講？」馬荀望著天邊道：「東家，包頭只是一座城，出了城往北就是一望無際的蒙古草原。草原上有多少王爺和牧民，我們就有多少生意！你想過沒有，要是咱們把生意做到幾千里蒙古大草原上去，這生意該有多大？」這話讓致庸一躍而起：「快給我說說，蒙古草原上都有什麼生意可做！」馬荀跟著站起，向著遼闊的草原畫了一個大大的圈子，激動道：「草原上的牧民需要內地的鐵器、木器、綢緞、棉布、中藥、馬具、麵粉、食糖、茶酒、馬靴，內地人希望得到蒙古草原上的駿馬、牛羊、皮張、羊毛、奶品，我們可以從內地販運蒙古牧民要的東西到蒙古草原，再從蒙古草原上販運內地人要的貨物進口內。那時，整個蒙古大草原，北半個中國，都會成為我們的店鋪；這個店鋪有多大，復字號大小的生意就有多大！」

致庸叫道：「好！說下去！」馬荀笑道：「說完了！」致庸看著他，高興地點點頭，過了一陣子，轉頭望著天際線，道：「馬荀，你有沒有想過，我們這些生意人，除了掙銀子養家，一生還能做些大事！」馬荀有點迷惑，道：「東家，除了掙銀子養家，我們生意人還能做什麼大事？」「如果有一天，你掙的銀子很多，不用再操心養家的事，就沒有想過還能為天下蒼生做些大事？」馬荀笑著撓撓頭道：「東家，你逗我呢。我就是把吃奶的力氣都使上，按眼下的店規，也得再做二十年，才有機會頂到一俸的身股。那時候我才能說，不用操心養家的銀子了！」

致庸脫口而出：「要是我讓你明天就拿到一俸的身股銀子呢？」馬荀笑道：「東家，您可別逗我，我會信以為真的！」致庸緊逼著他的眼睛：「馬荀，要是我請你做復字號大小的大掌櫃，你敢不敢幹？」馬荀簡直不敢相信自己的耳朵，一時間不禁漲紅了臉，說不出話來。致庸鄭重地點著頭道：「我是認真的！」馬荀激動道：「這個……這個我可從沒敢想過！我才二十八歲！」致庸大笑：「那你現在就想！馬上想，就在這裡想！然後回答我！」說著他跳上馬向前方飛奔而去。

馬荀很快勇敢地策馬追上去，向致庸大叫道：「東家，東家信得過馬荀，馬荀就敢幹！」致庸大笑：「好，有膽識！那我問你，要是你做了復字號大小的大掌櫃，能把我們剛才合計的那件大事做成嗎？」馬荀勒馬，遙問道：「把喬家復字號大小的生意做進千里蒙古大草原？」致庸衝他嚴肅地點點頭。馬荀見狀也打馬過來，接著莊重承諾道：「東家，一年不行，我就兩年，三年，五年，十年，不把蒙古大草原變成復字號大小的大商鋪，馬荀死不瞑目！」

致庸看著他，微笑道：「好！你還沒回答我剛才的話，要是你不再操心掙銀子養家，我們這些生意人，還能為天下蒼生做些什麼？」馬荀想了想，正色道：「東家，馬荀小時也讀過幾年書，我明白東家今天是想點醒馬荀，我們雖然只是些商人，胸中也不能沒有濟

蒼生之志。我們把生意做大了，就是為天下人生財！這就是您提醒馬荀要做的大事，對不對？」致庸點頭：「好馬荀！我就等你這些話呢！中國這麼大，無物不有。沒有我們商人，物不能盡其用，財不能盡其能。我們既做了商人，就要有商人的志向，我們要做天下那麼大的生意，為萬民謀天下那麼大的財富。這樣我們才算沒有虛度我們寶貴的年華！」馬荀大為激動：「東家，馬荀懂了！馬荀從現在起，就一心跟隨東家，一步一個腳印和東家一起做成天下那麼大的生意！」當下兩人仰望蒼天，縱聲長笑，禁不住豪情滿腔。

4

宣布大掌櫃人選的良辰吉日終於到了。復盛公總號內，各店掌櫃濟濟一堂。致庸親自面對香案，拈香在手，對著財神行三叩九拜大禮。接著他環顧四周，當眾宣布道：「包頭復盛公的大掌櫃，遠在天邊，近在前面，他就是馬荀，馬大掌櫃！」說著他把馬荀推到眾人面前。

眾人轟然一驚，如炸開了鍋般議論紛紛。致庸示意高瑞將一把椅子放在香案前正中位置，朗聲道：「馬大掌櫃，請上坐！」馬荀看著喧鬧的眾人，突然有點猶豫起來。致庸壓過眾人的喧鬧，高聲道：「按照喬家祖上的規矩，聘請大掌櫃，都要舉行一個儀式，學當年漢高祖設壇拜將。馬大掌櫃，請上坐！」一邊的茂才看看有點手足無措的馬荀道：「馬大掌櫃，今天不是東家本人向你下拜，東家是代表喬家的祖宗和所有的股東，包括今天在場的復字號大小的掌櫃和夥計，向新聘的復字號大小大掌櫃下拜。你要認為自己一定不負重托，就坦然上坐。要是心裡沒底氣，你就不坐！」馬荀朝致庸望去，致庸鼓勵地向他重重點頭。馬荀不再猶豫，在香案前正中的椅子上坐了下去。

眾人雖然詫異，但還是靜了下來。致庸恭敬道：「馬大掌櫃，從今以後，致庸就把父祖三代創下的這份基業，連同復字號大小同仁的飯碗，託付給你了，請受我一拜！」說著他磕下頭去。馬荀急急起身將他攙起，一時熱淚盈眶，拱手懇切道：「東家，馬荀今天當眾受了您這一拜，此生就是粉身碎骨，也不敢有負重托。東家，馬荀也請您坐下，東家如此器重馬荀一個夥計，不但給了我機會，還撥亮了馬荀的眼睛，給了馬荀成就大事的雄心。馬荀得遇恩主，三生有幸，不能不拜，東家，您也受馬荀一拜！」說完他推致庸坐下，趴下就行大禮。

致庸用力將其攙起：「馬荀，馬大掌櫃，快快請起，從現在起，復字號大小就看你的了！」馬荀莊重回應：「東家，您就放心吧！」茂才在一邊大聲宣告：「禮成！」

致庸退後，馬荀親自搬過一張椅子，請致庸坐下，他轉身面對眾掌櫃，神情莊嚴道：「諸位師傅，諸位前輩，大家今天也受馬荀一拜！」眾人頗感詫異，鴉雀無聲。馬荀跪下道：「諸位師傅，東家今天將千斤重擔交給了馬荀，從今以後馬荀使命在身；為了東家，也為了全體掌櫃、夥計的飯碗，馬荀將一律按店規和喬家祖訓行事，不論什麼師傅、前輩，誰若違背，請恕馬荀顧不得情面了，因此馬荀這裡先向大家告罪！」他的話鏗鏘有聲，三叩頭後從容站起，拂去膝上土灰，目光掃過眾人，神情一變，眾人不覺神情肅然。

馬荀掏出一份名單環顧眾人，朗聲道：「各位，現在我要以大掌櫃的身分宣布一些事。首先，我要對各店掌櫃人等做出如下變動：第一位，通順店李掌櫃，放任夥計在胡麻

油裡攙棉籽油，坑蒙顧客，雖不是同謀，卻有失察之過，不能再任大掌櫃，大掌櫃之職由二掌櫃胡大海先生接任。」眾人轟然一驚，紛紛回頭看李掌櫃，李掌櫃急扯白臉道：「你……馬荀……」馬荀繼續道：「肅靜！第二位，義順店梁大掌櫃常年嫖妓女，有違店規，不再適合擔任大掌櫃，由廣順店劉大掌櫃接替義順店大掌櫃，廣順店由二掌櫃蔣先仁先生接任大掌櫃。」眾人回看梁大掌櫃。梁大掌櫃一時面如土色。

馬荀的目光掃過眾人，接著一字一句道：「第三位，總號原顧大掌櫃日前已向東家提出辭呈，經東家挽留，現任總號二掌櫃；從今天起，顧大掌櫃不再擔任二掌櫃，其職務由德順店二掌櫃孔東義先生接任；總號傅傳祥三掌櫃調任……」眾人這次倒沒有太多詫異，只回頭看顧天順。顧天順渾身一震，面耳皆赤。

馬荀將名單收起，環視眾人，朗聲道：「上述顧大掌櫃、李掌櫃、梁大掌櫃等人，除梁大掌櫃因嚴重違犯店規，不能再留在號內之外，其餘雖犯有過錯，但喬家祖上歷來有厚待掌櫃之風，若願意繼續留下為復字號大小服務，仍可以留下！」梁大掌櫃怒聲道：「馬荀，你也太霸道了！誰還沒有一點小錯！東家，您要給我們評評理，他不能這麼待我們！」

致庸無動於衷，神態平靜。梁大掌櫃拂袖而去，且回頭大聲道：「好，我走！此地不留爺，自有留爺處！」李掌櫃也不客氣地大聲道：「梁大掌櫃，我也跟你一塊走！這復字號大小的天真是變了啊，一個跑街的也能當大掌櫃，就是不讓我走，我也不幹了！」說著兩人一起抬腳往外走。馬荀看著他們，平靜道：「梁大掌櫃，李掌櫃，你們要走，復字號大小不會強留，但照喬家祖上的規矩，就是對犯錯出號的人，櫃上也要發一筆遣散銀子，你們什麼時候來，櫃上什麼時候付給你們銀子！」不料兩人一起回頭怒聲道：「馬荀，就是有銀子，也是喬家祖上的恩典，我們不會謝你！」馬荀毫不介意，拱手道：「二位慢走，恕不遠送！」

顧天順面紅耳赤，站起看著致庸和馬荀，顫聲道：「真沒想到，我在復字號大小幹了四十年，竟落了個這樣的下場！我……我也不幹了！」

馬荀「撲通」一聲跪下：「師傅，馬荀得罪了！今天是馬荀上任頭一天，為了復字號大小的將來，馬荀不能不痛下狠招，與大家結束過去，開始將來。論私，您是馬荀的師傅，但論公，馬荀卻是復字號大小的大掌櫃。確實不能再讓您老擔任總號的掌櫃！您真要離開，馬荀接受！」顧天順又是一驚，回頭看他，一時氣極：「你……」他說不出話來，身子一晃就要暈倒。致庸上前扶住，對身邊的夥計道：「快送顧掌櫃下去休息！」

馬荀上前一步道：「東家，慢！我還有話說！」眾皆愕然，一時間目光全都望著他。馬荀大聲道：「東家，孫先生，諸位掌櫃，我馬荀不是個無情無義之人。我師傅雖然有許多過錯，但他畢竟在復字號大小服務了四十年，從一個少年熬到今天兩鬢蒼蒼，他對復字號大小功大於過。因此我提議，在新店規裡加上第二十一條，今後凡在喬家復字號大小裡效力滿四十年離號的掌櫃，一律保留半俸的身股用於養老，直到享盡天年。請東家和各位掌櫃考慮！」眾人都吃了一驚，一起朝致庸看去。致庸想了想，帶頭鼓起掌來。

這件事立刻得到眾掌櫃的熱烈反應。眾人一起鼓掌，且議論道：「要是這樣，我們這些人，都願意在喬家幹到四十年！」

顧天順更是激動地望著馬荀和致庸，沙啞著嗓子道：「馬荀，東家……這一條你們是

專為我顧天順設的吧？我顧天順是個犯了大錯的人，你們還待我這麼仁義，我沒有別的報答，這樣吧，我……就給東家磕個頭！」說著他趴下去給致庸磕起頭來。致庸急忙上前攔住：「顧爺，這條新店規是馬大掌櫃提出的，你要謝就謝他！對了，馬大掌櫃，這條新店規乾脆這麼寫好了，以後每逢帳期，復字號大小都從紅利裡留出一筆銀子，專門用於照顧那些在復字號大小服務四十年以上離了號的人。標準呢，就照你說的，拿他原先在店裡薪金和紅利的一半。天下四行，士農工商，我們商人也是人，就是老了，病了，辭號了，也要過上人的日子。有了新店規，股東就不只是我喬致庸，你們就都是股東了，大家今後為了自個兒，為了復字號大小，好好幹吧！」他的話剛說到一半，底下已經掌聲如雷，簡直要把房頂掀翻。

過了好一會兒，馬荀示意大家安靜，環視眾掌櫃，神情漸顯威嚴：「還有誰要辭號嗎？」現場鴉雀無聲，於是馬荀一字字道：「沒人再請辭，我就接著講一講我這個大掌櫃上任後的打算……」致庸見狀站起，微笑地悄悄拉著茂才離開了。

5

瞅著這個空，致庸和茂才終於來到包頭著名的毛皮市場，見識聞名天下的蒙古皮袍。茂才笑道：「東家，復字號大小聘下了大掌櫃，我們該回祁縣了吧？」致庸開玩笑道：「怎麼，想誰了？」茂才半真半假道：「哎，你還甭說，我心裡還真想著一個人！」致庸忽然想到了什麼，一時不語。茂才岔開話題道：「東家，還有什麼大事沒有辦完？你這些天在包頭立的規矩，能管這裡二十年！」

致庸笑了：「茂才兄，還有一件事，我想辦完了再走。這件事不辦，在包頭建樹新規矩的事就算沒有做完！」茂才奇道：「哪一件？」致庸道：「包頭東城萬利聚商號的吳東家，借了我復盛公八萬兩銀子，也跑來哭窮，說沒有銀子還，讓我可憐他。可有人卻說他有銀子，想賴帳。我原來想將它交給馬荀去辦，但馬荀剛上任，就讓他去一個相與家催討欠銀，這樣不好。這件事還是我來辦！」茂才看看他，搖頭笑著拿起一件皮袍子打量起來。

過了兩日，吳商人果然上門，一進門就趴下放聲大哭。致庸皺起眉頭，看著馬荀道：「這位相與是？」不等馬荀回答，他接著吩咐道：「高瑞，快把這位爺請起來！」高瑞上前拉吳商人，吳商人賴在地下不起，越發哭得厲害。馬荀看著他話中有話道：「東家，這是吳東家，東城有名的商號萬利聚就是他的生意，專和蒙古牧民打交道，經營活牛活羊，外加皮張羊毛，可有的是銀子！」致庸微微一笑：「吳東家，你有什麼難處，站起來講。你老是這麼哭，我也不明白怎麼回事呀。」說著他問馬荀：「這位爺一共欠了多少銀子？」馬荀翻帳簿道：「去年三月，吳東家借復盛公錢莊銀子八萬兩做羊毛生意，說好三個月，月利二厘五，一個帳期外加一厘二，這都過了一年了，整整四個帳期，他一直拖著沒還。」

吳商人還在地下哭：「喬東家，我不是不還哪，我的生意賠了，我讓人家給騙了，八萬兩銀子的羊毛賣出去，分文沒有收回來呀。你看看我現在這個樣子，生意砸了，沒錢還帳，一家人吃的也沒有，我一天到晚淨想跳黃河的事了！」致庸想了想道：「好了好了，

你站起來說，你家裡這會兒到底還有什麼？八萬兩銀子呢，你總得還點什麼吧？」吳商人聽出了點意思，抬頭拭淚裝作可憐道：「我家裡……我家裡除了一處房子，供家人遮風避雨，再沒什麼了。」一旁的二掌櫃忍不住插話：「東家甭聽他的，有人說他特有錢，不行就和他上衙門打官司！」致庸看他一眼：「說什麼呢！我們生意人家，因為幾個錢就和相與打官司，以後誰還敢和你來往？」吳商人偷覷致庸和二掌櫃，暗暗以為得計。致庸道：「啊，吳東家，那我問你。你可是欠我八萬兩銀子，這不是小數目啊。你沒有銀子，我又不能要你的房子，讓你一家大小露宿街頭，那你說說家裡還有什麼可以還我？」吳商人搔頭作愁苦狀：「我……我現在窮得每天提著個破籮筐沿街叫賣花生仁，除了房子，就這只籮筐了。」說著他又哭起來。致庸趕緊道：「那好，我信了你，明日你把籮筐拿來，再給我磕個頭，咱們的帳就兩清了，行不行？」吳商人哭聲立停，不相信自己的耳朵，臉上現出驚詫的表情：「喬東家，您的話當真？」致庸道：「當然是真的！我說過不算數的話嗎？」二掌櫃此時忍無可忍道：「東家，這可是八萬兩銀子呀！」致庸裝作很不高興道：「八萬兩銀子又怎麼樣！和人命比起來，這算不得什麼！」說著對吳商人道：「好了，你走吧，別忘了明天這時候，把籮筐給我送來，咱們磕頭清帳！」

吳商人高興得屁滾尿流：「好的，喬東家，怪不得人都說你是活菩薩！我明天一準把籮筐給喬東家送來，再給喬東家磕頭。我……我走了！」說完他爬起來，忙不迭離去。致庸臉色一沉，吩咐高瑞：「出門盯著這個姓吳的，看他去了哪裡，做了什麼，回頭來告訴我！」高瑞點點頭，應聲而去。

且說這高瑞跟著吳商人串巷，一直跟進了包頭最有名的煙花之地梨香院。一間富麗堂皇的小包間內，吳商人的聲音隱約傳來，高瑞四下看了看，慢慢把耳朵貼在門上。只聽吳商人在那裡調笑道：「心肝兒，這麼大一錠銀子，連我爹都捨不得送，今兒送給你了。」那妓女一陣浪笑：「瞧你這一身打扮，夠臭的，還有銀子孝敬我，真不易啊。」吳商人笑道：「我的兒，你知道啥？甭嫌我這一身衣裳破爛，這叫行頭。今兒我穿著它，白掙了八萬兩銀子！……人都說他們喬家人是糊塗海，今天我一試，果然不假！老子甭說八萬兩銀子……」

高瑞畢竟年紀輕，聽到這裡，一時興起，猛地推開門闖進去。那妓女在床上尖叫了一聲，吳商人也嚇了一跳，急問：「你……你是誰？」高瑞盯了吳商人一眼，確認後，哈哈笑著道歉離去，他走了老遠，還聽見背後隱約傳來吳商人好一陣咒罵。

第二日一大早，吳商人果然來到，又要咧嘴裝哭。致庸手一擺，問道：「籮筐帶來了嗎？」吳商人點點頭，把籮筐放在他面前。致庸看著籮筐道：「哎喲，我怎麼看怎麼都覺得這個籮筐不一般呢。」他對茂才及馬荀等招呼道：「你們都過來看看，這不是一般的籮筐，這個籮筐價值連城啊。」吳商人腦門上開始出汗。致庸回頭：「哎對了，吳東家，不是說還要給我磕頭嗎？磕吧。」吳商人如蒙大赦：「喬……喬東家，我磕了一個頭，咱們的帳真的兩清了？」致庸很認真的樣子道：「對呀，我喬家幾代經商，守的就是個信義。我說過的話怎麼能忘了呢，磕吧，磕了頭咱們就清帳了！」吳商人急忙趴下磕頭。致庸端坐著道：「好了，頭也磕了，籮筐我也收下了，你走吧，咱們的帳清了！」吳商人不起來，仰著頭道：「喬東家，咱們可是君子一言，駟馬……」

致庸笑笑，從袖筒裡取出借據，遞給吳商人道：「你可以在這裡當眾燒掉！」吳商人

一怔，趕緊接過借據，哆嗦著手放在火上點燃，臉上禁不住現出喜色。一抬頭，卻發現眾人都用憎惡的目光望著他。吳商人尷尬地笑著，一步步後退，不料在門檻處摔了一跤，爬起來一溜煙跑掉了。

致庸看著他倉皇的背影，沉聲道：「把這只籮筐擺在復盛公最顯眼的地方，從今天起，我要標價出售它，售價八萬兩銀子，外帶吳東家四個帳期的利息。有誰看它值這個價錢，就拿去！」眾人先是掩嘴大笑，以為他開玩笑，回頭看他，卻發現他的神情異常嚴肅，眾人一驚，也都收斂了笑容。

第十八章

1

那只破籮筐堂皇地放在復盛公一進門就能看見的地方，旁邊是一紙標價：八萬兩銀子，外加四個帳期利息。大凡與復盛公做生意的人進門都會看一看，出門時往往會當笑話講給同行聽。不幾天，除了做生意的人，常常還會有人慕名來看這只「著名」的籮筐，然後把這個笑話講給更多的人聽。

到了第十天的夜裡，吳商人在家再也待不住，腆顏上門求見致庸。致庸不動聲色，依舊客客氣氣地接待他。吳商人便難堪道：「喬……喬東家，我能……我能跟你一個人說幾句話嗎？」致庸一揮手，旁邊幾個夥計皆掩嘴笑著退走。吳商人囁嚅道：「喬東家，你這只籮筐，還真賣呀？」致庸故意道：「可不是，擺在這裡就是為了賣掉它，它花了我這麼一大筆銀子啊，怎麼著，吳東家對它有興趣？」吳商人趕緊擺手：「沒有沒有。我是想來和喬東家商量點事兒，我想和復字號大小一起做筆生意……」一聽這話，致庸立刻起身：「哎喲，那可不行，就因為我用八萬兩銀子買下了你這只籮筐，我銀庫裡已經沒銀子了，吳東家，你還是到別的相與家問問吧，他們也許願意跟你一塊做生意！送客！」吳商人沒

奈何，只得怏怏而去。茂才和幾個夥計走過來，大家都忍不住笑。

吳商人有氣沒力地趕回家。剛坐下，他手下一個掌櫃跑進來道：「東家，不好了！」吳商人煩躁道：「出什麼事了？」那掌櫃道：「東家，那件事已經傳到口內去了，現在不單是包頭的商家，就連京城和太原的商家，也不願意和我們做生意了！」吳商人怒道：「怎麼會這樣？我虧的是他喬致庸的銀子，怎麼他們也這樣？這跟他們什麼關係……」

沒過三天，吳商人又來到了復盛公，一進門就趴下連連磕頭：「喬東家，我知錯了知錯了，請你大人不記小人過。你高高手我就能過去，你低低手我就完了！」致庸冷笑問：「真的嗎？」吳商人帶著哭腔道：「真的真的，你天天把這個破籮筐擺在這裡，弄得全包頭沒有一家商號再和我做生意，連我的大掌櫃和夥計都跑了！這樣下去，我只有離開包頭。可包頭是我的根，離開這裡，做不成生意，我還怎麼活呀！」致庸笑道：「吳東家，你認為現在全包頭沒有一個人和你做生意，都是因為我天天把這個籮筐擺在店裡？那好辦呀，你拿八萬兩銀子把籮筐買回去，再一次性結清四個帳期的利息，它不就不擺在這裡了？」吳商人跪在那裡咬牙切齒，卻不敢說什麼。致庸道：「吳東家，你不要為難。咱們都是生意人，喬家做生意向來講的是買賣公平，不強買強賣。你要是覺得不划算，可以不買。我還有事，恕不奉陪了！」一見他要走，吳商人急忙攔住，想了半天，終於站起恨恨道：「我買，我買還不成嗎？」當晚，吳商人果然如約將籮筐買了回去。

又過了幾日，馬荀領著一臉晦氣的吳商人再次走了進來。吳商人哭喪著臉道：「喬東家，我原想從你這兒買回了籮筐，也就買回了信譽，不料好幾天過去了，我那裡還是鬼都不上門！」致庸想了想道：「我說吳東家，要不那樣，把那破籮筐高高掛到你鋪子門前，讓全包頭的人都看見。我敢說，不出三天，就有人願意跟你做生意！」「可是……可是萬一我這麼做了，還沒有人上門，怎麼辦？」吳商人還是不大敢相信。致庸笑道：「若真要是這樣，我喬致庸就親自上門，和你吳東家做第一筆生意！怎麼樣？」吳商人很感激，趕緊跪下又磕了好幾個頭。

這次致庸一直把他送到門口，正色道：「吳東家，記好了，咱們是商人，好的信譽可不只值八萬兩銀子。我讓你只花這點銀子就買回了信譽，你沾光沾大了！聖人云，『人而無信，不知其可』，何況我們這些商人？行了，改天生意好了，你得請我吃酒！」吳商人連連點頭道：「我一定請，一定請！」他邊說邊走去上車，又跌了一跤。眾人都縱聲笑起來。

致庸離開包頭的日子到了。復盛公門前鞭炮齊鳴，鼓樂喧天，兩夥計當著復字號大小所有掌櫃的面，將一塊新匾高高懸掛於門楣之上，上面是致庸親筆題寫的兩個大字——「厚德」。馬荀頗為激動，回頭大聲問道：「諸位，讓我們一起告訴東家，喬家的祖訓是什麼？」「義！信！利！」眾掌櫃異口同聲地回答。致庸點點頭，振奮道：「對！我們尤其要記住，這三個字排在第一的不是利，而是義，喬家做生意講究的是以義制利；其次是信，做生意要講誠信，無信不立；這利只能排到第三位，按這樣的順序做生意才能稱得上『厚德』，才能做得成大生意，你們一定要時刻記在心上！」馬荀慷慨拱手道：「東家，您放心吧，復字號大小有您這塊匾，有我們新訂的店規，有喬家的祖訓，還有我們這些人，絕對錯不了！」

在眾人的掌聲中、在鞭炮與鼓樂聲中，致庸與茂才一行終於啟程。不料到了包頭城

外，有一幫商家聞訊趕來相送，如邱天駿、焦百川等，把酒相送，執手依依，又是一陣熱鬧。半天後，致庸他們才真正上了路。回來的路上，邱天駿在車中對崔鳴九道：「我們過幾日也回去吧。喬致庸來的時間不長，卻以迅雷不及掩耳之勢，乾脆俐落地給這裡立了規矩，十年八年內，沒有誰還能改得了這個規矩。」崔鳴九道：「可是……祁縣那麼小的地方……」邱天駿道：「你錯了。晉商裡沒出一個喬致庸，包頭就是大地方，祁縣是小地方；祁縣出了喬致庸，包頭就成了小地方，祁縣就成了大地方！」崔鳴九心中未必服氣，但也不敢說什麼。邱天駿看看他道：「對了，喬致庸用一個二十八歲的人做復字號大小的大掌櫃，同業都去恭賀，你為什麼沒去？」「我……」崔鳴九有點不好意思。邱天駿「哼」了一聲：「你是不是覺得他原本只是一個跑街的？」崔鳴九不語。邱天駿反問道：「我用你當大掌櫃的時候你多大？」崔鳴九道：「東家提拔鳴九時，鳴九三十八歲，在當時的大掌櫃裡算是年輕的。」邱天駿點點頭：「明白了就好。喬致庸提醒了我們，以後我們和喬致庸之間，不，是和山西的商家之間，要爭的已經不是一樁樁生意了。」崔鳴九一驚，問道：「那是什麼？」「是人才，」邱天駿沉聲道，「喬致庸雖然年輕，卻知道天下最大的事是羅網人才，使用人才，讓人才變成為喬家效力的死士。你瞧吧，這個二十八歲的大掌櫃，將來會為喬家累死的！」崔鳴九大為震驚，埋頭半晌後終於道：「東家，我懂了。以後凡是人才，我將不惜一切網羅到達盛昌來。」

喬家早就接到了訊息，所以致庸還未到家，喬家堡裡裡外外已經張燈結綵。雖說喬家家規不讓請戲班子到家裡唱堂會，但這次曹氏做主，把戲臺子搭在村後河灣子裡，請了九歲紅的戲，預備連唱三天。玉菡更是喜不自勝，每日盼星星盼月亮一般，就盼著致庸回來。

2

致庸一行風風光光地回到了喬家堡。一進門，他按規矩先在祠堂中給祖宗上香、行禮，接著抱住致廣的牌位好一陣慟哭：「……包頭復字號大小轉危為安了，大哥，你可以閉眼了……」曹氏在祠堂門外聽著，也伏在張媽懷中大哭起來。玉菡則癡情地望著祠堂中的致庸，悄悄地抹淚，幾乎難以自持。

當日喬家堡大擺接風宴，茂才、戴老先生、閻師傅及曹掌櫃都被奉為上賓，這些人共同經歷了一場患難，今日相聚，頗有苦盡甘來、共患難之感慨。席間賓主皆歡，都喝多了。

玉菡自致庸進門，一直沒什麼機會與他親近，眼見著夜色漸濃，前院仍舊毫無散席的跡象，不禁著急起來。明珠在一邊看著，打趣起她來：「小姐，您身上法蘭西的香水整個喬家大院都聞到了，怎麼姑爺的鼻子那麼不靈光啊？」玉菡忍不住啐道：「你這個死丫頭，只知道打趣主子，還不趕緊去前院看看是怎麼回事！」明珠一聽這話，咯咯笑著出了門。

不多會兒，明珠急急進門道：「小姐，二爺和孫先生都醉得一灘泥似的，孫先生在那裡舞醉劍呢……」玉菡聞言，也顧不得什麼男女大防，急急往前院奔，一邊埋怨道：「這個孫先生，知道他今兒剛回來，還讓他喝那麼多！」明珠掩嘴笑道：「小姐，不是的，是二爺先把孫先生灌醉了，他們都說二爺海量呢！」

前院中月光遍地，踉踉蹌蹌的茂才舞醉劍，口中胡亂地吟道：「君不見高堂明鏡悲白髮，朝成青絲暮成雪。人生得意須盡歡，莫使金樽空對月。哈哈哈哈……天生我才必有

用，千金散盡還復來……」旁邊的一幫爺們都醉得不成樣子，卻連連喝好。閻鏢師哈哈笑著，也踉蹌地舞起一把長刀來。他是練家子，自然舞得好看十倍，周圍轟然叫好起來。

玉菡皺著眉頭四處看，獨獨沒有發現致庸，心中一急，拉過半醉的長栓問：「二爺呢？」長栓四下一望，也著急起來，陪著玉菡找了好一陣子，前院以及內外書房都沒有發現致庸。明珠小聲嘀咕道：「天哪，會不會是劉黑七……」玉菡心中一驚，差不多要落下淚來，長栓則被嚇醒了。突然，長栓一拍腦門道：「我想起來了，二爺可能在那裡……」

他們趕到統樓庫房的時候，致庸正躺在一條長凳子上呼呼大睡。月光靜靜地照在他的臉上。他睡得很沉，嘴角還掛著一縷涎水。長栓剛要上前叫醒他，玉菡趕緊擺擺手，心疼道：「別吵醒他，讓他睡吧，這一陣子可累壞他了。」她吩咐明珠回房拿一條薄被，小心替致庸蓋上，然後慢慢在致庸身邊坐下。明珠看看她，又看看致庸，忍不住問：「太太，您就這麼守著他？」玉菡點點頭道：「明珠，你回去端壺茶水過來。你們都去吧！」

清晨那縷陽光溫暖地斜照進來，致庸抖著他的眼睫毛，不情願地慢慢睜開雙眼。也許是剛才的夢境太過清晰了，夢中那個眼波清媚的女子帶給他的安詳與甜美，幾乎使他不願意醒過來。致庸揉揉眼睛，輕輕地歎了口氣。忽聽耳邊一個柔美的聲音問：「二爺，你可醒了？」致庸嚇了一大跳，一回頭看到玉菡正含笑癡情地注視著他。一旁明珠揶揄道：「二爺真是好睡，太太在這裡守了您一夜了！」致庸有點慌：「啊，太太，你真的守了我一夜？」玉菡溫柔地望著他，剛想開口問他剛剛為什麼歎氣，又忍住了。明珠看著他們好笑，轉身溜走了。

玉菡輕聲道：「二爺，你大約忘記自己還有房媳婦吧？」致庸臉一紅，湊過去嗅她：

「唔，太太，好香，這麼久沒聞法蘭西的香水味了！」玉菡躲了躲，致庸突然上前，一把將她抱起：「太太，我就是把自個兒忘了，也不能把這麼漂亮的太太忘了呀，走！」玉菡急紅了臉：「快把我放下！讓丫頭們看見了！」致庸耍賴不放手：「不，太太守了我一夜，我就這麼把你抱回去，讓她們都看看，這就是我喬家的二太太！」說著，他抱著她便往外走。玉菡掙扎著道：「你要是真膽大，真不怕人笑話，你就這麼走！出了門也別放下！」致庸大笑：「太太，你還甭用這樣的激將法，我今兒還非把你從這兒抱回去不可了！」「你，要死了……」玉菡捂住臉，卻不再掙扎。

二門內，致庸抱著玉菡一路走來，曹氏在屋內最先望見，趕緊關上了窗戶。緊接著，每一扇窗都關上了，窗後全是笑著躲避的眼睛。院子裡一時鴉雀無聲。玉菡雙手捂著羞紅的臉，緊閉雙眼。致庸一直笑著把她抱進房間，隨即緊閉了房門……

3

當致庸和玉菡到達陸家的時候，陸大可照舊在餵他心愛的鴿子。侯管家跑過來稟告，陸大可一臉不高興：「我不想見他們。銀子拉回來了嗎？」侯管家喜道：「拉回來了。七十萬兩現銀，外加半年的利息，一厘也不少。除此之外，姑爺還從包頭給老爺買回了上好的狐皮袍子。」陸大可臉色緩了緩，道：「我今天不見他們了。銀子你替我看好，一塊塊過秤，別走了眼。」侯管家看看他，道：「可是老爺，小姐說，他們履行了合約，我們也得履行合約……」陸大可不耐煩地打斷他的話：「我知道了，不就是那棵翡翠玉白菜

嗎？」侯管家小心道：「可是小姐說了，要是老爺不給，她就不讓人從銀車上卸銀子。您看這……」陸大可哼哼起來，有點氣急敗壞：「給她給她！我養出的閨女，跟她爹做生意，還丁是丁，卯是卯，看下一回我還幫他們不成，也不想想這回費了我多大的力氣才搞定這件事！」侯管家笑道：「老爺，咱們這回就是沒能收下喬家在包頭的生意，也賺了不少，姑爺和小姐沒有虧負老爺！」陸大可繃緊臉道：「老侯，你替誰說話？這幾個利息，也值得我費那麼多心思？別忘了，我還賠了一個閨女呢，哼！」侯管家諾諾而退。陸大可忽然想起什麼，放下鴿子，轉身就往客廳走。

致庸和玉菡正在說話，回頭看見陸大可氣哼哼進來，急忙給他見禮。陸大可擺手道：「罷了罷了。喬致庸，你就是不來，我還要去找你呢。知道不知道你闖下了大禍！」致庸看看玉菡笑道：「致庸不知，還望岳父大人明示。」陸大可道：「你在包頭改了店規，連夥計也可以頂身股，眼下晉商界都轟動了，說你自毀大商家的顏面和規矩，要聯合起來抵制你們喬家，不和你們做生意呢！」致庸一驚，道：「岳父，我可以解釋……」

陸大可打斷他道：「你甭解釋，我不想聽！你把我鋪子裡夥計們的心也給攪亂了！念你年輕，我就不多說了。回到祁縣，馬上請客，把水家、元家，還有昨天剛剛回來的達盛昌邱東家請一請，當眾收回你那條搞得四鄰不安、八方不寧的新店規，讓大家原諒你，也好平息晉商中的這場騷動，讓大家都有安生日子過！」致庸終於忍不住，還口道：「岳父，恕小婿不恭。岳父若是就別的事教誨致庸，致庸一定從命；可要說到這件事，小婿卻有話說。夥計也是人，一年到頭拋妻捨子，離鄉背井，他們為什麼就不能頂一份身股？再說了，連孔夫子都說過，『生財有大道，生之者眾，食之者寡，則財用恆足。』這生財的大道就是要許多人齊心協力地去幹，這樣財才能足；財足了，不止大家有飯吃，還能更多地為天下蒼生積財，這有什麼不好？」

陸大可嗤之以鼻：「夠了！喬致庸，我知道你讀了幾天書，一開口就是子曰詩云，之乎者也。我不想聽這個，我只知道拿我的銀子雇夥計賺錢，而不是一股腦地人人頂身股，弄得雞犬不寧……看來今天咱是說不到一起了，你們走吧！臨走時我再說一句，我陸大可也是晉商的一員，從今以後，只要你不改那條店規，我也抵制你們喬家，不和你們做生意！」玉菡大叫一聲：「爹，您……」陸大可怒道：「玉兒，你也跟他走，快走，哼，一棵玉白菜，你就這樣和我計較，我打今起不認你們了……」致庸還想說什麼，玉菡賭氣拉著他頭也不回地走了，這邊侯管家急忙送出：「哎呀，姑爺小姐，我送送你們！」

侯管家送完他們回來，陸大可依舊虎著臉不理他。侯管家笑道：「東家，您以後還真打算不讓姑爺小姐上門呀？」陸大可黑著臉道：「你，出門給我嚷嚷去，就說為了喬致庸的新店規，我老陸今兒把自個兒閨女女婿轟出去了，從此不讓他們上門了！」侯管家看了他一眼，笑道：「東家，我明白您的意思了！」陸大可生氣道：「你又明白了什麼？」侯管家知道他的脾氣，不再多說，悄然退出。陸大可從褲腰裡摸出一個小酒壺抿了一口，臉上已沒有氣憤之色，反而露出微微的笑意。

4

那日致庸和玉菡從陸家回來得頗早，一大家子統統坐在一起，好容易吃了一頓家常團

圓飯。一家人其樂融融，大紅燈籠高高照著。致庸吃了一陣，突然有點恍惚起來。一抬頭正碰上玉菡含情脈脈的目光，這邊曹氏又給他夾了鵪鶉茄子，景泰跑鬧著，在那裡打翻了一個碗，眾人笑著一陣忙亂……致庸看著眼前的這一切，忽然感覺到一種模糊而又傷感的幸福，不知怎的，一瞬間眼淚幾乎要流出，心裡更是有一種奇特的痛楚。

致庸咬住牙，努力不讓那個眼波清媚如水的女子浮現在他的眼前，於是快快地講起了包頭吳商人的笑話，飯桌上笑聲一陣高過一陣。致庸卻再次恍惚起來，心痛得難以承受。玉菡覺得他有點不對勁，又不好問，只得在桌下用手輕柔地捅捅他。致庸一看到她那詢問的溫柔眼神，心中更是難受。他笑一笑，打起精神，吩咐道：「長栓，快去把包裹裡頭的皮襖拿進大太太房裡去。」

飯後在曹氏房中，致庸故作興致很高地向曹氏和玉菡展示他給她們買的蒙古皮袍。「嫂子，這是給你的。這可是最上等的蒙古皮袍，只有蒙古王公的福晉和格格才有福氣穿，快穿上試試！」曹氏接過皮袍，眉開眼笑，穿上後在鏡前轉來轉去，道：「你們瞧瞧二爺，這麼好的東西，你大哥活著的時候，包頭不知去了多少回，也沒想到給我捎回一件。還是我這個二弟，從小沒讓我費一番心。」眾人都笑起來。玉菡也喜孜孜地穿上自己那件皮袍，妯娌倆在鏡前照來照去，互相評判著。致庸瞧著她們，傷感地一笑，悄悄地走了出去。

那夜致庸早早便上了床，不等玉菡說話，便裝作睡著了。玉菡只當他累了，憐惜地親了他一下，便也睡下了。致庸好容易等她睡著，輕輕和衣坐起，看著玉菡睡夢中甜美的笑臉，忍不住暗暗責備起自己。第二日一大早，致庸走進書房，拿出鴛鴦玉環耍玩，要拿給玉菡，又忍住了。他搖鈴叫來了長栓，胡亂扯了一通，然後問道：「最近見著翠兒了嗎？」長栓臉色一變，道：「二爺，您是想問江家二小姐吧，她一病兩個多月，現在就快嫁人了！」致庸心頭一震，背身過去：「是嗎？那倒要為她高興了。」長栓「哼」了一聲：「二爺，您就一點也不想知道她要嫁給誰？」致庸生硬道：「雪瑛要嫁給誰，自有她的父母做主，我有什麼必要知道？」

長栓歎了口氣：「江家二小姐要嫁給榆次何家的大少爺何繼嗣！」「啊，那倒是好，何家富甲一方，雪瑛總算是有了一個好歸屬，我也放心了。」致庸忍不住打心眼裡生出幾分欣慰和喜悅，隨即又是一陣感傷。長栓歎道：「二爺真不知道？這何繼嗣是個大煙鬼，癆病纏身，都說他活不久的！」致庸回頭急道：「你說什麼？何繼嗣是個病人？」長栓點點頭，歎氣道：「是個半死的人，一年到頭抱著個藥罐子，瘋瘋癲癲，誰家願意把女兒許給他！」致庸大叫：「怎麼會這樣？姑父姑母怎麼這麼糊塗！」長栓看看他，猶豫再三道：「二爺，我聽說這門親事是江家二小姐自己點了頭的，本來江家老爺已經答應退親，後來是她自己做主要嫁到何家去！」致庸大駭：「不，這怎麼可能？這不是真的！」長栓跺跺腳，索性道：「有什麼不可能，翠兒告訴我，江家二小姐這麼做，全是因為二爺您！為了您負了她！」

致庸色變，起身就往門外走，嚇得長栓趕緊跟上。致庸也不管，徑直到馬廄牽了一匹馬便奔了出去。長栓攔不住，只好拉了一匹馬趕上去。

致庸一路打馬飛奔，很快到了江家。

第十九章

1

也許在夢中有太多次的相遇，所以當雪瑛在江家客堂內真的站在他面前時，致庸反而懷疑自己是不是還在夢中。這次相遇是在江父極力反對、江母則堅持要他們相見的情境下發生的。而在他們相持之際，雪瑛突然出現了。大病初癒的雪瑛清瘦了許多，那雙清媚流轉如波的眼睛更流露著太多的哀怨與傷情。致庸怔怔地看著她，半天才喃喃道：「雪瑛妹妹，真的是你嗎？真的是你嗎？」雪瑛不再猶豫，飛一樣撲進致庸懷中，大哭起來。致庸神迷意亂，當下緊緊地將她抱在懷裡。

「致庸，我不怪你，一點也不怪你，我知道你當時是迫不得已啊，其實你心中忘不了雪瑛，就像雪瑛忘不了你一樣！」雪瑛一邊哭一邊說，簡直肝腸寸斷，致庸重重地點頭，把她摟得更緊，眼淚「嘩嘩」而下。

突然雪瑛掙脫開他的懷抱，揚起臉來癡癡地看著他，顫聲道：「致庸，致庸，現在喬家大難已過，你，你該帶我走了吧？」致庸捧起她清麗的臉龐流淚道：「你為何這樣傻，要嫁給一個瀕死的病人啊？」雪瑛哽咽道：「這些日子我死了一回，又活了過來，到底明白了一件事！人活在世上，沒有銀子，萬萬不能！我不能像你太太那樣用銀子救你，所以不得不失去你；可如果失去你，我嫁給誰又有什麼區別呢？你明白嗎，我打算嫁一個快死的人，就是希望你心痛，你心痛才會拋下你那個有錢、有貌又有德的太太，把我從火坑裡救走啊……」說著，雪瑛放聲大哭起來。致庸渾身打顫，鬆開了他那捧著雪瑛臉的手，痛苦地喃喃道：「太太？對啊，原來我還有一個太太啊，我怎麼就忘記了呢……」

雪瑛聞言猛然一驚：「你，你……」致庸心如刀絞，流淚道：「好妹妹，我已經娶了親，太太也、也很好，我不能拋下她，你自是不能嫁我了，可你可以嫁給更好的男人啊，你為何要作踐自己呢？」雪瑛愣怔著，半晌才痛聲道：「致庸，你是說你還是不能帶我走？即便喬家現在已經轉危為安，你仍舊要留在你那個太太身邊？」致庸凝視著她，痛苦地點頭道：「她是個好女人，我不能再負她；而你，只要你嫁個好男人，我就可以心安，永遠把你當作自己的親妹妹！」雪瑛呆在那裡，死死地盯著他，突然瘋了似地狂笑起來，大叫：「不！我就是要嫁給何繼嗣！」

致庸大急，搖晃著她道：「雪瑛，天底下這麼多的好男人，你為什麼偏偏要嫁給他？你就沒有聽說何繼嗣已經是個半死的人了！」雪瑛停住笑，瞪著他冷笑道：「你打住！下面的話我不要聽！何繼嗣是個煙鬼，何繼嗣病入膏肓，我嫁過去不出三年兩載，就得守寡，這樣的話我聽得多了！除了這些話，你還有別的嗎？」

「雪瑛，我今天不避嫌疑跑來，就是想親口告訴你，不管我是不是負了你，你都不能自暴自棄！你要是這樣出了嫁，我……」致庸再也說不下去了。雪瑛盯著他顫聲道：「喬致庸，我要嫁給何家大少爺，你的心不安了？你的心疼了？可你記住，江雪瑛鐵了心嫁給

何家，就是因為你，因為你的絕情，你的負心！就是想讓你一生一世為你做過的事心疼！因為你今天可以帶我走，可你卻沒有！你是個懦夫！我這輩子再不要見你了，回去跟你那個有錢的太太過吧！」說著她轉身奔向繡樓。致庸跺足喊道：「雪瑛……」

雪瑛停住腳，慢慢回頭，臉上忽然現出最後一絲希望，卻聽致庸流淚道：「不管我對你有什麼過錯，都和我太太沒有關係！你要恨，就恨我一個人，在這件事上她是無辜的！你不能恨她！拋下你，我是無情；可若拋下她，我是無情又無義……」

「喬致庸，既然你這麼疼愛你的太太，你就好好地跟她過一輩子吧！」那一瞬間，雪瑛臉上現出的絕望和恨意，是致庸一生都無法忘記的；而她那聽似平靜的話語中所蘊含的刻骨的怨毒，更使致庸呆在了那裡。當他再次抬頭的時候，雪瑛已經不見了。

致庸突然明白過來，不管他有怎樣的理由，怎樣的原因，他都再一次失去了這個心愛的女人。剎那間，致庸的心刀割般疼痛起來。他慘叫一聲：「雪瑛——」嘴一張，「哇」的一口鮮血噴了出來。

長栓和翠兒趕緊趕來，見他這副模樣，長栓叫道：「二爺，二爺！」致庸一手扯住長栓，一手抓著心口，慘聲道：「聽到了嗎？我的心正在咯吱咯吱地裂開！我疼死了，我真的要死了……」長栓嚇壞了，趕緊和翠兒手忙腳亂地扶他走出了江家大門。一出江家的大門，長栓愣住了，門外赫然守著喬家的馬車，而喬家二奶奶玉菡眼裡滿含憤怒的淚水，立在車前冷冷地看著他們！

喬家內宅裡，當暈過去的致庸隔世般悠悠醒轉，睜開眼卻剛好看到玉菡那雙又疼又恨的眼睛。見他醒轉，玉菡的淚珠無聲落下，扭過身去不理他。致庸卻一把摟住她，痛急道：「太太，她不聽我的，還是要嫁！」玉菡惱怒地推開他的手：「你……你說什麼呢？」致庸流淚把事情說了一遍，玉菡的臉白一陣，紅一陣，氣惱道：「就是雪瑛表妹要嫁，那也是她心甘情願，二爺到了這會兒還為她心碎，你把陸氏置於何地？」致庸一驚，掙扎著要坐起來，又被玉菡心疼地按下去。致庸急道：「太太，自從你嫁到這個家，我就是你的丈夫，你就是我的媳婦，我自誠心誠意待你，可雪瑛妹妹……」說著他大急起來，流淚道：「不能讓她這樣出嫁！她這是在恨我，她知道，她要是嫁給了何家，我這一輩子就再也不能安心，我會為自己做過的事一輩子心疼如割！」玉菡心中大痛，忍不住回頭如呻吟般哀求道：「二爺，你這麼做，就沒有想過陸氏會不會心痛如割……」致庸突然又揪住心口叫道：「疼死了，我的心這會兒疼死了！」玉菡大驚，抱緊他，一迭聲焦急道：「這會兒怎麼樣？這會兒好點了嗎？……」

她緊緊抱住致庸，讓他的心疼平復過去。過了好一陣，致庸閉上的眼又睜開，回身抓住玉菡的手痛聲道：「太太，我求你了，解鈴還需繫鈴人，我對不起雪瑛妹妹，可你是無辜的，你去勸勸她吧！天下的好男人那麼多，她要是真想懲罰我，已經達到目的了，可她千萬不要嫁給何繼嗣！」玉菡生氣地放開手，不再理他。致庸見狀掙扎著爬起道：「太太不願去，我去見大嫂，要大嫂去勸她！」玉菡原本扭身呆呆地坐著，忍不住大為心痛，回身痛苦道：「你給我好好待著！我先寫封信去，勸她好好想想，等她有點緩過氣，我再親自去勸她……這下你滿意了吧！」說著她禁不住淚落如雨。致庸呆呆地望著她，眼淚又落下來。

2

祁縣商街上，幾位皂衣衙役，個個手提大鑼，邊敲邊喊道：「眾商號聽了，朝廷海防捐已派至本縣，此捐事關海防安危，國家存亡，縣太爺有令，各家商號一體認捐，不得脫號！」他們一路喊了過去，但眾商家一聞此聲，紛紛開始上起了門板。

喬家的內書房裡，致庸面帶病容在榻上半臥著，曹掌櫃皺眉道：「不足兩月，這是朝廷第五次向下面派捐，名目百出，記得上個月朝廷派的是河防捐，說是治理黃河決口；這一回名頭更大，是什麼海防捐。」茂才道：「自從英格蘭、法蘭西各國打破國門，大清國還有什麼海防？」致庸怒道：「讓捐多少？」曹掌櫃道：「這次朝廷派給山西一省的海防捐竟然占了全國的三分之一；而山西的三分之一，又作為大頭派給了我們祁縣、太谷、平遙三縣，且不是按家捐，是按商鋪捐。每個商鋪不得少於五十兩銀子！」

致庸慨然道：「朝廷素知山西商人眾多，號稱饒富，才把那麼多捐稅交予山西一省；祁縣、太谷、平遙三縣商家彙聚，派捐三分之一也不足為奇。不過五十兩夠幹什麼的？既然朝廷派的是海防捐，這錢多少也會用在這上面，大家就該多捐點兒，萬里海防，不能再讓那些夷國騎到我堂堂中華大國的脖子上拉屎了！」曹掌櫃有點摸不準他的心思，問道：「那東家的意思……」致庸一下從床上坐起：「要我說，每個商鋪就該捐五百兩！五千兩！上回和英吉利國打仗，我們敗了，結果割地賠款；如果以後再敗，不知又是個什麼結果！所以一定要捐，多捐！」

曹掌櫃吞吞吐吐起來：「東家，有件事還沒告訴您呢。今早上達盛昌的崔大掌櫃來過，要聯絡水家、元家和我們一起抗捐。崔掌櫃還說，他來聯絡我們的事不要聲張出去！」致庸冷笑：「前幾日達盛昌不是也和水家、元家一夥，吆喝著不和我們來往了嗎？怎麼今日又來聯絡我們一起抗捐？既要抗捐，那就公開的，理直氣壯的，幹嘛要悄悄的？大丈夫敢作敢當，幹嘛要背著人？」茂才回過點神，幫曹掌櫃解釋道：「東家難道沒看出來達盛昌有難言之隱？」致庸道：「什麼難言之隱？他們這是腳踩兩隻船。邱老東家深知我的新店規改得對，改得好，可他畢竟也是水家、元家的相與，眼下這個局勢，犯不著和我一起受千夫所指……唉，也不說這個了，曹掌櫃，你告訴達盛昌的崔大掌櫃，就是他們都不捐，我們也要捐！」

曹掌櫃覺得不妥，勸道：「東家，您再想想……」致庸皺著眉頭考慮了好一陣，突然道：「農民種地是為了供天下人吃糧，匠人做工是要供給天下人使用器具，讀書人做官是為了治理天下，我們商人做生意則是為天下流通財物。眼下洋人犯我疆土，殺我百姓，不論士農工商都應為國盡力！自古至今，世人多指責商人唯利是圖，只認銀子不認君父國家，我就氣不過！曹爺，從這件事開始，我要讓天下人看看，商人不是這樣的，至少我喬致庸不是這樣的！」

曹掌櫃心中一動，臉上不禁起了愧色，但過了半晌他仍有點為難道：「東家，這道理我也懂，不過眼下咱們的處境不好，水家、元家、達盛昌一起聯手抵制我們，其他小商戶害怕他們，也不大敢和我們做生意，這回我們若是再置他們於不顧，堅決認捐，只怕以後更不好處了！」他一邊說一邊使眼色給茂才，讓他也勸兩句，不料茂才又像夢遊般發著呆，一點沒注意到他的眼色，而這邊致庸想了想仍舊堅決道：「不，曹爺，他們不理我喬

致庸可以，國難當頭，不讓我為朝廷出力可不行。前者只是個人乃至晉商之間的小事，後者卻事關國之大事，事關我喬致庸的大節！這一回，就是我把他們全得罪了，就是他們永世不和我喬家做相與，我也還是要捐！」曹掌櫃聞言大急，又拿眼看茂才，繼而扯扯他的衣服。茂才抬起頭回過神來，但大大出乎曹掌櫃意料的是，他竟然帶著點激憤，比致庸還激動道：「東家說得對，這是大節，捐，當然要捐！」曹掌櫃一聽傻了眼，呆了半晌只得又問：「那……我們捐多少？」

致庸想了想道：「上回從包頭拉回來的銀子，付了陸家的本銀和利息，外加三星鏢局的鏢銀，又和水家、元家清了幾筆要緊的帳，銀庫裡差不多空了。唉，我真恨我現在沒有足夠的銀子，要是有，我就每個鋪子捐它五千兩……這樣吧，盡我們最大的力量，每個鋪子捐一千兩銀子！」

曹掌櫃大驚，臉色都變了：「一千兩？這樣的話，咱們超過起捐數二十倍！」致庸和茂才互看一眼，都重重點了點頭。曹掌櫃歎道：「東家，我們捐就捐吧，可就是別捐這麼多，我們帶頭捐銀子已經犯了眾怒，再捐這麼多，那不是讓別人覺得，咱們是故意要他們的好看嗎！」致庸哈哈一笑：「曹爺，你還真說對了，我正是想要他們的好看！萬一他們覺得不好看，就會捐得和我一樣多，那祁縣、太谷、平遙三縣，乃至整個山西會給朝廷多捐出多少銀子？這麼多銀子又能多養多少兵，打多大的勝仗！呵呵，這個眾怒，我還非犯不可了！」曹掌櫃沒料到他竟這樣回答，又是佩服又是擔心，不再多說，轉身就往外走。

致庸又衝著他的背影道：「曹掌櫃，既然這件事情要鬧大，那就鬧得更大些吧！我們帶頭捐銀子助海防是好事，光明正大，不要悄聲跟做賊似的。我讓長順他們帶上鑼鼓跟你一塊兒去，我們喬家要鑼鼓喧天地把銀子送到縣衙門裡去！」曹掌櫃更是吃驚，忍不住歎一口氣，說：「東家怎麼說，我就怎麼辦！」

幾日後，水長清在家中戲臺院內正跟在一旦角後面學臺步。王大掌櫃走進來看著他，急得想說什麼，又不敢打擾，只好站在那裡連連咳嗽。過了好一會，水長清才看見他，帶點不耐煩道：「又有啥事？」王大掌櫃躬身稟道：「東家，縣裡的錢師爺來了，送來縣太爺的帖子，請您和元家、邱東家一同去衙門裡會商。」水長清比劃了兩下水袖，頭也不抬道：「你沒見我忙得很嗎？我沒空！我知道這個新上任的縣太爺想幹什麼，不就是那筆海防銀子！」王大掌櫃道：「東家，這回恐怕不捐是不行了，喬家已經捐了，他們每個鋪子捐了一千兩！」水長清一驚，生氣道：「他們喬家多大一點生意，就捐了這麼多，我們難道就比他們差嗎？元家和達盛昌呢？」王大掌櫃道：「我派人打聽了，他們也要捐。縣太爺有話，說誰家要是生意上不順，家裡拿不出這點銀子，就甭捐了！」水長清一愣，道：「他這話什麼意思？讓這個縣太爺拿把笤帚來，把我們家的地縫掃掃，也夠他們吃幾輩子的！」王掌櫃道：「聽說元家每個鋪子是一千二百兩，達盛昌捐多少還不知道。」

水長清微微怔了怔，乾脆道：「我們和元家一樣，每個鋪子也是一千二百兩銀子。達盛昌算什麼，喬家現在還有一碗粥喝，也捐一千兩，真是有倆錢燒的！你去告訴縣太爺，我身子不好，銀子給他抬去，人就不去了！」說完，他徑直走回去對那個粉妝旦角道：「來，接著走，剛才我那兩步跟一捧雪比，還差多少！」那旦角道：「水東家，您要是上了臺，別人還真鬧不清您像一捧雪，還是一捧雪像您呢！」水長清聞言大喜：「真的？」那旦角掩嘴笑，點點頭。不料水長清臉一沉：「你蒙我呢，我這兩步甭說和一捧雪比，就

是跟九歲紅比，都還差得遠呢。咱們接著走。」兩人一前一後，又像模像樣地走了起來。

邱家客廳內，崔鳴九站在邱天駿面前低聲道：「東家，事情我沒辦好，水家、元家都捐了，我們捐不捐？」邱天駿道：「我們不和水家、元家比，只和喬家比，我們也捐一千兩吧。」崔鳴九剛要應聲離去，邱天駿又道：「你回來，喬致庸在網羅人才，你聽說了嗎？」崔鳴九點點頭：「聽是聽說了，不過好像是給一些失業的掌櫃、夥計們發些過日子的銀子，說不上什麼網羅人才！」邱天駿道：「那就更壞了，他這是在收攏人心！你趕快去替我也辦件事！」崔鳴九問：「什麼事？」邱天駿道：「把這幾年從達盛昌各店辭退回家的掌櫃和夥計的名字寫成單子，挨家挨戶去給我看看，有沒有過不下去的，要是有，發些賑濟銀子給他們！」崔鳴九忍不住道：「東家，我們幹嘛這樣？喬家發銀子給將來他們要用的人，我們辭退的掌櫃和夥計將來都不打算再用了，還要在他們身上花銀子？」邱天駿道：「你懂什麼？這不叫花銀子，這叫生意，買的是人心和口碑！他喬致庸那麼做，我就這麼做！我這把年紀了，總不能老跟在他屁股後頭亦步亦趨吧！」崔鳴九不敢回嘴，轉身離去，出了客廳才恨恨自語道：「這個喬致庸，自從有了他，我就再過不了安生日子了！」

至於陸大可，聞訊後跳著腳在陸家客廳裡對侯管家發脾氣：「我沒銀子，我就是不捐！哎喲！我的腦袋呀，疼死我了！」侯管家勸道：「東家，這事可都是祁縣喬家堡咱們家的姑爺帶頭鬧起來的，他一帶頭，祁縣的幾個大商家都認了捐，連小商號也都各捐了五十兩。縣太爺說，陸家是太谷的首富，我們要是不捐，他就不好交差了！」陸大可大聲道：「我就是不捐，我沒銀子！這個喬致庸，一個鋪子一千兩，他瘋了，敗家子！這事是他惹起來的，他替我捐了吧，我可沒銀子！」侯管家一直站著，看他發作，過了好一會才忍住笑喊一聲：「東家——」陸大可看看他，半晌終於軟下來：「咱們這麼窮，不能和祁縣的水家、元家比，就是喬家和邱家咱們也比不上，咱們只能和本縣的那些小商戶比，一個鋪子捐它五十兩。」侯管家有點為難：「可是縣太爺那邊……」陸大可怒道：「就這麼多，他愛要不要，就這麼多我還心疼呢！」說著他捂住心口，又「哎喲哎喲」地叫起來。一個僕人趕緊跑過來，扶他進內室。侯管家想了想，捂著肚子笑了起來，旁邊一個夥計問道：「侯爺，你笑什麼？」侯管家道：「我在笑咱們的縣太爺，祁縣的太爺對水家、元家用的那些招兒，他以為對陸家也頂用，咱們縣太爺錯了，別人怕人家說他沒銀子，咱們東家可不怕，他摳門摳了一輩子，可以說天下聞名，這回要是突然不摳門了，人家才不敢跟他做生意呢！」那夥計恍然大悟，跟著哈哈笑起來。

3

祁縣縣衙裡，縣太爺趙爾泰在燈下撚鬚笑道：「沒想到我還真小看了這些山西商人。先是喬致庸每個鋪子認捐一千兩，還敲鑼打鼓地把銀子抬到縣衙裡來，給足了我面子！接著你錢師爺由此想出這個妙計，一面散布這個消息，一面邀請各商家到衙門會商，結果不幾日各大商家都踴躍捐款，連太谷和平遙的縣太爺都用了這招，聽說效果也好得很啊！」趙爾泰做了多年的老童生，一把年紀才開始做官；兼之是新官上任，尚不足兩月，自是小心翼翼，他原本對這連續派捐之事大為煩惱，甚至擔心會激起民變，危及烏紗，沒想到事

情出乎意料地順利解決，讓他大為得意。

錢師爺聞言笑道：「多虧老父臺這麼快就號準了這些山西商人的脈。不說海防捐，只說他們沒銀子可以免捐，就會把他們嚇個半死，那是怕毀了他們的商譽啊！」趙爾泰道：「不過這次該說是喬致庸開了一個好頭！」他看看錢師爺，沉思道：「我以後在此地為官，替朝廷派捐會成為我的頭等要事，所謂將欲取之，必先與之……」

錢師爺有點疑惑起來：「他們是商人，有的人富可敵國，老父臺還能給他們什麼？」趙爾泰笑道：「錢先生錯了，我有他們沒有的東西。」錢師爺趕緊道：「請老父臺明示。」

趙爾泰帶點得意道：「他們給我銀子，我可以獎掖他們名聲。這次我不但要親自去認識這位喬致庸，給他們家門頭上掛匾，還要寫一個摺子，上奏朝廷，表彰這位義商！」錢師爺心中明白，卻故意一愣：「老父臺，這喬致庸算是義商？」趙爾泰笑問：「一個鋪子拿出一千兩銀子，還不是義商？」錢師爺立刻笑道：「老父臺深謀遠慮，我等不及！」趙爾泰一擺手：「罷了罷了，要把這個官做下去，我還有很多事要學，照我的吩咐去辦吧！」

不幾日，喬家門外鼓樂大作，縣太爺趙爾泰親自來到，當眾宣告：「此次本縣能按朝廷定下的期限收齊海防捐，多虧喬東家當仁不讓，給全縣商家做了表率。下官治下能有這樣仁義的商家，既是朝廷之福，也是本縣之幸。」話音剛落，這邊錢師爺便抬上一匾，趙爾泰親自揭去匾上紅綢，現出「急國之難」四字。致庸大喜，病容一掃，神采奕奕道：「老父臺如此厚意，致庸感激不盡，日後若有用得著致庸之處，致庸自當效力！」這話說得皆大歡喜，四周響起一片掌聲。

送走縣太爺，致庸頗為得意，親自指揮掛匾。景泰放學回來，看著這鑼鼓喧天的熱鬧陣勢，開心地扯住致庸問：「二叔，咱們家掛上這塊匾，跟四大爺他們家門口的舉人牌坊差不離吧？」「好小子，你說差不離，就差不離！」致庸在他頭上一拍，高興地回答。眾人都笑，曹氏在一旁也不禁莞爾一笑，看看身邊的玉菡道：「妹妹，你看今天二弟多開心！」玉菡心中有事，深深看了致庸一眼。

第二日，玉菡收拾齊整，準備親自去江家勸說雪瑛。曹氏聞訊趕來，擔心地看著她問：「妹妹，你真的要去？」玉菡點頭，曹氏心中一痛，道：「妹妹，委屈你了。」玉菡擦乾眼淚，轉身離去。曹氏一直送她到大門口，低聲囑咐道：「妹妹要記住，今天是為致庸、為嫂子、為喬家去的，不管受多大委屈，都要受得住啊！」玉菡忍不住又流下淚來。

玉菡到達江家，江家內宅滿屋擺的都是聘禮，五光十色。江母和翠兒陪雪瑛邊走邊看。江母一邊不住口地讚歎，一邊小心地看雪瑛：「都是好東西！何家的媒人對你爹說，只要你哪樣看不上，他們就拿回去換！」雪瑛冷冷道：「人呢，他們也能換嗎？」江母一怔，雪瑛已經往另一邊去了。江母想了想又跟過去，拿起一件首飾，笑道：「你看看這一件，說是太原府老金家的祖傳手藝，打得多精巧，這蝴蝶像真的一樣！」雪瑛搖搖頭，繼續在嫁妝中轉著，一副不在意的樣子。

李媽突然上前，附耳對江母說了幾句。江母聞言變色，驚怒道：「她？她來幹什麼？」李媽趕緊示意她不要聲張。這邊雪瑛已經開口問道：「娘，誰來了？」江母十分激動，看雪瑛一眼，一時無語。雪瑛心中一動，連聲問道：「李媽，到底是誰來了？」李媽

不敢回答，拿眼去看江母。江母生氣道：「誰?!喬致庸娶的太太！上次那封信已經夠煩人了，這回竟然說是專程來看你。」雪瑛心頭一震。江母看一眼雪瑛，回頭對李媽怒道：「快，讓人打發她走，告訴她，我們江家沒有他們這一門親戚！」不料雪瑛想了想，突然道：「娘，讓她進來吧！」眾人一驚，忍不住看她。江母臉色蒼白道：「雪瑛，你還真想見她？」雪瑛落淚道：「娘，就是因為她，我和致庸才成了陌路之人。我想知道，除了前些日子那封囉嗦的信，今天她怎麼還敢上家裡來見我，她見了我，有什麼話要說……」

李媽朝外走，又回頭問：「太太，這些東西要不要收起來？」江母想了想，咬牙道：「就這樣放著，讓這位陸家大小姐也看看，我們江家也要排排場場地嫁閨女了！」

第二十章

1

玉菡慢慢走上江家繡樓的時候，帶著一種極為複雜的感覺。即使是多年以後已經完全平靜，回想起當時的經過，她也還是不能真正將其描述出來。但可以肯定的是，在踏上繡樓的那一刻，她確確實實感受到了一種混合著悲傷的強烈憐憫，但當她在繡樓上，看到那個消瘦的倚窗而立的背影時，這種憐憫中又多了另一種莫名的恐懼。

玉菡望著那個默默的背影，放下手中的包裹，半晌鼓起勇氣道：「雪瑛妹妹，我知道，眼下全天下妹妹最不願見的人就是我。我不是不怕妹妹會冷待我，可我還是來了。因為，因為是致庸求我來的……」

雪瑛猛一回頭，深深地看著玉菡。四目相對，兩人都暗讚對方的美麗，接著各自心中一疼，竟像刀剜一般。

兩人相對呆立了一會，雪瑛突然冷笑道：「雪瑛一向胸無城府，你和大表嫂，還有你的丈夫喬致庸，想對雪瑛做什麼，一一地都做了；世間今天還有江雪瑛這個人，是因為我還不想死。說吧，他讓你來幹什麼？」

玉菡道：「其實前幾日的信裡也都寫了，但既然妹妹這麼問，我就再說一遍吧，致庸所以今天讓陸氏來見妹妹，是前次他自個兒來過，勸了妹妹，可是你不聽他的話，還是要嫁給榆次何家的大少爺何繼嗣！」雪瑛道：「嫁給誰，不嫁給誰，這是我的事，與你、與他有什麼關係？」玉菡心一痛，道：「妹妹錯了，這事怎麼與陸氏沒關係？妹妹生得這麼漂亮，天生麗質，鮮花一般的年紀，竟然要嫁給一個眾所周知的病人……」說到這裡玉菡眼裡忍不住湧出淚花，「妹妹這麼做，不是還在記恨致庸，想懲罰我的丈夫，讓他心疼，還能是為了什麼？你讓我的丈夫心疼，就是讓陸氏心疼啊！」雪瑛的心突然顫起來，道：「表嫂，到了這會兒，你們終於知道心疼的滋味了？自從你用你們家的銀子，從我身邊奪走了致庸，江雪瑛九死一生，你們喬家沒有一個人想到過，沒有一個人來看過我是死是活……這段時間我剛剛下了決心要嫁給何繼嗣，你們兩個人一前一後都來了，都知道心疼了……」她仰仰頭，努力把眼淚嚥回去，冷笑道：「陸玉菡，致庸不想讓我嫁給何家，你呢？難道你也不想？」

玉菡想了想，拭拭眼淚道：「妹妹這話問得好，看樣子我沒有猜錯，妹妹直到今日，仍然恨著陸氏；前次致庸來見過你，回去他就求我了，讓我替他來勸。陸氏思前想後，先是寫了一封信，但你無回音。而今天所以還是大著膽子來了，就是覺得妹妹執意要嫁給何家，說不定也是為著陸氏。妹妹，陸氏出嫁前，並沒想過要拆散你們的姻緣，只是嫁到喬家後，我才知道自個兒的丈夫原來已經有了心上人，這個心上人就是妹妹！妹妹只知道喬家為了借銀子渡難關犧牲了妹妹，妹妹應該知道陸氏在這件事情上是無辜的，妹妹為致庸的負心而傷痛，這傷痛誰都知道，可陸氏的傷痛又有誰知……」雪瑛哪裡聽得進這話，流淚道：「你嫁給了自個兒喜愛的人，要名分有名分，要丈夫有丈夫，如果這也算受傷，那我寧願受傷的不是你，是我！……」突然，她又抹淚冷笑起來：「哦，我明白了，你剛才這麼說，是你發現雖然致庸娶了你，心裡裝的仍然是我，你妒忌了，難受了，你為這個心疼！但你知道不知道，就因為有了一個你，我和致庸今天才會如同天地兩隔！你……你的話說完了嗎？說完了你就可以走了！」

玉菡強作鎮定，含淚道：「妹妹，陸氏的話還沒有說完。雖然陸氏從沒有傷害過妹妹，可妹妹一定要說致庸娶了陸氏，陸氏也就傷害了你，陸氏也無話可說，畢竟他是我的丈夫，他負了妹妹，也就是我們喬家負了妹妹。可妹妹也替我想想，此刻我就是想替致庸彌補過錯，又能怎麼樣？我不是沒給過他機會，做夫妻之前，我曾經要他給我一張休書，可他沒這樣做，是他自個兒留下了我！」雪瑛大為震驚：「不，你胡說！」

玉菡指著自己的心口道：「妹妹，我對天發誓，我不是胡說。我講出這件事，只是想讓妹妹知道，事情到了這種地步，無論是你、我還是致庸，誰都再也改變不了什麼了！這是我的命，你的命，致庸的命！既然這樣，我們三個人為什麼還要互相傷害？為什麼我們就不能盡棄前嫌，像至親一樣和睦相處呢？」

雪瑛心中一時大亂，一時間也理不出頭緒，仍舊生硬道：「陸玉菡，你還沒有回答我剛才的話，你就真的不想讓我嫁給何家？」玉菡想了想，道：「妹妹一定要聽，陸氏就說說真心話。妹妹，自從前次我親眼看到致庸離開你後心痛如裂的樣子，我就下了決心，無論如何，我都要想盡辦法讓你儘快嫁出去，不管你嫁給誰，只要你能嫁出去，致庸就不會天天想到你了，他就不會再為當初辜負了妹妹心疼，我也就不用再擔心他會為此心疼而死

了！」雪瑛「哼」了一聲：「可你現在又費那麼大的勁勸我別嫁給何家，這卻是為什麼？難道你就不怕你丈夫心疼了嗎？」

玉菡內心掙扎起來，半晌才道：「妹妹一定要問，陸氏就說出來。因為我也是個女人，自打我上了這座樓，一眼見到妹妹，就像見到了我自己。將心比心，玉菡不能只為從妹妹這兒找回自己男人的心，就昧著良心勸妹妹嫁到何家去！陸氏和妹妹一樣，是個女人，一生只能嫁一次！」一聽這話，雪瑛的心頭一陣酸楚，顫聲道：「陸玉菡，我早就聽說了，你這個人對誰都是那麼好，你就是用你的好，還有你們家的銀子，拴住了致庸，讓他無法帶著我遠走高飛！可是我不相信，你剛才也把你自個兒說得太好了，說來說去，你一直都在為你的男人著想，為江雪瑛的未來著想，陸玉菡，在這件事裡，你就沒有一點兒自己的小算盤嗎？」玉菡搖搖頭，誠懇道：「妹妹錯了，我為我丈夫想，為妹妹想，就是為我自個兒想。如果妹妹真的嫁到了何家，致庸就會為妹妹心疼一生；致庸為妹妹心疼一生，陸氏也會為自己的丈夫心疼一生！致庸若為妹妹心疼至死，陸氏也會為自己的丈夫心疼至死！」

雪瑛久久地望著她，半晌終於冷冷開口道：「陸玉菡，剛才我聽你說的話，差點相信你了，以為你在這件事上真的沒有錯，我該可憐你才是。可這會兒，我不會這樣想了！因為……因為你剛剛進了喬家門，也成了喬家的人，從來做事情只會替自個兒打算，一點兒也不會想到別人！」玉菡一愣，剛要說話，雪瑛揚起一隻手決絕道：「陸玉菡，你一定要我說出我的打算嗎？你想對了，致庸也猜出來了，致庸他果然聰明，我要嫁給何繼嗣，正是要讓那個負心的人一輩子心疼如割，這是他當初在財神廟裡對著神靈許下的諾言！玉菡，你們家有銀子，你又那麼好，你已經奪走了我的人，還不讓我留下他的心嗎？……只要能讓他心疼，我就留住了他的心！江雪瑛這一生已經完了，只要我能留下致庸的心，我什麼都願意做！走吧，我不想再見你了！」

樓下，江母、明珠及翠兒等擠作一團，聽著樓上的聲音，每人一個心思，半晌只聽玉菡痛楚的聲音再次響起：「如果妹妹鐵了心要嫁到何家去，我也沒有辦法，我有幾句話送給妹妹。第一句，妹妹吉人天相，就是嫁到何家，也不一定就是跳進了火炕。我祝妹妹順順當當嫁到何家，何家大少爺會因為娶了妹妹而痊癒，妹妹從此和他生兒育女，家業興旺，終身有靠。第二句，上天沒有理由讓妹妹因嫁到何家而受苦，更沒有道理讓致庸和我因為妹妹的一意孤行心疼至死！妹妹，就是致庸有錯，就是他錯不可恕，殺人也不過頭點地！不要忘了，致庸身邊還有一個陸玉菡呢，只要陸氏活著，我就會捨下命來保護我的丈夫，不讓他心疼而死。妹妹，你多保重，我告辭了！」

「恕不遠送，表嫂，把你的東西帶走，我受不起呢！」雪瑛譏諷地重重地吐出「表嫂」兩字，同時指著桌上的包裹。玉菡猛回頭，痛聲道：「那是致庸帶給你的，你好好看吧，尤其是小包裹裡的小玩意……萬事只盼你三思而行，好自為之！」說著她「咚咚咚」下樓，這邊江母、翠兒急得不行，也顧不得說什麼，與她擦著肩上了樓。

下了樓的玉菡一陣眩暈，差點摔倒。明珠趕緊扶住勸慰道：「小姐，不行就算了，您盡力了。」玉菡搖搖頭剛要說話，忽聽樓上傳來雪瑛的聲音：「娘，我改主意了，我不嫁給何繼嗣……」明珠大驚，向玉菡看去。只見玉菡閉上眼睛，顫聲道：「咱們走！」

玉菡回到喬家堡，躺在房內默默流淚。致庸急忙趕過來，不知如何是好。曹氏心中也

是著急，打發人看了好幾趟。致庸無奈，只在房中踱步，長吁短歎。

眼見著致庸可憐，玉菡的心終於軟下來，哭腔道：「我想喝口茶。」致庸連忙雙手遞上。玉菡不接，嗔道：「我這樣躺著，怎麼喝？」致庸趕緊放下茶杯，將她扶在自己懷裡，親自餵她。玉菡在他懷裡呷了一口茶，眼淚忽又湧出，道：「她不會嫁給何家了……這下你滿意了！」致庸手一抖，杯子裡的茶竟有少許灑出。玉菡看出了他的激動，一把推開他，扯過被子，把自己蒙起來，咬著嘴唇又開始流眼淚。致庸慢慢站起，猛然間熱淚盈眶。

他呆立了一會兒，突然拭去淚花，放下杯子，走到床前，一把扯過被子鑽進去。玉菡不禁大叫：「你……你……」致庸不管，只在被中熱烈地感激地親吻著玉菡……

2

陽光懶洋洋地照著祁縣。縣衙內，趙爾泰對著案頭的公文簡直目瞪口呆，半晌對錢師爺歎氣道：「哎我說老錢，上次派下來的海防捐，多虧喬致庸帶頭，好歹收齊了！這還沒兩天，朝廷居然下旨讓山西商人捐官，還攤派給了名額和限期，二品以下的虛銜都能拿銀子買到，找不到人買還不行。這世道真是變了……」錢師爺看著他苦笑，猶豫了半天才道：「不久前您老才把喬致庸奏舉為義商，這可好，聽說是懿貴妃一句話，就讓皇上動起了這個腦子，只當山西的商人最聽話……」趙爾泰取下頂戴歎道：「烏紗呀烏紗，趙某為了你，幾十年寒窗苦讀不算，高中後還借了五千兩銀子上下打點，才謀到了你，這會子尚且拉著一屁股債，可我是不戴你愁，戴著你更愁啊！」

錢師爺想了想，開口道：「老父臺，據我所知，喬致庸接替他大哥喬致廣經商之前，只是個秀才。」趙爾泰眼前一亮，道：「羊毛還是得出在羊身上！喬致庸既能為朝廷的海防慷慨解囊，說不定也不會拒絕花銀子買一個官兒。再說我還剛剛給他送去了一塊匾，這點面子他應當給我！這樣，明天你親自跑一趟，告訴他這是虛銜，好歹買一個，只要不是一品，要多大的頂子都行！」

錢師爺撓著頭道：「老父臺，我聽說喬致庸這人不按常理出牌，所以此事很難說呢，最好您老人家親自出馬，去喬家堡見一下喬致庸，我去了恐怕沒有這麼大的面子。」趙爾泰不禁詫異：「你覺得這件事比海防捐還難？這是買賣，好歹咱們還有東西賣給他呀。」錢師爺微微有點尷尬，但沒有再多說什麼。

過了兩日，趙爾泰在喬家大院氣派的外客廳內坐定，呷了半天的茶，看著有點納悶的致庸，終於開口道：「下官聽說，喬東家自小也是十年寒窗，一心想考取功名；可惜兄長早亡，不得不棄儒從商，這事真讓下官替喬東家惋惜呀。」致庸笑容落下，淡淡道：「啊，致庸謝縣太爺惦記，不過此事已經過去好久，商民已不再想這件事了！」趙爾泰搖頭打著官腔道：「那可不行。俗話說得好，學得文武藝，售與帝王家，這天下的讀書人，哪個十年寒窗不是為了做官？喬東家，我今天就是為這個來的。我有辦法讓你不用受科舉之苦，也能進入仕宦之列，朝服頂戴，榮冠鄉里。」致庸聞言一驚，忍不住回頭看了茂才一眼，接著笑道：「太爺，有什麼話你就直說。我這人是個直性子，你這麼繞來繞去，我實在不懂！」

趙爾泰撚鬚道：「好好好，我就喜歡喬東家這樣直來直去。那我也不掖著藏著了，就直接把這件喜事抖出來吧——近日朝廷體恤下情，恩准像你這樣有志於為國效力卻又不能從正途上謀取官職的人，可以捐助若干銀子給朝廷，以助軍用。朝廷會按照你捐助銀量的數額，讓吏部發文，賞給你一個二品以下的官職，當然這是虛銜。不過虛銜也是官，朝廷裡有名錄，省道府縣將你視作官紳；就是去世的先人，也能因之蒙受皇恩，牌墓增輝。你說，這是不是一件天大的好事？」

致庸與茂才對看一眼，神色為之一變。致庸道：「老父臺，你是說朝廷下了旨，像我這樣的平民百姓只要願意花銀子，都可以買個二品以下的官職？」趙爾泰到底有點難為情道：「事情是這個事情，可如果你要這麼一說，朝廷好像……好像就俗了。」錢師爺趕緊幫腔：「喬東家，你這樣做了，也是給太爺面子，朝廷來的差事，這官要是賣不掉，收不上去銀子，這不是讓太爺坐蠟嗎？」

趙爾泰一聽，回頭訓道：「瞧你瞧你，把這事情越說越俗了！」錢師爺趕緊住了口，趙爾泰停了停，接著撚鬚微笑道：「喬東家，你不在官場，這事可能聽來稀罕。其實一點兒也不稀罕，我都問過了，早些年間水家、元家以及太谷曹家，好多家都花銀子買過官，曹家、水家還給祖宗買過五品通奉大夫的虛銜，為的是墳上好看些。」致庸心中的怒氣一點點顯露出來。趙爾泰道：「喬東家，你在海防捐上這麼捨得，在這捐官的事上，該不會捨不得銀子吧？」

致庸猛地起身，聲色俱變：「老父臺，這拿錢買官的事，致庸斷斷不能從命！不是致庸捨不得銀子，縣太爺久讀聖賢之書，自然知道官職乃國家重器，只能通過正途得到。如果天下人誰都能用錢買到官，這個國家還有什麼指望？天下萬民還有什麼指望？」趙爾泰不禁變色：「那你的意思……」致庸擲地有聲道：「致庸雖然做了商人，可仍然是讀書人出身。我不會永遠都做商人，十年之後，待我的侄子景泰長大，我會把喬家的生意交付給他，回去走科考之路！那時我自會憑著學問，考舉人中進士謀個一官半職，下為蒼生造福，上為朝廷效力。老父臺，這種賣官鬻爵的事一定不是皇上的意思，恕致庸不能從命，請回吧！」茂才冷冷看著眼前這一幕，也慢慢起身，做出送客的架勢。趙爾泰鬧了個大紅臉，看看錢師爺，拂袖而去。

喬家大門口，趙爾泰氣哼哼地走出喬家大院的門，錢師爺張望了一會喪氣道：「老父臺，上轎吧。」趙爾泰回頭看看：「等等，喬東家也不來送送我？」錢師爺道：「這個喬致庸，太不懂道理，老父臺今日前來，本是給他面子，他反倒不讓老父臺下臺。」趙爾泰久等致庸不出，自己走去上轎，反而開始心平氣和，道：「別這麼說，要論今日有一人備極醜態，那也是我。喬致庸竟然連送也不送，倒是可愛。好吧，不送就不送，咱們自個兒走。」錢師爺笑道：「喬致庸如此無禮，老父臺竟然不惱，反而誇他可愛，老父臺真是高人啊。」趙爾泰聞言道：「我可算不上什麼高人，沒做官的時候，我知道自己是誰；將來有一天不做官了，我也知道自己是誰；而眼下呢，既然做了這麼個七品小官，就只好時而是人，時而是鬼，牛頭馬面，不可名狀，讓喬致庸笑話也沒什麼了。」說著，他在轎內坐穩，吩咐道：「起轎吧。」

錢師爺有點拿不准他了，發了一會兒愣問道：「老父臺，喬致庸今天對老父臺如此無禮，難道老父臺就不想治治他，給他點教訓嗎？」趙爾泰一笑道：「我要是個無恥小人，

就想辦法治他了。可治了喬致庸，他還是不會拿銀子買這個官兒，那我就白做了一回無恥小人了，這不划算。說不準哪一天朝廷又要收海防銀子了，我還用得著他呢！」錢師爺這會心中總算明白過來了。

3

趙爾泰他們走了，可致庸和茂才在客堂內仍舊呆立著，半晌茂才突然痛聲道：「現如今，君不君，臣不臣，這樣下去世道如何了得，真讓人灰心啊……」致庸半天不語，突然想起什麼，起身道：「你先坐會，我去趟學堂！」茂才點點頭，很快又自顧自發起呆來。

致庸打發長栓找出一件狐皮袍子，夾著走出去，剛到街角，就與哭著的景泰撞個滿懷。致庸一把抓住他，吃驚地詢問起來。景泰抹淚哭道：「二叔，四大爺欺負我，他們都欺負我！」致庸皺眉：「是不是你淘氣，不好好念書，你四大爺打你板子了？」景泰搖頭，委屈道：「不是。我正在那好好念書，四大爺喝多了酒，走過來說我是生意人家的孩子，讓我早點回去學算盤算利錢……二叔，他們瞧不起人！」致庸大怒：「真的？」景泰剛要回答，一群歇課的孩子跑出來，還在起鬨：「做生意的孩子，快回去算利錢呀，早也算，晚也算，鑽到被窩還在算……」致庸眉毛豎起，大喝一聲：「走，景泰，跟我回去！」景泰抹著小臉，又哭起來。

沒走兩步，一個身上裹塊花裡胡哨土布的叫花子，一頭撞過來，抓住致庸道：「大爺，大爺，行行好，給個買燒餅的錢。」致庸問圍觀過來的鄉親：「他是哪裡人？」圍觀的人都笑起來，七嘴八舌道：「二爺，這花子逛到這裡好幾天了，他說是平遙王家的後人，說他家往上數三代，是山西商人中的首富呢！」叫花子見他們譏諷他，喊：「怎麼著，你們還甭不信！瞧瞧，這是什麼？你們認得嗎？」說著，把身上披的那塊花裡胡哨的土布攤在地上，吆喝道：「瞧瞧，這是一張《大清皇輿一覽圖》，這上頭劃的紅道道，都是我高爺爺當年經商走過的地方！騙人？騙人還會有這張圖？」

致庸蹲下去瞇著眼睛一看，不覺大驚，只見那塊土布上，真的有一幅手繪的《大清皇輿一覽圖》，大清疆域一覽無餘，上面還標有一條條藍線和紅線。致庸大大激動起來：「你真是平遙王協王老先生的後代？這張圖真是他老人家留下來的？」叫花子急扯白臉道：「我當然是了，我叫王栓，我爹叫王家瑞，我爺爺叫王遠翔，我高爺爺就是王協，不信你去平遙的王家疙瘩訪訪！這高爺爺還有瞎認的？」致庸點頭問：「你這張圖賣不賣？」叫花子一眼瞅見致庸懷裡的皮袍：「這是蒙古產的狐皮，好東西！你想要我這張圖，就把皮袍給我吧，哈哈哈！」

致庸立馬對他刮目相看：「啊，你還能認出這是蒙古產的狐皮袍子，說明你是個識貨的。」現在他一點也不懷疑對方真是平遙王家的後人了。「好的，就照你說的，我把袍子給你，你把這張圖給我，你幹不幹？」四周一片譁然，叫花子吃了一驚：「真的？這麼好的東西，真換給我？」致庸點頭笑道：「我原想送給別人，可現在我改主意了。既然你是商家的後輩，我也是個商人，咱們成交如何？」

叫花子大喜，接過皮袍，轉頭想了想，又道：「不行，我還沒飯吃呢！」致庸也不多說，掏出一串銅錢給他。叫花子大為高興，接過錢，卷起那張圖往致庸懷裡一塞。致庸接

過，立刻興奮地拉著景泰走了。叫花子把皮袍穿到身上，捧著一吊錢，高興得亂跳。眾人沒想到真的這樣「成交」了，都吃驚不已。一個閒人嘀咕道：「都說喬家人是糊塗海，這喬致庸也一樣，一件上好的狐皮袍子換了一塊破布！」

喬家書房內，茂才久久地看著這張地圖，半晌激動道：「東家，你說的沒有錯，這條綠線從武夷山一直向北，過長江，走漢水……再看這邊，經太行山，過我們晉中，出雁門關，通向最北邊的庫倫和恰克圖，應該是茶路！」致庸點頭，興奮不已：「茂才兄，王協王老先生當年就能這樣走，可真是了不起啊。」茂才道：「你看這條藍線，從蘇浙一帶通向我們山西潞州，一定是絲路。從明末起，山西商人就從蘇浙一帶販絲，運往山西潞州織綢，再銷往全國。」話音未落，致庸又道：「那這條棕色的線，一定是王老先生走過的藥路，從雲貴川一直通向東北，又折向兩廣……還有這條白線，從山西一直通到揚州，再折向京津兩地，這應該是鹽路！」茂才細瞇著眼睛，邊看邊點頭道：「不錯！東家，你再看這條紅線，還有這些紅圈，如果我猜得沒錯，一定是王老先生當年走過的商路以及在大清帝國版圖上開設的生意。」

兩人一時心中都大為激動，茂才忍不住歎道：「這位老前輩真不簡單，他那個年代，我們晉商前輩就已走遍了整個中國，北至大漠，南到南海，東至極遠，西至荒蠻之地，他們都走到了！」致庸長長地呼出一口氣，悠然神往道：「茂才兄，要我說，這才是真正的商人呀！」茂才一怔，忍不住深深地看著致庸。

致庸剛要說話，突見達慶帶著點酒氣闖進來：「哎致庸，你在家呀！」致庸臉上頓時沒了好氣：「是四哥啊，你怎麼來了？」達慶看看他，點頭笑道：「我來要我的皮袍子呀。聽達庚說，你這趟打包頭回來，給每人都帶了一件狐皮袍子，達庚的你讓人送家去了，我的還沒給我呢。我這會剛好過來，順便就……」致庸瞪他一眼道：「你的皮袍子沒有了，剛才我把它送人了！」達慶大急：「哎，你怎麼不跟我說一聲就送人了呢？」致庸氣道：「四哥，你不是瞧不起我們生意人嗎？就連生意人家的孩子念書也是白費唾沫。可巧我送你的皮袍子就是生意人從口外做生意買回來的，你瞧不上，我把它送給叫花子了。」

達慶又心疼又難堪，勃然變色道：「你，你竟然把它送給叫花子了？」致庸哈哈大笑：「不錯，我都到了你門口了，可知道你看不上我們生意人，所以又回來了。出了你那個門，迎面就看見一個叫花子，我隨手就拿它從叫花子那裡換了這一張《大清皇輿一覽圖》。不信你到外面問問去，好些人都看見呢！」達慶一步步退出去，又羞又怒道：「喬致庸，你要笑我！你把我看得連叫花子也不如？你有啥了不起，不就是做生意賺了點臭銀子嗎？就不知道自己是老幾了？我告訴你，你再有錢，也是商，自古士農工商，士為尊，商為末，我就瞧不起你們商人，你生氣去吧！」致庸仍舊大笑：「四哥，我告訴你，我偏不生氣！你看看我，我高興呢！倒是你，好像氣得不輕嘛！」

達慶已退到院中，當下跳著腳喊道：「我生氣？我也不生氣！我知道，你大哥一直眼紅我們家中了五個舉人，從小讓你念書，想考個功名，回頭好裝點你們家的門面，可你怎麼沒考取呀？說是你大哥死了，你回來管事，其實你自個兒不是那塊料，聽說你去太原府鄉試，頭張卷子就胡說八道了一通，跑題跑大了。哼哼，你是中不了舉，才跑回來做生意的，你當我不知道，我都知道，全喬家堡、全祁縣的人都知道！」說著，他怒氣沖沖地一

路小跑著走了。致庸看著，笑容驟落，不禁怒顏頓起。

早就聞聲過來的景泰見狀，上前道：「二叔，別生氣。我娘剛才都說我了！說我心胸小，沒志氣！」致庸歎道：「我不是生氣，我是傷心，他怎麼就忘了，他自個兒也是商人之後！」景泰半懂不懂地點點頭：「二叔，咱不跟四大爺一般見識！」致庸蹲下去，拉住他的手道：「好侄子，二叔眼下就是因為你沒長大，才不能去念書，中舉，才讓你四大爺這麼得意！你要好好念書，別念那些八股文章，要念好書，正經書，學做人的道理。等你長大了，把喬家的生意接過去，二叔回頭去讀書，清清白白考個舉人，給他們瞧瞧！」景泰大人似的昂頭道：「二叔，都是景泰不對，景泰受不了胯下之辱，被四大爺從家塾裡氣回來，給二叔惹氣。二叔，以後他就是再拿話奚落我，我也不哭了，我要好好念書，好好長大，接過你的擔子，讓你去中舉，中進士，讓我們家也能光耀門楣！」一聽這話，致庸一下將他抱著舉起，笑道：「好侄子，有志氣，二叔就等這一天了！」曹氏倚門遠遠地看著他們，悄悄地拭起淚花。茂才在致庸身後站著，一直默默地看著曹氏。突然曹氏的目光向這裡轉來，他只覺臉上一熱，趕緊轉身又走進了書房。

夜裡，喬家書房內，致庸仍在舉燭看那張圖。茂才走進來笑道：「東家，怎麼還沒看夠？」致庸回頭，激動道：「茂才兄，以前我只會說嘴，哪裡真知道什麼是貨通天下，什麼是天下那麼大的生意！今天見了王協老先生的商路圖，才算有點明白了呀！」茂才坐下，點起旱煙，拉長聲調道：「噢，那說來聽聽，讓我也知道知道，什麼叫做貨通天下，什麼叫做天下那麼大的生意！」

致庸也不在意他的玩笑，激動地說：「茂才兄，像王協老先生一百多年前那樣走遍全中國做生意，才能叫貨通天下，才能叫做天下那麼大的生意。喬致庸棄儒經商，救喬家，打退劉黑七，以為自己是個英雄，做了大事；喬致庸去包頭解復字號大小之圍，捎帶著也救了達盛昌，重建包頭商界的秩序和行規，又以為自己是個英雄，做了大事；喬致庸帶頭給朝廷捐海防銀子，改店規，將晉商的天捅了個窟窿，鬧得自己成了孤家寡人，還以為自己是英雄，做了大事……不，直到今天，喬致庸才明白，以前那些根本算不上大事，我喬致庸也算不上英雄，真正的英雄應當做的大事我還根本沒有去做呢！」

茂才激賞地看著他，連連點頭：「說得好，東家，再說下去！」致庸兩眼放光，道：「茂才兄，景泰今年八歲，再有十年，他就是十八歲，可以接管喬家的家事。我只有十年，這十年我們一天都不能虛度。當年王老先生能做到的，我也一定要做到；他老人家走到的地方，我也一定要走到。若做不了這些事，我喬致庸簡直就是虛度人生啊！」

茂才看看他，道：「當年王老先生為了實現晉商貨通天下的夢想，北到大漠，南到南海，東到極邊，西到蠻荒之地，可真是做到了貨通天下，莫非東家也要這樣？」致庸慨然道：「對！既然喬致庸做了晉商，就要有晉商前輩的胸懷和目標，只有貨通天下，才能為天下生財，為萬民謀利。王老先生能走到的地方，喬致庸在這十年間，也一定要走到！」茂才聞言也心情頗為激蕩：「恭喜東家有這樣的雄心！東家，你心裡有些什麼具體的想法，快對茂才說說！」

致庸沉吟道：「天下最大的生意，莫過於糧、油、絲、茶、鹽、鐵，糧油生意不是我們喬家的本業，鹽鐵為朝廷專賣，剩下的大生意，就只有絲和茶了！」茂才心中已經明白，仍笑著道：「可現在的情形是，南方絲路不通，茶路也不通！」致庸毫不猶豫，立刻

反問：「茂才兄，天下人皆知南方茶路不通，也都不去疏通茶路，茶路果然就不通了；但如果我們去了，茶路莫不是就通了？」

茂才故作吃驚問：「東家，你想冒險下江南疏通茶路？」致庸大笑：「茂才兄，你想想啊，天下人皆不去疏通茶路，這裡莫不就暗藏著一個天大的商機？再說茶路不通，多少茶民失業，流離失所，強者淪為盜賊，弱者死於溝壑。如果通了茶路，既能把生意做大，又可為天下茶民謀利，我們為什麼不去做呢？」茂才道：「東家，這雖是好事，可有著極大的風險，你就沒有考慮過你有可能一去不返？」致庸聞言神色不變，反而笑道：「茂才兄，天下人皆因為這個理由不敢去南方疏通茶路，所以才給喬致庸留下了一個巨大的商機；如果喬致庸也像他們一樣想，這個巨大的商機還會是我的嗎？怎麼，茂才兄怕了，不敢跟致庸一起去？」茂才大笑，起身道：「東家千金之軀，尚且敢於闖蕩江南，開闢茶路，何況這不僅僅是為喬家大德興謀利，也是為天下人運茶，為天下的茶民造福，孫茂才一個始終不及第的落魄秀才，死就死爾，有什麼捨不得的？東家，你敢去江南，就不會孤單一個人，因為第一個陪你的就是我孫茂才！」

致庸猛地抱住他，興奮道：「茂才兄，有你和我在一起，天下不足取也！」茂才笑著拉他坐下道：「來來來，咱們好好籌畫籌畫，怎麼出發，從哪裡走，都要路過哪裡。東家，從今天起，我們有事情可做了！」兩人相視哈哈大笑，一時皆神采飛揚。

第二日，曹掌櫃一聽這個計畫便擺起了手：「東家，不是我給您潑冷水，要說去南方販茶，且不說千里萬里，山高水險，又有長毛把持住長江，就說這銀子，都不會是個小數目。太少了不值得，多了我們也沒有。您說怎麼辦？」致庸聞言看了茂才一眼，茂才點頭道：「曹爺憂慮的是。太平年間，水家、元家南下販茶，最多時掌櫃的要帶三百萬兩銀子，少的也要一百萬兩。這麼大的本錢，東家如何籌措一定要好好商議。」

曹掌櫃撓了撓頭試探道：「東家，要不你就再去太谷一趟，見見陸老東家，讓他把我們還回去的銀子再借給我們？」一聽這話，致庸忙搖頭：「不好。岳父一生謹慎，我這次是去南方開闢茶路，吉凶未知，要是讓他知道了，他非但不會借給我銀子，反而會讓太太百般阻撓我，不讓我去呢！」曹掌櫃呵呵笑了起來：「那倒也是，陸老東家這麼一個人，怎麼會讓自個兒的女婿拿著自個兒的銀子去冒這麼大的風險！」茂才看著致庸，微微笑道：「莫非東家已經想好去哪裡借這筆銀子了？」致庸回看茂才一眼，重重點頭道：「我想好了。我不用離開祁縣城裡，就在這裡借銀子！」曹掌櫃一驚：「在祁縣城裡借銀子？東家打算去誰家借銀子？」致庸笑道：「我當然要去有銀子的人家借銀子，有銀子的也就是水家和元家嘍！」

曹掌櫃看看他，有點犯難道：「東家，這行嗎？水家、元家、邱家可是聯絡好的，只要東家不改新店規，他們就不和我們做生意！」致庸哈哈一笑，一時沒有說話。茂才在一旁接口道：「曹爺，東家一定想好了，才會說出這些話。不過，東家你打算怎樣從水家和元家借到百萬兩銀子，倒可說來聽聽，大家一起商議一下！」

致庸看看他們，神情莊重道：「老子說大道如矢，也就是說天下的大道理像箭一樣直，我也不用別的招數，我就這麼堂堂正正，一家一家上門去借銀子！水家、元家不願意和我做生意，那是他們的事，但我願意和他們做生意！我要告訴他們，晉商不能都坐等天下太平，眼下世道不平，民不聊生，商人也有商人的責任！我要告訴他們，總要有一個人

敢為天下先，替大家去江南疏通茶路！我要告訴他們，喬致庸願拿性命替全體山西的茶商做這件事，他們要做的不過是借我一些用不著的銀子罷了！另外，我也不會白用他們的銀子，如果我能夠平安歸來，他們願意要銀子，我就連本帶息還他們銀子；他們願意要茶，我將銀子作價給他們茶貨；他們若是怕我一去不回，我打算把喬家的生意全部押給他們！」這番話說得擲地有聲，茂才和曹掌櫃都不禁為之動容。

曹掌櫃不由肅然起敬，拱手道：「東家，我明白了，您的決心已定，為了疏通江南的茶路，您準備好了要破釜沉舟！東家，喬家的生意是東家的，東家一定要這麼做，我和孫先生作為外人，都不便說什麼。倒是兩位太太，雖然都是深明大義之人，可她們真會捨得讓東家去冒這性命之險嗎？對她們而言，東家你就是她們的天啊！」致庸沉吟點頭道：「這也正是我不願去太谷的原因。這樣好了，事情沒辦成以前，誰也不要洩漏出去，尤其是不能洩露給兩位太太！」茂才和曹掌櫃互視一眼，趕緊點了點頭。

第二十一章

1

江父在客堂內坐著，一陣心慌，忍不住又捂住半邊臉，牙疼似有若無一陣陣襲過來，簡直要讓他發狂。江母在一旁坐著，忍不住地長吁短歎，突見翠兒慌慌張張地跑進來，江母趕緊站起，問道：「翠兒，又怎麼了？」翠兒囁嚅道：「老爺，太太，小姐說了，她想出去一趟，請老爺讓人給她套車！」江父一下跳起來：「她這是又想幹什麼？嫁給何家，原先是她自個答應了的，可那喬家太太一來，轉眼又變了卦！現在我不是她爹，她是我爹行不行？」江母氣道：「老頭子，你胡說啥呀！」江父一跺腳，怒道：「就是你把她慣壞的，這何家的聘禮都下了，我可跟人家咋說呀，這些天我都快發瘋了！」

翠兒歎了口氣，在一旁插嘴道：「老爺，太太，小姐說了，她是想到西關財神廟求個籤，要是財神爺讓她嫁給何家，她就還嫁！」江父一驚：「真的？」翠兒點頭。江父求援般看著江母，江母扶著頭無奈道：「老爺，那就讓她去。萬一孩子自個兒又想通了呢？」江父聞言跺腳道：「好好好，這會兒反正我也沒主意了，我聽你們的。翠兒，出了門你可好好地看住她，不能讓她再鬧出什麼事了！否則別說何家，誰家都不會要她了！……江福，叫長樂給小姐套車！」

江父並不是白擔心，當馬車行駛到城外十字路口，雪瑛卻吩咐去往喬家堡的時候，車夫長樂和翠兒的臉色那一瞬間都發白了。翠兒道：「小姐您不是說去西關外財神廟嗎？」雪瑛並不回答。翠兒怕道：「小姐，您到底要幹什麼呀？」雪瑛突然哽咽著帶點絕望道：「我還是想再問問喬致庸，他到底心裡還有沒有我，如果有我，就帶上我走！去哪兒都行！」翠兒和長樂相視一眼，心中不覺一陣凄涼。長樂不再多說什麼，將車趕上了另一條道。

太陽帶著一點傷感，淡漠地照著。長樂一邊趕車，一邊像所有上了年紀的人一樣念叨：「小姐啊，您和喬家二少爺，還有翠兒這丫頭，都是我眼見著長大的。我明白您的心思，可這人的命啊，不好說。我要多嘴勸您，人活著呀，都挺難的，就說老爺吧，雖說是他貪財，可這幾下一折騰，他半條命也快沒嘍……」雪瑛的眼淚像水一般靜靜地淌，長長的一段時間裡，她感覺自己無悲亦無喜，只有長樂老人平淡的聲音伴著轆轆車聲一路駛向了喬家堡。倒是翠兒一時忍不住，哭出了聲音。

那夜致庸回屋的時間不早也不晚，他進門還努力地笑笑，想找點話和正在燈下等他的玉菡說。玉菡呆呆地望著他，突然落淚道：「你……你又去見她了？」致庸聞言心中又驚又煩，既驚訝於她的直覺，又惱怒於她的敏感，當下他粗聲道：「我沒有。」玉菡痛苦道：「不，你去了！你說你再也不會見她了，可你今天又見了！」致庸站起身來，大聲地、同樣痛苦道：「我沒！」玉菡不聽，捂著耳朵哭道：「不，你的臉上清清楚楚地寫著呢，你見她了，又見她了！」說著玉菡撲到床上痛苦地抽泣起來。

致庸站了半天，努力讓內心平靜，走上去安撫她：「哎，哎，我說實話，我真沒去見她。」玉菡不理他，只是一味地哭下去。致庸忍不住煩躁起來：「我說過我沒見，我就沒見，她今天是到喬家堡來了，想把我引到縣城西關外的財神廟，我也跟了她一陣，可我真的沒進去！我怎麼能進去？我一個娶了妻的人，她一個姑娘家，我要是再去見她，她的名節何在，我的名節又何在？」玉菡心中一震，突然回頭呆呆地看他一陣，撲上去熱烈地吻起他來。致庸任她吻著，心卻又一次撕裂般痛楚起來。玉菡在他懷裡抽噎道：「二爺，這也不是個事，我們趕緊幫雪瑛妹妹好好尋一門親事，才好斷了她的念頭啊！」致庸聽在耳裡，心又恍惚起來，白日間江家馬車內雪瑛那雙清媚的眼睛，再次在他眼前如泣如訴起來。

不過次日一大早，致庸仍舊按計劃來到水家拜訪。接待他的王大掌櫃知道自己東家的脾氣，一邊給他看座，一邊趕緊親自去戲臺院找東家。致庸正坐著喝茶，如玉帶著元楚走進來，高興道：「二弟，你怎麼來了？元楚，快給二舅請安！」她是達慶的妹子，水長清的太太，致庸的堂姐。六歲的小元楚乖巧地上前施禮。致庸把帶來的禮物遞過去，仔細地打量元楚：「三姐，這就是你們家的神童？」如玉一邊謝著禮物，一邊煩惱道：「二弟，等會兒見了你姐夫，千萬甭提這個，你姐夫這個人，一聽人說元楚是神童就煩。他就見不得元楚念書！」致庸早有耳聞，笑著彎腰對元楚道：「聽說你什麼文章都是過目成誦？」

元楚睜大眼睛道：「二舅，你是不是不信？今早上母親剛給了我一本《離騷》，要不這會兒給你背背？」致庸吃驚地問：「今早上拿到的《離騷》，這會兒就能背？」這小孩一聽可得意了，立刻朗朗背起：「帝高陽之苗裔兮，朕皇考曰伯庸。攝提貞於孟陬……」

戲臺院內，那旦角正在給水長清畫臉。王大掌櫃進來猶豫了一下道：「東家，喬家堡的二舅爺來了，想見見您。」水長清不耐煩道：「他來幹什麼？沒看我正忙著。」正說著，一家人匆匆跑過來：「二爺，大爺問您什麼時候好，他等著開戲呢！」水長清生氣道：「他倒性急，叫他等一會兒，沒見我還沒好嗎？都是你們搗亂，我那幾句詞還沒背熟呢。」王大掌櫃見狀耐心道：「東家，致庸二舅爺好像有點事要和您商量呢。」水長清沒好氣道：「你不都看見了？我哪裡有空見他？這個喬致庸，上次帶頭捐海防銀子，把我的新戲臺都給我捐跑了，還要給夥計們分紅利，壞我商家的規矩，可惡！有事讓他跟你說就行了。」王掌櫃還沒來得及說話，忽聽水長清想起什麼，道：「哎，對了，老王，今年的生意你大體上合計過沒有，是賺得多還是賠得多？」王大掌櫃道：「東家，江南茶路不通，各分號都沒有生意，估計比去年賠得更多。」水長清不在意道：「比去年多賠多少？」王大掌櫃略略想了想道：「今年恐怕要多賠二十多萬兩。」水長清一怔：「怎麼賠這麼多？跟元家比呢？」王大掌櫃趕緊道：「元家在法蘭西國、英吉利國都有分號，攤子鋪得比我們大，茶貨運不過去，自然賠得更多。」水長清點點頭：「那不結了。只要有人比我賠得更多，我就不怕。好，你去吧。」王大掌櫃轉身走，忍不住又回頭：「東家，三年了，我們沒有往外蒙古恰克圖分號運去一兩茶葉，那裡的分號撤不撤？」水長清忙著往臉上補妝：「元家撤了沒有？」王大掌櫃搖搖頭。

「那我們也不撤。」水長清一邊說著，一邊往戲臺那裡去，可他走了兩步又改了主意，忽然回頭道：「哎，你說，喬致庸知道不知道我們不再跟他做生意了？」王大掌櫃看著他不說話，水長清有點不樂意了：「哎，老王，你有話就說，淨看著我幹嘛，我的臉有那麼可怕嗎？」王大掌櫃頭一低，道：「恐怕二舅爺早就知道。」水長清想了想：「那他還有臉來？……我去見他！」王大掌櫃看看他臉上的油彩，水長清「哼」了一聲：「怎麼著？我這樣不能見他？我不是常常這樣見客？是他來見我，不是我去見他，看不慣以後就別來！」

這邊，小元楚已經背完了《離騷》，致庸把他抱在膝上，喜歡得不得了。一家人跑進來，急道：「少爺，老爺來了！」元楚嚇得臉色發白，如貓般從致庸膝上溜下來，如玉趕緊打個招呼，帶元楚躲進內室。致庸笑問家人：「哎，這是怎麼說話的？把元楚嚇成這樣？」家人小聲道：「二舅爺，我們爺今早上剛發過話，再聽見少爺不走正道，念些酸文假醋，就把他的腿打折了！」致庸忍不住發笑：「什麼叫酸文假醋，這可都是錦繡文章啊！孩子喜歡念書還不好？真是奇怪，別人家要是出了這麼個神童，高興都高興不過來呢！」家人歎道：「你不知道我們爺，他說的正道就是學做生意，他最看不起讀書考功名的人了！」說著他朝外一探頭，害怕道：「快別說了，我們爺到了！」

水長清施施然走進來，致庸看一眼他臉上的油彩，知道他一貫的為人，也不介意，上前行了禮：「致庸給姐夫請安！」水長清隨便一拱手：「罷了罷了。你有什麼事？我忙著呢！」致庸笑道：「姐夫，致庸今日來一是給姐夫姐姐請安，二是有要事與姐夫相商。」水長清還沒來得及說話，一個塗了一張戲臉的家人跑進來催道：「二爺，大爺發火了，他催著開戲呢，讓您快去！」

水長清聞言生氣道：「忙什麼，我這不正跟二舅爺說話嗎？讓我哥等一會兒，我們沒啥正經話，我很快就來！」說著他催促致庸道：「來請安就免了，我看你是無事不登三寶

殿。有事快說吧。」致庸一看這個架勢，索性直入正題：「致庸想向姐夫借一筆銀子，代姐夫去江南武夷山疏通茶路！」水長清一驚，目光微亮：「你說什麼？你……要替我們水家去武夷山疏通茶路？」致庸坦然道：「正是！致庸聽說因為茶路不通，姐夫家和元家失約於俄商，年年損失巨大。致庸自己也有志於做茶葉生意，只是本銀不足，所以來求姐夫，玉成此事！」水長清「哼」了一聲，有點不屑地看著他道：「你是想和我合股做生意？」致庸微笑著點點頭，不料水長清一擺手道：「那你還是回去吧，你應該聽說我和元家、邱家有約在先，不和你們喬家做相與了！」

致庸笑了起來：「這件事我當然知道，可是我之所以知道此事仍然要來，正是覺得姐夫能聽得進致庸的道理！」水長清「哼」了一聲：「你有什麼道理？」致庸道：「姐夫，水家在山西眾茶商裡的名望，只有元家可以相比，是不是這樣？」水長清斜睨了致庸一眼，點點頭道：「這也是眾所周知的事情啊。」「可是姐夫家已經四年沒派人去江南販茶了。姐夫作為山西最大的茶商之一，四年不去販茶，損失了多少銀子？」「沒多少，也就是一兩百萬罷了。」水長清仍舊無所謂道。致庸慨然道：「那我再問姐夫，水家的茶貨生意鼎盛之時，每年賺多少銀子？因為水家生意而衣食無憂的茶民又有多少？」水長清看看他：「這個……賺多少我就不告訴你了，不過依附著水家生意的茶民倒確有一兩千戶人家吧。你問這個什麼意思？」致庸不接他的口，仍舊繼續問道：「致庸再問姐夫，過去茶路暢通之日，光水家一年納給殺虎口稅關的茶貨稅銀又有多少？」

水長清道：「那稅銀可著實不少，不過我水家作為大茶商，養活一兩千戶茶民，給皇上繳納點銀子，也是為國為民應盡的一份責任，不值得誇耀！」致庸一拱手：「姐夫，從武夷山販茶到外蒙古的恰克圖，這條茶路斷了四年，不僅姐夫家損失以百萬計，茶路上以製茶、運茶為生的茶民也沒有生路，就連朝廷四年也少收入難以計數的稅銀。你說，這樣一條茶路，為國為民為己，該不該有人去幫你重新疏通？」水長清不禁重新打量他：「怎麼，就你？從武夷山販茶到恰克圖與俄商交易，長達萬餘里，南有大江，北有沙漠戈壁，江南眼下又被長毛占著，你真有能耐把它重新疏通？」

致庸此刻反而不多說什麼了，只笑著點頭，眼神堅定。水長清見狀想了想，道：「那……你想要我出多少銀子？」致庸豎起一個手指頭：「姐夫是生意場中人，知道要做成此一樁生意，本錢巨大。我想請姐夫至少入股一百萬兩。」水長清深深看他一眼：「啊，這事我恐怕要和王大掌櫃商量一下。哎，我問你，萬一此事不成，你把我的銀子賠了怎麼辦？」致庸胸有成竹道：「姐夫，喬家現有十七處生意，我願意以它們做抵押。」

內室的如玉一直趴在門縫裡偷聽談話，此時聞言大驚。剛才那個畫了花臉的家人又跑進來：「二爺，大爺在那兒罵人哪，您要是再不去，他可要惱了！」水長清正好順水推舟，道：「好了好了，我就去。」說著他回頭對致庸道：「你先走吧，等我有空再商量！」致庸點點頭：「姐夫，事情致庸都說了，姐夫好好想想，我還要去元家走一趟，明天來聽你回話，如何？」水長清不由心中一驚：「怎麼，你還想把元家也拉進來？」致庸欲擒故縱道：「要是姐夫不願做這樁生意，我就請元家入股。」水長清想了想：「好吧，我就不送了，王掌櫃，替我送一送舅爺。」說著他便隨畫了花臉的家人匆匆離去。

王大掌櫃抱歉道：「舅爺，我們東家就這樣，您別介意。」致庸笑道：「二爺是我家親戚，他的脾氣我怎麼能不知道？好了，告辭！」他抬腳朝外走，卻見如玉從內室衝出，

叫道：「二弟，你留步！」致庸回頭，王大掌櫃也回頭看她。如玉看了一眼王大掌櫃，欲言又止道：「算了，我沒事了，你走吧！」致庸明白了她有話說，卻不說破：「三姐，那我走了，你有空去喬家大院坐坐，嫂子她們都想你呢！」如玉點點頭，眼看著他走出去。

戲臺院的水長清招呼王大掌櫃道：「派人盯住喬致庸，看他是不是去了元家。」王大掌櫃匆匆辦了此事回來，問道：「東家，喬東家借銀子的事，您是怎麼打算的？」水長清沒頭沒腦道：「都說這種兵荒馬亂的年頭生意不好做，其實錯了。」王大掌櫃不解道：「東家的意思是？」水長清也不直接回答，冷笑道：「誰說眼下的生意不好做？人要是想敗家，那你是攔不住的！」王大掌櫃聽出了他的意思，卻不甘心地問道：「東家，要是喬東家販茶成功了呢？」水長清哼道：「那也是他用我的銀子替我販茶，我又吃什麼虧？」王大掌櫃想了想又道：「東家，喬東家若是去了元家，而元家又答應了他，這事我們還攙合不攙合？」水長清瞪眼道：「你糊塗，元家攙合，我們更要攙合！便宜讓元家一家獨占，將來他們收了喬家的生意，在祁縣就是一家獨大！我們怎麼辦？」王大掌櫃剛要開口，這邊已經招呼水長清唱戲了，那水長清清了清嗓子，嫋嫋娜娜地走上臺去。王大掌櫃看著他，歎口氣，搖頭走開。

此時元家客廳內，元老東家正高興地接待致庸。聽致庸說了目的，不禁誇讚道：「好哇，真是後生可畏。」致庸忍不住繼續慨然道：「老前輩，大家認為要恢復茶路，難就難在長毛眼下占據著長江一線。致庸以為，長毛可以占據長江邊的都市村邑，但我不相信他們沿江都布上兵馬，既然如此，就一定有讓茶船通過的間隙和機會；其次，我向人打聽過，長毛並不像人說的那樣，只是一群殺人放火的強盜，據說他們造反的目的，是要在中國平均地權，遏制豪強，給小民一口飯吃。我一個商人，不是官軍，也不是朝廷官員，去南方販茶，只是想為天下茶民生利，即使被抓到，想來也不至於就是死路一條。而只要我人不死，茶路就能疏通，那您老入股的銀子就不會打水漂。」

元家老東家深深看他：「萬一不是你想的那樣，他們抓到你後便不分青紅皂白，一刀將你殺了呢？你就一點不怕？」致庸哈哈大笑，笑畢正色道：「致庸冒險去江南販茶，並不全然為了一己之私，商路不通，我輩商人就只能坐以待斃。坐以待斃是死，冒死去販茶被殺也是死，致庸寧可選擇後一種死法！」元家老東家神情大動，眼裡忽然溼潤起來：「喬東家，我在想自個兒可能真的老了，現在是你們這代人的天下了！如果我年輕十歲，這去江南恢復茶路的事，就輪不到你了，我一定會捷足先登的！」致庸聞言大喜，剛要說話，卻聽元家老東家點頭繼續道：「天下洶洶，皆曰長毛占了長江一線，去江南販茶是一條險道。其實古往今來，天下商路又有哪一條不是險道？孩子，有了你，我們晉商不避萬死開拓商路的火種就沒有熄滅。好吧，我和孫子合計一下。」說著他拉拉鬍子，露出如孩童一般的笑容低聲道：「現在是他管家了，我也得跟他商量！你就聽回話吧，應該沒事。」致庸會意，笑著起身告辭。

這時如玉正在水家內室走來走去，焦急萬分。元楚站在一旁看她，忍不住問道：「娘，你怎麼了？」如玉看看元楚，終於下了決心：「孩子，走，跟娘回喬家堡你舅舅家！這個家，娘不想待了！」元楚喜道：「娘，是不是到了舅舅家，我就可以念書了？」如玉有點難過地點點頭。元楚更樂了：「好啊！娘，你知道這叫什麼？」如玉道：「叫什麼？」元楚道：「咱們這叫三十六計，走為上計！」如玉不由忘了擔心的事，滿臉笑道：

「好兒子，你現在說的話，娘都不懂了。」說著她回頭對丫鬟道：「吩咐外頭套車，我要出去！」

2

只見達慶騰地從他那把花梨木太師椅上站起，大驚道：「真的？他真要把喬家的生意押出去，冒險到江南販茶？」如玉被他嚇了一跳，點點頭。達慶怒道：「這個喬致庸，他是想把喬家敗光了才稱心呢！你跟我走，眼下沒有人能挾制住他，能挾制住他的人只有他大嫂和他媳婦，咱們找她們去！」如玉不情願道：「哥，你是不是想想再去？」達慶扯著喉嚨喊道：「我想什麼？喬家的生意就是我的生意，我不能聽任喬致庸胡來，喬家要是被他敗光了，你哥我的一萬兩股銀就沒有了，以後我們一家子喝西北風啊？」

達慶說做就做，當下就帶著如玉到了喬家大院。曹氏、玉菡聽完達慶的話，大駭不已。小元楚看著他們說話，覺得沒有意思，便坐到一邊讀書去了。曹氏又仔細問了一遍，想了想突然盯住如玉問：「三妹，你是不是還有話要說？」如玉身子一歪，小聲哭起來。曹氏和玉菡更是吃驚，趕緊連連追問。半晌如玉抬頭忍無可忍道：「有些話我不能說，說出來丟人！我只說一句話，大嫂，弟妹，千萬攔住致庸，不能和我們家那個禍害合夥做這樁生意！」玉菡聽出了弦外之音，趕緊道：「三姐，有話你慢慢說。這裡都是咱自家人！」如玉看著她們，拭著淚一不做二不休道：「事到如今，我也不怕說出來讓你們笑話了，水長清這個人，我跟他過不下去了！我想回娘家！」達慶聞言走過來大驚道：「妹子，你這是為啥？你回來？回哪兒去？咱們家可是沒你住的地方。哎我就奇了怪了，你們不是過得好好的，怎麼要回來？」

如玉氣憤道：「你雖是我的親哥哥，可怎麼知道我們過得好好的？他一年三百六十五天，白天跟一群戲子泡在一塊兒，晚上出去眠花宿柳，元楚多好的一個孩子，喜歡念書，誰見了都說是個神童，將來一定能夠得志光宗耀祖，唯獨他看見孩子念書就像見到禍害一樣！今天早上他說了，以後再聽見元楚念之乎者也，就打折了他的腿，把我們娘倆從水家攆出去！大嫂，弟妹，我……我早就不想跟他過了！」達慶急道：「那你也不能回來。你回到家裡來，誰養活你們？我可沒有銀子！」如玉看他一眼，氣憤道：「哥，我是在跟大嫂和弟妹說話，我說過要回咱家嗎？我就是要回來，也回來投奔大嫂和弟妹，咱那個家，我還不願回呢！」達慶一聽放了心，於是打岔道：「哎哎，怎麼扯到這兒來了，你不是回來說致庸的事的嗎？」

如玉點點頭：「啊對，我的話還沒說完呢，都是你把我氣糊塗了。大嫂，弟妹，你們可得讓致庸提防著，水長清今天沒有一口回絕致庸，我覺得挺怪的。自從致庸在包頭給復字號大小立了新店規，那傢伙就和元家、邱家商量好了，不再跟喬家做生意。我想他今天沒有一口回絕致庸，這是怎麼啦？後來一想明白了，他不相信致庸能從長毛的地盤裡把武夷山的茶葉販回來，他想要的不是茶貨，是喬家的生意！這個人別看整天什麼都不在乎，心裡頭陰得很，一不小心他就會給你挖好了坑，讓你一頭栽進去！」曹氏和玉菡相視失色。

達慶湊上來道：「這個致庸，生意做得好好的，他非要去江南販什麼茶呀。哎，致廣

家的，你是這家的當家人，我看這個家不能再讓他管了！」曹氏回過頭，嚴厲地盯著他道：「你說致庸不行，景泰又年幼，四爺，莫非你能放下舉人老爺的架子來管喬家的生意？」達慶趕緊擺手搭架子道：「我當然不會棄儒經商，那有辱斯文，再說了，我是個時中了進士都會去做官的人，怎麼能去做生意。我是說，我可以給你推薦個人來幹。」曹氏看看他，忍不住問道：「誰？」達慶打著哈哈道：「達盛昌的崔鳴九崔大掌櫃啊，此人心眼夠多，要是你們信得過我，把喬家的生意交給我來管，我就請崔鳴九來經理。致庸不是想接著念書嗎，就讓他念好了！致庸一定是覺得生意不好做才想去江南販茶，其實幹嘛要去冒那樣的風險，眼前就有賺錢的生意能幹，就怕你想不到！」

曹氏忍住氣問：「四爺，你想讓崔鳴九幫喬家做什麼生意？」達慶一拍大腿道：「開大煙館呀！你看看，眼下從太原府到祁縣，可以說是百業凋敝，獨獨大煙館是一個接著一個開，開一個賺一個！你們看榆次的何家，原來誰知道他們是誰？就這些年販賣大煙，開煙館，轉眼間就成了榆次的首富……」他忽然打住，因為發現面前的三個人都對他怒目而視。曹氏氣極道：「四爺，達盛昌的崔鳴九是個什麼人，別人不知道，可是我知道，要不是他攛掇他的東家邱天駿在包頭設下陷阱，我們家大爺還不會死呢！讓他來管喬家的生意？除非喬家這一門的人死絕了！」達慶臉色蒼白，忍不住退了兩步道：「我不過這麼一說，你怎麼急了？」

曹氏「哼」了一聲：「你的意思我知道了，我會斟酌的，你走吧！不過有句話我這會兒就告訴你，喬家祖輩都沒做過缺德的事，今天也不能！就算是我們窮到討飯，也不會去賣大煙，賺那種昧良心的銀子！」達慶掛著臉道：「好了好了，今兒算我啥也沒說行不行？我也真是的，好心落個驢肝肺。」說著他轉身走出，可忍不住又回頭道：「啥缺德不缺德，人家開煙館就缺德？」三個女人都不理他，只冷冷地瞪著他。達慶一陣沒趣，怏怏而去。

曹氏轉身對如玉和玉菡道：「不行！不能讓致庸去販茶！喬家的生意本來已經敗了，靠了致庸才轉危為安，二弟就是再把它賠光了我也不心疼！我不讓他去，是因為南方茶路上有長毛！我們喬家可以沒有銀子，卻不能沒致庸！」如玉連連點頭：「大嫂說得對。等致庸回家，咱們一起勸他，這樁生意咱不做，也省得吃了水長清的虧。」唯獨玉菡眉頭緊皺，沉思不語。

3

元家少東家很快和水長清在茶樓進行了密談。元家少東家淡淡道：「水東家，你真的認為喬致庸會從江南無功而返？」水長清「哼」了一聲，翹起蘭花指呷一口茶道：「豈止是無功而返，我真正擔心的是……啊，我們彼此會意，這話我就不說了！他只是個書生，好大喜功，他要是不敗，天理不容！」元家少東家撫掌大笑，突然單刀直入道：「莫非水東家入股喬家茶葉生意是虛，羨慕喬家的生意是實？」水長清道：「元家少東家難道對進入包頭商圈沒有興趣？」兩人相視大笑，當即成約擊掌。元家少東家很隨意地關照道：「對了，此事的細節，不要讓我爺爺知道。」水長清點點頭，笑問：「我們這叫什麼？」元家少東家笑道：「好像有一個詞，叫做一拍即合。」兩人又一陣會心地大笑。

元家少東家又想起一件事，突然道：「水東家，我們三家原本有過約定，不再和喬家做生意，現在你我借錢給他，豈不是壞了約定？」水長清毫不介意道：「少東家，要是喬家敗了，喬致庸的生意成了你我的，他還能給店裡夥計們頂身股，派紅利，還能再壞我山西商界的規矩嗎？」元家少東家一驚，拱手大笑道：「水東家高明，我怎麼沒想到這一層！」水長清想了想又淡淡關照道：「對了，這事就不要驚動達盛昌邱老東家了！」元家少東家笑道：「明白了，一定遵命！」

即使水、元兩家打算對邱天駿封鎖消息，他仍舊很快就知道了。崔鳴九試探道：「東家，喬致庸真以為自己能從長毛的地盤上把茶葉販回來？萬一販不回來茶，喬家就完了！」邱天駿冷眼看他，突然道：「萬一喬致庸把茶販回來呢？眼下茶葉騰貴，翻倍的利潤，他要是販回茶貨來，喬家就會一舉成為鉅賈！」崔鳴九還是不信：「這可能嗎？」邱天駿沉思半晌，喃喃自語道：「在包頭我就說過，此人不可小覷。」他又想了一會兒，果斷道：「這麼辦，你現在就去找他家的大掌櫃，問他們是否願意和達盛昌合股，我們目前現銀不多，就出十萬兩銀子，助他去江南販茶。販回茶來，我們要茶，販不回茶，我們要他們太原的店鋪！」崔鳴九一驚道：「我們和喬家剛剛化干戈為玉帛，喬致庸還剛剛幫了我們一把……」邱天駿「哼」一聲：「我讓你去你就去！要是我沒猜錯，喬致庸這會兒正盼著銀子呢。對這個人來說，他現在最缺的就是銀子，不是意氣！」

邱天駿猜得沒錯，當第二日致庸聽曹掌櫃說了此事，不禁擊掌大笑道：「好，太好了！曹爺，快去給崔大掌櫃回個話，就說我特別高興，改日一定去向邱老東家登門拜謝！」曹掌櫃歎口氣，轉身走出去。茂才站起道：「恭喜東家，這麼輕鬆地就打破了祁縣三大商家不和我們做生意的約定。事情到了這一步，我覺得水東家也一定會入股的，而且銀子還不會少！」致庸回頭看他，笑著道：「那是因為我們走的是正道，做的是應天意順民心的大事。水家和元家哪怕每家只入股五十萬兩，再加上我們自己目前抽調的現銀三十萬兩，也就有了一百四十萬兩銀子，去一趟江南，夠了！」

致庸正在高興，突見長栓漲紅著臉衝進來道：「二爺，大太太有急事，讓您過去一下呢！」致庸一看他的神色，趕緊去了內堂。一進門，但見曹氏和玉菡坐著，雙雙垂淚。致庸大驚，只當是她們要力勸販茶之事，剛要開口解釋，忽見曹氏顫抖著手遞過一張喜帖。致庸展開一看，只覺五雷轟頂一般，站立不住。曹氏拭淚道：「雪瑛這孩子是我們害了她，可、可她也不能就眼見著火坑往裡跳吧，好端端的，怎麼仍是三日後成親呢？」玉菡亦哽咽道：「說得好好的，不嫁、不嫁，我和大嫂這幾日都在托人打聽，想儘快給她覓個好人家，可她怎麼又變卦了？」長栓在一旁插嘴提醒道：「二爺、兩位奶奶，江家的丫頭翠兒還在前院的客堂內等著回話呢，你們看……」致庸也不回答，鐵青著臉抬腳就往外走去。玉菡心中一急，跟著站起，想了想又頹然坐下。曹氏拭拭眼淚，坐到玉菡身邊安慰她。

前院客堂內，翠兒默默站著，眼見著致庸鐵青著臉急匆匆進來，她也有點慌，但仍行了一個禮，看看四周，輕聲道：「二爺，小姐，小姐她請您財神廟中一見……」致庸五內俱傷，衝動地上前抓住翠兒搖晃著喊道：「翠兒，你告訴我，為什麼？為什麼？」長栓在旁邊一陣大急，趕緊把他拉開按在了椅子上。翠兒看看致庸，也看看長栓，漲紅著臉含淚低聲道：「二爺，我可以告訴您為什麼，就因為她太喜歡您，實在撇不下您。除了您帶她

走，她嫁給任何人都是一樣的！」

致庸臉上掠過一陣可怕的青灰。他抬起一隻手，顫聲道：「你去告訴她，她、她若真要嫁給何家，在我心口永遠插上一把刀子，我也無法，是我終身負她……」翠兒擦把淚看著他，猶豫了一陣，道：「二爺，您若心中真有她，就還請廟中一見，勸勸小姐，或者……」

致庸猛然站起，「嘩」的一聲，如狂風驟雨般把桌上的東西統統掃落在地，嚇得翠兒和長栓連連倒退幾步。致庸一步步逼近翠兒，沙啞著嗓子含淚道：「我不能。翠兒，你知道我不能。她也知道我不能，我不能帶她走，我更不能再去見她。如果再去見她，我也不知道我會做出什麼決定。我，我……」他扯著胸口，一陣強烈的痛楚讓他臉色劇變，嘴唇烏青。長栓趕緊過來扶他。翠兒大滴大滴的眼淚湧出來，勉強含淚行了禮，再也忍不住，快快地哭著離開了。她一路小跑，但耳邊依舊傳來致庸的嘶聲大喊：「雪瑛，雪瑛，你為何就不明白我的心呢……」

第二十二章

1

不管天下的癡男怨女各自帶著怎樣的心痛與折磨，日子卻照舊義無反顧地往前走去。轉瞬何家迎親的日子就近了，江家的嫁妝從室內一直擺到院子裡，男男女女進進出出，一派喜氣。客廳裡媒人謝掌櫃正陪江父看嫁妝：「東陽兄，你瞅瞅，何家想得多周到，特意讓人添了嫁妝送來，這樣明天從江家抬出去，會有多氣派，多好看……」江父心不在焉地點頭，謝掌櫃看出他心緒不寧的樣子，也歎了口氣很快告辭了。

江母拭了拭眼角的淚，慢慢走上繡樓。雪瑛正對著窗外發呆。江母小心地看了她一眼，道：「雪瑛，明天就是你大喜的日子，你爹讓我再來問問，有沒有什麼事他忘了，別到了時候……」雪瑛也不回答，又慢慢流下淚來。江母一把摟住她，哭道：「雪瑛，事到如今，還有什麼辦法呢？這都是你的命啊！什麼都甭想了，到了何家，好好地跟人家過日子吧！」

雪瑛顫聲哭道：「娘，您說明天致庸會來送我出嫁嗎？」江母深歎一口氣。在一旁默默裝箱的翠兒也住了手。江母茫然地向窗外看去，哆嗦著道：「雪瑛，娘也不知道他明天

會不會來，可娘懂你的心思，你心裡還存了念頭。但你想想看，前些天你都到了喬家堡，致庸也沒跟你去西關外的財神廟；就是前兩天，翠兒把話都挑得那樣明白了，他也不願意再來看你一次！喬家的男人我知道，就算致庸是個出格的，可這些大理上頭他們是不會錯的。其實，其實明天他來不來並沒有什麼區別的！」雪瑛淚落如雨，半晌道：「娘，我懂了，其實我早就懂了，可我一直不願意承認，自從我失去致庸那一天起，就再也找不回來他了！」江母再也忍不住，一把抱住她，失聲痛哭起來。

雪瑛卻出奇的鎮定。她溫柔地幫母親擦去眼淚，細聲道：「娘，女兒只想再求您一件事，您打發一個人，再往喬家送一張喜帖，就說請喬家二爺以兄妹情分明日送雪瑛上轎……」江母聞言一驚，下意識地朝翠兒看去。翠兒低頭愣怔了好一會，卻意外地朝江母用力點了點頭道：「太太，您就照小姐說的去做吧，喬家的二爺來與不來是他的事情，一切看天意吧！」江母不再多說，立時站起下樓，吩咐道：「長樂，備車到喬家堡送喜帖！」

時間依舊按照自己的節奏不快不慢地走著。迎親的日子終於到了。一大清早，江父、江母跟著翠兒跌跌撞撞地衝上繡樓，只見雪瑛滿頭珠翠，卻穿一身雪白的喪衣在床上端坐著。江母尖叫起來：「雪瑛，你這是怎麼啦？你怎麼穿上了它？」雪瑛抬起頭，靜靜道：「爹，娘，女兒今天本不想再活下去，可是仔細想想，爹娘養我一場，並沒有錯，我不能在出嫁之日，死在家裡，我只能出嫁；雪瑛生在這個家裡十七年，過去的日子就像一場夢，只要我離開這個家，我的夢就醒了，我就不再是過去的我，以前的我就死了，既然這個我已經是個活死人，我為什麼不能穿著喪衣出嫁？爹，還有一件事，今日我必等到致庸為我送嫁才上轎！」江父渾身哆嗦，顫抖道：「我的娘呀，你可真要了我的命了！你到底要做什麼?!」江母大驚：「老爺，這……」江父一跺腳：「這什麼，我告訴你們，那口棺材我真的沒退，再說也退不掉了，我讓人把它抬回來了，就放在後院庫房裡，真要有個好歹，我也不怕！」他突然捂著臉蹲下去，牛嗚一樣哭起來。

那日的時間在翠兒的眼裡，倒像變了形一般，忽快忽慢。似乎沒過多久，門外就開始鼓樂喧天，江父、江母下樓，心中如滴了滾油般，但仍要人前人後地應付著。何家迎親的花轎早早地便停在了二門口。謝掌櫃連催了幾次，都只見江父擦著腦門上的汗道：「謝兄，你讓他們再等一等，小女還有些事情，馬上就好，馬上就好！」謝掌櫃無奈地走進來又走出去，江母抖著聲音問翠兒：「怎麼回事，都去三撥人了，還不見喬家來人？」她的聲音又尖又鋒利，像大風颳過的刀口一般，那一瞬間，連她自己都害怕起來。

又不知過了多久，江福終於衝進來報道：「喬家來人了，不過，不過不是他們家二爺，是他們家二爺的太太！」江母身子一歪，李媽趕緊扶住。繡樓上的雪瑛聽了慘然一笑，道：「上轎吧，繞道喬家堡，喬致庸不來見我，我去見他！今天不管他來與不來，我都要他親眼看到江雪瑛死了！」眾人聞言大驚失色，一時面面相覷。

嗩吶聲終於響起，雪瑛從頭到腳，被一張大紅綢子蒙著，被家人用一張椅子抬上轎子。觀禮的親戚們議論紛紛，「怎麼這樣？連頭帶腳都蒙上了？」「沒出什麼事吧，江太太哭成那樣？」

玉菡和明珠都在人群中看著，玉菡噙著一汪眼淚，努力忍住，只覺心頭翻江倒海般，口中一陣陣鹹苦。謝掌櫃也很是納悶，他搖搖頭，仍長聲喊道：「吉時已到，起轎！」只聽嗩吶前導，迎親隊伍浩浩蕩蕩走出江家。江母又一陣慟哭，對著轎邊的翠兒和李媽遙遙拜了下

去，翠兒和李媽守在轎門兩側寸步不離，努力笑著衝江母點頭，要她放心，江母哪裡放心得下，捂著嘴直哭得如風中殘荷般搖搖擺擺，江父在一旁扶住她，也忍不住抹起淚來。

城外十字路口，花轎遙遙折向了去祁縣喬家堡的路。謝掌櫃一愣，直喊：「哎，哎，走錯路了，往這邊才是去榆次的路。」這邊李媽趕緊趕過來對謝掌櫃耳語幾句。謝掌櫃歎了一口氣，不再說話了。

喬家書房裡，病榻上的致庸突然醒了，夢遊一般，摸索著就要起來。曹氏在一旁守著他，驚道：「二弟，你要做什麼？」致庸轉向她，囈語般道：「雪瑛來了，她來了……真的，你聽，你聽，她在那裡哭呢。」曹氏一把扯住他，叫道：「二弟，你怎麼了，你可不要嚇我……」致庸像不認識人一般，只掙扎著要下地，忽聽他又輕聲道：「你們聽，你們聽，真的，真的是雪瑛妹妹來了……」曹氏剛要開口，忽見眾人都變了臉色。張媽捅了捅她，曹氏凝神一聽，那鼓樂嗩吶之聲果然遠遠地傳來，越來越清晰。

致庸立時站起，就要往外走，張媽見勢不對，趕緊上前拉住他，對曹氏道：「二爺這會已經迷住了心竅，他若要見，就讓他見，這樣病也許還能發散出來，好得快點。」曹氏聽了只好點頭，吩咐長栓好好扶致庸出去。

大門外的嗩吶聲越來越響亮。花轎和何家的迎親隊伍終於在喬家大門外停了下來。四周一片吃驚喧譁——「哎，怎麼在這兒停下了！」花轎穩穩落地，一位清麗脫俗的女子一身雪白喪衣，翩然下轎。圍觀者中「轟」地一聲響。「怎麼回事？新娘子怎麼穿這麼一身？」「天呢，這是喜嫁，還是喪嫁呀！」「只有死人才這種打扮！她怎麼啦？」玉菡一路跟著送親隊伍，看著這一幕，一口血就噴了出來。

致庸一見雪瑛下轎，掙脫開長栓等人的攙扶，踉蹌著迎了上去。雪瑛一雙清媚如水的眸子先是冷冷地在他臉上掃著，突然這眼神又恍惚迷離起來，她柔聲哽咽道：「致庸，你，你真的病了？」致庸色變。雪瑛一雙妙目在他的臉上和身上逡巡著，眼神最終又冷了起來。她不再多說，轉身從花轎裡拖出一個大包裹打開，一樣一樣東西取出來還他，從那日玉菡帶去的皮袍，再到童年、少年時一起玩過的玩具，泥娃娃、羊骨頭、彩色石子……一樣一樣全交到致庸手中，流淚顫聲道：「今天我來，把一切全都還了你，以後你也只當我死了吧！」說完她轉身上轎。致庸頭腦突然清醒了起來，一種更強大的痛苦又向他襲來，他踉蹌著往前走了兩步，痛聲道：「為什麼，你要長大？」雪瑛上轎的腳步停了停，漠然一笑，終於上轎。

花轎再次抬起，鑼鼓震天，嗩吶聲重又嘹亮。致庸眼前一黑，往前栽倒，恍惚間，只覺一隻巨大的蝴蝶將他騰空攜起，高高飛了起來。四周的聲浪一陣陣旋裹而來，然後他便什麼都不知道了。

黃昏時分，雪瑛的花轎終於到了何家，在鼓樂聲中慢慢落地。何家眾親友女眷紛紛擁過來，鬧哄哄地要看轎中的新娘子。兩位喜娘也走過來，掀轎簾攙新娘子下轎。李媽和翠兒緊緊抓著轎簾，一陣驚慌。李媽黃著一張臉，悄悄對翠兒急道：「怎麼辦？要是……」翠兒還沒回答，已聽一旁的眾親戚起鬨道：「怎麼不下轎呀，醜媳婦總要見公婆呀，更何況是遠近聞名的美女！」

翠兒沒奈何，只得咬牙拉著李媽閃開，何家兩位喜娘走過去打開轎簾。翠兒拉一把李媽，匆匆向人群外面躲，卻聽人群中爆發出一陣喝彩：「新娘子好漂亮！」兩人回頭，驚

訝地看到由兩位喜娘攙扶下轎的雪瑛已是一身紅妝，亭亭玉立。

翠兒忍不住輕輕驚叫一聲，這邊李媽也睜開眼睛，鬆一口氣，接著就高興得流出淚來。翠兒含淚道：「我知道了，小姐說過，離開江家，原先那個她就死了，到了何家，她就是一個新人，她說到做到，果然讓自己成了一個新人！」李媽推了她一把：「還不快去侍候！」

翠兒一驚，趕緊匆匆走回去，守護在雪瑛身旁。眾賓客簇擁雪瑛過火盆，過馬鞍，走向喜堂。鼓樂喧天中，蓋頭布下的雪瑛眼睛悄然睜開，用極為陌生的目光朝這個家望了一眼，接著又堅決閉上。

雪瑛就像踩在雲端裡，輕飄飄的，沒有意識一般由人擺布著。儀式很快進行著，已經到了夫妻交拜的時節，對面的何繼嗣突然轉身，「哇」的一聲噴出一口鮮血，向後倒去。何父何母大驚，趕緊從尊位上站起叫道：「繼嗣，繼嗣，我的兒，怎麼了你！」

雪瑛心中一驚，忍不住身子一陣搖晃，只得緊緊抓住翠兒的手。眾丫鬟扶起何繼嗣。那何繼嗣一口口地吐著血，人已經昏迷了。

何父急忙道：「謝掌櫃，快點兒成禮呀！」這邊謝掌櫃顧不得還沒有夫妻交拜，便長聲唱道：「大禮已成，把新郎新娘送入洞房！」眾僕人一擁而上，七手八腳抬走了何繼嗣。雪瑛呆呆地站著，眼淚一滴滴落下。只聽何父大怒道：「這是什麼御醫，不是說撐三天沒問題嗎？管家，給我亂棍子把張御醫打出去！」

何母歎了口氣，哭腔吩咐將雪瑛送進洞房。雪瑛由人攙著向內宅走去，從那一刻起，腳下的路忽然變得極其漫長起來。

對致庸而言，那是一個長長的夢，他不知睡了多久，也不知是如何睡過來的，夢中的蝴蝶與他同生共死，大悲大喜，一起在天地間自由翱翔著。也許，也許只有在夢裡才可以這樣。

已經一個多月了，玉菡雖然十分憔悴，仍舊衣不解帶地守在床邊，致庸只是沉沉睡著，似乎無憂亦無喜。玉菡打了一個瞌睡，又猛地驚醒過來，自鳴鐘敲響，錶針已經指向深夜。杏兒扶曹氏輕輕走了進來。玉菡一驚，連忙站起，小聲道：「嫂子，你怎麼又來了？」曹氏心疼地看著她：「我不是來看他的，是來看你的，你歇會吧，我來守他。」玉菡疲倦地搖搖頭，歎道：「嫂子，沒事，再說我這麼守著他是應該的。」說著卻流下淚來。

曹氏上前幫她拭淚，柔聲道：「好妹妹，誰讓我們是女人呢。你下去歇著，今天夜裡我守著他。」玉菡含淚笑了笑：「嫂子，不用，我不累。」曹氏故意嗔道：「莫不是信不過我？小時候他害病，嚇得我和你大哥整夜整夜不敢睡覺，我也這般守過他。他這孩子打小就調皮，有回驚了馬，也是一躺兩個多月，都是我沒日沒夜守他呢……」玉菡不好意思道：「嫂子，我怎麼會信不過你……」

致庸在半夢半醒間恍惚聽著，忍不住悄悄睜開眼，看看面前的兩個女人，頭轉向一旁，眼睛一點點溼潤，終於歎了一口長氣。玉菡和曹氏一驚，趕緊回頭看他。玉菡趴在他枕邊，用有點誇張的聲音高興道：「二爺，你是不是好些了？」不料致庸又閉上了眼睛。

玉菡臉上笑容慢慢落去，忍不住又無聲地拭起眼淚，曹氏歎口氣，無言地撫慰著她。兩個人就這麼一站一坐，守了致庸一夜。

過了大約兩個月，致庸終於起床了。茂才在書房裡候著他，見面不禁微微一笑道：「東家，你到底還是醒過來了。」致庸岔開話題道：「不是說水、元二家擬好了合約，讓我看看吧！」茂才深深看他一眼，遞過兩份合約，又道：「下午水東家還要來！」致庸點點頭，接過合約仔細看了起來。

下午水長清如約而至。一陣寒暄後，水長清開門見山道：「致庸，我和元家共同拿出一百萬兩銀子，讓你去江南販茶。但銀子不是白出的，這筆銀子要以你喬家包頭復字號大小為抵押，若你江南販茶成功，我們和你三分其利，不成，喬家復字號大小及祁縣、京津的產業一分為二，變為水、元二家產業，你要是同意呢就簽約，此外一切免談。」

致庸神情凝重起來，道：「姐夫，我們需要再合計一下，然後給你答覆。」水長清「哼」了一聲：「那倒也是要好好合計一下的。不過我沒工夫奉陪，家裡請了一個人在教戲呢。對了，你三姐和元楚是不是住在你們家？」致庸點點頭。水長清道：「把他們喊出來，讓他們跟我回家。」致庸道：「姐夫，讓三姐和元楚在這多住幾天吧，她們妯娌之間處著比較熱鬧。」水長清瞪眼道：「不行，我們家事太多，何況這麼久了，這次他們一定得跟我回去。」致庸看看他，無奈地點了點頭。

致庸一進內宅說明來意，如玉就哭起來。曹氏和玉菡在一邊連連相勸。致庸為難道：「三姐，姐夫等著呢，你和元楚還是跟他走吧。」元楚摟住如玉的腿大叫：「娘，我不跟爹走！我要是回去了，他又要我跟他學戲了！」曹氏和玉菡聞言不覺掩口而笑，後又歎氣。如玉當下再也顧不得了，「撲通」一聲跪在眾人面前：「二弟，大嫂，弟妹，我不走，我在他家受夠了，今天我和孩子要是跟他回去，我們娘倆只有死路一條！」眾人為難地互相看了看。

如玉繼續哭道：「嫂子，致庸，你們就是不看我的面子，也可憐可憐元楚，孩子要是回到家裡，這輩子就讀不成書了！」元楚也跟著哭起來：「娘，我不回去！我要讀書！」曹氏趕緊扶起兩人：「三妹，住我們這裡倒是沒有問題，可是這話你讓致庸怎麼去說呢？」如玉狠狠心道：「嫂子，這話你們不好去說，我自個兒去跟他說！」說著她利索地爬起來，快步向外走。

水長清早已經等得不耐煩，這時見她進來，克制著怒氣道：「你到底出來了，快跟我走吧！」如玉道：「不，你自個兒回去吧，我還要住幾天！」水長清大怒：「你要是今天不跟我回去，以後就不要回去了！」如玉咬咬牙，破釜沉舟道：「不回去就不回去，也省得天天拴住你的腳，耽誤你在外面眠花宿柳！」

水長清氣得哆嗦，揚起蘭花指厲聲道：「你可不要後悔！」如玉也橫下了一條心：「你放心，我不會後悔的！」元楚原本躲在他母親身後，這會探出頭童聲童氣地跟著幫腔道：「我們不後悔！」水長清大怒，但在別人家又不好發作，怒「哼」一聲，拂袖而去。

第二日，水長清又打發杜管家去接元楚母子，依舊空手而歸。水長清問了半天，杜管家才囁嚅道：「東家，太太說，她和元楚自今兒起就住在娘家不回來了。太太還說……」水長清氣得跳腳：「她還說什麼？說呀！」杜管家看著他，半天才道：「太太還說……還說要東家給她一張休書！」水長清大怒：「胡說！她想要休書？我這兒還不想給呢！」他

在客堂內走來走去好一會，怒聲道：「壞了，元楚這孩子完了，留在喬家，一定要念那些酸文假醋，我沒這個兒子了！」杜管家看他怒氣沖沖，也不敢離開。

好一會兒水長清才回頭看到了他，暴喝道：「你怎麼還沒走？」杜管家一愣神，趕緊離開。水長清忽然又喊住他，吩咐他點煙。抽了一口煙，水長清突然心平氣和起來，笑道：「好，她不回來，我就再娶一個，元楚那小兔崽子我也不要了，不就是個兒子嘛，我找個瞧得上眼的旦角再生一個！還叫元楚！」杜管家想笑可又不敢笑。水長清看看他道：「好了，就這樣定了！這事你去操辦！」杜管家看看他，趕緊應聲離去。水長清「哼」一聲自語道：「這事還想難住我？」

3

就在幾份合約要簽訂的當口，一個意外的消息降臨。戴老先生突然中風，閻鎮山因為師傅病倒，無暇分身，當然也不能去江南為喬家保護銀車了，而各縣的鏢局，由於劉黑七的緣故，竟沒有一家願意接手！

致庸大怒之下，立刻前往祁縣衙門請兵剿滅劉黑七，臨行前他向茂才、曹掌櫃撂下話來：「再不行我就去太原府請兵。清剿盜匪，保一方黎民平安，本來就是他們的責任。我就不信，堂堂大清國，堂堂太原府官衙，堂堂祁縣官衙，就對付不了一個劉黑七！」茂才、曹掌櫃無法勸阻，只得由他親自去請兵。

三日後，致庸帶著長栓、高瑞回來了。曹掌櫃親自捧茶過來，急切問道：「東家，怎麼樣，請到官兵了嗎？」致庸一口氣喝光，接著重重將茶杯放在桌上，生氣道：「甭再跟我們提官兵！這三天裡，我不但去了縣衙，還去了府衙，我還去了山西巡撫哈芬哈大人的衙門，訴說劉黑七一夥占山為王，禍害一方。可是縣太爺說，他手下只有幾十個辦案的捕快，對付不了劉黑七，讓我去太原府；我見了府臺大人，這位大人看了我的呈辭，說眼下各縣民變甚多，他手下的兵馬顧此失彼，這件事讓我回去等著。我問要等多久，他說短則半年，長則一年！」曹掌櫃雖是意料之中，但仍惱怒道：「這些官員，白吃皇家俸祿，真是可氣……」致庸看看他道：「曹爺，還有更可氣的呢，我到了山西總督衙門，想見哈芬哈大人，據說他老人家正忙著娶第七房姨太太，沒空兒，讓一個師爺見了我。這位老先生竟然對我說，你們喬家不是有銀子嗎？你們自己雇人去剿匪，總督大人一定不會過問！天哪，我以後再也不要和官家打交道了，簡直無法忍受……」

曹掌櫃失望道：「東家，莫非劉黑七這夥賊人，就沒人管了？」致庸不做聲，把目光轉向茂才，茂才自從致庸進門，一直默默坐著，這會乾脆閉上了眼睛。致庸知道他的脾氣，走到他跟前，故意大聲喊道：「茂才兄，現在是你開口的時候了！」茂才被他嚇了一大跳，睜開眼睛，沉吟道：「辦法倒是有兩個，可是……」致庸一聽竟然有兩個辦法，立刻來了精神：「啊，好啊，你快說！」茂才皺眉看看他，又過了好一會，才慢吞吞道：「第一個辦法，東家就聽山西總督衙門那位師爺說的，自己拿銀子練隊伍，去老鴉山滅了劉黑七，從此祁、太、平三縣天下太平！」致庸還沒說話，這邊曹掌櫃已經搖頭道：「這談何容易！且不說喬家沒有這筆銀子，就是有，要練一支能滅了劉黑七的隊伍，也不是件容易事啊……」

致庸連連點頭：「曹掌櫃說得對。我就是有這個心，也沒有時間，我們不能等到練好隊伍，滅了劉黑七，再去江南販茶，那事情要拖到什麼時候！茂才兄，另一個辦法呢？」茂才沒有說話，盯著致庸看了半天，突然起身就走。致庸一驚，曹掌櫃趕緊給致庸使了個眼色，致庸會意，連忙跟了出去。

茂才走進自己房間，見著致庸前後腳跟進來，攆他道：「東家，我的主意說完了，你還來幹什麼？我要睡了。」致庸笑道：「茂才兄，你說過有兩個主意的！誰讓你是再世的孔明呢？快說，快說！」茂才回過頭，長久地盯著他，半晌仍道：「不行不行，有些話是不能說出來的！」致庸也不管，索性上前抱住他，催道：「快說！這裡就我們兩個，什麼都能說，我不會告訴別人的！」

茂才被他這個孩子氣的舉動弄得渾身發癢，趕緊求饒，答應開口。致庸笑嘻嘻地鬆了手。茂才坐下慢慢道：「東家，我問你一句話，上次我們和劉黑七打了那一仗，你不覺得這些日子裡他有些意思嗎？」致庸一愣，茂才接著啟發道：「從包頭回來這些天，劉黑七可是沒有再來襲擾東家府上！」

致庸點點頭：「這倒是。這個人和戴老先生有過那麼一個約定，他真的就沒有再違背這個約定！」茂才道：「東家，據我所知，劉黑七此人並不像官府講的那樣，到處打家劫舍，無惡不作。他自從上了老鴉山，就沒有打劫過窮人，他只打劫官府銀兩，只打劫喬家這樣的富商！」致庸突有所悟：「茂才兄，你是說……」茂才趕緊擺手：「我什麼也沒說。」

致庸不再逼他，仰頭認真沉思起來。許久聽茂才一旁歎道：「東家，我並不想讓你拿自個兒的性命去冒險……」致庸這時卻已做了決定，回頭道：「茂才兄，我們看劉黑七是強盜，可劉黑七不這麼看自個兒，他以為自個兒是古來有之的那類英雄好漢，他是在殺富濟貧，替天行道！」

茂才點頭：「東家，既然如此，劉黑七就不是一個平常的強盜。他雖然做了強盜，可仍然認為自己不是一個普通的強盜，這裡面就有我們的機會。不過東家，你有這樣的膽量嗎？」致庸明白他的意思，大笑道：「茂才兄，茂才兄，我明白你的意思了！只要他劉黑七認定自己只是一個殺富濟貧的好漢，喬致庸就有辦法和他對話。我要上老鴉山說服劉黑七！」

茂才深情看著他：「東家，茂才自從來到喬家，給東家出過不少主意。可是這件事，東家卻要思慮再三，畢竟劉黑七與東家已經結下怨仇，再者劉黑七到底是個強盜。東家，你真的覺得你有道理說服劉黑七不再與喬家為仇？」致庸道：「茂才兄，你的話致庸今日還不能回答，因為我還沒有去老鴉山見過劉黑七。不過致庸不相信，人生天地間有誰願意做一個盜賊，同樣，致庸也不相信，一個做了盜賊的人願意做一輩子強盜，而不願意棄惡從善，回頭再做本分良民。茂才兄，我相信只要講出的道理是對的，哪怕他現在是一個盜賊，也一定能聽得進去！」

茂才一愣，帶點嘲諷道：「東家，莫非你還想讓劉黑七放下屠刀，立地成佛？」致庸搖搖頭：「不，我上老鴉山，第一個要達到的目標僅僅是在我們去南方販茶時期，劉黑七不要再洗劫喬家，那樣我們才能安心前去；其次，我當然希望他能聽進我的肺腑之語，為他和他的弟兄們著想，從此放下屠刀，改惡從善，再做良民！」茂才看著致庸大笑：「東

家，主意是我出的，不管是刀山火海，茂才願與東家一同前去，或者，或者就由茂才一人前去！」

致庸久久地望著他，正色道：「茂才兄，這就不必了，我獨自去最顯誠意，把握也最大，所以茂才兄就不要涉險了；何況萬一致庸判斷錯了，死在老鴉山上，喬家的事業，還要託付給你！」茂才想了好一陣，終於鬆口道：「東家，你就放心地去吧，東家若有個山高水低，茂才一定不負重托，代東家北到大漠，南到海，東到極邊，西到荒蠻之地，像當年的晉商老前輩那樣，以貨通天下為目標，讓喬家的生意走遍天下！」致庸心中十分感動，道：「茂才兄，那咱們就說定了。」

過了好久，致庸又沙啞著嗓子道：「茂才兄，明天我去老鴉山的事，不能告訴家裡任何人！」茂才心中一陣難過，帶點傷感道：「是茂才提議把東家送到那人為刀俎你為魚肉的地方，怎麼還會讓東家太太知道，這不是自尋苦頭嘛！」致庸爆發出一陣有力的大笑，但茂才默然直視了致庸好一陣，接著若有所思地輕輕歎了一口氣。

4

老鴉山聚義廳內，劉黑七蹺起一隻腳在虎皮交椅上坐著，目不轉睛地盯著被綁著推攘進來的致庸。

致庸在中廳站定，環顧四周，神情自若，道：「劉寨主，你就住這兒呀？這地方不怎麼樣！說房子不是房子，說山洞不是山洞，冬天一定很冷，夏天也不一定涼快，到了春秋天，風一定很大。」劉黑七「哼」了一聲，不屑道：「喬致庸，你給我住嘴！今是你自個兒來送死，就怪不得我了！快說，總共帶了多少人馬？多少官兵？都埋伏在何處？老實說出來，萬一我劉黑七發了慈悲之心，就能讓你死得痛快一點！」眾土匪在旁齊聲吶喊助威。

致庸笑了，搖晃著臂膀，道：「劉寨主，你這麼捆著我，我就是想說，也不得勁兒，讓他們放開我。到了這會兒，你難道還怕我跑了？」劉黑七看看他鎮定自若的樣子，「哼」一聲，當下示意眾匪鬆開致庸。

致庸左右看看，自己找了個地方坐下：「哎，老劉，我好歹也是個客人。客人來了，你們山上難道連碗茶也拿不出來？」劉黑七將手中的刀「匡」一聲入鞘，回頭吩咐道：「喬致庸臨死前還想喝茶，行，給他一碗我們山上的大葉子茶！」二當家的一使眼色，當下小嘍囉很快拿過一碗茶，「咚」一聲放在致庸面前。

致庸喝一口茶，「噗」的一聲吐出，怪叫起來：「好粗的茶，這茶也能喝？」眾匪大怒，叫道：「寨主，這小子耍笑我們！宰了他！」劉黑七走過來，一腳把致庸放下的茶碗踢翻，冷冷一笑：「喬東家，喬財主，喬老爺，老子賞你茶喝，你竟敢嫌老子的茶粗！你以為我們這些強盜在山上過的日子跟你這種財主一樣嗎？就是這樣的茶，老子也得拿命到山下去換！明說吧，自從你用三星鏢局的人傷了我的人，我就打算給你好看；後來你又設下圈套，把石頭裝在銀車裡，讓老子中了計，老子就起了殺機；再後來，你的人又在雁門關悅來客棧裡傷了我兒子小寶的左臂，這我便下決心要殺你了！今兒可巧你送死來了，真是天遂人願。不過這件事還真讓我不舒服，你怎麼就敢一個人上我的山？我問你，你上山

「對了，你是怕我殺了你和你全家，上山求和來了！」

劉黑七一愣，卻突然自己回過神來：來幹什麼？」致庸也不說話，只瞅著他笑，

致庸微微一笑，毫不畏懼地看著他，正色道：「劉寨主錯了，致庸今日上山，既不是找死，更不是為了求和。致庸此來，是要給劉寨主指一條活路！」劉黑七大怒，「嗖」一地拔出刀，逼在致庸頸上：「什麼？你死到臨頭，還敢如此囂張。喬東家，告訴你，我這把刀可是出自名匠之手，削鐵如泥，殺人不見血！」

致庸任由他把刀架在脖子上，繼續笑道：「劉寨主，把你的傢伙拿開。我聽說劉寨主雖然占山為王，落草為寇，可並不認為自己是什麼採花盜柳、無惡不作之類的盜賊，剛才路過聚義廳，看見前面立的也是『替天行道』的大旗嘛！」劉黑七聞言眼珠一轉，哈哈笑著收刀入鞘，得意道：「喬致庸，怎麼，你也聽說我劉黑七不是那一般的強盜？算你有眼力。可是你別忘了，我既要替天行道，就得殺富濟貧，像你這樣的財主，正是我的刀要殺之人！喬東家以為然否？」

致庸大笑起來，道：「劉寨主，我怕的就是你不是一位替天行道的好漢，既然你是，你今天就殺不了我，更何況替天行道與殺富濟貧之間並沒有必然的關係啊！」劉黑七一愣，隨即大笑起來：「喬致庸，這話我就不明白了，你說來聽聽？」

致庸沒有回答，看著他，突然岔開了話題：「劉寨主，我要說的話是金玉良言，沒有酒肉，我是不說的！」劉黑七更是一愣，接著狂笑起來。左右皆跟著大笑。一時間，笑聲直震得房頂灰簌簌而下。

劉黑七好容易笑畢，抹著笑出來的眼淚對左右道：「你們看看，他就要死了，可還想

著喝酒吃肉——兄弟們，這就是財主，就是東家！」說著他上前一步，拍著致庸的肩膀調侃道：「哎，我說，我要是不讓你喝酒吃肉，你又能怎麼樣？」致庸一點不懼，蹺起二郎腿輕鬆道：「喬致庸當然不能怎麼樣，可劉寨主的損失就大了！」

劉黑七「哼」了一聲：「我？我有什麼損失？」致庸笑道：「劉寨主要是不聽我這幾句話，你這一輩子都做不成替天行道的好漢，只能在這小小的老鴉山上，做一名打家劫舍，誰都瞧不起的草寇！」劉黑七一時變色。眾匪齊聲大喊：「你……大膽！」致庸朗聲大笑：「怪不得致庸上山之時，有人勸我，說我高看了劉寨主。今日一會，劉寨主難不成會應了那句老話？」劉黑七臉黑下來，又拔刀逼向他的脖子：「什麼話，你說！」致庸盯著他的眼睛，略帶不屑，擲地有聲道：「盛名之下，其實難副！」

眾匪一片譁然，嚷嚷著要殺了他。不料這劉黑七哈哈大笑，反而收刀入鞘，道：「喬致庸，你這人有點意思……來人，後寨擺酒。我還真想聽聽，喬致庸是想在死前騙我一頓酒肉呢，還是真能告訴我，如何才不會一生都在老鴉山上做草寇！」

劉小寶等眾匪好一陣嘀咕，但仍遵令在後寨擺上一桌酒菜。致庸三碗酒下肚，抹嘴道：「說到替天行道，劉寨主眼下就不是這麼個英雄，因為你口口聲聲要殺掉另一個真正替天行道的英雄！」劉黑七盯著他道：「喬致庸，你的意思莫非是……你才是替天行道的英雄？好笑好笑，我倒要聽聽你口裡的替天行道到底是什麼？」說著，他把鋼刀插在桌上，威脅道：「說得好便罷，說得不好，鋼刀侍候！」

致庸大笑：「劉寨主，而今天下不寧，百業凋敝，災民遍於城郭，餓殍陳於溝壑，上天為之痛惜，仁人為之號哭。真正替天行道的英雄，應當以匡扶天下，救百姓於水火為己

任。若像劉寨主這樣，聚集一幫弟兄在老鴉山上落草，打家劫舍，為害一方，如何能稱得上替天行道呢？」

劉黑七聞言拍案而起：「住口！天地生人，誰一開始想做草寇。可世道如此黑暗，有志之士，不去占山為王，就要同流合汙，為人魚肉，劉黑七寧願占山為王，也不願去做那同流合汙、任人魚肉之輩！」

致庸擊掌叫好：「痛快，劉寨主痛快！」劉黑七一驚。致庸話鋒一轉：「劉寨主雖有替天行道之心，可今天的老鴉山，卻實在成了我祁、太、平三縣百姓的心頭之患。就是因為有了你，另一個替天行道的英雄沒有了用武之地！」劉黑七大為驚奇：「喬致庸，你難不成真的是在說自己？」致庸點頭。

劉黑七一愣，再次狂笑起來：「你……哈哈，你一個財主，一個東家，一位鉅賈，每日只會挖空心思算計別人的銀子，也敢自稱是替天行道的英雄？」致庸從容正色道：「劉寨主，請問何為天？古人云，民以食為天，老百姓沒有了衣食，就要死於溝壑，這就是最大的天。何為道？孔子云，古人講的道，是天下大同，後人做不到，那也起碼要讓天下百姓過上安康的日子。替天行道，就是讓天下百姓食有糧，身有衣，居有室。喬致庸不才，也想做一做這替天行道的好事，做一回當今的英雄。可是因為你，我做不成這樣的英雄了！」

劉黑七重新打量他，皺眉道：「喬致庸，你的話太繞，說明白一點，我怎麼讓你做不成替天行道的英雄了？」致庸點點頭道：「實話跟劉寨主講吧，當今長毛斷了長江，南北茶路不通，萬里茶路上多少茶民，自此沒有生計，淪為難民，致庸有心束裝南下，去武夷山販茶，重開這條茶路，讓沿途數萬茶民得以重生。可是我不能走哇，因為我放心不下劉寨主，因為你劉寨主一直同我喬家為仇，這麼一推算下來，替天行道的好事我眼睜睜就做不成了！」劉黑七大驚：「怎麼，你要南下武夷山販茶？」致庸點頭道：「正是。」

劉黑七望著他好一會，突然回過神來，大笑著得意道：「我現在終於明白了，現如今三星鏢局的戴老先生不能再幫喬東家看家護院了，喬東家是怕自個兒走了，劉黑七再次去劫喬家大院吧？」

致庸凝神看他，爽直地點頭道：「不錯！」劉黑七「哼」了一聲，語帶不屑道：「真要是這樣，你乾脆送些銀子到山寨裡來，給喬家買一個平安，這也省得辛苦我的弟兄！」致庸聞言一碗酒直灌下去，一抹嘴大怒道：「劉黑七，想讓我送銀子養活你們這些人，休想！喬致庸別說沒銀子，就是有銀子，就是銀子多得堆成山，我寧可拿去賑濟災民，也不會送給你！」

劉黑七「啪」地拍響桌子，喝道：「喬致庸，你喝糊塗了吧！你知道你這會兒在什麼地方？這是老鴉山，老子一不高興，就能抹了你的腦袋！」致庸不驚反笑，又灌下一碗酒，口齒含糊道：「劉黑七，劉黑七，瞧瞧你這個樣，還說要替天行道呢。除了砍喬致庸的頭，你還會做什麼？快殺了我，我倒想看看，脖子上沒了腦袋，涼快不涼快！」劉黑七盯著致庸半晌道：「喬致庸，山西人都說我是強盜，我看你才像個強盜！」

致庸不理，又乾了兩碗，再也撐不住，一頭栽倒，醉了過去。劉小寶走過來低聲問：「爹，殺了他？」劉黑七站起，默默地看著致庸，搖了搖頭：「看好他，別讓他跑了，我們的話還沒說完呢，何況我還有別的打算！」

高寶書版集團
gobooks.com.tw

DN 198
喬家大院（上）

作　　者　朱秀海
編　　輯　李思佳
校　　對　李思佳、林俶萍
排　　版　趙小芳
封面設計　林政嘉
企　　畫　陳宏瑄

發 行 人　朱凱蕾
出　　版　英屬維京群島商高寶國際有限公司台灣分公司
　　　　　Global Group Holdings, Ltd.
地　　址　台北市內湖區洲子街88號3樓
網　　址　gobooks.com.tw
電　　話　(02) 27992788
電　　郵　readers@gobooks.com.tw（讀者服務部）
　　　　　pr@gobooks.com.tw（公關諮詢部）
傳　　真　出版部　(02) 27990909　行銷部 (02) 27993088
郵政劃撥　19394552
戶　　名　英屬維京群島商高寶國際有限公司台灣分公司
發　　行　希代多媒體書版股份有限公司/Printed in Taiwan
二版一刷　2015年 5月

國家圖書館出版品預行編目(CIP)資料

喬家大院（上）／朱秀海著. --二版. -- 臺北市：
高寶國際出版：希代多媒體發行, 2015.05
　面；　公分. -- (戲非戲；198)

ISBN 978-986-361-125-7(全套: 平裝)

857.7　　　　104002519

GOBOOKS
& SITAK
GROUP©